Honoré de Balzac

Le Curé de village

Édition présentée, établie
et annotée
par Nicole Mozet,
Professeur
à l'Université de Paris VII

Gallimard

PRÉFACE

Des Jardies, le 17 septembre 1838, Balzac écrit à
Mme Hanska : « j'ai écrit le commencement du Curé de
village, le pendant religieux du livre philosophique que
vous connaissez, Le Médecin de campagne ».

Véronique Sauviat, déçue par son mariage avec le
plus grand banquier de Limoges, Pierre Graslin, devient
la maîtresse d'un jeune ouvrier porcelainier, Jean-François
Tascheron. Celui-ci se rend coupable, par amour pour elle,
d'un vol et d'un crime. Il est condamné à mort et exécuté,
sans que l'avocat général qui a réclamé sa tête, le vicomte
de Grandville, lequel est par ailleurs amoureux de Véronique, ait eu le moindre soupçon des relations que Mme Graslin avait entretenues avec le criminel. Deux ans après
le procès, Véronique devenue veuve se retire à la campagne
avec son fils Francis Graslin, dont le véritable père est
Jean-François Tascheron. Ce n'est évidemment pas par
hasard qu'elle choisit comme lieu de retraite le bourg de
Montégnac, qui est le village natal de Tascheron. La
religion, en la personne de l'abbé Bonnet, curé de Montégnac, intervient à deux reprises dans le roman : la première pour obtenir le repentir de Jean-François, la
seconde pour inspirer à Véronique le désir de redonner
la prospérité à ce village prostré dans sa misère qu'est
Montégnac. Mais cette entreprise civilisatrice n'aurait
jamais pu être menée à bien sans le concours de l'in-

génieur Gérard, détenteur du savoir technologique.

Le Curé de village *est donc bien un livre religieux,
mais avec cette particularité de ne pas se contenter de la
conception traditionnelle d'une charité fondée sur une
redistribution, d'ailleurs très limitée, des richesses.
Pendant tout le temps qu'elle a vécu à Limoges, Véronique
a pratiqué cette sorte de charité, et elle en connaît bien
les limites. Aussi, si elle décide de se retirer à Montégnac,
ce n'est pas seulement pour échapper au regard détesté du
vicomte de Grandville et se rapprocher de la tombe de son
amant, c'est surtout qu'elle cherche autre chose, sans savoir
elle-même exactement ce que recouvre ce désir : « Je suis
née du peuple, et veux retourner au peuple. » Avec Gérard,
elle découvrira que l'efficacité demande que l'on agisse
directement au niveau de la production.*

*Mais cette extraordinaire métamorphose économique
que connaît Montégnac n'en est pas pour autant, bien
entendu, une vraie révolution, qui saperait radicalement
les bases du système capitaliste : Balzac refuse de suivre
les saint-simoniens dès qu'ils en viennent à mettre la
propriété en cause. Il ne faut donc pas s'attendre à trouver
dans* Le Curé de village *la moindre ébauche d'un socia-
lisme collectiviste. Bien plus, ce roman demeure tout
imprégné d'une spiritualité anachronique dont le style
même déroute bien des lecteurs : la longueur et la lourdeur
des prêches a beaucoup contribué à faire reléguer cette
œuvre étrange dans un oubli poli. Le paradoxe, du moins
apparent, est qu'il a fallu attendre l'interprétation mar-
xiste de P. Barbéris pour que reprenne vie ce texte passionnant, mais ambigu. Passionnant parce qu'ambigu.
Balzac, confronté au double problème de la criminalité
et du paupérisme, refuse de reprendre à son compte le
discours faussement clair de l'idéologie officielle, à laquelle
il ne peut échapper qu'en s'efforçant de réunir des éléments d'origine très différente.*

La critique en a trop souvent profité pour accuser ce

roman, au nom d'une conception très étriquée de l'unité, d'être composé de morceaux disparates. De là à conclure qu'on en peut sans inconvénient supprimer les plus gênants, il n'y a qu'un pas. L'attitude la plus fréquente consiste à voir dans Le Curé de village *un roman psychologique sur lequel l'auteur aurait artificiellement greffé un certain nombre de développements économiques, qui ternissent la pureté du visage douloureux de Véronique. Cette mutilation cependant n'a pas toujours suffi à faire accepter par la critique de droite ce roman où pourtant abondent des couplets réactionnaires sur la religion, la royauté ou la légitimité du droit d'aînesse. L'abbé Bonnet lui-même ne trouve pas toujours grâce aux yeux des catholiques, qui comprennent mal une vocation qui avoue s'être donné pour premier but d'échapper à la tyrannie paternelle. Aussi P. Barbéris, dans la préface de son édition du* Curé de village *(1972), constatant que ce texte n'a jamais été* « revendiqué par une littérature lénifiante, bien-pensante ou réactionnaire quelle qu'elle soit », *a-t-il raison de conclure qu'* « il y a là une indication capitale sur la véritable portée de cette œuvre ». *Il n'empêche que la critique de gauche, déroutée par tant d'onction ecclésiastique, n'en regarde pas moins avec une grande méfiance cette œuvre inclassable, mi-réaliste mi-utopique. Mais, depuis les deux articles de P. Barbéris dans* La Nouvelle Critique, *en 1965, intitulés* Mythes balzaciens *et portant, le premier sur* Le Médecin de campagne *et le second sur* Le Curé de village, *le caractère proprement révolutionnaire (au niveau idéologique) de l'introduction par Balzac du thème économique dans le genre romanesque n'est plus à démontrer. La lecture que nous proposons ici s'efforce — en tenant compte de toutes les composantes du texte — de repérer les contradictions que provoque nécessairement cette cohabitation du romanesque, du religieux et de l'économique, et d'étudier les moyens mis en œuvre pour les masquer ou les surmonter.*

*

  Le texte du Curé de village *que nous donnons ici à lire
est, selon l'usage, celui de la dernière édition revue par
l'auteur. Mais, préalablement à toute analyse, nous ne
pouvons nous dispenser de rappeler que ce roman a été
écrit, entre 1838 et 1841, en plusieurs étapes : le vrai
« texte » du* Curé de village *serait donc celui qui juxtapo-
serait, outre le manuscrit (1838), la version de* La Presse
*(janvier et juin-août 1839) et celle de l'édition Souverain
(1841) — entreprise qui a été partiellement réalisée
par Ki Wist. Car on se prive de renseignements précieux
en laissant à l'érudition dite pure tout ce qui relève de la
genèse. L'histoire du texte est souvent utile pour éliminer
les fausses pistes et dégager les lignes de force sur lesquelles appuyer une étude de structure. Dans le cas du*
Curé de village, *ce détour est indispensable, parce qu'il
permet de constater une progression, qui seule peut fournir
un critère de choix entre les différents éléments du texte.
Le problème est en effet de déterminer qui l'emporte en
définitive, de l'abbé Bonnet, présent dès le manuscrit,
ou de l'ingénieur Gérard, qui n'apparaît qu'en 1841.
Or, quand il est question d'idéologie, il semble légitime,
en dehors des cas de mensonges plus ou moins flagrants,
d'accorder un indice d'importance supérieur à l'apport
le plus tardif, qui peut être considéré comme le plus cons-
cient. La balance penche donc en faveur de Gérard. Certes,
il n'est nullement dépourvu d'intérêt de savoir que Balzac
a eu besoin de l'abbé Bonnet pour commencer son roman,
mais il est à nos yeux encore plus important de constater
qu'il a eu recours à un ingénieur pour l'écrire jusqu'au
bout. En revanche nous ne nous croyons pas tenue, sans
aller d'ailleurs jusqu'à mettre en doute la parole de Balzac,
d'accorder le même degré d'attention aux déclarations de la
préface de 1841, parce qu'il est bien évident que Balzac*

*lui-même n'accordait ni le même degré d'attention ni
la même somme de travail à ses préfaces et à ses romans.
Il est donc intéressant, mais peu probant, de savoir que
Balzac dit qu'il regrette d'avoir limité la part de son
prêtre. Nous constatons seulement que l'insatisfaction
qu'il affiche dans cette préface, destinée peut-être au jury
du prix Montyon, ne l'a pas empêché de publier en 1841
un texte qui est à peu de chose près celui que nous pouvons
lire ici, puisque l'édition de 1845, celle de* La Comédie
humaine, *n'apporte que des corrections de détail insignifiantes. Comment d'ailleurs ne pas se montrer perplexe
devant cette préface, quand on l'oppose à l'enthousiasme
réfléchi de la lettre de Balzac à Théophile Gautier d'avril
1839 :* « Il y a cela d'original dans Véronique que le
drame est en dessous comme dans les Tascherons, et ces
deux profondeurs se répondent. Je ne croyais pas à la
possibilité d'arriver à de tels effets en littérature. Le Curé
de village dépasse mes espérances. »*

Le manuscrit, dans lequel il n'est pas encore question
de Véronique, est le seul texte qui corresponde vraiment
au titre du Curé de village : il s'agit d'obtenir d'un criminel récalcitrant une manifestation publique de repentir.
Une trentaine de pages manuscrites racontent très rapidement, sans division de chapitres, le conciliabule des prêtres
autour de l'évêque et le voyage de l'abbé de Rastignac,
chargé de ramener avec lui le curé de Montégnac, l'abbé
Bonnet, dont on peut penser qu'il aura plus d'emprise
sur le criminel, qui est son ancien paroissien, que l'aumônier de la prison. Mission accomplie, pour le plus
grand prestige de l'Église.*

*Cependant, dès le manuscrit, le texte est beaucoup
moins monolithique que le résumé ci-dessus pourrait
le faire penser. En réalité, cette Église réduite à se glori-
fier d'un triomphe dérisoire sur un condamné à mort,
est déjà profondément divisée. L'abbé Bonnet, certes,
malgré ses réticences, accepte par discipline de faire ce*

*que l'on attend de lui. Mais sa réussite signifie en fait
l'impuissance du système officiel, même si une foule mal
informée peut la porter au compte de l'Église tout entière :
l'Institution menacée est obligée, en la personne de son
évêque, de suivre le conseil du disciple de Lamennais, de
ce prêtre presque hérétique qu'est l'abbé Duthcil, en appelant à son secours un inconnu. Car l'abbé Bonnet, quoique
protégé par sa sainteté, est un marginal dont on se méfie
en haut lieu.*

*Dès le manuscrit enfin, Le Curé de village est un roman
encore plus politique que religieux, dans la mesure où
l'abbé Bonnet, à Montégnac, est présenté comme remé-
diant aux carences de l'État. En conséquence, l'Église
n'est divisée que parce que le pouvoir politique est devenu
incapable de remplir les fonctions qui sont les siennes. La
lettre de Gérard, ajoutée sur épreuve en 1841, ne fera
que systématiser et développer la critique, sous-jacente
dans le manuscrit, d'une Administration bureaucratique,
sclérosée dans sa hiérarchie, et parfaitement inefficace.
Cette lettre provocante a fait l'objet de nombreuses ana-
lyses. En revanche, on n'a peut-être pas assez souligné
à quel point Le Curé de village tournait en dérision la
Police et la Justice. En dépit de l'ingénieux rapprochement que fait P. Citron avec un personnage de G. K.
Chesterton, le Père Brown, prêtre-détective, Le Curé de
village n'est pas vraiment un roman policier. Car le
genre, malgré quelques exceptions, ne se conçoit guère sans
l'apologie du Policier, officiel ou non. Or, rien de moins
glorieux que l'arrestation in extremis du jeune Jean-
François Tascheron. Quant à Farrabesche, il courrait
encore si l'abbé Bonnet n'était allé lui faire la morale.
La région de Montégnac a régressé vers un état de non-
civilisation sur lequel la Loi n'a plus aucune prise :*

Quand l'administration put s'occuper des besoins
urgents et matériels du pays, elle rasa cette langue de

forêt, y mit un poste de gendarmerie qui accompagna la correspondance sur les deux relais ; mais, à la honte de la gendarmerie, ce fut la parole et non le glaive, le curé Bonnet et non le brigadier Chervin qui gagna cette bataille civile, en changeant le moral de la Population.

Voici pour ce passage la version du manuscrit :

En 1817, quand l'administration put s'occuper des besoins urgents et matériels du pays, elle fit raser cette langue de forêt, et mit un poste de gendarmerie qui accompagna la correspondance à ce relais. Mais à la gloire du curé Bonnet, ce ne fut pas la gendarmerie, mais l'influence religieuse qui changea l'esprit de la population.

La Justice, elle, se ridiculise profondément en la per-
sonne de l'avocat général Grandville, amoureux de la
maîtresse de l'accusé, et incapable d'interpréter les mul-
tiples coïncidences qui foisonnent sous ses yeux : la
maladie de Véronique, sa grossesse, la passion qu'elle met
à défendre l'accusé, etc. Celle-ci peut le narguer sans
crainte, elle qui est précisément la coupable que l'on
recherche, en lui déclarant : « Si j'eusse été votre substitut
(...), nous eussions trouvé la coupable, si toutefois l'in-
connue est coupable. » Grandville appartient à la même
lignée de magistrats criminels à force d'inconscience que
le baron Bourlac, dans L'Envers de l'histoire contemporaine, *qui fut le bourreau de Mme de La Chanterie*
et de sa fille. Bourlac a mis quinze ans pour comprendre
et reconnaître son erreur. Il faut aussi quinze ans
au vicomte de Grandville, et les circonstances extraor-
dinaires qui entourent la mort de Véronique, pour qu'il
découvre enfin la vérité, à savoir que la femme qu'il
aimait avait été la complice d'un criminel qu'il avait
condamné à mort. Que penser d'ailleurs de ces magistrats

qui savent que ce crime passionnel ne fut vraisemblablement pas prémédité et qui, devant les hésitations des jurés,
se réunissent à la minorité du jury pour obtenir la condamnation de l'accusé ? Balzac ici ne prend pas nettement
position, sans doute parce qu'il ne veut pas refaire Le
Dernier Jour d'un condamné de V. Hugo, qu'il cite dans
Le Curé de village, dès le manuscrit, en disant qu'il
s'agit d'un « plaidoyer inutile contre la peine de mort,
ce grand soutien des sociétés ». Néanmoins, au moment de
la condamnation, il prête à Jean-François Tascheron,
dont la culpabilité est pourtant bien établie, la réaction
d'un innocent. N'est-ce pas une façon de signifier que,
si la peine de mort est sans doute indispensable pour éliminer certains criminels endurcis, elle est absurde et
inutile dans ce cas particulier ?

Un des aspects les plus déconcertants du Curé de village est assurément cette rivalité constante, sur tous les
plans, entre le pouvoir civil et le pouvoir religieux, qui
tourne toujours à l'avantage de ce dernier. Car ce n'est
pas le cas seulement à Montégnac. A Limoges également,
en face de ce remarquable catalogue d'enquêtes inutiles,
de fausses manœuvres et de mesures vaines, les prêtres les
plus mondains apparaissent comme des détectives autrement redoutables que tous les policiers et magistrats de
la ville réunis.

D'où vient ce mal qui accule ainsi le pouvoir civil à
l'impuissance ? Pour Balzac, il n'est pas niable qu'il
soit né de la division, dont les germes néfastes ont été
partout répandus par le Code civil, responsable de l'individualisme qui détruit les âmes aussi bien que les patri-
moines. Pour Balzac, rétablir le droit d'aînesse serait une
mesure de salut public :

Vous avez mis le doigt sur la grande plaie de la
France, reprit le juge de paix. La cause du mal gît
dans le Titre des Successions du Code civil, qui ordonne

le partage égal des biens. Là est le pilon dont le jeu perpétuel émiette le territoire, individualise les fortunes en leur ôtant une stabilité nécessaire, et qui, décomposant sans recomposer jamais, finira par tuer la France.

En réalité, Balzac se trompait, et nous savons aujourd'hui que la loi sur les successions n'a nullement empêché, du moins dans les régions riches, le phénomène typiquement capitaliste de la concentration, qui a joué dans tous les secteurs de l'économie. Mais il est nécessaire de prendre conscience de cette véritable hantise du morcellement pour comprendre que Le Curé de village *puisse, sans renier le progressisme de Bonnet ou de Gérard, entonner par endroits une sorte d'hymne à la gloire de Charles X et de ses ministres les plus réactionnaires, comme Polignac et Peyronnet.*

Que Balzac qualifie de « paternel » le pouvoir de Charles X éclaire la signification globale du roman. Car il y a deux exils dans Le Curé de village, *celui de Charles X en 1830 et celui, un an auparavant, du clan Tascheron. Cet exil collectif, qui n'est nullement nécessaire à l'intrigue, ne prend sa signification qu'au niveau de l'idéologie : de même que les ordonnances ont cherché à récuser une légalité en partie issue de la Révolution, de même le vieux Tascheron refuse-t-il « la loi nouvelle », selon laquelle « le père n'est plus responsable du fils ». Or, le jeune Jean-François a quitté Montégnac poussé « par l'ambition louable de gagner honorablement une fortune dans l'industrie ». L'État étant responsable de la misère qui régnait à Montégnac, c'est donc à lui qu'il faut imputer la scission entre le jeune homme et sa famille. Car le vide que crée l'incurie du pouvoir est le lieu de tous les excès et de toutes les cruautés. Grégoire Gérard, bien qu'il ne finisse pas sous le couperet de la guillotine, est lui aussi une victime. Arraché aux siens pour être précipité dans la fournaise des grandes écoles, lui aussi sert de cobaye : « L'État, qui*

*en France semble, en bien des choses, vouloir se substituer
au pouvoir paternel, est sans entrailles ni paternité ; il fait
ses expériences* in anima vili. *» C'est dans ce contexte que
la vocation de l'abbé Bonnet, qui a embrassé l'état ecclésiastique pour fuir son père, prend son véritable sens.
Balzac en effet, loin de laisser planer le moindre doute sur
l'authenticité de cette vocation, insiste au contraire sur
son caractère de pureté : « Je ne comprends pas, dit l'abbé
Bonnet, qu'on devienne prêtre par des raisons autres que
les indéfinissables puissances de la Vocation. » Du même
coup, l'exécution de Jean-François, guillotiné le jour
même où lui naît un fils, prend une dimension symbolique.
Celle-ci est explicitée par Véronique elle-même, à la
fin du roman, quand elle dit que Jean-François a été
privé du rôle de père qui lui revenait de droit, et que son
œuvre à elle n'a eu d'autre but que de compenser ce
manque : « ce que vous auriez dû à ses talents, à une fortune
dignement acquise, est accompli par l'héritière de son
repentir, par celle qui causa le crime. » Le Curé de village
est le roman de ceux qui sont obligés de se passer de père.
Même le bon Sauviat fait défaut à sa fille au moment
précis où sa présence aurait entravé la liaison de Véronique et de Jean-François, qui n'a pu se poursuivre
qu'avec la complicité de la vieille mère. Ce « meurtre »
symbolique, pour regrettable qu'il soit, aux yeux de Balzac,
est donné comme un fait dont il faut s'accommoder. Ce
qui, sur le plan politique, signifie qu'il n'y a pas à revenir
sur la coupure de 1830. Aussi comprend-on mieux que
ce roman puisse à la fois chanter les louanges de Charles X
et reprocher à l'Église d'avoir condamné Lamennais.
Après l'échec et le départ de Charles X, l'Église doit, si
elle veut survivre, se transformer en profondeur. La
fonction de l'abbé Bonnet est de montrer la voie de cette
Église différente.*

*Bonnet, bien entendu, est un saint. Ce n'est pas lui
qui, tel le pauvre abbé Birotteau du* Curé de Tours,

mourrait d'être privé de ses meubles, de ses livres et d'un canonicat ardemment convoité. Mais ce qui fait son originalité, plus que sa sainteté obligée, c'est sa lucidité : ayant mesuré les limites du seul pouvoir spirituel, il sait que, sans Véronique, c'est-à-dire sans capitaux, il ne peut pas grand-chose pour ses paroissiens. C'est lui qui le premier a l'intuition des travaux nécessaires à la métamorphose économique de la région. Il exalte l'action des monastères au Moyen Age parce qu' « ils ont bâti, planté, cultivé l'Europe, tout en sauvant le trésor de nos connaissances et celui de la justice humaine, de la politique et des arts ».* A. Wurmser se scandalise de voir ce curé s'intéresser aux profits de l'exploitation : préfère-t-il donc le personnage de M*ᵐᵉ de La Chanterie, dans* L'Envers de l'histoire contemporaine, *tout aussi charitable que Véronique, mais qui hésite à faire imprimer un livre parce que, redoutant « les embarras du commerce », elle s'est « interdit d'entrer dans des spéculations » ?* On mesure le fossé qui sépare l'abbé Bonnet des prêtres de la ville lorsque l'abbé de Rastignac lui fait remarquer la pauvreté de son église, sous-entendant que des ouailles aussi fidèles se devraient d'entretenir luxueusement la maison de Dieu. Rastignac, tout arriviste qu'il est, et si content d'être « évêque en perspective » plutôt que curé de village, s'est trompé de siècle, sans comprendre que le temps des cathédrales est passé. Le seul à faire preuve d'une plus grande perspicacité est l'abbé Dutheil, qui est d'ailleurs nommé évêque dès 1829, alors qu'il semblait, quelques mois auparavant, condamné à la plus entière disgrâce.* Le Curé de village, *il est vrai, n'est pas un roman anticlérical comme* Le Curé de Tours. *Mais ce serait une erreur que de prétendre que Balzac a réussi en 1839 à écrire le roman à la gloire de l'Église que l'on pense qu'il voulait écrire en 1832 quand il a commencé (et laissé inachevé)* Le Prêtre catholique. Le Curé de village *dénonce les carences de l'Église avec d'autant plus de force que l'analyse ne se laisse jamais*

*détourner par les besoins de la polémique. Par conséquent,
bien qu'il soit entre-temps devenu légitimiste, il n'y a pas
de solution de continuité entre le Balzac de 1839 et celui
qui écrivait en 1830 à propos d'un ouvrage de Loyau de
Lacy intitulé* Le Prêtre : « *Ce livre est la meilleure preuve
que le clergé chrétien est incapable aujourd'hui de remplir
la sublime fonction du sacerdoce* (...) *La charité chrétienne
répare fort peu, et ne prévient rien du tout. Mais attaquez
l'oisiveté riche et immorale : voilà la vraie cause de ces
plaies sociales* (...). » *Le Curé de village est le roman de
l'Unité perdue : Dieu n'est peut-être pas encore tout à
fait mort, mais la place du Père, en tout cas, est déjà
terriblement vide.*

*

*Pour Balzac, une époque se juge à ses constructions,
qu'il s'agisse de monuments publics, de ponts, de canaux
ou de maisons particulières. Dans* La Comédie humaine
en général et dans Le Curé de village *en particulier, le*
XIXᵉ *siècle est présenté comme le siècle des destructions
systématiques. Le réquisitoire de Balzac, certes, comme
tous les réquisitoires, est sélectif.* Le Curé de village, *par
exemple, contient une allusion au pont des Invalides qui
s'est en partie écroulé à Paris en 1826, mais il n'y est
nulle part question du Pont-Neuf de Limoges, dont la
construction s'est achevée en 1832, l'année même où
Balzac est passé dans la ville, et précisément au pied des
jardins de l'archevêché. Cela ne signifie pas que le réquisitoire soit injuste, parce qu'un fait isolé ne devient signi-
fiant qu'à partir du moment où il est intégré dans une
série, mais seulement que* La Comédie humaine *est, par
rapport à ce qu'on a coutume d'appeler la réalité historique,
un texte beaucoup trop incomplet et lacunaire pour qu'on
puisse le traiter, même avec prudence, en document.*

La Bande noire, qui a fait la fortune des Sauviat, est le

symbole de ces saccages d'autant plus nuisibles que, loin d'être abandonnés aux initiatives locales, ceux-ci sont organisés et soigneusement orchestrés par un pouvoir central — la banque Brézac, de Paris. On connaît assez mal les rouages de cette organisation, dont Balzac évoque à plusieurs reprises dans La Comédie humaine *les activités nuisibles, mais qu'il ne décrit jamais vraiment. On sait seulement qu'elle a existé, et dirigé la destruction de nombreuses églises (en particulier Saint-Germain-l'Auxerrois à Paris) et d'innombrables châteaux. Elle a sévi tout le long de la Restauration, et c'est la Monarchie de Juillet qui a mis fin à ce vandalisme en créant pour Mérimée le poste d'Inspecteur général des Monuments historiques. Ces ravages, que bien des guides mal informés attribuent en bloc à la Révolution, n'étaient évidemment pas gratuits : ces spéculateurs ne détruisaient ni par plaisir ni par principe. Il est aujourd'hui assez difficile d'imaginer qu'on pouvait, au début du xixe siècle, bâtir des fortunes colossales sur la seule récupération — essentiellement la récupération de matériaux, celle des ameublements se faisant de surcroît. C'est uniquement pour meubler les appartements de sa fille que Sauviat rapporte chez lui les dépouilles d'une grande dame ª, et Balzac précise que le marchand forain ignora toute sa vie le prix de ces meubles et objets précieux. Son commerce à lui, sur lequel il édifie sa fortune, concerne les matières premières : plomb, acier, bronze. Il en a parfois pour 20 000 francs dans sa boutique. Du point de vue économique, la fortune des Sauviat est ruineuse, puisque, non contente de n'être pas productive, elle est fondée sur une entreprise de démolitions, au sens propre du terme.*

Moins spectaculaire, mais aussi nuisible, est l'improductivité sous toutes ses formes, dont la plus simple est

---

a. Dans *Le Curé de Tours*, le brave chanoine Chapeloup acquiert lui aussi ses meubles, à très bon prix, par l'intermédiaire de la bande noire.

*l'avarice d'un Pingret, qui entasse son or dans son champ,
véritable défi économique, et provocation au vol. Vient
ensuite la thésaurisation en milieu paysan, qui n'exclut
nullement l'usure : l'argent, au début du XIXe siècle, est
à la fois rare et cher. Mais le plus grand scandale économique selon Balzac, c'est la* jachère. *Peu importe que ce
qu'il dit sur le système de production de la Brie, par exemple, ne soit pas corroboré par les travaux les plus récents
des géographes modernes, puisque nous avons déjà dit
qu'il n'est pas question de chercher dans* La Comédie
humaine *des documents dans un autre domaine que celui
de l'idéologie. Ce qui compte, c'est que Balzac fasse de la
jachère la cause directe de la criminalité qui sévissait à
Montégnac avant l'arrivée de l'abbé Bonnet, prenant ainsi
le contre-pied d'une idéologie qui voyait volontiers dans
la misère le châtiment naturel du crime. Balzac va ici
beaucoup plus loin que les statisticiens de son temps, qui
s'interrogent longuement, la plupart du temps sans oser
répondre, sur le problème humaniste de savoir si le crime
naît du manque ou de l'excès d'instruction. Il n'hésite pas,
et ce point est capital, à mettre directement en relation de
cause à effet un phénomène économique et un phénomène
moral. Ce n'est pas par hasard si le gouvernement qui
condamne à l'inaction les ingénieurs les mieux formés est
le même qui laisse à l'abandon des terres parfois très
fertiles :*

Sur tous ces terrains sans destination, est écrit le mot
incapacité.

*Rien d'étonnant, dans ces circonstances, à ce que les
constructions privées, livrées à l'ignorance et au hasard,
soient frappées du même caractère d'inutilité. Le duc de
Navarreins a la légèreté de laisser à son garde le soin
d'apprécier le parti que l'on pouvait tirer des terres de
Montégnac :* « Effrayé des clairières semées de roches gra-

nitiques qui nuançaient de loin cette immense forêt, ce probe mais inintelligent serviteur fut la cause de la vente de ce bien. » *Grossetête, le banquier à la retraite, cultive des fleurs. Le banquier Graslin, effrayé de sa propre audace, ne construit une maison à Limoges que pour y ensevelir les meubles sous des housses, en vertu de «* mesures conservatrices qui ne conservèrent rien *». Après maintes hésitations, il se résout à habiter cette maison, mais non pas à en jouir : la glacière ne sert pas, la volière est bientôt vide, ainsi que les écuries. Quant au château qu'il fait construire à Montégnac, il a au moins le mérite de fournir pour plusieurs mois du travail aux gens de ce pays particulièrement défavorisé. Mais cette restauration n'est pour lui qu'une réalisation de prestige, à laquelle il emploie «* une orgueilleuse activité *». De toute façon, malgré les avantages momentanés qu'en retirent les gens de Montégnac, ce n'est là qu'une mesure ponctuelle, qu'aucune planification ne sous-tend, et sans autre avenir que le vague projet de canaliser la rivière afin de pouvoir exploiter la forêt.*

Véronique va plus loin, parce qu'elle aime. L'eau, dans Le Curé de village, *n'est pas le symbole de l'âme, comme le pense G. Picon, mais de l'amour : «* Elle se surprit à désirer d'entendre l'eau bruissant dans ces ravines ardentes. — Toujours aimer! pensa-t-elle. *» Avec l'intervention de Véronique dans* La Presse *en juin 1839, le sens du roman a profondément changé par rapport au manuscrit, dans lequel il était essentiellement question d'obtenir la soumission publique d'un coupable. Ce que veut Véronique, c'est exactement le contraire, à savoir une réhabilitation de Jean-François Tascheron, également publique. D'où ces aveux, qu'un lecteur moderne a tendance à juger indécents. Mais on s'interdit de comprendre la signification du dénouement si l'on en reste à une interprétation psychologique : du point de vue de la structure, les aveux de Véronique sont le contrepoids du silence que*

*l'abbé Bonnet a obtenu du jeune homme au pied de l'écha-
faud. Malgré la piété qui leur sert de prétexte, ils parti-
cipent de la même fureur qui avait saisi Jean-François
après sa condamnation, parce qu'ils aboutissent eux aussi
à nier une culpabilité pourtant bien établie dans les faits :
« Jean-François Tascheron, dit Véronique, n'est pas aussi
coupable que la société a pu le croire. » Rappelons que
Véronique avait déjà émis des réserves sur la culpabilité
de la complice de Tascheron, c'est-à-dire elle-même. Nous
ne pouvons être d'accord avec P. Barbéris quand il voit
dans les aveux de Véronique une concession de Balzac à
l'Église, alors que le texte insiste à plusieurs reprises sur
les répugnances de Monseigneur Dutheil et de l'abbé
Bonnet lui-même : « Voici quatre ans que je m'oppose
à cette pensée, elle est la cause des seuls débats qui se soient
élevés entre ma pénitente et moi. » Bien plus, profitant
de la faiblesse de la mourante, les représentants de l'Église
s'arrangent pour limiter au maximum le caractère public
de ces aveux en disposant l'auditoire de façon que
Véronique ne puisse être entendue que de ses seuls intimes.
La différence entre Véronique Graslin et Mme de Mortsauf, l'héroïne du Lys dans la vallée, qui dans les affres
de l'agonie oublie toute décence pour revendiquer le droit
d'aimer Félix, est bien moindre qu'on le prétend généralement : devant les soupçons de Monseigneur Dutheil,
l'abbé Bonnet a beau se porter garant de sa pénitente, nous
l'avons néanmoins vu maintes fois la réprimander d'un
signe chaque fois qu'il la surprenait à s'abandonner à ses
souvenirs. En fait, il y a entre Véronique et l'abbé Bonnet
le même fossé qu'entre Bonnet et l'évêque de Limoges. Les
divergences, certes, n'empêchent pas les alliances, mais
des désaccords profonds se cachent sous une uniformité de
façade. Alors que l'abbé Bonnet s'efforce de lui faire
accepter la mort de son amant, Véronique, elle, n'a d'autre
but que de le ressusciter en inscrivant son nom dans le sol
de son pays natal. Pour elle, la transfiguration de Monté-*

gnac est d'abord une preuve d'amour et une victoire sur la mort [b]. *Avec Véronique, nous sommes donc déjà très loin de cette alliance idéale, prônée par Bonnet, entre la religion et l'économie.*

Avec Gérard, qui intervient dans le texte en 1841 pour l'édition Souverain, l'opposition se confirme. Le rôle de l'abbé Bonnet, d'abord initiateur et promoteur, se réduit de plus en plus jusqu'à n'être plus, au dénouement, que celui d'un comparse, chargé par testament, comme les autres, d'une part de gestion, alors que Gérard est nommé tuteur du jeune Francis Graslin. A partir de 1841, c'est lui qui a le premier rôle dans la transformation économique de Montégnac, car lui seul est capable, tout en exploitant au mieux les richesses naturelles du pays, de transformer une nature inculte, de rendre productif ce qui était infertile. Ce qui est loin d'être, comme le prétend P. Nykrog, une entreprise simple, puisqu'elle requiert les efforts d'un ingénieur supérieurement qualifié, des capitaux importants et une main-d'œuvre considérable. Avec Gérard, les travaux de Montégnac se déroulent sous le signe du grandiose et de l'épique, et prennent une dimension quasiment herculéenne :

Cinquante maçons, revenus de Paris, réunirent les deux montagnes par une muraille de vingt pieds d'épaisseur, fondée à douze pieds de profondeur sur un massif en béton.

Cinq terrassiers rejetaient les bonnes terres au bord des champs, en déblayant un espace de dix-huit pieds,

---

[b]. Cf. M. Regard, au sujet de Véronique : « Ses bienfaits à Montégnac paraissent offerts aux mânes de Tascheron plutôt qu'ils ne sont l'expression d'un remords. » (*L'Information littéraire*, mars-avril 1964.) Il est dommage que M. Regard n'exploite pas cette idée, qu'il relègue en note, et qui ne l'empêche pas de parler quelques pages plus loin, à propos de la mort de Véronique, d'une « victoire de l'esprit » sur la chair.

la largeur de chaque chemin. De chaque côté, quatre
hommes, occupés à creuser le fossé, en mettaient aussi
la bonne terre sur le champ en forme de berge. Derrière
eux, à mesure que cette berge avançait, deux hommes y
pratiquaient des trous et y plantaient des arbres. Dans
chaque pièce, trente indigents valides, vingt femmes et
quarante filles ou enfants, en tout quatre-vingt-dix personnes, ramassaient les pierres que des ouvriers métraient le long des berges afin de constater la quantité
produite par chaque groupe. Ainsi tous les travaux marchaient de front et allaient rapidement, avec des ouvriers choisis et pleins d'ardeur.

*La métamorphose de Montégnac est un travail ardu et
de longue haleine, qui n'a rien à voir avec un miracle. Ou
plutôt, c'est un miracle conçu par un ingénieur, et réalisé
avec du béton — ce que Barbéris appelle un « grand poème
technicien ». C'est le seul moyen pour le* xixe *siècle de
recommencer les naïfs et trop faciles exploits des* Lettres
édifiantes, *auxquels Balzac fait allusion à la fin de son
roman. Il faut tout le spiritualisme de G. Picon pour voir
dans l'eau ainsi retrouvée, ressuscitée elle aussi, une
« réalité ambiguë ». Balzac, lui, ne laisse planer aucun
doute sur sa matérialité : l'eau maîtrisée par Gérard à
Montégnac est la même que celle du canal de Briare ou du
bassin de Saint-Ferréol, la plus grande des retenues qui
alimentent le canal du Midi. Le* Curé de village *est placé
par Gérard, en quelque sorte, sous le patronage de Riquet,
le constructeur de Saint-Ferréol, de Cachin, qui entreprit
la construction de la digue de Cherbourg, de Vicat, qui
inventa le béton, et de tous les grands bâtisseurs, y compris
les architectes de la Renaissance. Il ne faut pas oublier
non plus les sources plus directes, comme l'ingénieur
Surville, le beau-frère de Balzac, ou le saint-simonien
Cazeaux, dont on pense que les travaux qu'il a effectués
dans les Landes ont pu inspirer Balzac. Montégnac c'est*

l'anti-bande noire — *la construction planifiée et intelligente opposée à la destruction systématique et stupide. Le béton, dans ce contexte, devient le symbole de ce que devrait être une économie véritable, par opposition à une économie de misère fondée sur la récupération des matériaux.*

Dans Le Curé de village, *le pouvoir change plusieurs fois de mains : le pouvoir civil laisse à l'Église le soin d'obtenir la soumission de Tascheron ; l'évêque impuissant fait appel à l'abbé Bonnet, lequel confie Montégnac à Véronique. A ce stade, la maternité symbolique de Véronique, ré-enfantant Jean-François Tascheron pour l'arracher à la mort, vient contrebalancer les erreurs du pouvoir légiférant (c'est-à-dire paternel), qui a donné maintes preuves de son incompétence. Aussi est-il profondément contradictoire que Véronique, dans le texte de* La Presse *en 1839, confie la tutelle de son fils à Grandville, le représentant détesté du pouvoir judiciaire. La création du personnage de Gérard, qui assume cette charge dans le texte définitif, lui permet d'éviter cette sorte de régression. Car nous avons vu que Gérard introduit dans le texte une dimension nouvelle* — *celle de la matérialité, par opposition aux fantasmes religieux de l'abbé Bonnet et aux fantasmes amoureux de Véronique. Cependant on ne retrouve pas le même hiatus entre Véronique et le jeune ingénieur qu'entre Véronique et l'abbé Bonnet, parce que Gérard est aussi, par son origine et son histoire, le frère de Jean-François Tascheron. Il est seul en mesure d'accomplir l'œuvre que Véronique, sans son aide, n'aurait su que rêver, leur collaboration se révélant en fin de compte plus fructueuse que celle de Véronique et de l'abbé Bonnet, dans la mesure où elle donne un sens à des rêves que le prêtre, lui, ne peut que censurer. Ainsi comprend-on que Balzac, tout en le regrettant dans la préface de 1841, n'ait pas accordé au curé de Montégnac le pouvoir de convertir Gérard, qui est protestant, au catholicisme. Cette conversion, réitérant la soumission de Jean-François Tascheron*

*à son curé, aurait ramené le roman au niveau du manus-
crit de 1837, et totalement privé de signification la révolte
et les efforts de Véronique. Il est donc normal qu'en réalité
— c'est-à-dire dans le texte du* Curé de village *— Bonnet
soit obligé de se contenter de la conversion du médecin
Roubaud, montrant par là que l'auteur qui écrit une préface n'est déjà plus tout à fait le même que celui qui avait
écrit le roman.*

*

*L'épisode de Farrabesche et de Catherine Curieux
appartient, comme la lettre de Gérard, à la « fournée » de
1841 : il ne figure ni dans le manuscrit ni dans le texte de*
La Presse *de 1839. En outre, à la différence de Gérard,
qui n'a pas d'histoire propre, et dont le nom ne sert qu'à
la construction d'un certain nombre de discours, Farrabesche donne lieu à une fiction autonome. Cette autonomie
est d'ailleurs soulignée par l'existence d'une publication
pré-originale distincte, découverte par R. Guise, dans* Le
Messager *des 8, 9, 11 et 13 mars 1841. Nous pensons
pourtant que cet épisode est incompréhensible en dehors
du contexte du* Curé de village, *et nous suspectons cette
indépendance trop affichée de vouloir masquer les liens
profonds qui unissent Farrabesche et Tascheron.*

*En effet, il ne faut pas mésestimer les difficultés qu'a
éprouvées le roman réaliste, genre bourgeois, pour intégrer
un personnage d'origine populaire qui refuse de jouer le
jeu social et d'essayer de devenir un bourgeois. Il n'importe
que ce soit un vrai bourgeois comme César Birotteau ou
un faux comme Vautrin, l'essentiel étant d'amorcer le
mouvement ascensionnel : Jacques Farrabesche, lui, par
l'exemple de ses frères dont l'un est mort à Montenotte et
l'autre à Austerlitz, connaît à l'avance le prix d'une pro-
motion, et il refuse de prendre sa place dans cette partie
truquée qu'on lui propose. Aussi ne faut-il pas s'étonner*

de constater que ce réfractaire n'ait jamais été considéré tout à fait comme un personnage à part entière : P. Citron y voit seulement « un étalon à partir duquel se mesure la civilisation ». Plutôt que de rechercher les rapports qui le lient aux autres personnages du roman, la critique a eu tendance à le rapprocher de certains personnages un peu marginaux de La Comédie humaine, *en particulier du braconnier Butifer du* Médecin de campagne *(R. Fayolle). P. Citron trouve des affinités entre Farrabesche, Michaud, le garde général des Aigues dans* Les Paysans *et le régisseur Michu d'*Une ténébreuse affaire. *E. Brua remonte jusqu'au Butmel d'un roman de jeunesse,* Le Centenaire *ou les deux Béringheld (1822). A.-M. Meininger va même, dans une note d'ailleurs très convaincante, jusqu'à rapprocher la rencontre imprévue, au cœur de la forêt, que fait Véronique Graslin avec un homme qui lui dit : « Je suis Farrabesche », et celle de la Sanseverina, dans* La Chartreuse de Parme *de Stendhal, avec un hors-la-loi qui lui dit : « Je suis Ferrante Palla. » Mais cela nous apprend peu de chose sur Farrabesche et la place qu'il occupe dans* Le Curé de village. *Il serait grand temps de réhabiliter complètement l'ancien bagnard, et de lui rendre ses droits romanesques, de même que Véronique lui a fait restituer ses droits civiques. D'ailleurs, en lisant* La Comédie humaine, *on apprend très vite à ne plus trop se fier à aucune hiérarchie entre personnages principaux et personnages secondaires — ne serait-ce qu'à cause du procédé des personnages reparaissants, qui peuvent tous fonctionner alternativement comme héros ou comme figurants. Pourtant M. Regard, au cours d'une étude des personnages du* Curé de village, *ne cite même pas Farrabesche, non plus que Gérard d'ailleurs, sans doute parce que leur psychologie, jugée simpliste, ne correspond pas à l'idée qu'une certaine critique se fait de l'individu. Bien sûr, nous ne nions pas que Farrabesche soit pour Balzac une sorte de support idéologique, qui lui ait servi à dire*

*ce qu'il pensait des bagnes, de même que le romancier
utilise Gérard pour développer ses théories sur ces autres
bagnes que sont les grandes écoles. Mais n'est-ce pas le lot
de n'importe quel personnage de roman ? Et Farrabesche,
bien plus encore que Gérard, est loin de n'être que cela.
Comme tous les autres personnages du roman, il a sa
place dans la structure d'ensemble, qu'il s'agit maintenant de déterminer.*

*Farrabesche est le double de Jean-François Tascheron [c],
avec cette seule différence que le premier a été puni pour
avoir voulu rester dans son village, alors que le second
le fut pour en être parti. Ni l'un ni l'autre n'ont voulu ni
prémédité leurs crimes. Le rapprochement entre les deux
hommes, tous deux victimes des bouleversements politiques
et sociaux du début du xixe siècle, est établi par Véronique elle-même dès l'instant où elle entend parler de
l'ancien bagnard : « On lui a donc fait grâce, à lui ? demanda Véronique d'une voix émue. » Et Véronique s'iden-
tifie si spontanément à Catherine Curieux que, sans se
préoccuper de sa vertu, la première question, très narcis-
sique, qu'elle pose au sujet de la jeune femme est pour
demander si elle est jolie. C'est parce qu'elle se met à sa
place que son désir de lui voir épouser Farrabesche est si
grand, et non pas, comme le suggère M. Regard, parce
qu'elle se prend pour Napoléon, dont le désir de puissance
se plaisait à marier ses maréchaux. Son émotion à la vue
du couple réuni n'échappe pas à l'abbé Bonnet, qui lui
reproche sévèrement de « dégrader le bien » : « Votre bienfaisance envers Farrabesche et Catherine comporte des
souvenirs et des arrière-pensées qui en ôtent le mérite aux
yeux de Dieu [d]. » Mais en retour c'est Farrabesche qui le*

c. Le rapprochement a déjà été fait par R. Fayolle à propos du
portrait physique des deux personnages, mais sans qu'il en soit tiré
aucune conclusion (*L'Année balzacienne 1965*, p. 193).

d. Pour ce passage, le premier jet est encore plus net : « Il (Bonnet)
avait surpris, ce qui était vrai, plus de volupté, de plaisir dans les
actions de Véronique envers ce couple, que la Bienfaisance n'en admet. »

premier parvient à apporter à Véronique une sorte de consolation en évoquant devant elle les horreurs du bagne : elle comprend en l'écoutant que le bagne aurait tué Tascheron aussi sûrement et plus cruellement encore que la guillotine. Dans toute la partie du Curé de village *qui se passe à Montégnac, de nombreux indices viennent étayer le parallèle Farrabesche-Tascheron : les larmes que verse Véronique en entendant raconter les amours de Farrabesche et de Catherine, sa visite à la chaumière de Farrabesche dès le lendemain de la rencontre, son indulgence quand celui-ci rappelle devant elle son passé, etc. En outre, on prétend dans le pays que Catherine Curieux ressemblait à la sœur de Jean-François, Denise Tascheron, « une autre fille qui, elle aussi, a quitté le pays ». On peut donc penser, l'onomastique n'étant jamais chez Balzac une piste à négliger, que ce n'est pas par hasard que la séquence* sche *se retrouve dans les deux noms de Farrabesche et de Tascheron.*

Ainsi intégré à l'ensemble du récit, le rôle de Farrabesche dépasse de loin le niveau du pittoresque auquel on l'a relégué jusqu'ici. Certes, ses exploits passés en font une sorte de personnage légendaire, capable d'échapper à toutes les poursuites et de s'évader de toutes les prisons, qui n'est pas sans évoquer le héros du western classique. Mais, comme dans certains westerns d'ailleurs, où l'ambition secrète du hors-la-loi est d'exploiter paisiblement son petit ranch, la distance est grande entre ce passé mythique et la réalité du présent : un fils, une cabane et un petit salaire pour garder un coin difficilement accessible de la forêt. Farrabesche et son fils ne sont pas des sauvages — Balzac dit seulement qu' « ils possédaient les propriétés remarquables des sauvages : une vue perçante, une attention constante, un empire certain sur eux-mêmes, l'ouïe sûre, une agilité visible, une intelligente adresse ». Et toutes ces qualités, avant même d'avoir rencontré Mme Graslin, Farrabesche a choisi de les mettre au service de la

*civilisation : il plante des arbres, entretient des pépinières
et fait des fagots pour les pauvres. (D'où le jeu de mots sur
« chauffer » : « en sorte qu'aujourd'hui s'il chauffe le monde,
il leur fait du bien ! ») Charité d'ailleurs très avantageuse
pour le propriétaire, puisqu'elle évite les saccages décrits
par* Balzac *dans* Les Paysans : *signalons qu'en 1829,
sur 176 222 prévenus de délits en police correctionnelle,
109 762 étaient poursuivis pour délits forestiers, et que
cette proportion a encore augmenté après 1830* e. *Il y a
des tâches que Farrabesche est le seul à pouvoir mener à
bien : c'est lui que l'abbé Bonnet a chargé de « relever de
place en place le chemin des eaux dans chaque ravine, dans
tous les vallons ». Parce qu'il est le seul à connaître intime-
ment, beaucoup mieux que le garde, chaque parcelle de cet
espace immense et semé d'embûches, il n'y a que lui qui
puisse servir de guide à Véronique et à Gérard. Cette
exceptionnelle connaissance du terrain, qui lui sauva la
vie autrefois en lui permettant d'échapper aux gendarmes,
lui fournit maintenant l'occasion de se réintégrer dans la
société : variations sur le même thème qui est la marque
d'un grand romancier. Farrabesche, comme l'abbé Bonnet,
Véronique et l'ingénieur Gérard, n'a d'autre volonté que
de rendre fertile ce qui était stérile : « nous coloniserons
ce coin de terre », dit-il à Véronique en lui demandant une
ferme isolée à la place du domaine plus important (mais
déjà défriché) qu'elle lui réservait.*

  *Puisqu'une fois réunis, Farrabesche, Catherine et leur
fils jouissent de ce bonheur idéal que Véronique Graslin
n'a pu que rêver, leur histoire, loin de constituer une sorte
d'appendice étranger au roman, en est en fait comme un
reflet. Reflet déformé bien entendu, et même inversé, cet
épisode fonctionne exactement comme la construction en
abyme du Nouveau Roman, que le Nouveau Roman a
beaucoup exploitée, mais pas inventée. Ce raccourci*

----

e. D'après A. D'Angeville, *Essai sur la statistique de la population
française*, 1836, p. 94.

*exemplaire contient tous les thèmes que Véronique n'a pu
vivre que sur le mode du fantasme, dans ses rêves d'une
vie simple et harmonieuse avec son amant et son fils. Aussi
n'est-il pas étonnant que par Farrabesche nous soyons
ramenés à* Paul *et* Virginie, *c'est-à-dire au point de
départ du roman, puisque c'est la lecture de l'œuvre de
Bernardin de Saint-Pierre qui a ouvert le cœur de Véronique à la vie sentimentale. Dans sa rusticité, la cabane
de Farrabesche est la réplique — moins l'exotisme — de
la case de M*ᵐᵉ *de La Tour dans* Paul et Virginie. *Les
objets que Farrabesche fabrique pour amuser son fils
rappellent les cadeaux ingénieux que Paul découvre pour
Virginie. Assurément, dans la mesure où il respecte davantage une certaine vraisemblance socio-économique, la
forme que Balzac donne à ce mythe de l'amour partagé
est plus réaliste que le roman de Bernardin de Saint-Pierre.
Ni lyrisme ni enthousiasme. Mais pas de désespoir non
plus car, justement parce qu'il a permis à ses héros de
vieillir, Balzac est sur ce point plus optimiste que le romancier du* xviiiᵉ *siècle.*

*Ainsi, c'est à trois récits parallèles et complémentaires
que nous avons affaire dans* Le Curé de village :

1) l'histoire de Paul et de Virginie (= hors-texte).

*2) l'histoire de Tascheron et de Véronique (= macro-
récit).*

*3) l'histoire de Farrabesche et de Catherine (= micro-
récit) ¹.*

*Ce tableau nous permet de constater que, si Balzac a
contourné au profit de Farrabesche la hiérarchie traditionnelle entre le personnage principal et le personnage
secondaire, il ne l'a pas supprimée : Farrabesche ne pouvait pas* être *le héros du* Curé de village. *Dès le manuscrit*

---

1. On pourrait ajouter une quatrième ligne, qui à dire vrai reste à
l'état d'esquisse : l'histoire de Gérard et de Denise Tascheron. La
réunion, par la volonté de Véronique, de ces deux êtres qui ne s'étaient
jamais vus, constitue une sorte d'anti-*Paul et Virginie.*

cette « *première place* » *revient indiscutablement à Jean-François Tascheron, qui paie de sa vie le droit de l'occuper* (mort). *En voyant ici s'inscrire son histoire entre celle de Paul* (qui meurt) *et celle de Farrabesche* (qui survit), *il paraît évident que le sacrifice indispensable du jeune ouvrier porcelainier est, comme celle de Virginie dans le roman du* XVIIIe *siècle, une concession à la morale bourgeoise, qui bannit toute sensualité, même celle que sa propre législation présente comme non coupable. L'introduction tardive de l'épisode Farrabesche vient protester contre cette attitude, qu'elle dénonce comme injuste et hypocrite : on comprend donc que, sur le plan idéologique, on puisse avoir intérêt à lui accorder la plus grande autonomie possible, en escamotant l'équivalence Farrabesche-Tascheron. En ce qui nous concerne, nous pensons que le texte du* Curé de village *ne parvient à échapper à l'emprise idéologique qu'au prix d'une certaine ambiguïté, qui laisse le lecteur libre de donner un supplément de signification au macro-récit* (= dénotation) *ou au micro-récit, qui ne peut se lire, comme nous avons essayé de le faire, qu'au niveau des connotations, en tenant compte des glissements et des déplacements du sens.*

*

Une telle complexité sur le plan idéologique n'est évidemment pas étrangère aux extrêmes difficultés de l'écriture. Aussi notre étude ne pouvait-elle se passer d'une certaine technicité, parce que nous avons été obligée d'aller rechercher du côté de la genèse des fils encore séparés que la trame définitive du texte embrouille quelquefois au point de les rendre invisibles, c'est-à-dire illisibles. Mais l'inverse est encore plus intéressant : souvent le fragment ne devient lisible qu'intégré à la structure de l'ensemble, qui lui donne sa véritable signification. Au cours de notre travail, Le Curé de village *s'est révélé un exemple privi-*

légié pour une analyse à la fois génétique et structurale.

Bien entendu, nous n'ignorons pas que la lecture que nous en proposons ici est fort éloignée de ce Curé de village que l'auteur envoyait à Henri de France, le prétendant légitimiste, avec ces mots : « Hommage d'un sujet fidèle. » Il y a un fossé entre certaines de nos interprétations et le roman monarchiste et catholique que Balzac présente à Mme Hanska dans les lettres qu'il lui écrit en 1840 et 1841. Mais sommes-nous obligés de prendre au pied de la lettre tout ce que dit Balzac dans ces lettres, lorsque Mme Hanska elle-même, loin de s'être laissé persuader, porte un jugement extrêmement sévère sur l'héroïne du Curé de village, dont la conduite, à ses yeux, « n'est ni humaine, ni même féminine » ? Si la grande dame lui refuse la qualité d'être humain (et même de femme...), il faut donc bien penser que cette Véronique au cilice a su conserver, comme elle le dit et contrairement à ce que nous aurions spontanément tendance à penser, quelque chose de ses origines populaires. Le phénomène de rejet qui s'est produit à droite, dès la publication du roman, autorise, nous semble-t-il, à considérer avec une certaine méfiance ce que Balzac veut bien dire de son œuvre. D'autant plus que c'est à gauche que, dès 1841, on a jugé l'œuvre « réaliste », comme l'atteste la lettre d'une disciple de Fourier dont nous citons un extrait dans notre bibliographie, tandis que Mme Hanska, au nom de la vraisemblance, n'affiche que du dédain : « L'intrigue elle-même n'est pas naturelle. » Non pas qu'il s'agisse pour nous de « récupérer » à tout prix, en la faisant basculer d'une idéologie dans une autre, l'œuvre d'un grand auteur. Bien au contraire, nous avons essayé de montrer que Le Curé de village était à la fois l'œuvre bien-pensante que le titre affichait, et cette réflexion critique à laquelle nous nous sommes plus particulièrement attachée. Ce n'est pas, cette fois, que nous voulons contenter tout le monde, mais parce que nous pensons que cette réflexion critique n'a pu se développer que sous la protection des *théories religieuses qu'elle contredit parfois. Protection efficace certes, puisque le roman a pu être écrit et publié, mais pourtant insuffisante, puisque les attaques furent nombreuses de la part des critiques et des lecteurs scandalisés. C'est ce jeu incessant entre des propositions multiplés et souvent contradictoires que nous avons essayé d'analyser, parce que c'est là seulement que peut se mesurer la dimension idéologique de la plupart des œuvres littéraires.*

Nicole Mozet.

Le Curé de village [1]

CHAPITRE PREMIER

VÉRONIQUE

Dans le Bas-Limoges, au coin de la rue de la Vieille-Poste et de la rue de la Cité, se trouvait, il y a trente ans, une de ces boutiques auxquelles il semble que rien n'ait été changé depuis le Moyen Age. De grandes dalles cassées en mille endroits, posées sur le sol qui se montrait humide par places, auraient fait tomber quiconque n'eût pas observé les creux et les élévations de ce singulier carrelage. Les murs poudreux laissaient voir une bizarre mosaïque de bois et de briques, de pierres et de fer tassés avec une solidité due au temps, peut-être au hasard. Depuis plus de cent ans le plancher [2], composé de poutres colossales, pliait sans rompre sous le poids des étages supérieurs. Bâtis en colombage, ces étages étaient à l'extérieur couverts en ardoises clouées de manière à dessiner des figures géométriques, et conservaient une image naïve des constructions bourgeoises du vieux temps. Aucune des croisées encadrées de bois, jadis brodées de sculptures aujourd'hui détruites par les intempéries de l'atmosphère, ne se tenait d'aplomb : les unes donnaient du nez, les autres rentraient, quelques-unes voulaient se disjoindre ; toutes avaient du terreau apporté on ne sait comment dans les fentes creusées par la pluie, et d'où s'élançaient au printemps quelques fleurs légères, de timides plantes grimpantes, des herbes grêles. La mousse veloutait les toits et les appuis. Le pilier du

coin, quoiqu'en maçonnerie composite, c'est-à-dire
de pierres mêlées de briques et de cailloux, effrayait
le regard par sa courbure ; il paraissait devoir céder
quelque jour sous le poids de la maison, dont le pignon
surplombait d'environ un demi-pied [3]. Aussi l'autorité
municipale et la grande voirie firent-elles abattre cette
maison après l'avoir achetée, afin d'élargir le carrefour.
Ce pilier, situé à l'angle des deux rues, se recommandait
aux amateurs d'antiquités limousines par une jolie
niche sculptée où se voyait une vierge, mutilée pendant
la Révolution. Les bourgeois à prétentions archéolo-
giques y remarquaient les traces de la marge en pierre
destinée à recevoir les chandeliers où la piété publique
allumait des cierges, mettait ses ex-voto et des fleurs.
Au fond de la boutique, un escalier de bois vermoulu
conduisait aux deux étages supérieurs surmontés d'un
grenier. La maison, adossée aux deux maisons voisines,
n'avait point de profondeur, et ne tirait son jour que
des croisées. Chaque étage ne contenait que deux
petites chambres, éclairées chacune par une croisée,
donnant l'une sur la rue de la Cité, l'autre sur la rue
de la Vieille-Poste. Au Moyen Age, aucun artisan ne
fut mieux logé. Cette maison avait évidemment appar-
tenu jadis à des faiseurs d'haubergeons [4], à des armu-
riers, à des couteliers, à quelques maîtres dont le
métier ne haïssait pas le plein air ; il était impossible
d'y voir clair sans que les volets ferrés fussent enlevés
sur chaque face où, de chaque côté du pilier, il y avait
une porte, comme dans beaucoup de magasins situés
au coin de deux rues. A chaque porte, après le seuil en
belle pierre usée par les siècles, commençait un petit
mur à hauteur d'appui, dans lequel était une rainure
répétée à la poutre d'en haut sur laquelle reposait le
mur de chaque façade. Depuis un temps immémorial
on glissait de grossiers volets dans cette rainure, on
les assujettissait par d'énormes bandes de fer boulon-

nées ; puis, les deux portes une fois closes par un
mécanisme semblable, les marchands se trouvaient
dans leur maison comme dans une forteresse. En
examinant l'intérieur que, pendant les premières vingt
années de ce siècle, les Limousins virent encombré de
ferrailles, de cuivre, de ressorts, de fers de roues, de
cloches et de tout ce que les démolitions donnent
de métaux, les gens qu'intéressait ce débris de la
vieille ville, y remarquaient la place d'un tuyau de
forge, indiqué par une longue traînée de suie, détail
qui confirmait les conjectures des archéologues sur
la destination primitive de la boutique. Au premier
étage, était une chambre et une cuisine ; le second avait
deux chambres. Le grenier servait de magasin pour
les objets plus délicats que ceux jetés pêle-mêle dans
la boutique. Cette maison, louée d'abord, fut plus tard
achetée par un nommé Sauviat, marchand forain, qui,
de 1792 à 1796, parcourut les campagnes dans un
rayon de cinquante lieues autour de l'Auvergne, en y
échangeant des poteries, des plats, des assiettes, des
verres, enfin les choses nécessaires aux plus pauvres
ménages, contre de vieux fers, des cuivres, des plombs,
contre tout métal sous quelque forme qu'il se déguisât.
L'Auvergnat donnait une casserole en terre brune de
deux sous pour une livre de plomb, ou pour deux livres
de fer, bêche cassée, houe brisée, vieille marmite fendue ;
et, toujours juge en sa propre cause, il pesait lui-même
sa ferraille. Dès la troisième année, Sauviat joignit à
ce commerce celui de la chaudronnerie. En 1793, il
put acquérir un château vendu nationalement, et le
dépeça ; le gain qu'il fit, il le répéta sans doute sur
plusieurs points de la sphère où il opérait ; plus tard,
ces premiers essais lui donnèrent l'idée de proposer
une affaire en grand à l'un de ses compatriotes à Paris.
Ainsi, la Bande Noire [1], si célèbre par ses dévastations,
naquit dans la cervelle du vieux Sauviat, le marchand

forain que tout Limoges a vu pendant vingt-sept ans
dans cette pauvre boutique au milieu de ses cloches
cassées, de ses fléaux, de ses chaînes, de ses potences,
de ses gouttières en plomb tordu, de ses ferrailles de
toute espèce ; on doit lui rendre la justice de dire qu'il
ne connut jamais ni la célébrité, ni l'étendue de cette
association ; il n'en profita que dans la proportion des
capitaux qu'il avait confiés à la fameuse maison
Brézac [6]. Fatigué de courir les foires et les villages,
l'Auvergnat s'établit à Limoges, où il avait, en 1797,
épousé la fille d'un chaudronnier veuf, nommé Champagnac. Quand mourut le beau-père, il acheta la
maison où il avait établi d'une manière fixe son commerce de ferrailleur, après l'avoir encore exercé dans
les campagnes pendant trois ans en compagnie de sa
femme. Sauviat atteignait à sa cinquantième année
quand il épousa la fille au vieux Champagnac, laquelle,
de son côté, ne devait pas avoir moins de trente ans.
Ni belle, ni jolie, la Champagnac était née en Auvergne,
et le patois fut une séduction mutuelle ; puis, elle avait
cette grosse encolure qui permet aux femmes de résister
aux plus durs travaux ; aussi accompagna-t-elle
Sauviat dans ses courses. Elle rapportait du fer ou du
plomb sur son dos, et conduisait le méchant fourgon [7]
plein de poteries avec lesquelles son mari faisait une
usure déguisée. Brune, colorée, jouissant d'une riche
santé, la Champagnac montrait, en riant, des dents
blanches, hautes et larges comme des amandes ; enfin
elle avait le buste et les hanches de ces femmes que la
nature a faites. pour être mères. Si cette forte fille ne
s'était pas plus tôt mariée, il fallait attribuer son
célibat au *sans dot* d'Harpagon que pratiquait son
père, sans avoir jamais lu Molière. Sauviat ne s'effraya
point du sans dot ; d'ailleurs un homme de cinquante
ans ne devait pas élever de difficultés, puis sa femme
allait lui épargner la dépense d'une servante. Il n'ajouta

rien au mobilier de sa chambre, où, depuis le jour de
ses noces jusqu'au jour de son déménagement, il n'y
eut jamais qu'un lit à colonnes, orné d'une pente [8]
découpée et de rideaux en serge verte, un bahut, une
commode, quatre fauteuils, une table et un miroir, le
tout rapporté de différentes localités. Le bahut contenait dans sa partie supérieure une vaisselle en étain
dont toutes les pièces étaient dissemblables. Chacun
peut imaginer la cuisine d'après la chambre à coucher.
Ni le mari, ni la femme ne savaient lire, léger défaut
d'éducation qui ne les empêchait pas de compter
admirablement et de faire le plus florissant de tous les
commerces. Sauviat n'achetait aucun objet sans la
certitude de pouvoir le revendre à cent pour cent de
bénéfice. Pour se dispenser de tenir des livres et une
caisse, il payait et vendait tout au comptant. Il avait
d'ailleurs une mémoire si parfaite, qu'un objet, restât-il
cinq ans dans sa boutique, sa femme et lui se rappelaient, à un liard près, le prix d'achat, enchéri chaque
année des intérêts. Excepté pendant le temps où elle
vaquait aux soins du ménage, la Sauviat était toujours
assise sur une mauvaise chaise en bois adossée au
pilier de sa boutique ; elle tricotait en regardant les
passants, veillant à sa ferraille et la vendant, la pesant,
la livrant elle-même si Sauviat voyageait pour des
acquisitions. A la pointe du jour on entendait le ferrailleur travaillant ses volets, le chien se sauvait par
les rues, et bientôt la Sauviat venait aider son homme
à mettre sur les appuis naturels que les petits murs
formaient rue de la Vieille-Poste et rue de la Cité, des
sonnettes, de vieux ressorts, des grelots, des canons
de fusil cassés, des brimborions de leur commerce qui
servaient d'enseigne et donnaient un air assez misérable
à cette boutique où souvent il y avait pour vingt mille
francs de plomb, d'acier et de cloches. Jamais, ni
l'ancien brocanteur forain, ni sa femme, ne parlèrent

de leur fortune ; ils la cachaient comme un malfaiteur cache un crime; on les soupçonna longtemps de rogner les louis d'or et les écus. Quand mourut Champagnac, les Sauviat ne firent point d'inventaire, ils fouillèrent avec l'intelligence des rats tous les coins de sa maison, la laissèrent nue comme un cadavre, et vendirent eux-mêmes les chaudronneries dans leur boutique. Une fois par an, en décembre, Sauviat allait à Paris, et se servait alors de la voiture publique. Aussi, les observateurs du quartier présumaient-ils que pour dérober la connaissance de sa fortune, le ferrailleur opérait ses placements lui-même à Paris. On sut plus tard que, lié dans sa jeunesse avec un des plus célèbres marchands de métaux de Paris, Auvergnat comme lui, il faisait prospérer ses fonds dans la caisse de la maison Brézac, la colonne de cette fameuse association appelée la Bande Noire, qui s'y forma, comme il a été dit, d'après le conseil de Sauviat, un des participants.

Sauviat était un petit homme gras, à figure fatiguée, doué d'un air de probité qui séduisait le chaland, et cet air lui servait à bien vendre. La sécheresse de ses affirmations et la parfaite indifférence de son attitude aidaient ses prétentions. Son teint coloré se devinait difficilement sous la poussière métallique et noire qui saupoudrait ses cheveux crépus et sa figure marquée de petite vérole. Son front ne manquait pas de noblesse, il ressemblait au front classique prêté par tous les peintres à saint Pierre, le plus rude, le plus *peuple* et aussi le plus fin des apôtres. Ses mains étaient celles du travailleur infatigable, larges, épaisses, carrées et ridées par des espèces de crevasses solides. Son buste offrait une musculature indestructible. Il ne quitta jamais son costume de marchand forain : gros souliers ferrés, bas bleus tricotés par sa femme et cachés sous des guêtres en cuir, pantalon de velours vert bouteille, gilet à carreaux d'où pendait la clef en cuivre de sa

montre d'argent attachée par une chaîne en fer que
l'usage rendait luisant et poli comme de l'acier, une
veste à petites basques en velours pareil au pantalon,
puis autour du cou une cravate en rouennerie usée par
le frottement de la barbe. Les dimanches et jours de
fête, Sauviat portait une redingote de drap marron
si bien soignée, qu'il ne la renouvela que deux fois en
vingt ans. La vie des forçats peut passer pour luxueuse
comparée à celle des Sauviat, ils ne mangeaient de la
viande qu'aux jours de fêtes carillonnées. Avant de
lâcher l'argent nécessaire à leur subsistance journalière,
la Sauviat fouillait dans ses deux poches cachées entre
sa robe et son jupon, et n'en ramenait jamais que de
mauvaises pièces rognées, des écus de six livres ⁹ ou
de cinquante-cinq sous, qu'elle regardait avec désespoir
avant d'en changer une. La plupart du temps, les
Sauviat se contentaient de harengs, de pois rouges, de
fromage, d'œufs durs mêlés dans une salade, de légumes
assaisonnés de la manière la moins coûteuse. Jamais
ils ne firent de provisions, excepté quelques bottes
d'ail ou d'oignons qui ne craignaient rien et ne coûtaient
pas grand'chose ; le peu de bois qu'ils consommaient
en hiver, la Sauviat l'achetait aux fagoteurs qui passaient, et au jour le jour. A sept heures en hiver, à
neuf heures en été, le ménage était couché, la boutique
fermée et gardée par leur énorme chien qui cherchait
sa vie dans les cuisines du quartier. La mère Sauviat
n'usait pas pour trois francs de chandelle par an.

La vie sobre et travailleuse de ces gens fut animée
par une joie, mais une joie naturelle, et pour laquelle
ils firent leurs seules dépenses connues. En mai 1802,
la Sauviat eut une fille. Elle s'accoucha toute seule,
et vaquait aux soins de son ménage cinq jours après.
Elle nourrit elle-même son enfant sur sa chaise, en
plein vent, continuant à vendre la ferraille pendant
que sa petite tétait. Son lait ne coûtant rien, elle laissa

téter pendant deux ans sa fille, qui ne s'en trouva
pas mal. Véronique devint le plus bel enfant de la
basse-ville, les passants s'arrêtaient pour la voir. Les
voisines aperçurent alors chez le vieux Sauviat quelques
traces de sensibilité, car on l'en croyait entièrement
privé. Pendant que sa femme lui faisait à dîner, le
marchand gardait entre ses bras la petite, et la berçait
en lui chantonnant des refrains auvergnats. Les ouvriers
le virent parfois immobile, regardant Véronique endormie sur les genoux de sa mère. Pour sa fille, il adoucissait
sa voix rude, il essuyait ses mains à son pantalon avant
de la prendre. Quand Véronique essaya de marcher,
le père se pliait sur ses jambes et se mettait à quatre
pas d'elle en lui tendant les bras et lui faisant des mines
qui contractaient joyeusement les plis métalliques et
profonds de sa figure âpre et sévère. Cet homme de
plomb, de fer et de cuivre redevint un homme de sang,
d'os et de chair. Était-il le dos appuyé contre son pilier,
immobile comme une statue, un cri de Véronique l'agitait ; il sautait à travers les ferrailles pour la trouver,
car elle passa son enfance à jouer avec les débris de
châteaux amoncelés dans les profondeurs de cette
vaste boutique, sans se blesser jamais ; elle allait aussi
jouer dans la rue ou chez les voisins, sans que l'œil
de sa mère la perdît de vue. Il n'est pas inutile de dire
que les Sauviat étaient éminemment religieux. Au
plus fort de la Révolution, Sauviat observait le dimanche
et les fêtes. A deux fois, il manqua de se faire couper
le cou pour être allé entendre la messe d'un prêtre non
assermenté. Enfin, il fut mis en prison, accusé justement
d'avoir favorisé la fuite d'un évêque auquel il sauva
la vie. Heureusement le marchand forain, qui se connaissait en limes et en barreaux de fer, put s'évader ;
mais il fut condamné à mort par contumace, et, par
parenthèse, ne se présenta jamais pour la purger, il
mourut mort. Sa femme partageait ses pieux sentiments.

L'avarice de ce ménage ne cédait qu'à la voix de la religion. Les vieux ferrailleurs rendaient exactement le pain bénit, et donnaient aux quêtes. Si le vicaire de Saint-Étienne venait chez eux pour demander des secours, Sauviat ou sa femme allaient aussitôt chercher sans façons ni grimaces ce qu'ils croyaient être leur quote-part dans les aumônes de la paroisse. La Vierge mutilée de leur pilier fut toujours, dès 1799, ornée de buis à Pâques. A la saison des fleurs, les passants la voyaient fêtée par des bouquets rafraîchis dans des cornets de verre bleu, surtout depuis la naissance de Véronique. Aux processions, les Sauviat tendaient soigneusement leur maison de draps chargés de fleurs, et contribuaient à l'ornement, à la construction du reposoir, l'orgueil de leur carrefour. Véronique Sauviat fut donc élevée chrétiennement. Dès l'âge de sept ans, elle eut pour institutrice une sœur grise [10] auvergnate à qui les Sauviat avaient rendu quelques petits services. Tous deux, assez obligeants tant qu'il ne s'agissait que de leur personne ou de leur temps, étaient serviables à la manière des pauvres gens, qui se prêtent eux-mêmes avec une sorte de cordialité. La sœur grise enseigna la lecture et l'écriture à Véronique, elle lui apprit l'histoire du peuple de Dieu, le Catéchisme, l'Ancien et le Nouveau-Testament, quelque peu de calcul. Ce fut tout, la sœur crut que ce serait assez, c'était déjà trop. A neuf ans, Véronique étonna le quartier par sa beauté. Chacun admirait un visage qui pouvait être un jour digne du pinceau des peintres empressés à la recherche du beau idéal. Surnommée *la petite Vierge*, elle promettait d'être bien faite et blanche. Sa figure de madone, car la voix du peuple l'avait bien nommée, fut complétée par une riche et abondante chevelure blonde qui fit ressortir la pureté de ses traits. Quiconque a vu la sublime petite Vierge de Titien dans son grand tableau de la Présentation au Temple [11],

saura ce que fut Véronique en son enfance : même
candeur ingénue, même étonnement séraphique dans
les yeux, même attitude noble et simple, même port
d'infante. A onze ans, elle eut la petite vérole, et ne
dut la vie qu'aux soins de la sœur Marthe. Pendant
les deux mois que leur fille fut en danger, les Sauviat
donnèrent à tout le quartier la mesure de leur tendresse.
Sauviat n'alla plus aux ventes, il resta tout le temps
dans sa boutique, montant chez sa fille, redescendant
de moments en moments, la veillant toutes les nuits,
de compagnie avec sa femme. Sa douleur muette parut
trop profonde pour que personne osât lui parler, les
voisins le regardaient avec compassion, et ne demandaient des nouvelles de Véronique qu'à la sœur Marthe.
Durant les jours où le danger atteignit au plus haut
degré, les passants et les voisins virent pour la seule
et unique fois de la vie de Sauviat des larmes roulant
longtemps entre ses paupières et tombant le long de
ses joues creuses ; il ne les essuya point, il resta quelques
heures comme hébété, n'osant point monter chez sa
fille, regardant sans voir, on aurait pu le voler. Véronique
fut sauvée, mais sa beauté périt. Cette figure, également colorée par une teinte où le brun et le rouge étaient
harmonieusement fondus, resta frappée de mille fos-
settes qui grossirent la peau, dont la pulpe blanche
avait été profondément travaillée. Le front ne put
échapper aux ravages du fléau, il devint brun et demeura
comme martelé. Rien n'est plus discordant que ces
tons de brique sous une chevelure blonde, ils détruisent
une harmonie préétablie. Ces déchirures du tissu,
creuses et capricieuses, altérèrent la pureté du profil,
la finesse de la coupe du visage, celle du nez, dont la
forme grecque se vit à peine, celle du menton, délicat
comme le bord d'une porcelaine blanche. La maladie
ne respecta que ce qu'elle ne pouvait atteindre, les
yeux et les dents. Véronique ne perdit pas non plus

l'élégance et la beauté de son corps, ni la plénitude
de ses lignes, ni la grâce de sa taille. Elle fut à quinze ans
une belle personne, et ce qui consola les Sauviat, une
sainte et bonne fille, occupée, travailleuse, sédentaire.
A sa convalescence, et après sa première communion,
son père et sa mère lui donnèrent pour habitation les
deux chambres situées au second étage. Sauviat, si
rude pour lui et pour sa femme, eut alors quelques
soupçons du bien-être ; il lui vint une vague idée de
consoler sa fille d'une perte qu'elle ignorait encore.
La privation de cette beauté qui faisait l'orgueil de ces
deux êtres leur rendit Véronique encore plus chère et
plus précieuse. Un jour, Sauviat apporta sur son dos
un tapis de hasard, et le cloua lui-même dans la chambre
de Véronique. Il garda pour elle, à la vente d'un château,
le lit en damas rouge d'une grande dame, les rideaux,
les fauteuils et les chaises en même étoffe. Il meubla
de vieilles choses, dont le prix lui fut toujours inconnu,
les deux pièces où vivait sa fille. Il mit des pots de
réséda sur l'appui de la fenêtre, et rapporta de ses
courses tantôt des rosiers, tantôt des œillets, toutes
sortes de fleurs que lui donnaient sans doute les jardiniers ou les aubergistes. Si Véronique avait pu faire
des comparaisons, et connaître le caractère, les mœurs,
l'ignorance de ses parents, elle aurait su combien il
y avait d'affection dans ces petites choses ; mais elle
les aimait avec un naturel exquis et sans réflexion.
Véronique eut le plus beau linge que sa mère pouvait
trouver chez les marchands. La Sauviat laissait sa
fille libre de s'acheter pour ses vêtements les étoffes
qu'elle désirait. Le père et la mère furent heureux de
la modestie de leur fille, qui n'eut aucun goût ruineux.
Véronique se contentait d'une robe de soie bleue pour
les jours de fête, et portait les jours ouvrables une robe
de gros mérinos en hiver, d'indienne rayée en été.
Le dimanche, elle allait aux offices avec son père et

sa mère, à la promenade après vêpres le long de la
Vienne ou aux alentours. Les jours ordinaires, elle
demeurait chez elle, occupée à remplir de la tapisserie,
dont le prix appartenait aux pauvres, ayant ainsi les
mœurs les plus simples, les plus chastes, les plus exemplaires. Elle ouvrait [12] parfois du linge pour les hospices.
Elle entremêla ses travaux de lectures, et ne lut pas
d'autres livres que ceux que lui prêtait le vicaire de
Saint-Étienne, un prêtre de qui la sœur Marthe avait
fait faire la connaissance aux Sauviat.

Pour Véronique, les lois de l'économie domestique
furent d'ailleurs entièrement suspendues. Sa mère,
heureuse de lui servir une nourriture choisie, lui faisait
elle-même une cuisine à part. Le père et la mère mangeaient toujours leurs noix et leur pain dur, leurs harengs,
leurs pois fricassés avec du beurre salé, tandis que pour
Véronique rien n'était ni assez frais ni assez beau.
« — Véronique doit vous coûter cher, disait au père
Sauviat un chapelier établi en face et qui avait pour
son fils des projets sur Véronique en estimant à cent
mille francs la fortune du ferrailleur. — Oui, voisin,
oui, répondit le vieux Sauviat, elle pourrait me demander dix écus, je les lui donnerais tout de même. Elle a
tout ce qu'elle veut, mais elle ne demande jamais rien.
C'est un agneau pour la douceur! » Véronique, en effet,
ignorait le prix des choses ; elle n'avait jamais eu besoin
de rien ; elle ne vit de pièce d'or que le jour de son
mariage, elle n'eut jamais de bourse à elle ; sa mère
lui achetait et lui donnait tout à souhait, si bien que
pour faire l'aumône à un pauvre, elle fouillait dans les
poches de sa mère. « — Elle ne vous coûte pas cher,
dit alors le chapelier. — Vous croyez cela, vous! répondit
Sauviat. Vous ne vous en tireriez pas encore avec
quarante écus [13] par an. Et sa chambre! elle a chez
elle pour plus de cent écus de meubles, mais quand
on n'a qu'une fille, on peut se laisser aller. Enfin,

le peu que nous possédons sera tout à elle. — Le peu ?
Vous devez être riche, père Sauviat. Voilà quarante
ans que vous faites un commerce où il n'y a pas de
pertes. — Ah ! l'on ne me couperait pas les oreilles
pour douze cents francs [14] ! » répondit le vieux marchand
de ferraille.

A compter du jour où Véronique eut perdu la suave
beauté qui recommandait son visage de petite fille
à l'admiration publique, le père Sauviat redoubla
d'activité. Son commerce se raviva si bien, qu'il fit
dès lors plusieurs voyages par an à Paris. Chacun devina
qu'il voulait compenser à force d'argent ce que, dans
son langage, il appelait les déchets [15] de sa fille. Quand
Véronique eut quinze ans, il se fit un changement dans
les mœurs intérieures de la maison. Le père et la mère
montèrent à la nuit chez leur fille, qui, pendant la
soirée, leur lisait, à la lueur d'une lampe placée derrière
un globe de verre plein d'eau, la *Vie des Saints* [16],
les *Lettres édifiantes* [17], enfin tous les livres prêtés par
le vicaire. La vieille Sauviat tricotait en calculant
qu'elle regagnait ainsi le prix de l'huile. Les voisins
pouvaient voir de chez eux ces deux vieilles gens,
immobiles sur leurs fauteuils comme deux figures
chinoises [18], écoutant et admirant leur fille de toutes
les forces d'une intelligence obtuse pour tout ce qui
n'était pas commerce ou foi religieuse. Il s'est rencontré
sans doute dans le monde des jeunes filles aussi pures
que l'était Véronique ; mais aucune ne fut ni plus pure,
ni plus modeste. Sa confession devait étonner les anges
et réjouir la sainte Vierge. A seize ans, elle fut entièrement développée, et se montra comme elle devait être.
Elle avait une taille moyenne, ni son père ni sa mère
n'étaient grands ; mais ses formes se recommandaient
par une souplesse gracieuse, par ces lignes serpentines
si heureuses, si péniblement cherchées par les peintres,
que la Nature trace d'elle-même si finement, et dont les

moelleux contours se révèlent aux yeux des connais-
seurs, malgré les linges et l'épaisseur des vêtements,
qui se modèlent et se disposent toujours, quoi qu'on
fasse, sur le nu. Vraie, simple, naturelle, Véronique
mettait en relief cette beauté par des mouvements
sans aucune affectation. Elle sortait son plein et entier
effet [19], s'il est permis d'emprunter ce terme énergique
à la langue judiciaire. Elle avait les bras charnus des
Auvergnates, la main rouge et potelée d'une belle
servante d'auberge, des pieds forts, mais réguliers,
et en harmonie avec ses formes. Il se passait en elle
un phénomène ravissant et merveilleux qui promettait
à l'amour une femme cachée à tous les yeux. Ce phénomène était peut-être une des causes de l'admiration
que son père et sa mère manifestèrent pour sa beauté,
qu'ils disaient être divine, au grand étonnement des
voisins. Les premiers qui remarquèrent ce fait furent les
prêtres de la cathédrale et les fidèles qui s'approchaient
de la sainte table. Quand un sentiment violent éclatait
chez Véronique, et l'exaltation religieuse à laquelle
elle était livrée alors qu'elle se présentait pour commu-
nier doit se compter parmi les vives émotions d'une
jeune fille si candide, il semblait qu'une lumière intérieure effaçât par ses rayons les marques de la petite
vérole. Le pur et radieux visage de son enfance reparaissait dans sa beauté première. Quoique légèrement
voilé par la couche grossière que la maladie y avait
étendue, il brillait comme brille mystérieusement une
fleur sous l'eau de la mer que le soleil pénètre. Véronique
était changée pour quelques instants : la petite Vierge
apparaissait et disparaissait comme une céleste apparition. La prunelle de ses yeux, douée d'une grande
contractilité, semblait alors s'épanouir, et repoussait
le bleu de l'iris, qui ne formait plus qu'un léger cercle.
Ainsi cette métamorphose de l'œil, devenu aussi vif
que celui de l'aigle, complétait le changement étrange

du visage. Était-ce l'orage des passions contenues, était-ce une force venue des profondeurs de l'âme qui agrandissait la prunelle en plein jour, comme elle s'agrandit ordinairement chez tout le monde dans les ténèbres, en brunissant ainsi l'azur de ces yeux célestes ? Quoi que ce fût, il était impossible de voir froidement Véronique, alors qu'elle revenait de l'autel à sa place après s'être unie à Dieu, et qu'elle se montrait à la paroisse dans sa primitive splendeur. Sa beauté eût alors éclipsé celle des plus belles femmes. Quel charme pour un homme épris et jaloux que ce voile de chair qui devait cacher l'épouse à tous les regards, un voile que la main de l'amour lèverait et laisserait retomber sur les voluptés permises ! Véronique avait des lèvres parfaitement arquées qu'on aurait crues peintes en vermillon, tant y abondait un sang pur et chaud. Son menton et le bas de son visage étaient un peu gras [20], dans l'acception que les peintres donnent à ce mot, et cette forme épaisse est, suivant les lois impitoyables de la physiognomonie [21], l'indice d'une violence quasi-morbide dans la passion. Elle avait au-dessus de son front, bien modelé, mais presque impérieux, un magnifique diadème de cheveux volumineux, abondants et devenus châtains.

Depuis l'âge de seize ans jusqu'au jour de son mariage, Véronique eut une attitude pensive et pleine de mélancolie. Dans une si profonde solitude, elle devait, comme les solitaires, examiner le grand spectacle de ce qui se passait en elle : le progrès de sa pensée, la variété des images, et l'essor des sentiments échauffés par une vie pure. Ceux qui levaient le nez en passant par la rue de la Cité pouvaient voir par les beaux jours la fille des Sauviat assise à sa fenêtre, cousant, brodant ou tirant l'aiguille au-dessus de son canevas d'un air assez songeur. Sa tête se détachait vivement entre les fleurs qui poétisaient l'appui brun et fendillé de ses

croisées à vitraux retenus dans leur réseau de plomb.
Quelquefois le reflet des rideaux de damas rouge ajoutait à l'effet de cette tête déjà si colorée ; de même qu'une
fleur empourprée, elle dominait le massif aérien si
soigneusement entretenu par elle sur l'appui de sa
fenêtre. Cette vieille maison naïve avait donc quelque
chose de plus naïf : un portrait de jeune fille, digne de
Mieris, de Van Ostade, de Terburg et de Gérard Dow [22],
encadré dans une de ces vieilles croisées quasi détruites,
frustes et brunes que leurs pinceaux ont affectionnées.
Quand un étranger, surpris de cette construction, restait
béant à contempler [23] le second étage, le vieux Sauviat
avançait alors la tête de manière à se mettre en dehors
de la ligne dessinée par le surplomb, sûr de trouver sa
fille à la fenêtre. Le ferrailleur rentrait en se frottant
les mains, et disait à sa femme en patois d'Auvergne :
« — Hé ! la vieille, on admire ton enfant ! »

En 1820, il arriva, dans la vie simple et dénuée d'événements que menait Véronique, un accident qui n'eût
pas eu d'importance chez toute autre jeune personne,
mais qui peut-être exerça sur son avenir une horrible
influence. Un jour de fête supprimée, qui restait ouvrable
pour toute la ville, et pendant lequel les Sauviat
fermaient boutique, allaient à l'église et se promenaient,
Véronique passa, pour aller dans la campagne, devant
l'étalage d'un libraire où elle vit le livre de *Paul et
Virginie* [24]. Elle eut la fantaisie de l'acheter à cause de
la gravure, son père paya cent sous le fatal volume,
et le mit dans la vaste poche de sa redingote. « — Ne
ferais-tu pas bien de le montrer à monsieur le vicaire ?
lui dit sa mère pour qui tout livre imprimé sentait
toujours un peu le grimoire. — J'y pensais ! » répondit
simplement Véronique. L'enfant passa la nuit à lire
ce roman, l'un des plus touchants livres de la langue
française. La peinture de ce mutuel amour, à demi
biblique et digne des premiers âges du monde, ravagea

le cœur de Véronique. Une main, doit-on dire divine
ou diabolique, enleva le voile qui jusqu'alors lui avait
couvert la Nature. La petite vierge enfouie dans la
belle fille trouva le lendemain ses fleurs plus belles
qu'elles ne l'étaient la veille, elle entendit leur langage
symbolique, elle examina l'azur du ciel avec une fixité
pleine d'exaltation ; et des larmes roulèrent alors sans
cause dans ses yeux. Dans la vie de toutes les femmes,
il est un moment où elles comprennent leur destinée,
où leur organisation jusque-là muette parle avec autorité ; ce n'est pas toujours un homme choisi par quelque
regard involontaire et furtif qui réveille leur sixième
sens endormi ; mais plus souvent peut-être un spectacle
imprévu, l'aspect d'un site, une lecture, le coup d'œil
d'une pompe religieuse, un concert de parfums naturels,
une délicieuse matinée voilée de ses fines vapeurs, une
divine musique aux notes caressantes, enfin quelque
mouvement inattendu dans l'âme ou dans le corps.
Chez cette fille solitaire, confinée dans cette noire maison,
élevée par des parents simples, quasi rustiques, et qui
n'avait jamais entendu de mot impropre, dont la candide
intelligence n'avait jamais reçu la moindre idée mauvaise ; chez l'angélique élève de la sœur Marthe et du
bon vicaire de Saint-Étienne, la révélation de l'amour,
qui est la vie de la femme, lui fut faite par un livre
suave, par la main du Génie. Pour toute autre, cette
lecture eût été sans danger ; pour elle, ce livre fut pire
qu'un livre obscène. La corruption est relative. Il est
des natures vierges et sublimes qu'une seule pensée
corrompt, elle y fait d'autant plus de dégâts que la
nécessité d'une résistance n'a pas été prévue. Le lendemain, Véronique montra le livre au bon prêtre qui en
approuva l'acquisition, tant la renommée de *Paul et
Virginie* est enfantine, innocente et pure. Mais la chaleur des tropiques et la beauté des paysages ; mais la
candeur presque puérile d'un amour presque saint avaient

agi sur Véronique. Elle fut amenée par la douce et
noble figure de l'auteur vers le culte de l'Idéal, cette
fatale religion humaine! Elle rêva d'avoir pour amant
un jeune homme semblable à Paul. Sa pensée caressa
de voluptueux tableaux dans une île embaumée. Elle
nomma par enfantillage, une île de la Vienne, sise
au-dessous de Limoges, presque en face le faubourg
Saint-Martial, l'Ile-de-France [25]. Sa pensée y habita
le monde fantastique que se construisent toutes les
jeunes filles, et qu'elles enrichissent de leurs propres
perfections. Elle passa de plus longues heures à sa
croisée, en regardant passer les artisans, les seuls
hommes auxquels, d'après la modeste condition de
ses parents, il lui était permis de songer. Habituée
sans doute à l'idée d'épouser un homme du peuple,
elle trouvait en elle-même des instincts qui repoussaient
toute grossièreté. Dans cette situation, elle dut se
plaire à composer quelques-uns de ces romans que toutes
les jeunes filles se font pour elles seules. Elle embrassa
peut-être avec l'ardeur naturelle à une imagination
élégante et vierge, la belle idée d'ennoblir un de ces
hommes, de l'élever à la hauteur où la mettaient ses
rêves, elle fit peut-être un Paul de quelque jeune homme
choisi par ses regards, seulement pour attacher ses
folles idées sur un être, comme les vapeurs de l'atmosphère humide, saisies par la gelée, se cristallisent à une
branche d'arbre, au bord du chemin. Elle dut se lancer
dans un abîme profond, car si elle eut souvent l'air
de revenir de bien haut en montrant sur son front
comme un reflet lumineux ; plus souvent encore, elle
semblait tenir à la main des fleurs cueillies au bord
de quelque torrent suivi jusqu'au fond d'un précipice.
Elle demanda par les soirées chaudes le bras de son
vieux père, et ne manqua plus une promenade au bord
de la Vienne où elle allait s'extasiant sur les beautés
du ciel et de la campagne, sur les rouges magnificences

du soleil couchant, sur les pimpantes délices des matinées trempées de rosée. Son esprit exhala dès lors un parfum de poésie naturelle. Ses cheveux qu'elle nattait et tordait simplement sur sa tête, elle les lissa, les boucla. Sa toilette connut quelque recherche. La vigne qui croissait sauvage et naturellement jetée dans les bras du vieil ormeau fut transplantée, taillée, elle s'étala sur un treillis vert et coquet.

Au retour d'un voyage que fit à Paris le vieux Sauviat, alors âgé de soixante-dix ans, en décembre 1822, le vicaire vint un soir, et après quelques phrases insignifiantes : « — Pensez à marier votre fille, Sauviat! dit le prêtre. A votre âge, il ne faut plus remettre l'accomplissement d'un devoir important. — Mais Véronique veut-elle se marier? demanda le vieillard stupéfait. — Comme il vous plaira, mon père, répondit-elle en baissant les yeux. — Nous la marierons, s'écria la grosse mère Sauviat en souriant. — Pourquoi ne m'en as-tu rien dit avant mon départ, la mère? répliqua Sauviat. Je serai forcé de retourner à Paris. » Jérôme-Baptiste Sauviat, en homme aux yeux de qui la fortune semblait constituer tout le bonheur, qui n'avait jamais vu que le besoin dans l'amour, et dans le mariage qu'un mode de transmettre ses biens à un autre soi-même, s'était juré de marier Véronique à un riche bourgeois. Depuis longtemps, cette idée avait pris dans sa cervelle la forme d'un préjugé. Son voisin, le chapelier, riche de deux mille livres de rente, avait déjà demandé pour son fils, auquel il cédait son établissement, la main d'une fille aussi célèbre que l'était Véronique dans le quartier par sa conduite exemplaire et ses mœurs chrétiennes. Sauviat avait déjà poliment refusé sans en parler à Véronique. Le lendemain du jour où le vicaire, personnage important aux yeux du ménage Sauviat, eut parlé de la nécessité de marier Véronique de laquelle il était le directeur, le vieillard se rasa, s'habilla comme

pour un jour de fête, et sortit sans rien dire ni à sa
fille ni à sa femme. L'une et l'autre comprirent que le
père allait chercher un gendre. Le vieux Sauviat se
rendit chez monsieur Graslin.

Monsieur Graslin, riche banquier de Limoges, était
comme Sauviat un homme parti sans le sou de l'Auvergne, venu pour être commissionnaire, et qui, placé
chez un financier en qualité de garçon de caisse, avait,
semblable à beaucoup de financiers, fait son chemin à
force d'économie, et aussi par d'heureuses circonstances.
Caissier à vingt-cinq ans, associé dix ans après de la
maison Perret et Grossetête, il avait fini par se trouver
maître du comptoir après avoir désintéressé ces vieux
banquiers, tous deux retirés à la campagne et qui lui
laissèrent leurs fonds à manier, moyennant un léger
intérêt. Pierre Graslin, alors âgé de quarante-sept ans,
passait pour posséder au moins six cent mille francs.
La réputation de fortune de Pierre Graslin avait récemment grandi dans tout le Département, chacun avait
applaudi à sa générosité qui consistait à s'être bâti,
dans le nouveau quartier de la place des Arbres, destiné
à donner à Limoges une physionomie agréable, une
belle maison sur le plan d'alignement, et dont la façade
correspondait à celle d'un édifice public. Cette maison,
achevée depuis six mois, Pierre Graslin hésitait à la
meubler ; elle lui coûtait si cher qu'il reculait le moment
où il viendrait l'habiter. Son amour-propre l'avait
entraîné peut-être au-delà des lois sages qui jusqu'alors
avaient gouverné sa vie. Il jugeait avec le bon sens
de l'homme commercial, que l'intérieur de sa maison
devait être en harmonie avec le programme de la façade.
Le mobilier, l'argenterie, et les accessoires nécessaires
à la vie qu'il mènerait dans son hôtel, allaient, selon son
estimation, coûter autant que la construction. Malgré
les dires de la ville et les lazzi du commerce, malgré les
charitables suppositions de son prochain, il resta con-

finé dans le vieux, humide et sale rez-de-chaussée où
sa fortune s'était faite, rue Montantmanigne. Le public
glosa ; mais Graslin eut l'approbation de ses deux vieux
commanditaires, qui le louèrent de cette fermeté peu
commune. Une fortune, une existence comme celles
de Pierre Graslin devaient exciter plus d'une convoi-
tise dans une ville de province. Aussi plus d'une proposition de mariage avait-elle été, depuis dix ans, insi-
nuée à monsieur Graslin. Mais l'état de garçon convenait
si bien à un homme occupé du matin au soir, constamment fatigué de courses, accablé de travail, ardent à la
poursuite des affaires comme le chasseur à celle du
gibier, que Graslin ne donna dans aucun des pièges tendus
par les mères ambitieuses qui convoitaient pour leurs
filles cette brillante position. Graslin, ce Sauviat de la
sphère supérieure, ne dépensait pas quarante sous par
jour, et allait vêtu comme son second commis. Deux
commis et un garçon de caisse lui suffisaient pour faire
des affaires, immenses par la multiplicité des détails.
Un commis expédiait la correspondance, un autre tenait
la caisse. Pierre Graslin était, pour le surplus, l'âme
et le corps. Ses commis, pris dans sa famille, étaient des
hommes sûrs, intelligents, façonnés au travail comme
lui-même. Quant au garçon de caisse, il menait la vie
d'un cheval de camion [26]. Levé dès cinq heures en tous
temps, ne se couchant jamais avant onze heures, Graslin
avait une femme à la journée, une vieille Auvergnate
qui faisait la cuisine. La vaisselle de terre brune, le
bon gros linge de maison étaient en harmonie avec le
train de cette maison. L'Auvergnate avait ordre de ne
jamais dépasser la somme de trois francs pour la totalité de la dépense journalière du ménage. Le garçon
de peine servait de domestique. Les commis faisaient
eux-mêmes leur chambre. Les tables en bois noirci,
les chaises dépaillées, les casiers, les mauvais bois de
lit, tout le mobilier qui garnissait le comptoir et les trois

chambres situées au-dessus, ne valaient pas mille francs,
y compris une caisse colossale, toute en fer, scellée dans
les murs, léguée par ses prédécesseurs, et devant laquelle
couchait le garçon de peine, avec deux chiens à ses
pieds. Graslin ne hantait pas le monde où il était si
souvent question de lui. Deux ou trois fois par an, il
dînait chez le Receveur général [27] avec lequel ses affaires
le mettaient en relations suivies. Il mangeait encore
quelquefois à la Préfecture ; il avait été nommé membre
du Conseil général du Département, à son grand regret.
« — Il perdait là son temps, » disait-il. Parfois ses con-
frères, quand il concluait avec eux des marchés, le
gardaient à déjeuner ou à dîner. Enfin il était forcé
d'aller chez ses anciens patrons qui passaient les hivers
à Limoges. Il tenait si peu aux relations de société, qu'en
vingt-cinq ans, Graslin n'avait pas offert un verre d'eau
à qui que ce soit [28]. Quand Graslin passait dans la
rue, chacun se le montrait, en se disant : « Voilà monsieur Graslin ! » C'est-à-dire voilà un homme venu sans
le sou à Limoges et qui s'est acquis une fortune immense !
Le banquier auvergnat était un modèle que plus d'un
père proposait à son enfant, une épigramme que plus
d'une femme jetait à la face de son mari. Chacun peut
concevoir par quelles idées un homme devenu le pivot
de toute la machine financière du Limousin, fut amené
à repousser les diverses propositions de mariage qu'on
ne se lassait pas de lui faire. Les filles de messieurs
Perret et Grossetête avaient été mariées avant que Graslin eût été en position de les épouser, mais comme chacune de ces dames avait des filles en bas âge, on finit
par laisser Graslin tranquille, imaginant que, soit le
vieux Perret ou le fin Grossetête avait par avance
arrangé le mariage de Graslin avec une de leurs petites-
filles. Sauviat suivit plus attentivement et plus sérieusement que personne la marche ascendante de son compatriote, il l'avait connu lors de son établissement à

Limoges ; mais leurs positions respectives changèrent si fort, du moins en apparence, que leur amitié, devenue superficielle, se rafraîchissait rarement. Néanmoins, en qualité de compatriote, Graslin ne dédaigna jamais de causer avec Sauviat quand par hasard ils se rencontrèrent. Tous deux ils avaient conservé leur tutoiement primitif, mais en patois d'Auvergne seulement. Quand le Receveur général de Bourges, le plus jeune des frères Grossetête, eut marié sa fille, en 1823, au plus jeune fils du comte de Fontaine [29], Sauviat devina que les Grossetête ne voulaient point faire entrer Graslin dans leur famille. Après sa conférence avec le banquier, le père Sauviat revint joyeux dîner dans la chambre de sa fille, et dit à ses deux femmes : « — Véronique sera madame Graslin. — Madame Graslin ? s'écria la mère Sauviat stupéfaite. — Est-ce possible ? dit Véronique à qui la personne de Graslin était inconnue mais à l'imagination de laquelle il se produisait comme se produit un des Rothschild à celle d'une grisette de Paris. — Oui, c'est fait, dit solennellement le vieux Sauviat. Graslin meublera magnifiquement sa maison ; il aura pour notre fille la plus belle voiture de Paris et les plus beaux chevaux du Limousin, il achètera une terre de cinq cent mille francs pour elle, et lui assurera son hôtel ; enfin Véronique sera la première de Limoges, la plus riche du département, et fera ce qu'elle voudra de Graslin ! » Son éducation, ses idées religieuses, son affection sans bornes pour son père et sa mère, son ignorance empêchèrent Véronique de concevoir une seule objection ; elle ne pensa même pas qu'on avait disposé d'elle sans elle. Le lendemain Sauviat partit pour Paris et fut absent pendant une semaine environ.

Pierre Graslin était, vous l'imaginez, peu causeur, il allait droit et promptement au fait. Chose résolue, chose exécutée. En février 1822, éclata comme un coup de foudre dans Limoges une singulière nouvelle : l'hôtel

Graslin se meublait richement, des voitures de roulage
venues de Paris se succédaient de jour en jour à la porte
et se déballaient dans la cour. Il courut dans la ville
des rumeurs sur la beauté, sur le bon goût d'un mobilier
moderne ou antique, selon la mode [30]. La maison Odiot [31]
expédiait une magnifique argenterie par la malle-poste.
Enfin, trois voitures, une calèche, un coupé, un cabriolet,
arrivaient entortillées de paille, comme des bijoux.
— Monsieur Graslin se marie! Ces mots furent dits par
toutes les bouches dans une seule soirée, dans les salons
de la haute société, dans les ménages, dans les boutiques,
dans les faubourgs, et bientôt dans tout le Limousin.
Mais avec qui? Personne ne pouvait répondre. Il y
avait un mystère à Limoges.

Au retour de Sauviat, eut lieu la première visite noc-
turne de Graslin, à neuf heures et demie. Véronique,
prévenue, attendait, vêtue de sa robe de soie bleue à
guimpe sur laquelle retombait une collerette de linon
à grand ourlet. Pour toute coiffure, ses cheveux, par-
tagés en deux bandeaux bien lissés, furent rassemblés en
mamelon derrière la tête, à la grecque. Elle occupait
une chaise de tapisserie auprès de sa mère assise au coin
de la cheminée dans un grand fauteuil à dossier sculpté,
garni de velours rouge, quelque débris de vieux château.
Un grand feu brillait à l'âtre. Sur la cheminée, de chaque
côté d'une horloge antique dont la valeur était certes
inconnue aux Sauviat, six bougies [32] dans deux vieux
bras de cuivre figurant des sarments, éclairaient et
cette chambre brune et Véronique dans toute sa fleur.
La vieille mère avait mis sa meilleure robe. Par le silence
de la rue, à cette heure silencieuse, sur les douces ténèbres du vieil escalier, Graslin apparut à la modeste
et naïve Véronique, encore livrée aux suaves idées que
le livre de Bernardin de Saint-Pierre lui avait fait concevoir de l'amour. Petit et maigre, Graslin avait une
épaisse chevelure noire semblable aux crins d'un hous-

soir [33], qui faisait vigoureusement ressortir son visage,
rouge comme celui d'un ivrogne émérite, et couvert de
boutons âcres, saignants ou près de percer. Sans être
ni la lèpre ni la dartre, ces fruits d'un sang échauffé
par un travail continu, par les inquiétudes, par la rage
du commerce, par les veilles, par la sobriété, par une
vie sage, semblaient tenir de ces deux maladies [34].
Malgré les avis de ses associés, de ses commis et de son
médecin, le banquier n'avait jamais su s'astreindre aux
précautions médicales qui eussent prévenu, tempéré
cette maladie, d'abord légère et qui s'aggravait de jour
en jour. Il voulait guérir, il prenait des bains pendant
quelques jours, il buvait la boisson ordonnée ; mais
emporté par le courant des affaires, il oubliait le soin
de sa personne. Il pensait à suspendre ses affaires pendant quelques jours, à voyager, à se soigner aux Eaux ;
mais quel est le chasseur de millions qui s'arrête ? Dans
cette face ardente, brillaient deux yeux gris, tigrés de
fils verdâtres partant de la prunelle, et semés de points
bruns ; deux yeux avides, deux yeux vifs qui allaient
au fond du cœur, deux yeux implacables, pleins de
résolution, de rectitude, de calcul. Graslin avait un
nez retroussé, une bouche à grosses lèvres lippues, un
front cambré, des pommettes rieuses, des oreilles
épaisses à larges bords corrodés par l'âcreté du
sang ; enfin c'était le satyre antique, un faune en
redingote, en gilet de satin noir, le cou serré d'une
cravate blanche. Les épaules fortes et nerveuses, qui
jadis avaient porté des fardeaux, étaient déjà voûtées ;
et, sous ce buste excessivement développé s'agitaient
des jambes grêles, assez mal emmanchées à des cuisses
courtes. Les mains maigres et velues montraient les
doigts crochus des gens habitués à compter des écus.
Les plis du visage allaient des pommettes à la
bouche par sillons égaux comme chez tous les gens
occupés d'intérêts matériels. L'habitude des décisions

rapides se voyait dans la manière dont les sourcils étaient rehaussés vers chaque lobe du front. Quoique sérieuse et serrée, la bouche annonçait une bonté cachée, une âme excellente, enfouie sous les affaires, étouffée peut-être, mais qui pouvait renaître au contact d'une femme. A cette apparition, le cœur de Véronique se contracta violemment, il lui passa du noir devant les yeux, elle crut avoir crié ; mais elle était restée muette, le regard fixe.

— Véronique, voici monsieur Graslin, lui dit alors le vieux Sauviat.

Véronique se leva, salua, retomba sur sa chaise, et regarda sa mère qui souriait au millionnaire, et qui paraissait, ainsi que Sauviat, si heureuse, mais si heureuse que la pauvre fille trouva la force de cacher sa surprise et sa violente répulsion. Dans la conversation qui eut lieu, il fut question de la santé de Graslin. Le banquier se regarda naïvement dans le miroir à tailles onglées et à cadre d'ébène. « — Je ne suis pas beau, mademoiselle, dit-il. » Et il expliqua les rougeurs de sa figure par sa vie ardente, il raconta comment il désobéissait aux ordres de la médecine, il se flatta de changer de visage dès qu'une femme commanderait dans son ménage, et aurait plus soin de lui que lui-même.

— Est-ce qu'on épouse un homme pour son visage, pays ! dit le vieux ferrailleur en donnant à son compatriote une énorme tape sur la cuisse.

L'explication de Graslin s'adressait à ces sentiments naturels dont est plus ou moins rempli le cœur de toute femme. Véronique pensa qu'elle-même avait un visage détruit par une horrible maladie, et sa modestie chrétienne la fit revenir sur sa première impression. En entendant un sifflement dans la rue, Graslin descendit suivi de Sauviat inquiet. Tous deux remontèrent promptement. Le garçon de peine apportait un premier bouquet de fleurs, qui s'était fait attendre. Quand le ban-

quier montra ce monceau de fleurs exotiques dont les
parfums envahirent la chambre et qu'il l'offrit à sa
future, Véronique éprouva des émotions bien contraires
à celles que lui avait causées le premier aspect de Graslin, elle fut comme plongée dans le monde idéal et fantastique de la nature tropicale. Elle n'avait jamais vu
de camélias blancs, elle n'avait jamais senti le cytise
des Alpes, la citronnelle, le jasmin des Açores, les vol-
camérias, les roses musquées, toutes ces odeurs divines
qui sont comme l'excitant de la tendresse, et qui chan-
tent au cœur des hymnes de parfums. Graslin laissa
Véronique en proie à cette émotion. Depuis le retour
du ferrailleur, quand tout dormait dans Limoges, le
banquier se coulait le long des murs jusqu'à la maison
du père Sauviat. Il frappait doucement aux volets, le
chien n'aboyait pas, le vieillard descendait, ouvrait à
son pays, et Graslin passait une heure ou deux dans la
pièce brune, auprès de Véronique. Là, Graslin trouva
toujours son souper d'Auvergnat servi par la mère
Sauviat. Jamais ce singulier amoureux n'arriva sans
offrir à Véronique un bouquet composé des fleurs les
plus rares, cueillies dans la serre de monsieur Grossetête, la seule personne de Limoges qui fût dans le secret
de ce mariage. Le garçon de peine allait chercher nuitamment le bouquet que faisait le vieux Grossetête,
lui-même. En deux mois, Graslin vint cinquante fois
environ ; chaque fois il apporta quelque riche présent :
des anneaux, une montre, une chaîne d'or, un nécessaire, etc. Ces prodigalités incroyables, un mot les jus-
tifiera. La dot de Véronique se composait de presque
toute la fortune de son père, sept cent cinquante mille
francs [35]. Le vieillard gardait une inscription de huit
mille francs sur le Grand-livre [36] achetée pour soixante
mille livres en assignats par son compère Brézac, à qui,
lors de son emprisonnement, il les avait confiées, et qui
la lui avait toujours gardée, en le détournant de la

vendre. Ces soixante mille livres en assignats étaient
la moitié de la fortune de Sauviat au moment où il
courut le risque de périr sur l'échafaud. Brézac avait
été, dans cette circonstance, le fidèle dépositaire du
reste, consistant en sept cents louis [37] d'or, somme énorme
avec laquelle l'Auvergnat se remit à opérer dès qu'il
eut recouvré sa liberté. En trente ans, chacun de ces
louis s'était changé en un billet de mille francs, à l'aide
toutefois de la rente du Grand-livre, de la succession
Champagnac, des bénéfices accumulés du commerce
et des intérêts composés qui grossissaient dans la maison
Brézac. Brézac avait pour Sauviat une probe amitié,
comme en ont les Auvergnats entre eux. Aussi quand
Sauviat allait voir la façade de l'hôtel Graslin, se disait-
il en lui-même : « — Véronique demeurera dans ce
palais! » Il savait qu'aucune fille en Limousin n'avait
sept cent cinquante mille francs en mariage, et deux
cent cinquante mille francs en espérances. Graslin, son
gendre d'élection, devait donc infailliblement épouser
Véronique. Véronique eut tous les soirs un bouquet qui,
le lendemain, parait son petit salon et qu'elle cachait
aux voisins. Elle admira ces délicieux bijoux, ces perles,
ces diamants, ces bracelets, ces rubis qui plaisent à toutes
les filles d'Ève ; elle se trouvait moins laide ainsi parée.
Elle vit sa mère heureuse de ce mariage, et n'eut aucun terme de comparaison; elle ignorait d'ailleurs les
devoirs, la fin du mariage ; enfin elle entendit la voix
solennelle du vicaire de Saint-Étienne lui vantant Graslin comme un homme d'honneur, avec qui elle mènerait
une vie honorable. Véronique consentit donc à recevoir
les soins de monsieur Graslin. Quand, dans une vie
recueillie et solitaire comme celle de Véronique, il se
produit une seule personne qui vient tous les jours,
cette personne ne saurait être indifférente : ou elle est
haïe, et l'aversion justifiée par la connaissance appro-
fondie du caractère la rend insupportable ; ou l'habitude

de la voir blase pour ainsi dire les yeux sur les défauts
corporels. L'esprit cherche des compensations. Cette
physionomie occupe la curiosité, d'ailleurs les traits
s'animent, il en sort quelques beautés fugitives. Puis
on finit par découvrir l'intérieur caché sous la forme.
Enfin les premières impressions une fois vaincues, l'attachement prend d'autant plus de force, que l'âme s'y
obstine comme à sa propre création. On aime. Là est la
raison des passions conçues par de belles personnes pour
des êtres laids en apparence. La forme, oubliée par
l'affection, ne se voit plus chez une créature dont l'âme
est alors seule appréciée. D'ailleurs la beauté, si nécessaire à une femme, prend chez l'homme un caractère
si étrange, qu'il y a peut-être autant de dissentiment
entre les femmes sur la beauté de l'homme qu'entre les
hommes sur la beauté des femmes. Après mille réflexions,
après bien des débats avec elle-même, Véronique laissa
donc publier les bans. Dès lors, il ne fut bruit dans tout
Limoges que de cette aventure incroyable. Personne
n'en connaissait le secret, l'énormité de la dot. Si cette
dot eût été connue, Véronique aurait pu choisir un
mari ; mais peut-être aussi eût-elle été trompée! Graslin
passait pour s'être pris d'amour. Il vint des tapissiers
de Paris, qui arrangèrent la belle maison. On ne parla
dans Limoges que des profusions du banquier : on chif-
frait la valeur des lustres, on racontait les dorures du
salon, les sujets des pendules ; on décrivait les jardi-
nières, les chauffeuses, les objets de luxe, les nouveautés.
Dans le jardin de l'hôtel Graslin, il y avait, au-dessus
d'une glacière [38], une volière délicieuse, et chacun fut
surpris d'y voir des oiseaux rares, des perroquets, des
faisans de la Chine, des canards inconnus, car on vint
les voir. Monsieur et madame Grossetête, vieilles gens
considérés dans Limoges, firent plusieurs visites chez
les Sauviat accompagnés de Graslin. Madame Grossetête, femme respectable, félicita Véronique sur son

heureux mariage. Ainsi l'Église, la Famille, le Monde,
tout jusqu'aux moindres choses fut complice de ce
mariage.

Au mois d'avril, les invitations officielles furent
remises chez toutes les connaissances de Graslin. Par
une belle journée, une calèche et un coupé attelés à
l'anglaise [39] de chevaux limousins choisis par le vieux
Grossetête, arrivèrent à onze heures devant la modeste
boutique du ferrailleur, amenant, au grand émoi du
quartier, les anciens patrons du marié et ses deux commis. La rue fut pleine de monde accouru pour voir la
fille des Sauviat, à qui le plus renommé coiffeur de
Limoges avait posé sur ses beaux cheveux la couronne
des mariées, et un voile de dentelle d'Angleterre du
plus haut prix. Véronique était simplement mise en
mousseline blanche. Une assemblée assez imposante
des femmes les plus distinguées de la ville attendait la
noce à la cathédrale, où l'Évêque, connaissant la piété
des Sauviat, daignait marier Véronique. La mariée fut
trouvée généralement laide. Elle entra dans son hôtel,
et y marcha de surprise en surprise. Un dîner d'apparat
devait précéder le bal, auquel Graslin avait invité
presque tout Limoges. Le dîner, donné à l'Évêque, au
Préfet, au Président de la Cour, au Procureur général,
au Maire, au Général, aux anciens patrons de Graslin
et à leurs femmes, fut un triomphe pour la mariée qui,
semblable à toutes les personnes simples et naturelles,
montra des grâces inattendues. Aucun des mariés ne
savaient danser, Véronique continua donc de faire les
honneurs de chez elle, et se concilia l'estime, les bonnes
grâces de la plupart des personnes avec lesquelles elle
fit connaissance, en demandant à Grossetête, qui se prit
de belle amitié pour elle, des renseignements sur chacun.
Elle ne commit ainsi aucune méprise. Ce fut pendant
cette soirée que les deux anciens banquiers annoncèrent
la fortune, immense en Limousin, donnée par le vieux

Sauviat à sa fille. Dès neuf heures, le ferrailleur était allé se coucher chez lui, laissant sa femme présider au coucher de la mariée. Il fut dit dans toute la ville que madame Graslin était laide, mais bien faite.

Le vieux Sauviat liquida ses affaires, et vendit alors sa maison à la Ville. Il acheta sur la rive gauche de la Vienne une maison de campagne située entre Limoges et le Cluzeau, à dix minutes du faubourg Saint-Martial, où il voulut finir tranquillement ses jours avec sa femme. Les deux vieillards eurent un appartement dans l'hôtel Graslin, et dînèrent une ou deux fois par semaine avec leur fille, qui prit souvent leur maison pour but de promenade. Ce repos faillit tuer le vieux ferrailleur. Heureusement Graslin trouva moyen d'occuper son beau-père. En 1823, le banquier fut obligé de prendre à son compte une manufacture de porcelaine, aux propriétaires de laquelle il avait avancé de fortes sommes, et qui ne pouvaient les lui rendre qu'en lui vendant leur établissement. Par ses relations et en y versant des capitaux, Graslin fit de cette fabrique une des premières de Limoges ; puis il la revendit avec de gros bénéfices, trois ans après. Il donna donc la surveillance de ce grand établissement, situé précisément dans le faubourg Saint-Martial, à son beau-père qui, malgré ses soixante-douze ans, fut pour beaucoup dans la prospérité de cette affaire et s'y rajeunit. Graslin put alors conduire ses affaires en ville et n'avoir aucun souci d'une manufacture qui, sans l'activité passionnée du vieux Sauviat, l'aurait obligé peut-être à s'associer avec un de ses commis, et à perdre une portion des bénéfices qu'il y trouva tout en sauvant ses capitaux engagés. Sauviat mourut en 1827, par accident. En présidant à l'inventaire de la fabrique, il tomba dans une charasse, espèce de boîte à claire-voie où s'emballent les porcelaines ; il se fit une blessure légère à la jambe et ne la soigna pas ; la gangrène s'y mit, il ne voulut jamais se laisser couper

la jambe et mourut. La veuve abandonna deux cent
cinquante mille francs environ dont se composait la
succession de Sauviat, en se contentant d'une rente de
deux cents francs par mois, qui suffisait amplement à
ses besoins, et que son gendre prit l'engagement de lui
servir. Elle garda sa petite maison de campagne, où
elle vécut seule et sans servante, sans que sa fille pût
la faire revenir sur cette décision maintenue avec l'obs-
tination particulière aux vieilles gens. La mère Sauviat
vint voir d'ailleurs presque tous les jours sa fille, de
même que sa fille continua de prendre pour but de
promenade la maison de campagne d'où l'on jouissait
d'une charmante vue sur la Vienne. De là se voyait
cette île affectionnée par Véronique, et de laquelle elle
avait fait jadis son Ile-de-France.

Pour ne pas troubler par ces incidents l'histoire du
ménage Graslin, il a fallu terminer celle des Sauviat
en anticipant sur ces événements, utiles cependant à
l'explication de la vie cachée que mena madame Graslin.
La vieille mère, ayant remarqué combien l'avarice de
Graslin pouvait gêner sa fille, s'était longtemps refusée
à se dépouiller du reste de sa fortune ; mais Véronique,
incapable de prévoir un seul des cas où les femmes
désirent la jouissance de leur bien, insista par des
raisons pleines de noblesse, elle voulut alors remercier
Graslin de lui avoir rendu sa liberté de jeune fille.

La splendeur insolite qui accompagna le mariage de
Graslin avait froissé toutes ses habitudes et contrarié
son caractère. Ce grand financier était un très petit
esprit. Véronique n'avait pas pu juger l'homme avec
lequel elle devait passer sa vie. Durant ses cinquante-
cinq visites, Graslin n'avait jamais laissé voir que
l'homme commercial, le travailleur intrépide qui concevait, devinait, soutenait les entreprises, analysait les
affaires publiques en les rapportant toutefois à l'échelle
de la Banque. Fasciné par le million du beau-père, le

parvenu se montra généreux par calcul ; mais s'il fit
grandement les choses, il fut entraîné par le printemps
du mariage, et par ce qu'il nommait sa folie, par cette
maison encore appelée aujourd'hui l'hôtel Graslin.
Après s'être donné des chevaux, une calèche, un coupé,
naturellement il s'en servit pour rendre ses visites de
mariage, pour aller à ces dîners et à ces bals, nommés
retours de noces, que les sommités administratives et
les maisons riches rendirent aux nouveaux mariés. Dans
le mouvement qui l'emportait en dehors de sa sphère,
Graslin prit un jour de réception, et fit venir un cuisinier de Paris. Pendant une année environ, il mena donc
le train que devait mener un homme qui possédait
seize cent mille francs, et qui pouvait disposer de trois
millions en comprenant les fonds qu'on lui confiait.
Il fut alors le personnage le plus marquant de Limoges.
Pendant cette année, il mit généreusement vingt-cinq
pièces de vingt francs tous les mois dans la bourse de
madame Graslin. Le beau monde de la ville s'occupa
beaucoup de Véronique au commencement de son
mariage, espèce de bonne fortune pour la curiosité
presque toujours sans aliment en province. Véronique
fut d'autant plus étudiée qu'elle apparaissait dans la
société comme un phénomène ; mais elle y demeura dans
l'attitude simple et modeste d'une personne qui observait des mœurs, des usages, des choses inconnues en
voulant s'y conformer. Déjà proclamée laide, mais bien
faite, elle fut alors regardée comme bonne, mais stupide.
Elle apprenait tant de choses, elle avait tant à écouter
et à voir, que son air, ses discours prêtèrent à ce jugement une apparence de justesse. Elle eut d'ailleurs une
sorte de torpeur qui ressemblait au manque d'esprit.
Le mariage, ce dur métier, disait-elle, pour lequel
l'Église, le Code et sa mère lui avaient recommandé la
plus grande résignation, la plus parfaite obéissance,
sous peine de faillir à toutes les lois humaines et de

causer d'irréparables malheurs, la jeta dans un étour-
dissement qui atteignit parfois à un délire vertigineux.
Silencieuse et recueillie, elle s'écoutait autant qu'elle
écoutait les autres. En éprouvant la plus violente
difficulté d'être, selon l'expression de Fontenelle [40],
et qui allait croissant, elle était épouvantée d'elle-même.
La nature regimba sous les ordres de l'âme, et le corps
méconnut la volonté. La pauvre créature, prise au
piège, pleura sur le sein de la grande mère des pauvres
et des affligés, elle eut recours à l'Église, elle redoubla
de ferveur, elle confia les embûches du démon à son
vertueux directeur, elle pria. Jamais, en aucun temps
de sa vie, elle ne remplit ses devoirs religieux avec plus
d'élan qu'alors. Le désespoir de ne pas aimer son mari
la précipitait avec violence au pied des autels, où des
voix divines et consolatrices lui recommandaient la
patience. Elle fut patiente et douce, elle continua de
vivre en attendant les bonheurs de la maternité.
« — Avez-vous vu ce matin madame Graslin, disaient
les femmes entre elles, le mariage ne lui réussit pas, elle
était verte. — Oui, mais auriez-vous donné votre fille
à un homme comme monsieur Graslin. On n'épouse
point impunément un pareil monstre. » Depuis que Graslin s'était marié, toutes les mères qui, pendant dix ans,
l'avaient pourchassé, l'accablaient d'épigrammes. Véronique maigrissait et devenait réellement laide. Ses yeux
se fatiguèrent, ses traits grossirent, elle parut honteuse
et gênée. Ses regards offrirent cette triste froideur, tant
reprochée aux dévotes. Sa physionomie prit des teintes
grises. Elle se traîna languissamment pendant cette
première année de mariage, ordinairement si brillante pour les jeunes femmes. Aussi chercha-t-elle
bientôt des distractions dans la lecture, en profitant
du privilège qu'ont les femmes mariées de tout lire.
Elle lut les romans de Walter Scott, les poèmes de lord
Byron, les œuvres de Schiller et de Gœthe, enfin la

nouvelle et l'ancienne littérature. Elle apprit à monter
à cheval, à danser et à dessiner. Elle lava des aquarelles
et des sépia, recherchant avec ardeur toutes les ressources que les femmes opposent aux ennuis de la solitude. Enfin elle se donna cette seconde éducation que
les femmes tiennent presque toutes d'un homme, et
qu'elle ne tint que d'elle-même. La supériorité d'une
nature franche, libre, élevée comme dans un désert,
mais fortifiée par la religion, lui avait imprimé une sorte
de grandeur sauvage et des exigences auxquelles le
monde de la province ne pouvait offrir aucune pâture.
Tous les livres lui peignaient l'amour, elle cherchait
une application à ses lectures, et n'apercevait de passion nulle part. L'amour restait dans son cœur à l'état
de ces germes qui attendent un coup de soleil. Sa profonde mélancolie engendrée par de constantes méditations sur elle-même la ramena par des sentiers obscurs
aux rêves brillants de ses derniers jours de jeune fille.
Elle dut contempler plus d'une fois ses anciens poèmes
romanesques en en devenant alors à la fois le théâtre et
le sujet. Elle revit cette île baignée de lumière, fleurie,
parfumée où tout lui caressait l'âme. Souvent ses yeux
pâlis embrassèrent les salons avec une curiosité péné-
trante : les hommes y ressemblaient tous à Graslin, elle
les étudiait et semblait interroger leurs femmes ; mais
en n'apercevant aucune de ses douleurs intimes répé-
tées sur les figures, elle revenait sombre et triste, inquiète d'elle-même. Les auteurs qu'elle avait lus le
matin répondaient à ses plus hauts sentiments, leur
esprit lui plaisait ; et le soir elle entendait des banalités
qu'on ne déguisait même pas sous une forme spirituelle,
des conversations sottes, vides, ou remplies par des
intérêts locaux, personnels, sans importance pour elle.
Elle s'étonnait de la chaleur déployée dans des discussions où il ne s'agissait point de sentiment, pour elle
l'âme de la vie. On la vit souvent les yeux fixes, hébétée,

pensant sans doute aux heures de sa jeunesse ignorante, passées dans cette chambre pleine d'harmonies, alors détruites comme elle. Elle sentit une horrible répugnance à tomber dans le gouffre de petitesses où tournaient les femmes parmi lesquelles elle était forcée de vivre. Ce dédain écrit sur son front, sur ses lèvres, et mal déguisé, fut pris pour l'insolence d'une parvenue. Madame Graslin observa sur tous les visages une froideur, et sentit dans tous les discours une âcreté dont les raisons lui furent inconnues, car elle n'avait pas encore pu se faire une amie assez intime pour être éclairée ou conseillée par elle ; l'injustice qui révolte les petits esprits ramène en elles-mêmes les âmes élevées, et leur communique une sorte d'humilité ; Véronique se condamna, chercha ses torts ; elle voulut être affable, on la prétendit fausse ; elle redoubla de douceur, on la fit passer pour hypocrite, et sa dévotion venait en aide à la calomnie ; elle fit des frais, elle donna des dîners et des bals, elle fut taxée d'orgueil. Malheureuse dans toutes ses tentatives, mal jugée, repoussée par l'orgueil bas et taquin qui distingue la société de province, où chacun est toujours armé de prétentions et d'inquiétudes, madame Graslin rentra dans la plus profonde solitude. Elle revint avec amour dans les bras de l'Église. Son grand esprit, entouré d'une chair si faible, lui fit voir dans les commandements multipliés du catholicisme autant de pierres plantées le long des précipices de la vie, autant de tuteurs apportés par de charitables mains pour soutenir la faiblesse humaine durant le voyage ; elle suivit donc avec la plus grande rigueur les moindres pratiques religieuses. Le parti libéral inscrivit alors madame Graslin au nombre des dévotes de la ville, elle fut classée parmi les Ultras. Aux différents griefs que Véronique avait innocemment amassés, l'esprit de parti joignit donc ses exaspérations périodiques : mais comme elle ne perdait rien à cet ostracisme, elle abandonna le

monde, et se jeta dans la lecture qui lui offrait des ressources infinies. Elle médita sur les livres, elle compara
les méthodes, elle augmenta démesurément la portée
de son intelligence et l'étendue de son instruction, elle
ouvrit ainsi la porte de son âme à la Curiosité. Durant
ce temps d'études obstinées où la religion maintenait
son esprit, elle obtint l'amitié de monsieur Grossetête,
un de ces vieillards chez lesquels la vie de province a
rouillé la supériorité, mais qui, au contact d'une vive
intelligence, reprennent par places quelque brillant. Le
bonhomme s'intéressa vivement à Véronique qui le
récompensa de cette onctueuse et douce chaleur de
cœur particulière aux vieillards en déployant, pour lui,
le premier, les trésors de son âme et les magnificences
de son esprit cultivé si secrètement, et alors chargé de
fleurs. Le fragment d'une lettre écrite en ce temps à
monsieur Grossetête peindra la situation où se trouvait
cette femme qui devait donner un jour les gages d'un
caractère si ferme et si élevé.

« Les fleurs que vous m'avez envoyées pour le bal
« étaient charmantes, mais elles m'ont suggéré de
« cruelles réflexions. Ces jolies créatures cueillies par
« vous et destinées à mourir sur mon sein et dans mes
« cheveux en ornant une fête, m'ont fait songer à celles
« qui naissent et qui meurent dans vos bois sans avoir
« été vues, et dont les parfums n'ont été respirés par
« personne. Je me suis demandé pourquoi je dansais,
« pourquoi je me parais, de même que je demande à Dieu
« pourquoi je suis dans ce monde. Vous le voyez, mon
« ami, tout est piège pour le malheureux, les plus
« mièvres [41] choses ramènent les malades à leur mal ;
« mais le plus grand tort de certains maux est la persis-
« tance qui les fait devenir une idée. Une douleur cons-
« tante ne serait-elle pas une pensée divine ? Vous aimez
« les fleurs pour elles-mêmes ; tandis que je les aime
« comme j'aime à entendre une belle musique. Ainsi,

« comme je vous le disais, le secret d'une foule de choses
« me manque. Vous, mon vieil ami, vous avez une pas-
« sion, vous êtes horticulteur. A votre retour en ville,
« communiquez-moi votre goût, faites que j'aille à ma
« serre, d'un pied agile comme vous allez à la vôtre,
« contempler les développements des plantes, vous
« épanouir et fleurir avec elles, admirer ce que vous
« avez créé, voir des couleurs nouvelles, inespérées qui
« s'étalent et croissent sous vos yeux par la vertu de
« vos soins. Je sens un ennui navrant. Ma serre à moi
« ne contient que des âmes souffrantes. Les misères que
« je m'efforce de soulager m'attristent l'âme, et quand
« je les épouse, quand après avoir vu quelque jeune
« femme sans linge pour son nouveau-né, quelque vieil-
« lard sans pain, j'ai pourvu à leurs besoins, les émotions
« que m'a causées leur détresse calmée ne suffisent pas
« à mon âme. Ah! mon ami, je sens en moi des forces
« superbes, et malfaisantes peut-être, que rien ne peut
« humilier, que les plus durs commandements de la
« religion n'abattent point. En allant voir ma mère, et
« me trouvant seule dans la campagne, il me prend des
« envies de crier, et je crie. Il semble que mon corps est
« la prison où quelque mauvais génie retient une créa-
« ture gémissant et attendant les paroles mystérieuses
« qui doivent briser une forme importune. Mais la com-
« paraison n'est pas juste. Chez moi, n'est-ce pas au
« contraire le corps qui s'ennuie, si je puis employer cette
« expression. La religion n'occupe-t-elle pas mon âme,
« la lecture et ses richesses ne nourrissent-elles pas
« incessamment mon esprit ? Pourquoi désiré-je une
« souffrance qui romprait la paix énervante de ma vie ?
« Si quelque sentiment, quelque manie à cultiver ne
« vient à mon aide, je me sens aller dans un gouffre où
« toutes les idées s'émoussent, où le caractère s'amoin-
« drit, où les ressorts se détendent, où les qualités
« s'assouplissent, où toutes les forces de l'âme s'épar-

« pillent, et où je ne serai plus l'être que la nature a voulu
« que je sois. Voilà ce que signifient mes cris. Que ces
« cris ne vous empêchent pas de m'envoyer des fleurs.
« Votre amitié si douce et si bienveillante m'a, depuis
« quelques mois, réconciliée avec moi-même. Oui, je me
« trouve heureuse de savoir que vous jetez un coup d'œil
« ami sur mon âme à la fois déserte et fleurie, que vous
« trouvez une parole douce pour accueillir à son retour
« la fugitive à demi brisée qui a monté le cheval fou-
« gueux du Rêve. »

A l'expiration de la troisième année de son mariage,
Graslin, voyant sa femme ne plus se servir de ses
chevaux, et rencontrant un bon marché, les vendit ; il
vendit aussi les voitures, il renvoya le cocher, se laissa
prendre son cuisinier par l'Évêque, et le remplaça par
une cuisinière. Il ne donna plus rien à sa femme, en lui
disant qu'il paierait tous les mémoires. Il fut le plus
heureux mari du monde, en ne rencontrant aucune
résistance à ses volontés chez cette femme qui lui avait
apporté un million de fortune. Madame Graslin,
nourrie, élevée sans connaître l'argent, sans être obligée
de le faire entrer comme un élément indispensable dans
la vie, était sans mérite dans son abnégation. Graslin
retrouva dans un coin du secrétaire les sommes qu'il
avait remises à sa femme, moins l'argent des aumônes
et celui de la toilette, laquelle fut peu dispendieuse à
cause des profusions de la corbeille de mariage. Graslin
vanta Véronique à tout Limoges comme le modèle
des femmes. Il déplora le luxe de ses ameublements,
et fit tout empaqueter. La chambre, le boudoir et le
cabinet de toilette de sa femme furent exceptés de ses
mesures conservatrices qui ne conservèrent rien, car
les meubles s'usent aussi bien sous les housses que sans
housses. Il habita le rez-de-chaussée de sa maison, où
ses bureaux étaient établis, il y reprit sa vie, en chassant
aux affaires avec la même activité que par le passé.

L'Auvergnat se crut un excellent mari d'assister au dîner et au déjeuner préparés par les soins de sa femme ; mais son inexactitude fut si grande, qu'il ne lui arriva pas dix fois par mois de commencer les repas avec elle ; aussi par délicatesse exigea-t-il qu'elle ne l'attendît point. Néanmoins Véronique restait jusqu'à ce que Graslin fût venu, pour le servir elle-même, voulant au moins accomplir ses obligations d'épouse en quelque point visible. Jamais le banquier, à qui les choses du mariage étaient assez indifférentes, et qui n'avait vu que sept cent cinquante mille francs dans sa femme, ne s'aperçut des répulsions de Véronique. Insensiblement, il abandonna madame Graslin pour les affaires. Quand il voulut mettre un lit dans une chambre attenant à son cabinet, elle s'empressa de le satisfaire. Ainsi, trois ans après leur mariage, ces deux êtres mal assortis se retrouvèrent chacun dans leur sphère primitive, heureux l'un et l'autre d'y retourner. L'homme d'argent, riche de dix-huit cent mille francs, revint avec d'autant plus de force à ses habitudes avaricieuses, qu'il les avait momentanément quittées ; ses deux commis et son garçon de peine furent mieux logés, un peu mieux nourris ; telle fut la différence entre le présent et le passé. Sa femme eut une cuisinière et une femme de chambre, deux domestiques indispensables ; mais, excepté le strict nécessaire, il ne sortit rien de sa caisse pour son ménage. Heureuse de la tournure que les choses prenaient, Véronique vit dans le bonheur du banquier les compensations de cette séparation qu'elle n'eût jamais demandée : elle ne savait pas être aussi désagréable à Graslin que Graslin était repoussant pour elle. Ce divorce secret la rendit à la fois triste et joyeuse, elle comptait sur la maternité pour donner un intérêt à sa vie ; mais malgré leur résignation mutuelle, les deux époux avaient atteint à l'année 1828 sans avoir d'enfant.

Ainsi, au milieu de sa magnifique maison, et enviée par toute une ville, madame Graslin se trouva dans la solitude où elle était dans le bouge de son père, moins l'espérance, moins les joies enfantines de l'ignorance. Elle y vécut dans les ruines de ses châteaux en Espagne, éclairée par une triste expérience, soutenue par sa foi religieuse, occupée des pauvres de la ville qu'elle combla de bienfaits. Elle faisait des layettes pour les enfants, elle donnait des matelas et des draps à ceux qui couchaient sur la paille ; elle allait partout suivie de sa femme de chambre, une jeune Auvergnate que sa mère lui procura, et qui s'attacha corps et âme à elle ; elle en fit un vertueux espion, chargée de découvrir les endroits où il y avait une souffrance à calmer, une misère à adoucir. Cette bienfaisance active, mêlée au plus strict accomplissement des devoirs religieux, fut ensevelie dans un profond mystère et dirigée d'ailleurs par les curés de la ville, avec qui Véronique s'entendait pour toutes ses bonnes œuvres, afin de ne pas laisser perdre entre les mains du vice l'argent utile à des malheurs immérités. Pendant cette période, elle conquit une amitié tout aussi vive, tout aussi précieuse que celle du vieux Grossetête, elle devint l'ouaille bien-aimée d'un prêtre supérieur, persécuté pour son mérite incompris, un des Grands-vicaires du diocèse, nommé l'abbé Dutheil. Ce prêtre appartenait à cette minime portion du clergé français qui penche vers quelques concessions, qui voudrait associer l'Église aux intérêts populaires pour lui faire reconquérir, par l'application des vraies doctrines évangéliques, son ancienne influence sur les masses, qu'elle pourrait alors relier à la monarchie. Soit que l'abbé Dutheil eût reconnu l'impossibilité d'éclairer la cour de Rome et le haut clergé, soit qu'il eût sacrifié ses opinions à celles de ses supérieurs, il demeura dans les termes de la plus rigoureuse orthodoxie, tout en sachant que la seule manifestation de ses principes lui fermait le chemin de l'épiscopat [42]. Ce prêtre

éminent offrait la réunion d'une grande modestie chrétienne et d'un grand caractère. Sans orgueil ni ambition,
il restait à son poste en y accomplissant ses devoirs au
milieu des périls. Les Libéraux de la ville ignoraient les
motifs de sa conduite, ils s'appuyaient de ses opinions
et le comptaient comme un patriote [43], mot qui signifie
révolutionnaire dans la langue catholique. Aimé par les
inférieurs qui n'osaient proclamer son mérite, mais re-
douté par ses égaux qui l'observaient, il gênait l'Évêque.
Ses vertus et son savoir, enviés peut-être, empêchaient
toute persécution ; il était impossible de se plaindre de
lui, quoiqu'il critiquât les maladresses politiques par
lesquelles le Trône et le Clergé se compromettaient mu-
tuellement ; il en signalait les résultats à l'avance et sans
succès, comme la pauvre Cassandre, également maudite
avant et après la chute de sa patrie. A moins d'une révolution, l'abbé Dutheil devait rester comme une de ces
pierres cachées dans les fondations, et sur laquelle tout
repose. On reconnaissait son utilité, mais on le laissait à
sa place, comme la plupart des solides esprits dont l'avè-
nement au pouvoir est l'effroi des médiocrités. Si, comme
l'abbé de Lamennais [44], il eût pris la plume, il aurait été
sans doute comme lui foudroyé par la cour de Rome.
L'abbé Dutheil était imposant. Son extérieur annonçait
une de ces âmes profondes, toujours unies et calmes à la
surface. Sa taille élevée, sa maigreur, ne nuisaient point
à l'effet général de ses lignes, qui rappelaient celles que
le génie des peintres espagnols ont le plus affectionnées
pour représenter les grands méditateurs monastiques,
et celles trouvées récemment par Thorwaldsen [45] pour
les apôtres. Presque roides, ces longs plis du visage, en
harmonie avec ceux du vêtement, ont cette grâce que le
Moyen Age a mise en relief dans les statues mystiques
collées au portail de ses églises. La gravité des pensées,
celle de la parole et celle de l'accent s'accordaient chez
l'abbé Dutheil et lui séyaient bien. A voir ses yeux noirs,

creusés par les austérités, et entourés d'un cercle brun, à
voir son front jaune comme une vieille pierre, sa tête et
ses mains presque décharnées, personne n'eût voulu entendre une voix et des maximes autres que celles qui
sortaient de sa bouche. Cette grandeur purement physique, d'accord avec la grandeur morale, donnait à ce
prêtre quelque chose de hautain, de dédaigneux, aussitôt démenti par sa modestie et par sa parole, mais qui
ne prévenait pas en sa faveur. Dans un rang élevé, ces
avantages lui eussent fait obtenir sur les masses cet as-
cendant nécessaire, et qu'elles laissent prendre sur elles
par des hommes ainsi doués ; mais les supérieurs ne par-
donnent jamais à leurs inférieurs de posséder les dehors
de la grandeur, ni de déployer cette majesté tant prisée
des anciens et qui manque si souvent aux organes du pouvoir moderne.

Par une de ces bizarreries qui ne semblera naturelle
qu'aux plus fins courtisans, l'autre Vicaire général,
l'abbé de Grancour, petit homme gras, au teint fleuri,
aux yeux bleus, et dont les opinions étaient contraires à
celles de l'abbé Dutheil, allait assez volontiers avec lui,
sans néanmoins rien témoigner qui pût lui ravir les bonnes grâces de l'Évêque, auquel il aurait tout sacrifié.
L'abbé de Grancour croyait au mérite de son collègue,
il en reconnaissait les talents, il admettait secrètement
sa doctrine et la condamnait publiquement ; car il était
de ces gens que la supériorité attire et intimide, qui la
haïssent et qui néanmoins la cultivent. « — Il m'embrasserait en me condamnant, » disait de lui l'abbé Dutheil.
L'abbé de Grancour n'avait ni amis ni ennemis, il devait
mourir Vicaire général. Il se dit attiré chez Véronique
par le désir de conseiller une si religieuse et si bienfai-
sante personne, et l'Évêque l'approuva ; mais au fond
il fut enchanté de pouvoir passer quelques soirées avec
l'abbé Dutheil.

Ces deux prêtres vinrent dès lors voir assez réguliè-

rement Véronique, afin de lui faire une sorte de rapport
sur les malheureux, et discuter les moyens de les moraliser en les secourant. Mais d'année en année, monsieur
Graslin resserra les cordons de sa bourse en apprenant,
malgré les ingénieuses tromperies de sa femme et d'Aline,
que l'argent demandé ne servait ni à la maison, ni à la
toilette. Il se courrouça quand il calcula ce que la charité
de sa femme coûtait à sa caisse. Il voulut compter avec
la cuisinière, il entra dans les minuties de la dépense, et
montra quel grand administrateur il était, en démontrant par la pratique que sa maison devait aller splendi-
dement avec mille écus. Puis il composa, de clerc à
maître [46], avec sa femme pour ses dépenses en lui
allouant cent francs par mois, et vanta cet accord comme
une magnificence royale. Le jardin de sa maison, livré à
lui-même, fut fait le dimanche par le garçon de peine,
qui aimait les fleurs. Après avoir renvoyé le jardinier,
Graslin convertit la serre en un magasin où il déposa les
marchandises consignées chez lui en garantie de ses
prêts. Il laissa mourir de faim les oiseaux de la grande
volière pratiquée au-dessus de la glacière, afin de supprimer la dépense de leur nourriture. Enfin il s'autorisa
d'un hiver où il ne gela point pour ne plus payer le transport de la glace. En 1828, il n'était pas une chose de luxe
qui ne fût condamnée. La parcimonie régna sans opposition à l'hôtel Graslin. La face du maître, améliorée pendant les trois ans passés près de sa femme, qui lui faisait
suivre avec exactitude les prescriptions du médecin, redevint plus rouge, plus ardente, plus fleurie que par le
passé. Les affaires prirent une si grande extension, que
le garçon de peine fut promu, comme le maître autrefois,
aux fonctions de caissier, et qu'il fallut trouver un Auvergnat pour les gros travaux de la maison Graslin. Ainsi,
quatre ans après son mariage, cette femme si riche ne put
disposer d'un écu. A l'avarice de ses parents succéda
l'avarice de son mari. Madame Graslin ne comprit la

nécessité de l'argent qu'au moment où sa bienfaisance fut gênée.

Au commencement de l'année 1828, Véronique avait retrouvé la santé florissante qui rendit si belle l'innocente jeune fille assise à sa fenêtre dans la vieille maison, rue de la Cité ; mais elle avait alors acquis une grande instruction littéraire, elle savait et penser et parler. Un jugement exquis donnait à son trait de la profondeur. Habituée aux petites choses du monde, elle portait avec une grâce infinie les toilettes à la mode. Quand par hasard, vers ce temps, elle reparaissait dans un salon, elle s'y vit, non sans surprise, entourée par une sorte d'estime respectueuse. Ce sentiment et cet accueil furent dus aux deux Vicaires généraux et au vieux Grossetête. Instruits d'une si belle vie cachée et de bienfaits si constamment accomplis, l'Évêque et quelques personnes influentes avaient parlé de cette fleur de piété vraie, de cette violette parfumée de vertus, et il s'était fait alors en faveur et à l'insu de madame Graslin une de ces réactions qui, lentement préparées, n'en ont que plus de durée et de solidité. Ce revirement de l'opinion amena l'influence du salon de Véronique, qui fut dès cette année hanté par les supériorités de la ville, et voici comment. Le jeune vicomte de Grandville fut envoyé, vers la fin de cette année, en qualité de Substitut, au parquet de la cour de Limoges, précédé de la réputation que l'on fait d'avance en province à tous les Parisiens. Quelques jours après son arrivée, en pleine soirée de Préfecture, il répondit à une assez sotte demande, que la femme la plus aimable, la plus spirituelle, la plus distinguée de la ville était madame Graslin. « — Elle en est peut-être aussi la plus belle ? demanda la femme du Receveur général. — Je n'ose en convenir devant vous, répliqua-t-il. Je suis alors dans le doute. Madame Graslin possède une beauté qui ne doit vous inspirer aucune jalousie, elle ne se montre jamais au grand jour. Madame Graslin est

belle pour ceux qu'elle aime, et vous êtes belle pour tout
le monde. Chez madame Graslin, l'âme, une fois mise en
mouvement par un enthousiasme vrai, répand sur sa
figure une expression qui la change. Sa physionomie est
comme un paysage triste en hiver, magnifique en été,
le monde la verra toujours en hiver. Quand elle cause
avec des amis sur quelque sujet littéraire ou philosophique, sur des questions religieuses qui l'intéressent,
elle s'anime, et il apparaît soudain une femme inconnue
d'une beauté merveilleuse. » Cette déclaration, fondée
sur la remarque du phénomène qui jadis rendait Véronique si belle à son retour de la sainte table, fit grand
bruit dans Limoges, où, pour le moment, le nouveau
Substitut, à qui la place d'Avocat général était, dit-on,
promise, jouait le premier rôle. Dans toutes les villes de
province, un homme élevé de quelques lignes [47] au-dessus
des autres devient pour un temps plus ou moins long
l'objet d'un engouement qui ressemble à de l'enthousiasme, et qui trompe l'objet de ce culte passager. C'est
à ce caprice social que nous devons les génies d'arrondissement, les gens méconnus, et leurs fausses supériorités
incessamment chagrinées. Cet homme, que les femmes
mettent à la mode, est plus souvent un étranger qu'un
homme du pays ; mais à l'égard du vicomte de Grandville, ces admirations, par un cas rare, ne se trompèrent
point. Madame Graslin était la seule avec laquelle le Parisien avait pu échanger ses idées et soutenir une conversation variée. Quelques mois après son arrivée, le Substitut attiré par le charme croissant de la conversation
et des manières de Véronique, proposa donc à l'abbé Dutheil, et à quelques hommes remarquables de la ville,
de jouer au whist chez madame Graslin. Véronique reçut
alors cinq fois par semaine ; car elle voulut se ménager pour
sa maison, dit-elle, deux jours de liberté. Quand madame
Graslin eut autour d'elle les seuls hommes supérieurs de
la ville, quelques autres personnes ne furent pas fâchées

de se donner un brevet d'esprit en faisant partie de sa société. Véronique admit chez elle les trois ou quatre militaires remarquables de la garnison et de l'état-major. La liberté d'esprit dont jouissaient ses hôtes, la discrétion absolue à laquelle on était tenu sans convention et par l'adoption des manières de la société la plus élevée, rendirent Véronique extrêmement difficile sur l'admission de ceux qui briguèrent l'honneur de sa compagnie. Les femmes de la ville ne virent pas sans jalousie madame Graslin entourée des hommes les plus spirituels, les plus aimables de Limoges ; mais son pouvoir fut alors d'autant plus étendu qu'elle fut plus réservée ; elle accepta quatre ou cinq femmes étrangères, venues de Paris avec leurs maris, et qui avaient en horreur le commérage des provinces. Si quelque personne en dehors de ce monde d'élite faisait une visite, par un accord tacite, la conversation changeait aussitôt, les habitués ne disaient plus que des riens. L'hôtel Graslin fut donc une oasis où les esprits supérieurs se désennuyèrent de la vie de province, où les gens attachés au gouvernement purent causer à cœur ouvert sur la politique sans avoir à craindre qu'on répétât leurs paroles, où l'on se moqua finement de tout ce qui était moquable, où chacun quitta l'habit de sa profession pour s'abandonner à son vrai caractère. Ainsi, après avoir été la plus obscure fille de Limoges, après avoir été regardée comme nulle, laide et sotte, au commencement de l'année 1828, madame Graslin fut regardée comme la première personne de la ville et la plus célèbre du monde féminin. Personne ne venait la voir le matin, car chacun connaissait ses habitudes de bienfaisance et la ponctualité de ses pratiques religieuses ; elle allait presque toujours entendre la première messe, afin de ne pas retarder le déjeuner de son mari qui n'avait aucune régularité, mais qu'elle voulait toujours servir. Graslin avait fini par s'habituer à sa femme en cette petite chose. Jamais Graslin ne manquait à faire l'éloge de sa femme, il la trouvait accomplie, elle ne lui demandait rien, il pouvait entasser écus sur écus et s'épanouir dans le terrain des affaires ; il avait ouvert des relations avec la maison Brézac, il voguait par une marche ascendante et progressive sur l'océan commercial ; aussi, son intérêt surexcité le maintenait-il dans la calme et enivrante fureur des joueurs attentifs aux grands événements du tapis vert de la Spéculation.

Pendant cet heureux temps, et jusqu'au commencement de l'année 1829, madame Graslin arriva, sous les yeux de ses amis, à un point de beauté vraiment extraordinaire, et dont les raisons ne furent jamais bien expliquées. Le bleu de l'iris s'agrandit comme une fleur et diminua le cercle brun des prunelles, en paraissant trempé d'une lueur moite et languissante, pleine d'amour. On vit blanchir, comme un faîte à l'aurore, son front illuminé par des souvenirs, par des pensées de bonheur, et ses lignes se purifièrent à quelques feux intérieurs. Son visage perdit ces ardents tons bruns qui annonçaient un commencement d'hépatite, la maladie des tempéraments vigoureux ou des personnes dont l'âme est souffrante, dont les affections sont contrariées. Ses tempes devinrent d'une adorable fraîcheur. On voyait enfin souvent, par échappées, le visage céleste, digne de Raphaël, que la maladie avait encroûté comme le Temps encrasse une toile de ce grand maître. Ses mains semblèrent plus blanches, ses épaules prirent une délicieuse plénitude, ses mouvements jolis et animés rendirent à sa taille flexible et souple toute sa valeur. Les femmes de la ville l'accusèrent d'aimer monsieur de Grandville, qui d'ailleurs lui faisait une cour assidue, et à laquelle Véronique opposa les barrières d'une pieuse résistance. Le Substitut professait pour elle une de ces admirations respectueuses à laquelle ne se trompaient point les habitués de ce salon. Les prêtres et les gens d'esprit devinèrent bien que cette affection, amoureuse chez le jeune magistrat, ne sortait

pas des bornes permises chez madame Graslin. Lassé
d'une défense appuyée sur les sentiments lés plus religieux, le vicomte de Grandville avait, à la connaissance
des intimes de cette société, de faciles amitiés qui cependant n'empêchaient point sa constante admiration
et son culte auprès de la belle madame Graslin, car tel
était, en 1829, son surnom à Limoges. Les plus clairvoyants attribuèrent le changement de physionomie qui
rendit Véronique encore plus charmante pour ses amis,
aux secrètes délices qu'éprouve toute femme, même la
plus religieuse, à se voir courtisée, à la satisfaction de
vivre enfin dans le milieu qui convenait à son esprit,
au plaisir d'échanger ses idées, et qui dissipa l'ennui de
sa vie, au bonheur d'être entourée d'hommes aimables,
instruits, de vrais amis dont l'attachement s'accroissait
de jour en jour. Peut-être eût-il fallu des observateurs
encore plus profonds, plus perspicaces ou plus défiants
que les habitués de l'hôtel Graslin, pour deviner la grandeur sauvage, la force du peuple que Véronique avait
refoulée au fond de son âme. Si quelquefois elle fut surprise en proie à la torpeur d'une méditation ou sombre,
ou simplement pensive, chacun de ses amis savait qu'elle
portait en son cœur bien des misères, qu'elle s'était sans
doute initiée le matin à bien des douleurs, qu'elle péné-
trait en des sentines où les vices épouvantaient par leur
naïveté ; souvent le Substitut, devenu bientôt Avocat
général, la gronda de quelque bienfait inintelligent que,
dans les secrets de ses instructions correctionnelles, la
Justice avait trouvé comme un encouragement à des
crimes ébauchés. « — Vous faut-il de l'argent pour quelques-uns de vos pauvres ? lui disait alors le vieux Grossetête en lui prenant la main, je serai complice de vos
bienfaits. — Il est impossible de rendre tout le monde
riche! » répondait-elle en poussant un soupir. Au commencement de cette année, arriva l'événement qui devait
changer entièrement la vie intérieure de Véronique, et

métamorphoser la magnifique expression de sa physionomie, pour en faire d'ailleurs un portrait mille fois plus
intéressant aux yeux des peintres. Assez inquiet de sa
santé, Graslin ne voulut plus, au grand désespoir de sa
femme, habiter son rez-de-chaussée, il remonta dans l'appartement conjugal où il se fit soigner. Ce fut bientôt
une nouvelle à Limoges que l'état de madame Graslin,
elle était grosse ; sa tristesse, mélangée de joie, occupa
ses amis qui devinèrent alors que, malgré ses vertus, elle
s'était trouvée heureuse de vivre séparée de son mari.
Peut-être avait-elle espéré de meilleures destinées, depuis le jour où l'Avocat général lui fit la cour après avoir
refusé d'épouser la plus riche héritière du Limousin. Dès
lors les profonds politiques qui faisaient entre deux parties de whist la police des sentiments et des fortunes,
avaient soupçonné le magistrat et la jeune femme de
fonder sur l'état maladif du banquier des espérances
presque ruinés par cet événement. Les troubles profonds
qui marquèrent cette période de la vie de Véronique,
les inquiétudes qu'un premier accouchement cause aux
femmes, et qui, dit-on, offre des dangers alors qu'il
arrive après la première jeunesse, rendirent ses amis
plus attentifs auprès d'elle ; chacun d'eux déploya mille
petits soins qui lui prouvèrent combien leurs affections
étaient vives et solides.

CHAPITRE II

TASCHERON

Dans cette même année, Limoges eut le terrible spectacle et le drame singulier du procès Tascheron, dans lequel le jeune vicomte de Grandville déploya les talents qui plus tard le firent nommer Procureur général.

Un vieillard qui habitait une maison isolée dans le faubourg Saint-Étienne fut assassiné. Un grand jardin fruitier sépare du faubourg cette maison, également séparée de la campagne par un jardin d'agrément au bout duquel sont d'anciennes serres abandonnées. La rive de la Vienne forme devant cette habitation un talus rapide dont l'inclinaison permet de voir la rivière. La cour en pente finit à la berge par un petit mur où, de distance en distance, s'élèvent des pilastres réunis par des grilles, plus pour l'ornement que pour la défense, car les barreaux sont en bois peint. Ce vieillard nommé Pingret, célèbre par son avarice, vivait avec une seule servante, une campagnarde à laquelle il faisait faire ses labours. Il soignait lui-même ses espaliers, taillait ses arbres, récoltait ses fruits, et les envoyait vendre en ville, ainsi que des primeurs à la culture desquelles il excellait. La nièce de ce vieillard et sa seule héritière, mariée à un petit rentier de la ville, monsieur des Vanneaulx, avait maintes fois prié son oncle de prendre un homme pour garder sa maison, en lui démontrant qu'il y gagnerait les produits de plusieurs carrés plantés d'arbres en plein vent, où il semait lui-même des grenailles [48], mais il s'y était constamment refusé. Cette contradiction chez un avare donnait matière à bien des causeries conjecturales dans les maisons où les des Vanneaulx passaient la soirée. Plus d'une fois, les plus divergentes réflexions entrecoupèrent les parties de boston. Quelques esprits matois avaient conclu en présumant un trésor enfoui dans les luzernes. « — Si j'étais à la place de madame des Vanneaulx, disait un agréable rieur, je ne tourmenterais point mon oncle ; si on l'assassine, eh! bien, on l'assassinera. J'hériterais. » Madame des Vanneaulx voulait faire garder son oncle, comme les entrepreneurs du Théâtre-Italien [49] prient leur ténor à recettes de se bien couvrir le gosier, et lui donnent leur manteau quand il a oublié le sien. Elle avait offert au petit Pingret un superbe chien de basse-cour, le vieillard le lui avait renvoyé par Jeanne Malassis, sa servante : « — Votre oncle ne veut point d'une bouche de plus à la maison », dit-elle à madame des Vanneaulx. L'événement prouva combien les craintes de la nièce étaient fondées. Pingret fut assassiné, pendant une nuit noire, au milieu d'un carré de luzerne où il ajoutait sans doute quelques louis à un pot plein d'or. La servante, réveillée par la lutte, avait eu le courage de venir au secours du vieil avare, et le meurtrier s'était trouvé dans l'obligation de la tuer pour supprimer son témoignage. Ce calcul, qui détermine presque toujours les assassins à augmenter le nombre de leurs victimes, est un malheur engendré par la peine capitale qu'ils ont en perspective. Ce double meurtre fut accompagné de circonstances bizarres qui devaient donner autant de chances à l'Accusation qu'à la Défense. Quand les voisins furent une matinée sans voir ni le petit père Pingret ni sa servante ; lorsqu'en allant et venant, ils examinèrent sa maison à travers les grilles de bois et

qu'ils trouvèrent, contre tout usage, les portes et les
fenêtres fermées, il y eut dans le faubourg Saint-Étienne
une rumeur qui remonta jusqu'à la rue des Cloches où
demeurait madame des Vanneaulx. La nièce avait
toujours l'esprit préoccupé d'une catastrophe, elle
avertit la Justice qui enfonça les portes. On vit bientôt
dans les quatre carrés, quatre trous vides, et jonchés à
l'entour par les débris de pots pleins d'or la veille. Dans
deux des trous mal rebouchés, les corps du père Pingret
et de Jeanne Malassis avaient été ensevelis avec leurs
habits. La pauvre fille était accourue pieds nus, en
chemise. Pendant que le Procureur du roi, le commissaire de police et le juge d'Instruction recueillaient les
éléments de la procédure, l'infortuné des Vanneaulx
recueillait les débris des pots, et calculait la somme
volée d'après leur contenance. Les magistrats reconnurent la justesse des calculs, en estimant à mille pièces
par pot les trésors envolés ; mais ces pièces étaient-elles
de quarante-huit ou de quarante, de vingt-quatre ou
de vingt francs ? Tous ceux qui, dans Limoges, attendaient des héritages, partagèrent la douleur des des Vanneaulx. Les imaginations limousines furent vivement
stimulées par le spectacle de ces pots à or brisés. Quant
au petit père Pingret, qui souvent venait vendre des
légumes lui-même au marché, qui vivait d'oignons et
de pain, qui ne dépensait pas trois cents francs par an,
qui n'obligeait ou ne désobligeait personne, et n'avait
pas fait un scrupule de bien dans le faubourg Saint-
Étienne, il n'excita pas le moindre regret. Quant à
Jeanne Malassis, son héroïsme, que le vieil avare aurait
à peine récompensé, fut jugé comme intempestif ;
le nombre des âmes qui l'admirèrent fut petit en comparaison de ceux qui dirent : — Moi j'aurais joliment
dormi ! Les gens de justice ne trouvèrent ni encre ni
plume pour verbaliser dans cette maison nue, délabrée,
froide et sinistre. Les curieux et l'héritier aperçurent

alors les contresens qui se remarquent chez certains
avares. L'effroi du petit vieillard pour la dépense éclatait sur les toits non réparés qui ouvraient leurs flancs à
la lumière, à la pluie, à la neige ; dans les lézardes vertes
qui sillonnaient les murs, dans les portes pourries près
de tomber au moindre choc, et les vitres en papier non
huilé. Partout des fenêtres sans rideaux, des cheminées
sans glaces ni chenets et dont l'âtre propre était garni
d'une bûche ou de petits bois presque vernis par la
sueur du tuyau ; puis des chaises boiteuses, deux cou-
chettes maigres et plates, des pots fêlés, des assiettes
rattachées, des fauteuils manchots ; à son lit, des rideaux
que le temps avait brodés de ses mains hardies, un secrétaire mangé par les vers où il serrait ses graines, du
linge épaissi par les reprises et les coutures ; enfin un
tas de haillons qui ne vivaient que soutenus par l'esprit
du maître, et qui, lui mort, tombèrent en loques, en
poudre, en dissolution chimique, en ruines, en je ne sais
quoi sans nom [50], dès que les mains brutales de l'héritier furieux ou des gens officiels y touchèrent. Ces choses
disparurent comme effrayées d'une vente publique. La
grande majorité de la capitale du Limousin s'intéressa
longtemps à ces braves des Vanneaulx qui avaient deux
enfants ; mais quand la Justice crut avoir trouvé l'auteur présumé du crime, ce personnage absorba l'attention, il devint un héros et les des Vanneaulx restèrent
dans l'ombre du tableau.

Vers la fin du mois de mars, madame Graslin avait
éprouvé déjà quelques-uns de ces malaises que cause
une première grossesse et qui ne peuvent plus se cacher.
La Justice informait alors sur le crime commis au
faubourg Saint-Étienne, et l'assassin n'était pas encore
arrêté. Véronique recevait ses amis dans sa chambre
à coucher, on y faisait la partie. Depuis quelques jours,
madame Graslin ne sortait plus, elle avait eu déjà
plusieurs de ces caprices singuliers attribués chez toutes

les femmes à la grossesse ; sa mère venait la voir presque tous les jours, et ces deux femmes restaient ensemble pendant des heures entières. Il était neuf heures, les tables de jeu restaient sans joueurs, tout le monde causait de l'assassinat et des des Vanneaulx. L'Avocat général entra.

— Nous tenons l'assassin du père Pingret, dit-il d'un air joyeux.

— Qui est-ce ? lui demanda-t-on de toutes parts.

— Un ouvrier porcelainier dont la conduite est excellente et qui devait faire fortune. Il travaillait à l'ancienne manufacture de votre mari, dit-il en se tournant vers madame Graslin.

— Qui est-ce ? demanda Véronique d'une voix faible.

— Jean-François Tascheron.

— Le malheureux ! répondit-elle. Oui, je l'ai vu plusieurs fois, mon pauvre père me l'avait recommandé comme un sujet précieux.

— Il n'y était déjà plus avant la mort de Sauviat, il avait passé dans la fabrique de messieurs Philippart qui lui ont fait des avantages, répondit la vieille Sauviat. Mais ma fille est-elle assez bien pour entendre cette conversation ? dit-elle en regardant madame Graslin qui était devenue blanche comme ses draps.

Dès cette soirée, la vieille mère Sauviat abandonna sa maison et vint, malgré ses soixante-six ans, se constituer la garde-malade de sa fille. Elle ne quitta pas la chambre, les amis de madame Graslin la trouvèrent à toute heure héroïquement placée au chevet du lit où elle s'adonnait à son éternel tricot, couvant du regard Véronique comme au temps de la petite vérole, répondant pour elle et ne laissant pas toujours entrer les visites. L'amour maternel et filial de la mère et de la fille était si bien connu dans Limoges, que les façons de la vieille femme n'étonnèrent personne.

Quelques jours après, quand l'Avocat général voulut

raconter les détails que toute la ville recherchait avidement sur Jean-François Tascheron, en croyant amuser
la malade, la Sauviat l'interrompit brusquement en lui
disant qu'il allait encore causer de mauvais rêves à
madame Graslin. Véronique pria monsieur de Grandville d'achever, en le regardant fixement. Ainsi les amis
de madame Graslin connurent les premiers et chez elle,
par l'Avocat général, le résultat de l'instruction qui
devait devenir bientôt publique. Voici, mais succincte-
ment, les éléments de l'acte d'accusation que préparait
alors le Parquet.

Jean-François Tascheron était fils d'un petit fermier
chargé de famille qui habitait le bourg de Montégnac.
Vingt ans avant ce crime, devenu célèbre en Limousin,
le canton de Montégnac se recommandait par ses mauvaises mœurs. Le parquet de Limoges disait prover-
bialement que sur cent condamnés du Département,
cinquante appartenaient à l'Arrondissement d'où dépendait Montégnac. Depuis 1816, deux ans après l'envoi
du curé Bonnet, Montégnac avait perdu sa triste réputation, ses habitants avaient cessé d'envoyer leur con-
tingent aux Assises. Ce changement fut attribué généralement à l'influence que monsieur Bonnet exerçait
sur cette Commune, jadis le foyer des mauvais sujets
qui désolèrent la contrée. Le crime de Jean-François
Tascheron rendit tout à coup à Montégnac son ancienne
renommée. Par un insigne effet du hasard, la famille
Tascheron était presque la seule du pays qui eût conservé ces vieilles mœurs exemplaires et ces habitudes
religieuses que les observateurs voient aujourd'hui
disparaître de plus en plus dans les campagnes ; elle
avait donc fourni un point d'appui au curé, qui naturellement la portait dans son cœur. Cette famille, remarquable par sa probité, par son union, par son amour
du travail, n'avait offert que de bons exemples à Jean-
François Tascheron. Amené à Limoges par l'ambition

louable de gagner honorablement une fortune dans l'industrie, ce garçon avait quitté le bourg au milieu des regrets de ses parents et de ses amis qui le chérissaient. Durant deux années d'apprentissage, sa conduite fut digne d'éloges, aucun dérangement sensible n'avait annoncé le crime horrible par lequel finissait sa vie. Jean-François Tascheron avait passé à étudier et à s'instruire le temps que les autres ouvriers donnent à la débauche ou au cabaret. Les perquisitions les plus minutieuses de la justice de province, qui a beaucoup de temps à elle, n'apportèrent aucune lumière sur les secrets de cette existence. Soigneusement questionnée, l'hôtesse de la maigre maison garnie où demeurait Jean-François, n'avait jamais logé de jeune homme dont les mœurs fussent aussi pures, dit-elle. Il était d'un caractère aimable et doux, quasi gai. Environ une année avant de commettre ce crime, son humeur parut changée, il découcha plusieurs fois par mois, et souvent quelques nuits de suite, dans quelle partie de la ville? elle l'ignorait. Seulement, elle pensa plusieurs fois, par l'état des souliers, que son locataire revenait de la campagne. Quoiqu'il sortît de la ville, au lieu de prendre des souliers ferrés, il se servait d'escarpins. Avant de partir, il se faisait la barbe, se parfumait et mettait du linge blanc. L'Instruction étendit ses perquisitions jusque dans les maisons suspectes et chez les femmes de mauvaise vie, mais Jean-François Tascheron y était inconnu. L'Instruction alla chercher des renseignements dans la classe des ouvrières et des grisettes, mais aucune des filles dont la conduite était légère n'avait eu de relations avec l'inculpé. Un crime sans motif est inconcevable, surtout chez un jeune homme à qui sa tendance vers l'instruction et son ambition devaient faire accorder des idées et un sens supérieurs à ceux des autres ouvriers. Le Parquet et le juge d'Instruction attribuèrent à la passion du jeu l'assassinat commis par Tascheron ;

mais après de minutieuses recherches, il fut démontré
que le prévenu n'avait jamais joué. Jean-François se
renferma tout d'abord dans un système de dénégation
qui, en présence du Jury, devait tomber devant les
preuves, mais qui dénota l'intervention d'une personne
pleine de connaissances judiciaires, ou douée d'un esprit
supérieur. Les preuves, dont voici les principales, étaient,
comme dans beaucoup d'assassinats, à la fois graves et
légères. L'absence de Tascheron pendant la nuit du
crime, sans qu'il voulût dire où il était. Le prévenu ne
daignait pas forger un alibi. Un fragment de sa blouse
déchirée à son insu par la pauvre servante dans la
lutte, emporté par le vent, retrouvé dans un arbre. Sa
présence le soir autour de la maison remarquée par des
passants, par des gens du faubourg, et qui, sans le
crime, ne s'en seraient pas souvenus. Une fausse clef
fabriquée par lui-même, pour entrer par la porte qui
donnait sur la campagne, et assez habilement enterrée
dans un des trous, à deux pieds en contre-bas, mais où
fouilla par hasard monsieur des Vanneaulx, pour savoir
si le trésor n'avait pas deux étages. L'Instruction finit
par trouver qui avait fourni le fer, qui prêta l'étau, qui
donna la lime. Cette clef fut le premier indice, elle mit
sur la voie de Tascheron arrêté sur la limite du Département, dans un bois où il attendait le passage d'une
diligence. Une heure plus tard, il eût été parti pour
l'Amérique. Enfin, malgré le soin avec lequel les marques
des pas furent effacées dans les terres labourées et sur
la boue du chemin, le garde-champêtre avait trouvé des
empreintes d'escarpins, soigneusement décrites et con-
servées. Quand on fit des perquisitions chez Tascheron,
les semelles de ses escarpins, adaptées à ces traces, y
correspondirent parfaitement. Cette fatale coïncidence
confirma les observations de la curieuse hôtesse. L'Instruction attribua le crime à une influence étrangère et
non à une résolution personnelle. Elle crut à une com-

plicité, que démontrait l'impossibilité d'emporter les
sommes enfouies. Quelque fort que soit un homme, il ne
porte pas très loin vingt-cinq mille francs en or. Si
chaque pot contenait cette somme, les quatre avaient
nécessité quatre voyages. Or, une circonstance singulière
déterminait l'heure à laquelle le crime avait été commis.
Dans l'effroi que les cris de son maître durent lui causer,
Jeanne Malassis, en se levant, avait renversé la table
de nuit sur laquelle était sa montre. Cette montre, le
seul cadeau [51] que lui eût fait l'avare en cinq ans, avait
eu son grand ressort brisé par le choc, elle indiquait
deux heures après minuit. Vers la mi-mars, époque du
crime, le jour arrive entre cinq et six heures du matin.
A quelque distance que les sommes eussent été trans-
portées, Tascheron n'avait donc pu, dans le cercle des
hypothèses embrassé par l'Instruction et le Parquet,
opérer à lui seul cet enlèvement. Le soin avec lequel
Tascheron avait ratissé les traces des pas en négligeant
celles des siens révélait une mystérieuse assistance.
Forcée d'inventer, la Justice attribua ce crime à une
frénésie d'amour ; et l'objet de cette passion ne se
trouvant pas dans la classe inférieure, elle jeta les yeux
plus haut. Peut-être une bourgeoise, sûre de la discrétion d'un jeune homme taillé en Séide [52], avait-elle
commencé un roman dont le dénoûment était horrible ?
Cette présomption était presque justifiée par les accidents du meurtre. Le vieillard avait été tué à coups
de bêche. Ainsi son assassinat était le résultat d'une
fatalité soudaine, imprévue, fortuite. Les deux amants
avaient pu s'entendre pour voler, et non pour assassiner.
L'amoureux Tascheron et l'avare Pingret, deux passions implacables s'étaient rencontrées sur le même
terrain, attirées toutes deux par l'or dans les ténèbres
épaisses de la nuit. Afin d'obtenir quelque lueur sur
cette sombre donnée, la Justice employa contre une
sœur très aimée de Jean-François la ressource de l'ar-

restation et de la mise au secret, espérant pénétrer par
elle les mystères de la vie privée du frère. Denise Tascheron se renferma dans un système de dénégation
dicté par la prudence, et qui la fit soupçonner d'être
instruite des causes du crime, quoiqu'elle ne sût rien.
Cette détention allait flétrir sa vie. Le prévenu montrait
un caractère bien rare chez les gens du peuple : il avait
dérouté les plus habiles *moutons* avec lesquels il s'était
trouvé, sans avoir reconnu leur caractère. Pour les
esprits distingués de la magistrature, Jean-François
était donc criminel par passion et non par nécessité,
comme la plupart des assassins ordinaires qui passent
tous par la police correctionnelle et par le bagne avant
d'en venir à leur dernier coup. D'actives et prudentes
recherches se firent dans le sens de cette idée ; mais
l'invariable discrétion du criminel laissa l'Instruction
sans éléments. Une fois le roman assez plausible de cette
passion pour une femme du monde admis, plus d'une
interrogation captieuse fut lancée à Jean-François ;
mais sa discrétion triompha de toutes les tortures morales
que l'habileté du juge d'Instruction lui imposait. Quand,
par un dernier effort, le magistrat dit à Tascheron que
la personne pour laquelle il avait commis le crime était
connue et arrêtée, il ne changea pas de visage, et se
contenta de répondre ironiquement : « — Je serais bien
aise de la voir ! » En apprenant ces circonstances, beaucoup de personnes partagèrent les soupçons des magistrats en apparence confirmés par le silence de Sauvage
que gardait l'accusé. L'intérêt s'attacha violemment à
un jeune homme qui devenait un problème. Chacun
comprendra facilement combien ces éléments entre-
tinrent la curiosité publique, et avec quelle avidité les
débats allaient être suivis. Malgré les sondages de la
police, l'Instruction s'était arrêtée sur le seuil de l'hypothèse sans oser pénétrer le mystère, elle y trouvait
tant de dangers ! En certains cas judiciaires, les demi-

certitudes ne suffisent pas aux magistrats. On espérait donc voir la vérité surgir au grand jour de la Cour d'Assises, moment où bien des criminels se démentent.

Monsieur Graslin fut un des jurés désignés pour la session, en sorte que, soit par son mari, soit par monsieur de Grandville, Véronique devait savoir les moindres détails du procès criminel qui, pendant une quinzaine de jours, tint en émoi le Limousin et la France. L'attitude de l'accusé justifia la fabulation adoptée par la ville d'après les conjectures de la Justice ; plus d'une fois, son œil plongea dans l'assemblée de femmes privilégiées qui vinrent savourer les mille émotions de ce drame réel. Chaque fois que le regard de cet homme embrassa cet élégant parterre par un rayon clair, mais impénétrable, il y produisit de violentes secousses, tant chaque femme craignait de paraître sa complice, aux yeux inquisiteurs du Parquet et de la Cour. Les inutiles efforts de l'Instruction reçurent alors leur publicité, et révélèrent les précautions prises par l'accusé pour assurer un plein succès à son crime. Quelques mois avant la fatale nuit, Jean-François s'était muni d'un passeport pour l'Amérique du Nord. Ainsi le projet de quitter la France avait été formé, la femme devait donc être mariée, il eût sans doute été inutile de s'enfuir avec une jeune fille. Peut-être le crime avait-il eu pour but d'entretenir l'aisance de cette inconnue. La Justice n'avait trouvé sur les registres de l'Administration aucun passeport pour ce pays au nom d'aucune femme. Au cas où la complice se fût procuré son passeport à Paris, les registres y avaient été consultés, mais en vain, de même que dans les Préfectures environnantes. Les moindres détails des débats mirent en lumière les profondes réflexions d'une intelligence supérieure. Si les dames limousines les plus vertueuses attribuaient l'usage assez inexplicable dans la vie ordinaire d'escarpins pour aller dans la boue et dans les terres

à la nécessité d'épier le vieux Pingret, les hommes les
moins fats étaient enchantés d'expliquer combien les
escarpins étaient utiles pour marcher dans une maison,
y traverser les corridors, y monter par les croisées sans
bruit. Donc, Jean-François et sa maîtresse (jeune, belle,
romanesque, chacun composait un superbe portrait)
avaient évidemment médité d'ajouter, par un faux,
et son épouse sur le passeport. Le soir, dans tous les
salons, les parties étaient interrompues par les recherches
malicieuses de ceux qui, se reportant en mars 1829,
recherchaient quelles femmes alors étaient en voyage
à Paris, quelles autres avaient pu faire ostensiblement
ou secrètement les préparatifs d'une fuite. Limoges
jouit alors de son procès Fualdès [53], orné d'une madame
Manson inconnue. Aussi jamais ville de province ne
fut-elle plus intriguée que l'était chaque soir Limoges
après l'audience. On y rêvait de ce procès où tout gran-
dissait l'accusé dont les réponses savamment repassées,
étendues, commentées, soulevaient d'amples discussions. Quand un des jurés demanda pourquoi Tascheron
avait pris un passeport pour l'Amérique, l'ouvrier
répondit qu'il voulait y établir une manufacture de
porcelaines. Ainsi, sans compromettre son système de
défense, il couvrait encore sa complice, en permettant
à chacun d'attribuer son crime à la nécessité d'avoir
des fonds pour accomplir un ambitieux projet. Au plus
fort de ces débats, il fut impossible que les amis de
Véronique, pendant une soirée où elle paraissait moins
souffrante, ne cherchassent pas à expliquer la discrétion
du criminel. La veille, le médecin avait ordonné une
promenade à Véronique. Le matin même elle avait donc
pris le bras de sa mère pour aller, en tournant la ville,
jusqu'à la maison de campagne de la Sauviat, où elle
s'était reposée. Elle avait essayé de rester debout à son
retour et avait attendu son mari ; Graslin ne revint
qu'à huit heures de la Cour d'Assises, elle venait de lui

servir à dîner selon son habitude, elle entendit nécessairement la discussion de ses amis.

— Si mon pauvre père vivait encore, leur dit-elle,
nous en aurions su davantage, ou peut-être cet homme
ne serait-il pas devenu criminel. Mais je vous vois tous
préoccupés d'une idée singulière. Vous voulez que
l'amour soit le principe du crime, là-dessus je suis de
votre avis ; mais pourquoi croyez-vous que l'inconnue
est mariée, ne peut-il pas avoir aimé une jeune fille
que le père et la mère lui auraient refusée ?

— Une jeune personne eût été plus tard légitime-
ment à lui, répondit monsieur de Grandville. Tascheron
est un homme qui ne manque pas de patience, il aurait
eu le temps de faire loyalement fortune en attendant
le moment où toute fille est libre de se marier contre
la volonté de ses parents.

— J'ignorais, dit madame Graslin, qu'un pareil
mariage fût possible ; mais comment, dans une ville
où tout se sait, où chacun voit ce qui se passe chez son
voisin, n'a-t-on pas le plus léger soupçon ? Pour aimer,
il faut au moins se voir ou s'être vus ? Que pensez-
vous, vous autres magistrats ! demanda-t-elle en plon-
geant un regard fixe dans les yeux de l'Avocat général.

— Nous croyons tous que la femme appartient à la
classe de la bourgeoisie ou du commerce.

— Je pense le contraire, dit madame Graslin. Une
femme de ce genre n'a pas les sentiments assez élevés.

Cette réponse concentra les regards de tout le monde
sur Véronique, et chacun attendit l'explication de cette
parole paradoxale.

— Pendant les heures de nuit que je passe sans sommeil ou le jour dans mon lit, il m'a été impossible de ne
pas penser à cette mystérieuse affaire, et j'ai cru deviner
les motifs de Tascheron. Voilà pourquoi je pensais à une
jeune fille. Une femme mariée a des intérêts, sinon des
sentiments, qui partagent son cœur et l'empêchent

d'arriver à l'exaltation complète qui inspire une si
grande passion. Il faut ne pas avoir d'enfant pour concevoir un amour qui réunisse les sentiments maternels
à ceux qui procèdent du désir. Évidemment cet homme
a été aimé par une femme qui voulait être son soutien.
L'inconnue aura porté dans sa passion le génie auquel
nous devons les belles œuvres des artistes, des poètes,
et qui chez la femme existe, mais sous une autre forme,
elle est destinée à créer des hommes et non des choses.
Nos œuvres, à nous, c'est nos enfants! Nos enfants sont
nos tableaux, nos livres, nos statues. Ne sommes-nous
pas artistes dans leur éducation première. Aussi, gage-
rais-je ma tête à couper que si l'inconnue n'est pas une
jeune fille, elle n'est pas mère. Il faudrait chez les gens
du Parquet la finesse des femmes pour deviner mille
nuances qui leur échapperont sans cesse en bien des
occasions. Si j'eusse été votre Substitut, dit-elle à
l'Avocat général, nous eussions trouvé la coupable, si
toutefois l'inconnue est coupable. J'admets, comme
monsieur l'abbé Dutheil, que les deux amants avaient
conçu l'idée de s'enfuir, faute d'argent, pour vivre en
Amérique, avec les trésors du pauvre Pingret. Le vol a
engendré l'assassinat par la fatale logique qu'inspire la
peine de mort aux criminels. Aussi, dit-elle en lançant
à l'Avocat général un regard suppliant, serait-ce une
chose digne de vous, que de faire écarter la préméditation, vous sauveriez la vie à ce malheureux. Cet homme
est grand malgré son crime, il réparerait peut-être ses
fautes par un magnifique repentir. Les œuvres du repentir doivent entrer pour quelque chose dans les
pensées de la Justice. Aujourd'hui n'y a-t-il pas mieux
à faire qu'à donner sa tête, ou à fonder comme autrefois
la cathédrale de Milan, pour expier des forfaits?

— Madame, vous êtes sublime dans vos idées, dit
l'Avocat général; mais, la préméditation écartée,
Tascheron serait encore sous le poids de la peine de

mort, à cause des circonstances graves et prouvées
qui accompagnent le vol, la nuit, l'escalade, l'effrac-
tion, etc.

— Vous croyez donc qu'il sera condamné? dit-elle
en abaissant ses paupières.

— J'en suis certain, le Parquet aura la victoire.

Un léger frisson fit crier la robe de madame Graslin,
qui dit : — J'ai froid! Elle prit le bras de sa mère, et
s'alla coucher.

— Elle est beaucoup mieux aujourd'hui, dirent ses
amis.

Le lendemain, Véronique était à la mort. Quand son
médecin manifesta son étonnement en la trouvant si
près d'expirer, elle lui dit en souriant : — Ne vous avais-
je pas prédit que cette promenade ne me vaudrait rien.

Depuis l'ouverture des débats, Tascheron se tenait
sans forfanterie comme sans hypocrisie. Le médecin,
toujours pour divertir la malade, essaya d'expliquer cette
attitude que ses défenseurs exploitaient. Le talent de
son avocat éblouissait l'accusé sur le résultat, il croyait
échapper à la mort, disait le médecin. Par moments,
on remarquait sur son visage une espérance qui tenait à
un bonheur plus grand que celui de vivre. Les antécé-
dents de la vie de cet homme, âgé de vingt-trois ans,
contredisaient si bien les actions par lesquelles elle se
terminait, que ses défenseurs objectaient son attitude
comme une conclusion. Enfin les preuves accablantes
dans l'hypothèse de l'Accusation devenaient si faibles
dans le roman de la Défense, que cette tête fut disputée
avec des chances favorables par l'avocat. Pour sauver
la vie à son client, l'avocat se battit à outrance sur le
terrain de la préméditation, il admit hypothétiquement
la préméditation du vol, non celle des assassinats, résultat de deux luttes inattendues. Le succès parut
douteux pour le Parquet comme pour le Barreau.

Après la visite du médecin, Véronique eut celle de

l'Avocat général, qui tous les matins la venait voir avant l'audience.

— J'ai lu les plaidoiries d'hier, lui dit-elle. Aujourd'hui vont commencer les répliques, je me suis si fort intéressée à l'accusé que je voudrais le voir sauvé ; ne pouvez-vous une fois en votre vie abandonner un triomphe ? Laissez-vous battre par l'avocat. Allons, faites-moi présent de cette vie, et vous aurez peut-être la mienne un jour !... Il y a doute après le beau plaidoyer de l'avocat de Tascheron, et bien...

— Votre voix est émue, dit le vicomte quasi surpris.

— Savez-vous pourquoi ? répondit-elle. Mon mari vient de remarquer une horrible coïncidence, et qui, par suite de ma sensibilité, serait de nature à causer ma mort : j'accoucherai quand vous donnerez l'ordre de faire tomber cette tête.

— Puis-je réformer le Code ? dit l'Avocat général.

— Allez ! vous ne savez pas aimer, répondit-elle en fermant les yeux.

Elle posa sa tête sur l'oreiller, et renvoya le magistrat par un geste impératif.

Monsieur Graslin plaida fortement mais inutilement pour l'acquittement, en donnant une raison qui fut adoptée par deux jurés de ses amis, et qui lui avait été suggérée par sa femme : « — Si nous laissons la vie à cet homme, la famille des Vanneaulx retrouvera la succession Pingret. » Cet argument irrésistible amena entre les jurés une scission de sept contre cinq qui nécessita l'adjonction de la Cour ; mais la Cour se réunit à la minorité du Jury. Selon la jurisprudence de ce temps [54], cette réunion détermina la condamnation. Lorsque son arrêt lui fut prononcé, Tascheron tomba dans une fureur assez naturelle chez un homme plein de force et de vie, mais que les magistrats, les avocats, les jurés et l'auditoire n'ont presque jamais remarquée chez les criminels justement [55] condamnés. Pour tout le monde, le drame ne parut donc pas terminé par l'arrêt. Une lutte si acharnée donna dès lors, comme il arrive presque toujours dans ces sortes d'affaires, naissance à deux opinions diamétralement opposées sur la culpabilité du héros en qui les uns virent un innocent opprimé, les autres un criminel justement condamné. Les Libéraux tinrent pour l'innocence de Tascheron, moins par certitude que pour contrarier le pouvoir. « Comment, dirent-ils, condamner un homme sur la ressemblance de son pied avec la marque d'un autre pied ? à cause de son absence, comme si tous les jeunes gens n'aiment pas mieux mourir que de compromettre une femme ? Pour avoir emprunté des outils et acheté du fer ? car il n'est pas prouvé qu'il ait fabriqué la clef. Pour un morceau de toile bleue accroché à un arbre, peut-être par le vieux Pingret, afin d'épouvanter les moineaux, et qui se rapporte par hasard à un accroc fait à notre blouse ! A quoi tient la vie d'un homme ! Enfin, Jean-François a tout nié, le Parquet n'a produit aucun témoin qui ait vu le crime ! » Ils corroboraient, étendaient, paraphrasaient le système et les plaidoiries de l'avocat. Le vieux Pingret, qu'était-ce ? Un coffre-fort crevé ! disaient les esprits forts. Quelques gens prétendus progressifs, méconnaissant les saintes lois de la Propriété, que les saint-simoniens [56] attaquaient déjà dans l'ordre abstrait des idées économistes, allèrent plus loin : « Le père Pingret était le premier auteur du crime. Cet homme, en entassant son or, avait volé son pays. Que d'entreprises auraient été fertilisées par ses capitaux inutiles ! Il avait frustré l'Industrie, il était justement puni. » La servante ? on la plaignait. Denise, qui, après avoir déjoué les ruses de la Justice, ne se permit pas aux débats une réponse sans avoir longtemps songé à ce qu'elle devait dire, excita le plus vif intérêt. Elle devint une figure comparable, dans un autre sens, à Jeanie Deans [57], de qui elle possédait la grâce et la

modestie, la religion et la beauté. François **Tascheron**
continua donc d'exciter la curiosité, non seulement de
la ville, mais encore de tout le Département, et quelques
femmes romanesques lui accordèrent ouvertement leur
admiration. « — S'il y a là-dedans quelque amour pour
une femme placée au-dessus de lui, certes cet homme
n'est pas un homme ordinaire, disaient-elles. Vous
verrez qu'il mourra bien ! » Cette question : Parlera-t-il ?
ne parlera-t-il pas ? engendra des paris. Depuis l'accès
de rage [55] par lequel il accueillit sa condamnation, et
qui eût pu être fatal à quelques personnes de la Cour
ou de l'auditoire sans la présence des gendarmes, le
criminel menaça tous ceux qui l'approchèrent indis-
tinctement, et avec la rage d'une bête féroce ; le geôlier
fut forcé de lui mettre la camisole, autant pour l'empêcher d'attenter à sa vie que pour éviter les effets de
sa furie. Une fois maintenu par ce moyen victorieux
de toute espèce de violences, Tascheron exhala son
désespoir en mouvements convulsifs qui épouvantaient
ses gardiens, en paroles, en regards qu'au Moyen Age
on eût attribués à la possession. Il était si jeune, que
les femmes s'apitoyèrent sur cette vie pleine d'amour
qui allait être tranchée. *Le Dernier jour d'un Condamné* [56],
sombre élégie, inutile plaidoyer contre la peine de
mort, ce grand soutien des sociétés, et qui avait paru
depuis peu, comme exprès pour la circonstance, fut à
l'ordre du jour dans toutes les conversations. Enfin,
qui ne se montrait du doigt l'invisible inconnue, debout,
les pieds dans le sang, élevée sur les planches des Assises
comme sur un piédestal, déchirée par d'horribles douleurs, et condamnée au calme le plus parfait dans son
ménage. On admirait presque cette Médée [60] limousine,
à blanche poitrine doublée d'un cœur d'acier, au front
impénétrable. Peut-être était-elle chez celui-ci ou chez
celui-là, sœur ou cousine, ou femme ou fille d'un tel
ou d'une telle. Quelle frayeur au sein des familles !

Suivant un mot sublime de Napoléon, c'est surtout dans le domaine de l'imagination que la puissance de l'inconnu est incommensurable. Quant aux cent mille francs volés aux sieur et dame des Vanneaulx, et qu'aucune recherche de police n'avait su retrouver, le silence constant du criminel, fut une étrange défaite pour le Parquet. Monsieur de Grandville, qui remplaçait le Procureur général alors à la Chambre des Députés, essaya le moyen vulgaire de laisser croire à une commutation de peine en cas d'aveux; mais quand il se montra, le condamné l'accueillit par des redoublements de cris furieux, de contorsions épileptiques, et lui lança des regards pleins de rage où éclatait le regret de ne pouvoir donner la mort. La Justice ne compta plus que sur l'assistance de l'Église au dernier moment. Les des Vanneaulx étaient allés maintes fois chez l'abbé Pascal, l'aumônier de la prison. Cet abbé ne manquait pas du talent particulier nécessaire pour se faire écouter des prisonniers, il affronta religieusement les transports de Tascheron, il essaya de lancer quelques paroles à travers les orages de cette puissante nature en convulsion. Mais la lutte de cette paternité spirituelle avec l'ouragan de ces passions déchaînées, abattit et lassa le pauvre abbé Pascal. « — Cet homme a trouvé son paradis ici-bas », disait ce vieillard d'une voix douce. La petite madame des Vanneaulx consulta ses amies pour savoir si elle devait hasarder une démarche auprès du criminel. Le sieur des Vanneaulx parla de transactions. Dans son désespoir, il alla proposer à monsieur de Grandville de demander la grâce de l'assassin de son oncle, si cet assassin restituait les cent mille francs. L'Avocat général répondit que la majesté royale ne descendait point à de tels compromis. Les des Vanneaulx se tournèrent vers l'avocat de Tascheron, auquel ils offrirent dix pour cent de la somme s'il parvenait à la faire recouvrer. L'avocat était le seul homme à la vue duquel

Tascheron ne s'emportait pas ; les héritiers l'autorisèrent
à offrir dix autres pour cent au criminel, et dont il
disposerait en faveur de sa famille. Malgré les incisions
que ces castors pratiquaient sur leur héritage et malgré
son éloquence, l'avocat ne put rien obtenir de son client.
Les des Vanneaulx furieux maudirent et anathémati-
sèrent le condamné. « — Non seulement il est assassin,
mais il est encore sans délicatesse! s'écria sérieusement
des Vanneaulx sans connaître la fameuse complainte
Fualdès [61], en apprenant l'insuccès de l'abbé Pascal
et voyant tout perdu par le rejet probable du pourvoi
en cassation. A quoi lui servira notre fortune, là où il
va ? Un assassinat, cela se conçoit, mais un vol inutile
est inconcevable. Dans quel temps vivons-nous, pour
que des gens de la société s'intéressent à un pareil bri-
gand ? il n'a rien pour lui. — Il a peu d'honneur, disait
madame des Vanneaulx. — Cependant si la restitution
compromet sa bonne amie? disait une vieille fille. —
Nous lui garderions le secret, s'écriait le sieur des
Vanneaulx. — Vous seriez coupable de non révélation,
répondait un avocat. — Oh! le gueux! » fut la conclusion du sieur des Vanneaulx. Une des femmes de la
société de madame Graslin, qui lui rapportait en riant
les discussions des des Vanneaulx, femme très spirituelle,
une de celles qui rêvent le beau idéal et veulent que tout
soit complet, regrettait la fureur du condamné ; elle
l'aurait voulu froid, calme et digne. « — Ne voyez-vous
pas, lui dit Véronique, qu'il écarte ainsi les séductions
et déjoue les tentatives, il s'est fait bête féroce par calcul.
— D'ailleurs, ce n'est pas un homme comme il faut,
reprit la Parisienne exilée, c'est un ouvrier. — Un
homme comme il faut en eût bientôt fini avec l'inconnue!»
répondit madame Graslin. Ces événements, pressés,
tordus dans les salons, dans les ménages, commentés
de mille manières, épluchés par les plus habiles langues
de la ville, donnèrent un cruel intérêt à l'exécution du

criminel, dont le pourvoi fut, deux mois après, rejeté
par la Cour suprême. Quelle serait à ses derniers moments l'attitude du criminel, qui se vantait de rendre
son supplice impossible en annonçant une défense
désespérée? Parlerait-il? se démentirait-il? qui gagnerait le pari? Irez-vous? n'irez-vous pas? comment y
aller? La disposition des localités, qui épargne aux
criminels les angoisses d'un long trajet, restreint à
Limoges le nombre des spectateurs élégants. Le Palais-
de-Justice où est la prison occupe l'angle de la rue du
Palais et de la rue du Pont-Hérisson. La rue du Palais
est continuée en droite ligne par la courte rue de Monte-
à-Regret qui conduit à la place d'Aine ou des Arènes
où se font les exécutions, et qui sans doute doit son
nom à cette circonstance. Il y a donc peu de chemin,
conséquemment peu de maisons, peu de fenêtres. Quelle
personne de la société voudrait d'ailleurs se mêler à la
foule populaire qui remplirait la place? Mais cette
exécution, de jour en jour attendue, fut de jour en jour
remise, au grand étonnement de la ville, et voici pourquoi. La pieuse résignation des grands scélérats qui
marchent à la mort est un des triomphes que se réserve
l'Église, et qui manque rarement son effet sur la foule ;
leur repentir atteste trop la puissance des idées religieuses
pour que, tout intérêt chrétien mis à part, bien qu'il
soit la principale vue de l'Église, le clergé ne soit pas
navré de l'insuccès dans ces éclatantes occasions. En
juillet 1829, la circonstance fut aggravée par l'esprit
de parti qui envenimait les plus petits détails de la vie
politique. Le parti libéral se réjouissait de voir échouer
dans une scène si publique le parti prêtre, expression
inventée par Montlosier [62], royaliste passé aux constitu-
tionnels et entraîné par eux au delà de ses intentions.
Les partis commettent en masse des actions infâmes
qui couvriraient un homme d'opprobre ; aussi, quand
un homme les résume aux yeux de la foule, devient-il

Roberspierre [63], Jeffries, Laubardemont [64], espèces d'autels expiatoires où tous les complices attachent des *ex-voto* secrets. D'accord avec l'Évêché, le Parquet retarda l'exécution, autant dans l'espérance de savoir ce que la Justice ignorait du crime, que pour laisser la Religion triompher en cette circonstance. Cependant le pouvoir du Parquet n'était pas sans limites, et l'arrêt devait tôt ou tard s'exécuter. Les mêmes Libéraux qui, par opposition, considéraient Tascheron comme innocent et qui avaient tenté de battre en brèche l'arrêt de la Justice, murmuraient alors de ce que cet arrêt ne recevait pas son exécution. L'Opposition, quand elle est systématique, arrive à de semblables non-sens ; car il ne s'agit pas pour elle d'avoir raison, mais de toujours fronder le pouvoir. Le Parquet eut donc, vers les premiers jours d'août, la main forcée par cette rumeur si souvent stupide, appelée l'Opinion publique. L'exécution fut annoncée. Dans cette extrémité, l'abbé Dutheil prit sur lui de proposer à l'Évêque un dernier parti dont la réussite devait avoir pour effet d'introduire dans ce drame judiciaire le personnage extraordinaire qui servit de lien à tous les autres, qui se trouve la plus grande de toutes les figures de cette Scène, et qui, par des voies familières à la Providence, devait amener madame Graslin sur le théâtre où ses vertus brillèrent du plus vif éclat, où elle se montra bienfaitrice sublime et chrétienne angélique.

Le palais épiscopal de Limoges est assis sur une colline qui borde la Vienne, et ses jardins, que soutiennent de fortes murailles couronnées de balustrades, descendent par étages en obéissant aux chutes naturelles du terrain. L'élévation de cette colline est telle que, sur la rive opposée, le faubourg Saint-Étienne semble couché au pied de la dernière terrasse. De là, selon la direction que prennent les promeneurs, la rivière se découvre, soit en enfilade, soit en travers, au milieu d'un riche panorama. Vers l'ouest, après les jardins de l'évêché, la Vienne se jette sur la ville par une élégante courbure que bordé le faubourg Saint-Martial. Au-delà de ce faubourg, à une faible distance, est une jolie maison de campagne [65], appelée le Cluzeau, dont les massifs se voient des terrasses les plus avancées, et qui, par un effet de la perspective, se marient aux clochers du faubourg. En face du Cluzeau se trouve cette île échancrée, pleine d'arbres et de peupliers, que Véronique avait dans sa première jeunesse nommée l'Ile-de-France. A l'est, le lointain est occupé par des collines en amphithéâtre. La magie du site et la riche simplicité du bâtiment font de ce palais le monument le plus remarquable de cette ville où les constructions ne brillent ni par le choix des matériaux ni par l'architecture. Familiarisé depuis longtemps avec les aspects qui recommandent ces jardins à l'attention des faiseurs de *Voyages Pittoresques* [66], l'abbé Dutheil, qui se fit accompagner de monsieur de Grancour, descendit de terrasse en terrasse sans faire attention aux couleurs rouges, aux tons orangés, aux teintes violâtres que le couchant jetait sur les vieilles murailles et sur les balustrades des rampes, sur les maisons du faubourg et sur les eaux de la rivière. Il cherchait l'Évêque, alors assis à l'angle de sa dernière terrasse sous un berceau de vigne, où il était venu prendre son dessert en s'abandonnant aux charmes de la soirée. Les peupliers de l'île semblaient en ce moment diviser les eaux avec les ombres allongées de leurs têtes déjà jaunies, auxquelles le soleil donnait l'apparence d'un feuillage d'or. Les lueurs du couchant diversement réfléchies par les masses de différents verts produisaient un magnifique mélange de tons pleins de mélancolie. Au fond de cette vallée, une nappe de bouillons [67] pailletés frissonnait dans la Vienne sous la légère brise du soir, et faisait ressortir les plans bruns que présentaient les toits du faubourg Saint-Étienne. Les clochers et les faîtes du faubourg Saint-Martial, baignés de lumière, se mêlaient au pampre des treilles. Le doux murmure d'une ville de province à demi cachée dans l'arc rentrant de la rivière, la douceur de l'air, tout contribuait à plonger le prélat dans la quiétude exigée par tous les auteurs qui ont écrit sur la digestion ; ses yeux étaient machinalement attachés sur la rive droite de la rivière, à l'endroit où les grandes ombres des peupliers de l'île y atteignaient, du côté du faubourg Saint-Étienne, les murs du clos où le double meurtre du vieux Pingret et de sa servante avait été commis ; mais quand sa petite félicité du moment fut troublée par les difficultés que ses Grands vicaires lui rappelèrent, ses regards s'emplirent de pensées impénétrables. Les deux prêtres attribuèrent cette distraction à l'ennui, tandis qu'au contraire le prélat voyait dans les sables de la Vienne le mot de l'énigme alors cherché par les des Vanneaulx et par la Justice.

— Monseigneur, dit l'abbé de Grancour en abordant l'évêque, tout est inutile, et nous aurons la douleur de voir mourir ce malheureux Tascheron en impie, il vociférera les plus horribles imprécations contre la religion, il accablera d'injures le pauvre abbé Pascal, il crachera sur le crucifix, il reniera tout, même l'enfer.

— Il épouvantera le peuple, dit l'abbé Dutheil. Ce grand scandale et l'horreur qu'il inspirera cacheront notre défaite et notre impuissance. Aussi disais-je en venant, à monsieur de Grancour, que ce spectacle rejettera plus d'un pécheur dans le sein de l'Église.

Troublé par ces paroles, l'évêque posa sur une table de bois rustique la grappe de raisin où il picorait et s'essuya les doigts en faisant signe de s'asseoir à ses deux Grands vicaires.

— L'abbé Pascal s'y est mal pris, dit-il enfin.

— Il est malade de sa dernière scène à la prison, dit l'abbé de Grancour. Sans son indisposition, nous

l'eussions amené pour expliquer les difficultés qui
rendent impossibles toutes les tentatives que monseigneur ordonnerait de faire.

— Le condamné chante à tue-tête des chansons
obscènes aussitôt qu'il aperçoit l'un de nous, et couvre
de sa voix les paroles qu'on veut lui faire entendre,
dit un jeune prêtre assis auprès de l'Évêque.

Ce jeune homme doué d'une charmante physionomie
tenait son bras droit accoudé sur la table, sa main
blanche tombait nonchalamment sur les grappes de
raisin parmi lesquelles il choisissait les grains les plus
roux, avec l'aisance et la familiarité d'un commensal
ou d'un favori. A la fois commensal et favori du prélat,
ce jeune homme était le frère cadet du baron de Rastignac, que des liens de famille et d'affection attachaient
à l'évêque de Limoges. Au fait des raisons de fortune
qui vouaient ce jeune homme à l'Église, l'Évêque l'avait
pris comme secrétaire particulier, pour lui donner le
temps d'attendre une occasion d'avancement. L'abbé
Gabriel portait un nom qui le destinait aux plus hautes
dignités de l'Église.

— Y es-tu donc allé, mon fils ? lui dit l'évêque.

— Oui, monseigneur, dès que je me suis montré,
ce malheureux a vomi contre vous et moi les plus dégoû-
tantes injures, il se conduit de manière à rendre impossible la présence d'un prêtre auprès de lui. Monseigneur
veut-il me permettre de lui donner un conseil ?

— Écoutons la sagesse que Dieu met quelquefois
dans la bouche des enfants, dit l'Évêque en souriant.

— N'a-t-il pas fait parler l'ânesse de Balaam [68] ?
répondit vivement le jeune abbé de Rastignac.

— Selon certains commentateurs, elle n'a pas trop
su ce qu'elle disait, répliqua l'Évêque en riant.

Les deux Grands vicaires sourirent ; d'abord la plai-
santerie était de monseigneur, puis elle raillait douce-

ment le jeune abbé que jalousaient les dignitaires et
les ambitieux groupés autour du prélat.

— Mon avis, dit le jeune abbé, serait de prier
monsieur de Grandville de surseoir encore à l'exécution. Quand le condamné saura qu'il doit quelques
jours de retard à notre intercession, il feindra peut-être
de nous écouter, et s'il nous écoute...

— Il persistera dans sa conduite en voyant les bénéfices qu'elle lui donne, dit l'Évêque en interrompant
son favori. Messieurs, reprit-il après un moment de
silence, la ville connaît-elle ces détails ?

— Quelle est la maison où l'on n'en parle pas ? dit
l'abbé de Grancour. L'état où son dernier effort a mis
le bon abbé Pascal est en ce moment le sujet de toutes
les conversations.

— Quand Tascheron doit-il être exécuté ? demanda
l'Évêque.

— Demain, jour de marché, répondit monsieur de
Grancour.

— Messieurs, la religion ne saurait avoir le dessous,
s'écria l'Évêque. Plus l'attention est excitée par cette
affaire, plus je tiens à obtenir un triomphe éclatant.
L'Église se trouve en des conjonctures difficiles. Nous
sommes obligés à faire des miracles dans une ville
industrielle où l'esprit de sédition contre les doctrines
religieuses et monarchiques a poussé des racines profondes, où le système d'examen né du protestantisme
et qui s'appelle aujourd'hui libéralisme, quitte à prendre
demain un autre nom, s'étend à toutes choses. Allez,
messieurs, chez monsieur de Grandville, il est tout à
nous, dites-lui que nous réclamons un sursis de quelques
jours. J'irai voir ce malheureux.

— Vous ! monseigneur, dit l'abbé de Rastignac.
Si vous échouez, n'aurez-vous pas compromis trop de
choses. Vous ne devez y aller que sûr du succès.

— Si monseigneur me permet de donner mon opinion,

dit l'abbé Dutheil, je crois pouvoir offrir un moyen d'assurer le triomphe de la religion en cette triste circonstance.

Le prélat répondit par un signe d'assentiment un peu froid qui montrait combien le Vicaire général avait peu de crédit.

— Si quelqu'un peut avoir de l'empire sur cette âme rebelle et la ramener à Dieu, dit l'abbé Dutheil en continuant, c'est le curé du village où il est né, monsieur Bonnet.

— Un de vos protégés, dit l'évêque.

— Monseigneur, monsieur le curé Bonnet est un de ces hommes qui se protègent eux-mêmes et par leurs vertus militantes et par leurs travaux évangéliques.

Cette réponse si modeste et si simple fut accueillie par un silence qui eût gêné tout autre que l'abbé Dutheil ; elle parlait des gens méconnus, et les trois prêtres voulurent y voir un de ces humbles, mais irréprochables sarcasmes habilement limés qui distinguent les ecclésiastiques habitués, en disant ce qu'ils veulent dire, à observer les règles les plus sévères. Il n'en était rien, l'abbé Dutheil ne songeait jamais à lui.

— J'entends parler de saint Aristide ^{**} depuis trop de temps, répondit en souriant l'Évêque. Si je laissais cette lumière sous le boisseau, il y aurait de ma part ou injustice ou prévention. Vos Libéraux vantent votre monsieur Bonnet comme s'il appartenait à leur parti, je veux juger moi-même cet apôtre rural. Allez, messieurs, chez le Procureur général demander de ma part un sursis, j'attendrai sa réponse avant d'envoyer à Montégnac notre cher abbé Gabriel qui nous ramènera ce saint homme. Nous mettrons Sa Béatitude à même de faire des miracles.

En entendant ce propos de prélat gentilhomme, l'abbé Dutheil rougit, mais il ne voulut pas relever ce qu'il offrait de désobligeant pour lui. Les deux Grands vicaires saluèrent en silence et laissèrent l'Évêque avec son favori.

— Les secrets de la confession que nous sollicitons sont sans doute enterrés là, dit l'Évêque à son jeune abbé en lui montrant les ombres des peupliers qui atteignaient une maison isolée, sise entre l'île et le faubourg Saint-Étienne.

— Je l'ai toujours pensé, répondit Gabriel. Je ne suis pas juge, je ne veux pas être espion ; mais si j'eusse été magistrat, je saurais le nom de la femme qui tremble à tout bruit, à toute parole, et dont néanmoins le front doit rester calme et pur, sous peine d'accompagner à l'échafaud le condamné. Elle n'a cependant rien à craindre : j'ai vu l'homme, il emportera dans l'ombre le secret de ses ardentes amours.

— Petit rusé, dit l'Évêque en tortillant l'oreille de son secrétaire et en lui désignant entre l'île et le faubourg Saint-Étienne l'espace qu'une dernière flamme rouge du couchant illuminait et sur lequel les yeux du jeune prêtre étaient fixés. La Justice aurait dû fouiller là, n'est-ce pas ?...

— Je suis allé voir ce criminel pour essayer sur lui l'effet de mes soupçons ; mais il est gardé par des espions : en parlant haut, j'eusse compromis la personne pour laquelle il meurt.

— Taisons-nous, dit l'Évêque, nous ne sommes pas les hommes de la Justice humaine. C'est assez d'une tête. D'ailleurs, ce secret reviendra tôt ou tard à l'Église.

La perspicacité que l'habitude des méditations donne aux prêtres, était bien supérieure à celle du Parquet et de la Police. A force de contempler du haut de leurs terrasses le théâtre du crime, le prélat et son secrétaire avaient, à la vérité, fini par pénétrer des détails encore ignorés, malgré les investigations de l'Instruction, et les débats de la Cour d'assises. Monsieur de Grandville

jouait au whist chez madame Graslin, il fallut attendre
son retour, sa décision ne fut connue à l'Évêché que vers
minuit. L'abbé Gabriel, à qui l'évêque donna sa voiture,
partit vers deux heures du matin pour Montégnac.
Ce pays, distant d'environ neuf lieues de la ville, est
situé dans cette partie du Limousin qui longe les montagnes de la Corrèze et avoisine la Creuse. Le jeune abbé
laissa donc Limoges en proie à toutes les passions soule-
vées par le spectacle promis pour le lendemain, et qui
devait encore manquer.

CHAPITRE III

LE CURÉ DE MONTÉGNAC [70].

Les prêtres et les dévots ont une tendance à observer, en fait d'intérêt, les rigueurs légales. Est-ce pauvreté ? est-ce un effet de l'egoïsme [71] auquel les condamne leur isolement et qui favorise en eux la pente de l'homme à l'avarice ? est-ce un calcul de la parcimonie commandée par l'exercice de la Charité ? Chaque caractère offre une explication différente. Cachée souvent sous une bonhomie gracieuse, souvent aussi sans détours, cette difficulté de fouiller à sa poche se trahit surtout en voyage. Gabriel de Rastignac, le plus joli jeune homme que depuis longtemps les autels eussent vu s'incliner sous leurs tabernacles, ne donnait que trente sous de pourboire aux postillons, il allait donc lentement. Les postillons mènent fort respectueusement les évêques qui ne font que doubler le salaire accordé par l'ordonnance, mais ils ne causent aucun dommage à la voiture épiscopale de peur d'encourir quelque disgrâce. L'abbé Gabriel, qui voyageait seul pour la première fois, disait d'une voix douce à chaque relais : « — Allez donc plus vite, messieurs les postillons. — Nous ne jouons du fouet, lui répondit un vieux postillon, que si les voyageurs jouent du pouce [72] ! » Le jeune abbé s'enfonça dans le coin de la voiture sans pouvoir s'expliquer cette réponse. Pour se distraire, il étudia le pays qu'il traversait, et fit à pied plusieurs des côtes sur lesquelles serpente la route de Bordeaux à Lyon.

A cinq lieues au delà de Limoges, après les gracieux versants de la Vienne et les jolies prairies en pente du Limousin qui rappellent la Suisse en quelques endroits, et particulièrement à Saint-Léonard, le pays prend un aspect triste et mélancolique. Il se trouve alors de vastes plaines incultes, des steppes sans herbe ni chevaux, mais bordés à l'horizon par les hauteurs de la Corrèze. Ces montagnes n'offrent aux yeux du voyageur ni l'élévation à pied droit [73] des Alpes et leurs sublimes déchirures, ni les gorges chaudes et les cimes désolées de l'Apennin, ni le grandiose des Pyrénées ; leurs ondulations, dues au mouvement des eaux, accusent l'apaisement de la grande catastrophe et le calme avec lequel les masses fluides se sont retirées. Cette physionomie, commune à la plupart des mouvements de terrain en France, a peut-être contribué autant que le climat à lui mériter le nom de *douce* que l'Europe lui a confirmé. Si cette plate transition, entre les paysages du Limousin, ceux de la Marche et ceux de l'Auvergne, présente au penseur et au poète qui passent les images de l'infini, l'effroi de quelques âmes ; si elle pousse à la rêverie la femme qui s'ennuie en voiture ; pour l'habitant, cette nature est âpre, sauvage et sans ressources. Le sol de ces grandes plaines grises est ingrat. Le voisinage d'une capitale pourrait seul y renouveler le miracle qui s'est opéré dans la Brie [74] pendant les deux derniers siècles. Mais là, manquent ces grandes résidences qui parfois vivifient ces déserts où l'agronome voit des lacunes, où la civilisation gémit, où le touriste ne trouve ni auberge ni ce qui le charme, le pittoresque. Les esprits élevés ne haïssent pas ces landes, ombres nécessaires dans le vaste tableau de la Nature. Récemment Cooper, ce talent si mélancolique, a magnifiquement développé la poésie de ces solitudes dans *La Prairie* [75].

Ces espaces oubliés par la génération botanique, et que couvrent d'infertiles débris minéraux, des cailloux roulés, des terres mortes sont des défis portés à la Civilisation. La France doit accepter la solution de ces difficultés, comme les Anglais celles offertes par l'Écosse [76] où leur patiente, leur héroïque agriculture a changé les plus arides bruyères en fermes productives. Laissées à leur sauvage et primitif état, ces jachères sociales engendrent le découragement, la paresse, la faiblesse par défaut de nourriture, et le crime quand les besoins parlent trop haut. Ce peu de mots est l'histoire ancienne de Montégnac. Que faire dans une vaste friche négligée par l'Administration, abandonnée par la Noblesse, maudite par l'Industrie? la guerre à la société qui méconnaît ses devoirs. Aussi les habitants de Montégnac subsistaient-ils autrefois par le vol et par l'assassinat, comme jadis les Écossais des hautes terres. A l'aspect du pays, un penseur conçoit bien comment, vingt ans auparavant, les habitants de ce village étaient en guerre avec la Société. Ce grand plateau, taillé d'un côté par la vallée de la Vienne, de l'autre par les jolis vallons de la Marche, puis par l'Auvergne, et barré par les monts corréziens, ressemble, agriculture à part, au plateau de la Beauce qui sépare le bassin de la Loire du bassin de la Seine, à ceux de la Touraine et du Berry, à tant d'autres qui sont comme des facettes à la surface de la France, et assez nombreuses pour occuper les méditations des plus grands administrateurs. Il est inouï qu'on se plaigne de l'ascension constante des masses populaires vers les hauteurs sociales, et qu'un gouvernement n'y trouve pas de remède, dans un pays où la Statistique accuse plusieurs millions d'hectares en jachère dont certaines parties offrent, comme en Berry, sept ou huit pieds d'humus. Beaucoup de ces terrains, qui nourriraient des villages entiers, qui produiraient immensément, appartiennent à des Communes rétives, lesquelles refusent de les vendre aux spéculateurs pour conserver le droit d'y faire paître une centaine de vaches. Sur tous ces terrains sans destination, est écrit le mot *incapacité*. Toute terre a quelque fertilité spéciale. Ce n'est ni les bras, ni les volontés qui manquent, mais la conscience et le talent administratifs. En France, jusqu'à présent, ces plateaux ont été sacrifiés aux vallées, le gouvernement a donné ses secours, a porté ses soins là où les intérêts se protégeaient d'eux-mêmes. La plupart de ces malheureuses solitudes manquent d'eau, premier principe de toute production. Les brouillards qui pouvaient féconder ces terres grises et mortes en y déchargeant leurs oxydes, les rasent rapidement, emportés par le vent, faute d'arbres qui, partout ailleurs, les arrêtent et y pompent des substances nourricières. Sur plusieurs points semblables, planter, ce serait évangéliser. Séparés de la grande ville la plus proche par une distance infranchissable pour des gens pauvres, et qui mettait un désert entre elle et eux, n'ayant aucun débouché pour leurs produits s'ils eussent produit quelque chose, jetés auprès d'une forêt inexploitée qui leur donnait du bois et l'incertaine nourriture du braconnage, les habitants étaient talonnés par la faim pendant l'hiver. Les terres n'offrant pas le fond nécessaire à la culture du blé, les malheureux n'avaient ni bestiaux, ni ustensiles aratoires, ils vivaient de châtaignes. Enfin, ceux qui, en embrassant dans un muséum l'ensemble des productions zoologiques, ont subi l'indicible mélancolie que cause l'aspect des couleurs brunes qui marquent les produits de l'Europe, comprendront peut-être combien la vue de ces plaines grisâtres doit influer sur les dispositions morales par la désolante pensée de l'infécondité qu'elles présentent incessamment. Il n'y a là ni fraîcheur, ni ombrage, ni contraste, aucune des idées, aucun des spectacles qui réjouissent le cœur.

On y embrasserait un méchant pommier rabougri comme un ami.

Une route départementale, récemment faite, enfilait cette plaine à un point de bifurcation sur la grande route. Après quelques lieues, se trouvait au pied d'une colline, comme son nom l'indiquait, Montégnac, chef-lieu d'un canton où commence un des arrondissements de la Haute-Vienne. La colline dépend de Montégnac qui réunit dans sa circonscription la nature montagnarde et la nature des plaines. Cette Commune est une petite Écosse avec ses basses et ses hautes terres. Derrière la colline, au pied de laquelle gît le bourg, s'élève à une lieue environ un premier pic de la chaîne corrézienne. Dans cet espace s'étale la grande forêt dite de Montégnac, qui prend à la colline de Montégnac, la descend, remplit les vallons et les coteaux arides, pelés par grandes places, embrasse le pic et arrive jusqu'à la route d'Aubusson par une langue dont la pointe meurt sur un escarpement de ce chemin. L'escarpement domine une gorge par où passe la grande route de Bordeaux à Lyon. Souvent les voitures, les voyageurs, les piétons avaient été arrêtés au fond de cette gorge dangereuse par des voleurs dont les coups de main demeuraient impunis : le site les favorisait, ils gagnaient, par des sentiers à eux connus, les parties inaccessibles de la forêt. Un pareil pays offrait peu de prise aux investigations de la Justice. Personne n'y passait. Sans circulation, il ne saurait exister ni commerce, ni industrie, ni échange d'idées, aucune espèce de richesse : les merveilles physiques de la civilisation sont toujours le résultat d'idées primitives appliquées. La pensée est constamment le point de départ et le point d'arrivée de toute société. L'histoire de Montégnac est une preuve de cet axiome de science sociale. Quand l'administration put s'occuper des besoins urgents et matériels du pays, elle rasa cette langue de forêt, y mit un poste de gendar-

merie qui accompagna la correspondance sur les deux relais; mais, à la honte de la gendarmerie, ce fut la parole
et non le glaive, le curé Bonnet et non le brigadier
Chervin qui gagna cette bataille civile, en changeant
le moral de la population. Ce curé, saisi pour ce pauvre
pays d'une tendresse religieuse, tenta de le régénérer,
et parvint à son but.

Après avoir voyagé durant une heure dans ces plaines,
alternativement cailloureuses et poudreuses, où les
perdrix allaient en paix par compagnies, et faisaient
entendre le bruit sourd et pesant de leurs ailes en
s'envolant à l'approche de la voiture, l'abbé Gabriel,
comme tous les voyageurs qui ont passé par là, vit
poindre avec un certain plaisir les toits du bourg. A
l'entrée de Montégnac est un de ces curieux relais de
poste qui ne se voient qu'en France. Son indication
consiste en une planche de chêne sur laquelle un pré-
tentieux postillon a gravé ces mots : *Pauste o chevos*,
noircis à l'encre, et attachée par quatre clous au-dessus
d'une misérable écurie sans aucun cheval. La porte,
presque toujours ouverte, a pour seuil une planche
enfoncée sur champ [77], pour garantir des inondations
pluviales le sol de l'écurie, plus bas que celui du chemin.
Le désolé voyageur aperçoit des harnais blancs, usés,
raccommodés, près de céder au premier effort des
chevaux. Les chevaux sont au labour, au pré, toujours
ailleurs que dans l'écurie. Si par hasard ils sont dans
l'écurie, ils mangent ; s'ils ont mangé, le postillon est
chez sa tante ou chez sa cousine, il rentre des foins,
ou il dort ; personne ne sait où il est, il faut attendre
qu'on soit allé le chercher, il ne vient qu'après avoir
fini sa besogne ; quand il est arrivé, il se passe un temps
infini avant qu'il n'ait trouvé une veste, son fouet,
ou bricolé [78] ses chevaux. Sur le pas de la maison, une
bonne grosse femme s'impatiente plus que le voyageur
et, pour l'empêcher d'éclater, se donne plus de mouve-

ment que ne s'en donneront les chevaux. Elle vous
représente la maîtresse de poste dont le mari est aux
champs. Le favori de monseigneur laissa sa voiture
devant une écurie de ce genre, dont les murs ressemblaient à une carte de géographie, et dont la toiture
en chaume, fleurie comme un parterre, cédait sous le
poids des joubarbes. Après avoir prié la maîtresse de
tout préparer pour son départ qui aurait lieu dans une
heure, il demanda le chemin du presbytère ; la bonne
femme lui montra entre deux maisons une ruelle qui
menait à l'église, le presbytère était auprès.

Pendant que le jeune abbé montait ce sentier plein
de pierres et encaissé par des haies, la maîtresse de poste
questionnait le postillon. Depuis Limoges, chaque
postillon arrivant avait dit à son confrère partant les
conjectures de l'Évêché promulguées par le postillon
de la capitale. Ainsi, tandis qu'à Limoges les habitants
se levaient en s'entretenant de l'exécution de l'assassin
du père Pingret, sur toute la route, les gens de la campagne annonçaient la grâce de l'innocent obtenue par
l'Évêque, et jasaient sur les prétendues erreurs de la
justice humaine. Quand plus tard Jean-François serait
exécuté, peut-être devait-il être regardé comme un
martyr.

Après avoir fait quelques pas en gravissant ce sentier
rougi par les feuilles de l'automne, noir de mûrons et
de prunelles, l'abbé Gabriel se retourna par le mouvement machinal qui nous porte tous à prendre connaissance des lieux où nous allons pour la première fois,
espèce de curiosité physique innée que partagent les
chevaux et les chiens. La situation de Montégnac lui
fut expliquée par quelques sources qu'épanche la colline et par une petite rivière le long de laquelle passe
la route départementale qui lie le chef-lieu de l'Arrondissement à la Préfecture. Comme tous les villages de
ce plateau, Montégnac est bâti en terre séchée au soleil,

et façonnée en carrés égaux. Après un incendie, une habitation peut se trouver construite en briques. Les toits sont en chaume. Tout y annonçait alors l'indigence. En avant de Montégnac, s'étendaient plusieurs champs de seigle, de raves et de pommes de terre, conquis sur la plaine. Au penchant de la colline, il vit quelques prairies à irrigations où l'on élève ces célèbres chevaux limousins, qui furent, dit-on, un legs des Arabes quand ils descendirent des Pyrénées en France, pour expirer entre Poitiers et Tours sous la hache des Francs que commandait Charles Martel. L'aspect des hauteurs avait de la sécheresse. Des places brûlées, rougeâtres, ardentes indiquaient la terre aride où se plaît le châtaignier. Les eaux, soigneusement appliquées aux irrigations, ne vivifiaient que les prairies bordées de châtaigniers, entourées de haies où croissait cette herbe fine et rare, courte et quasi sucrée qui produit cette race de chevaux fiers et délicats, sans grande résistance à la fatigue, mais brillants, excellents aux lieux où ils naissent, et sujets à changer par leur transplantation. Quelques mûriers récemment apportés indiquaient l'intention de cultiver la soie. Comme la plupart des villages du monde, Montégnac n'avait qu'une seule rue, par où passait la route. Mais il y avait un haut et un bas Montégnac, divisés chacun par des ruelles tombant à angle droit sur la rue. Une rangée de maisons assises sur la croupe de la colline, présentait le gai spectacle de jardins étagés ; leur entrée sur la rue nécessitait plusieurs degrés ; les unes avaient leurs escaliers en terre, d'autres en cailloux, et, de-ci de-là, quelques vieilles femmes, assises filant ou gardant les enfants, animaient la scène, entretenaient la conversation entre le haut et le bas Montégnac en se parlant à travers la rue ordinairement paisible, et se renvoyaient assez rapidement les nouvelles d'un bout à l'autre du bourg. Les jardins, pleins d'arbres fruitiers, de choux,

d'oignons, de légumes, avaient tous des ruches le long
de leurs terrasses. Puis une autre rangée de maisons à
jardins inclinés sur la rivière, dont le cours était marqué
par de magnifiques chènevières [79] et par ceux d'entre les
arbres fruitiers qui aiment les terres humides, s'étendait
parallèlement ; quelques-unes, comme celle de la poste,
se trouvaient dans un creux et favorisaient ainsi l'industrie de quelques tisserands ; presque toutes étaient
ombragées par des noyers, l'arbre des terres fortes. De
ce côté, dans le bout opposé à celui de la grande plaine,
était une habitation plus vaste et plus soignée que les
autres, autour de laquelle se groupaient d'autres maisons
également bien tenues. Ce hameau, séparé du bourg
par ses jardins, s'appelait déjà LES TASCHERONS, nom
qu'il conserve aujourd'hui. La Commune était peu de
chose par elle-même ; mais il en dépendait une trentaine
de métairies éparses. Dans la vallée, vers la rivière,
quelques *traînes* [80] semblables à celles de la Marche et
du Berry, indiquaient les cours d'eau, dessinaient leurs
franges vertes autour de cette commune, jetée là
comme un vaisseau en pleine mer. Quand une maison,
une terre, un village, un pays, ont passé d'un état
déplorable à un état satisfaisant, sans être encore ni
splendide ni même riche, la vie semble si naturelle aux
êtres vivants, qu'au premier abord, le spectateur ne
peut jamais deviner les efforts immenses, infinis de
petitesse, grandioses de persistance, le travail enterré
dans les fondations, les labours oubliés sur lesquels
reposent les premiers changements. Aussi ce spectacle
ne parut-il pas extraordinaire au jeune abbé quand il
embrassa par un coup d'œil ce gracieux paysage. Il
ignorait l'état de ce pays avant l'arrivée du curé Bonnet.

Il fit quelques pas de plus en montant le sentier, et
revit bientôt, à une centaine de toises [81] au-dessus des
jardins dépendant des maisons du Haut-Montégnac,
l'église et le presbytère, qu'il avait aperçus les premiers

de loin, confusément mêlés aux ruines imposantes et enveloppées par des plantes grimpantes du vieux castel de Montégnac, une des résidences de la maison de Navarreins au douzième siècle. Le presbytère, maison sans doute primitivement bâtie pour un garde principal ou pour un intendant, s'annonçait par une longue et haute terrasse plantée de tilleuls, d'où la vue planait sur le pays. L'escalier de cette terrasse et les murs qui la soutenaient étaient d'une ancienneté constatée par les ravages du temps. Les pierres de l'escalier, déplacées par la force imperceptible mais continue de la végétation, laissaient passer de hautes herbes et des plantes sauvages. La mousse plate qui s'attache aux pierres avait appliqué son tapis vert dragon sur la hauteur de chaque marche. Les nombreuses familles des pariétaires, la camomille, les cheveux de Vénus sortaient par touffes abondantes et variées entre les barbacanes [82] de la muraille, lézardée malgré son épaisseur. La botanique y avait jeté la plus élégante tapisserie de fougères découpées, de gueules-de-loup violacées à pistils d'or, de vipérines bleues, de cryptogames bruns, si bien que la pierre semblait être un accessoire, et trouait cette fraîche tapisserie à de rares intervalles. Sur cette terrasse, le buis dessinait les figures géométriques d'un jardin d'agrément, encadré par la maison du curé, au-dessus de laquelle le roc formait une marge blanchâtre ornée d'arbres souffrants, et penchés comme un plumage. Les ruines du château dominaient et cette maison et l'église. Ce presbytère, construit en cailloux et en mortier, avait un étage surmonté d'un énorme toit en pente à deux pignons, sous lequel s'étendaient des greniers sans doute vides, vu le délabrement des lucarnes. Le rez-de-chaussée se composait de deux chambres séparées par un corridor, au fond duquel était un escalier de bois par lequel on montait au premier étage, également composé de deux chambres. Une petite cui-

sine était adossée à ce bâtiment du côté de la cour où se
voyaient une écurie et une étable parfaitement désertes,
inutiles, abandonnées. Le jardin potager séparait la
maison de l'église. Une galerie en ruine allait du presbytère à la sacristie. Quand le jeune abbé vit les quatre
croisées à vitrages en plomb, les murs bruns et moussus,
la porte de ce presbytère en bois brut fendillé comme un
paquet d'allumettes, loin d'être saisi par l'adorable
naïveté de ces détails, par la grâce des végétations qui
garnissaient les toits, les appuis en bois pourri des
fenêtres, et les lézardes d'où s'échappaient de folles
plantes grimpantes, par les cordons de vignes dont les
pampres vrillés et les grappillons entraient par les
fenêtres comme pour y apporter de riantes idées, il se
trouva très heureux d'être évêque en perspective, plutôt
que curé de village. Cette maison toujours ouverte
semblait appartenir à tous. L'abbé Gabriel entra dans
la salle qui communiquait avec la cuisine, et y vit un
pauvre mobilier : une table à quatre colonnes torses en
vieux chêne, un fauteuil en tapisserie, des chaises tout
en bois, un vieux bahut pour buffet. Personne dans la
cuisine, excepté un chat qui révélait une femme au logis.
L'autre pièce servait de salon. En y jetant un coup d'œil,
le jeune prêtre aperçut des fauteuils en bois naturel
et couverts en tapisserie. La boiserie et les solives du
plafond étaient en châtaignier et d'un noir d'ébène. Il
y avait une horloge dans une caisse verte à fleurs peintes,
une table ornée d'un tapis vert usé, quelques chaises,
et sur la cheminée deux flambeaux entre lesquels était
un enfant Jésus en cire, sous sa cage de verre. La cheminée, revêtue de bois à moulures grossières, était
cachée par un devant en papier dont le sujet représentait
le bon Pasteur avec sa brebis sur l'épaule, sans doute le
cadeau par lequel la fille du maire ou du juge de paix
avait voulu reconnaître les soins donnés à son éducation.
Le piteux état de la maison faisait peine à voir : les

murs, jadis blanchis à la chaux étaient décolorés par places, teints à hauteur d'homme par des frottements ; l'escalier à gros balustres et à marches en bois, quoique proprement tenu, paraissait devoir trembler sous le pied. Au fond, en face de la porte d'entrée, une autre porte ouverte donnant sur le jardin potager permit à l'abbé de Rastignac de mesurer le peu de largeur de ce jardin, encaissé comme par un mur de fortification taillé dans la pierre blanchâtre et friable de la montagne que tapissaient de riches espaliers, de longues treilles mal entretenues, et dont toutes les feuilles étaient dévorées de lèpre. Il revint sur ses pas, se promena dans les allées du premier jardin, d'où se découvrit à ses yeux, par-dessus le village, le magnifique spectacle de la vallée, véritable oasis située au bord des vastes plaines qui, voilées par les légères brumes du matin, ressemblaient à une mer calme. En arrière, on apercevait d'un côté les vastes repoussoirs [83] de la forêt bronzée, et de l'autre, l'église, les ruines du château perchées sur le roc, mais qui se détachaient vivement sur le bleu de l'éther. En faisant crier sous ses pas le sable des petites allées en étoile, en rond, en losange, l'abbé Gabriel regarda tour à tour le village où les habitants réunis par groupes l'examinaient déjà, puis cette vallée fraîche avec ses chemins épineux, sa rivière bordée de saules si bien opposée à l'infini des plaines ; il fut alors saisi par des sensations qui changèrent la nature de ses idées, il admira le calme de ces lieux, il fut soumis à l'influence de cet air pur, à la paix inspirée par la révélation d'une vie ramenée vers la simplicité biblique ; il entrevit confusément les beautés de cette cure où il rentra pour en examiner les détails avec une curiosité sérieuse. Une petite fille, sans doute chargée de garder la maison, mais occupée à picorer dans le jardin, entendit, sur les grands carreaux qui dallaient les deux salles basses, les pas d'un homme chaussé de souliers craquant. Elle vint.

Étonnée d'être surprise un fruit à la main, un autre
entre les dents, elle ne répondit rien aux questions de
ce beau, jeune, mignon abbé. La petite n'avait jamais
cru qu'il pût exister un abbé semblable, éclatant de
linge en batiste, tiré à quatre épingles, vêtu de beau
drap noir, sans une tache ni un pli.

— Monsieur Bonnet, dit-elle enfin, monsieur Bonnet
dit la messe, et mademoiselle Ursule est à l'église.

L'abbé Gabriel n'avait pas vu la galerie par laquelle
le presbytère communiquait à l'église, il regagna le
sentier pour y entrer par la porte principale. Cette
espèce de porche en auvent regardait le village, on y
parvenait par des degrés en pierres disjointes et usées
qui dominaient une place ravinée par les eaux et ornée
de ces gros ormes dont la plantation fut ordonnée par
le protestant Sully. Cette église, une des plus pauvres
églises de France où il y en a de bien pauvres, ressemblait
à ces énormes granges qui ont au-dessus de leur porte
un toit avancé soutenu par des piliers de bois ou de
briques. Bâtie en cailloux et en mortier, comme la maison
du curé, flanquée d'un clocher carré sans flèche et
couvert en grosses tuiles rondes, cette église avait pour
ornements extérieurs les plus riches créations de la
Sculpture, mais enrichies de lumière et d'ombres,
fouillées, massées et colorées par la Nature qui s'y
entend aussi bien que Michel-Ange. Des deux côtés, le
lierre embrassait les murailles de ses tiges nerveuses en
dessinant à travers son feuillage autant de veines qu'il
s'en trouve sur un écorché. Ce manteau, jeté par le
Temps pour couvrir les blessures qu'il avait faites,
était diapré par les fleurs d'automne nées dans les crevasses, et donnait asile à des oiseaux qui chantaient.
La fenêtre en rosace, au-dessus de l'auvent du porche,
était enveloppée de campanules bleues comme la
première page d'un missel richement peint. Le flanc
qui communiquait avec la cure, à l'exposition du nord,

était moins fleuri, la muraille s'y voyait grise et rouge
par grandes places où s'étalaient des mousses ; mais
l'autre flanc et le chevet entourés par le cimetière
offraient des floraisons abondantes et variées. Quelques
arbres, entre autres un amandier, un des emblèmes de
l'espérance, s'étaient logés dans les lézardes. Deux
pins gigantesques adossés au chevet servaient de para-
tonnerres. Le cimetière, bordé d'un petit mur en ruine
que ses propres décombres maintenaient à hauteur
d'appui, avait pour ornement une croix en fer montée
sur un socle, garnie de buis bénit à Pâques par une de
ces touchantes pensées chrétiennes oubliées dans les
villes. Le curé de village est le seul prêtre qui vienne
dire à ses morts au jour de la résurrection pascale : —
Vous revivrez heureux! Çà et là quelques croix pourries
jalonnaient les éminences couvertes d'herbes.

L'intérieur s'harmoniait parfaitement au négligé
poétique de cet humble extérieur dont le luxe était
fourni par le Temps, charitable une fois. Au-dedans,
l'œil s'attachait d'abord à la toiture, intérieurement
doublée en châtaignier auquel l'âge avait donné les
plus riches tons des vieux bois de l'Europe, et que
soutenaient, à des distances égales, de nerveux supports
appuyés sur des poutres transversales. Les quatre
murs blanchis à la chaux n'avaient aucun ornement. La
misère rendait cette paroisse iconoclaste sans le savoir.
L'église, carrelée et garnie de bancs, était éclairée par
quatre croisées latérales en ogive, à vitrages en plomb.
L'autel, en forme de tombeau, avait pour ornement un
grand crucifix au-dessus d'un tabernacle en noyer
décoré de quelques moulures propres et luisantes, huit
flambeaux à cierges économiques en bois peint en
blanc, puis deux vases en porcelaine pleins de fleurs
artificielles, que le portier d'un agent de change aurait
rebutés, et desquels Dieu se contentait. La lampe du
sanctuaire était une veilleuse placée dans un ancien

bénitier portatif en cuivre argenté, suspendu par des
cordes en soie qui venaient de quelque château démoli.
Les fonts baptismaux étaient en bois comme la chaire
et comme une espèce de cage pour les marguilliers [84], les
patriciens du bourg. Un autel de la Vierge offrait à
l'admiration publique deux lithographies coloriées,
encadrées dans un petit cadre doré. Il était peint en
blanc, décoré de fleurs artificielles plantées dans des
vases tournés en bois doré, et recouvert par une nappe
festonnée de méchantes dentelles rousses. Au fond de
l'église, une longue croisée voilée par un grand rideau
en calicot rouge, produisait un effet magique. Ce riche
manteau de pourpre jetait une teinte rose sur les murs
blanchis à la chaux, il semblait qu'une pensée divine
rayonnât de l'autel et embrassât cette pauvre nef pour
la réchauffer. Le couloir qui conduisait à la sacristie
offrait sur une de ses parois le patron du village, un
grand saint Jean-Baptiste avec son mouton, sculptés
en bois et horriblement peints. Malgré tant de pauvreté,
cette église ne manquait pas des douces harmonies qui
plaisent aux belles âmes, et que les couleurs mettent
si bien en relief. Les riches teintes brunes du bois relevaient admirablement le blanc pur des murailles, et
se mariaient sans discordance à la pourpre triomphale
jetée sur le chevet. Cette sévère trinité de couleurs
rappelait la grande pensée catholique. A l'aspect de
cette chétive maison de Dieu, si le premier sentiment
était la surprise, il était suivi d'une admiration mêlée
de pitié : n'exprimait-elle pas la misère du pays ? ne
s'accordait-elle pas à la simplicité naïve du presbytère ?
Elle était d'ailleurs propre et bien tenue. On y respirait
comme un parfum de vertus champêtres, rien n'y
trahissait l'abandon. Quoique rustique et simple, elle
était habitée par la Prière, elle avait une âme, on le
sentait sans s'expliquer comment.

L'abbé Gabriel se glissa doucement pour ne point

troubler le recueillement de deux groupes placés en
haut des bancs, auprès du maître-autel, qui était séparé
de la nef à l'endroit où pendait la lampe, par une balustrade assez grossière, toujours en bois de châtaignier,
et garnie de la nappe destinée à la communion. De chaque côté de la nef, une vingtaine de paysans et de paysannes, plongés dans la prière la plus fervente, ne firent
aucune attention à l'étranger quand il monta le chemin étroit qui divisait les deux rangées de bancs. Arrivé
sous la lampe, endroit d'où il pouvait voir les deux
petites nefs qui figuraient la croix, et dont l'une conduisait à la sacristie, l'autre au cimetière, l'abbé Gabriel
aperçut du côté du cimetière une famille vêtue de noir,
et agenouillée sur le carreau ; ces deux parties de l'église
n'avaient pas de bancs. Le jeune abbé se prosterna sur
la marche de la balustrade qui séparait le chœur de la
nef, et se mit à prier, en examinant par un regard obli-
que ce spectacle qui lui fut bientôt expliqué. L'évangile
était dit. Le curé quitta sa chasuble et descendit de
l'autel pour venir à la balustrade. Le jeune abbé, qui
prévit ce mouvement, s'adossa au mur avant que monsieur Bonnet ne pût le voir. Dix heures sonnaient.

— Mes frères, dit le curé d'une voix émue, en ce
moment même, un enfant de cette paroisse va payer sa
dette à la justice humaine en subissant le dernier supplice, nous offrons le saint sacrifice de la messe pour le
repos de son âme. Unissons nos prières afin d'obtenir
de Dieu qu'il n'abandonne pas cet enfant dans ses
derniers moments, et que son repentir lui mérite dans
le ciel la grâce qui lui a été refusée ici-bas. La perte de
ce malheureux, un de ceux sur lesquels nous avions le
plus compté pour donner de bons exemples, ne peut
être attribuée qu'à la méconnaissance des principes
religieux...

Le curé fut interrompu par des sanglots qui partaient
du groupe formé par la famille en deuil, et dans le quel

le jeune prêtre, à ce surcroît d'affliction, reconnut la famille Tascheron, sans l'avoir jamais vue. D'abord étaient collés contre la muraille deux vieillards au moins septuagénaires, deux figures à rides profondes et immobiles, bistrées comme un bronze florentin. Ces deux personnages, stoïquement debout comme des statues dans leurs vieux vêtements rapetassés, devaient être le grand-père et la grand'mère du condamné. Leurs yeux rougis et vitreux semblaient pleurer du sang, leurs bras tremblaient tant, que les bâtons sur lesquels ils s'appuyaient rendaient un léger bruit sur le carreau. Après eux, le père et la mère, le visage caché dans leurs mouchoirs, fondaient en larmes. Autour de ces quatre chefs de la famille, se tenaient à genoux deux sœurs mariées, accompagnées de leurs maris. Puis, trois fils stupides de douleur. Cinq petits enfants agenouillés, dont le plus âgé n'avait que sept ans, ne comprenaient sans doute point ce dont il s'agissait, ils regardaient, ils écoutaient avec la curiosité torpide en apparence qui distingue le paysan, mais qui est l'observation des choses physiques poussée au plus haut degré. Enfin, la pauvre fille emprisonnée par un désir de la justice, la dernière venue, cette Denise, martyre de son amour fraternel, écoutait d'un air qui tenait à la fois de l'égarement et de l'incrédulité. Pour elle, son frère ne pouvait pas mourir. Elle représentait admirablement celle des trois Marie qui ne croyait pas à la mort du Christ, tout en en partageant l'agonie. Pâle, les yeux secs, comme le sont ceux des personnes qui ont beaucoup veillé, sa fraîcheur était déjà flétrie moins par les travaux champêtres que par le chagrin ; mais elle avait encore la beauté des filles de la campagne, des formes pleines et rebondies, de beaux bras rouges, une figure toute ronde, des yeux purs, allumés en ce moment par l'éclair du désespoir. Sous le cou, à plusieurs places, une chair ferme et blanche que le soleil n'avait pas

brunie annonçait une riche carnation, une blancheur
cachée. Les deux filles mariées pleuraient ; leurs maris,
cultivateurs patients, étaient graves. Les trois autres
garçons, profondément tristes, tenaient leurs yeux
abaissés vers la terre. Dans ce tableau horrible de résignation et de douleur sans espoir, Denise et sa mère
offraient seules une teinte de révolte. Les autres habitants s'associaient à l'affliction de cette famille respectable par une sincère et pieuse commisération qui
donnait à tous les visages la même expression, et qui
monta jusqu'à l'effroi quand les quelques phrases du
curé firent comprendre qu'en ce moment le couteau
tombait sur la tête de ce jeune homme que tous connaissaient, avaient vu naître, avaient jugé sans doute incapa-
pable de commettre un crime. Les sanglots qui inter-
rompirent la simple et courte allocution que le prêtre
devait faire à ses ouailles, le troublèrent à un point
qu'il la cessa promptement, en les invitant à prier avec
ferveur. Quoique ce spectacle ne fût pas de nature à
surprendre un prêtre, Gabriel de Rastignac était trop
jeune pour ne pas être profondément touché. Il n'avait
pas encore exercé les vertus du prêtre, il se savait appelé
à d'autres destinées, il n'avait pas à aller sur toutes les
brèches sociales où le cœur saigne à la vue des maux qui
les encombrent ; sa mission était celle du haut clergé
qui maintient l'esprit de sacrifice [85], représente l'intelligence élevée de l'Église, et dans les occasions d'éclat
déploie ces mêmes vertus sur de plus grands théâtres,
comme les illustres évêques de Marseille et de Meaux [86],
comme les archevêques d'Arles [87] et de Cambrai [88].
Cette petite assemblée de gens de la campagne pleurant et priant pour celui qu'ils supposaient supplicié
dans une grande place publique, devant des milliers de
gens venus de toutes parts pour agrandir encore le
supplice par une honte immense ; ce faible contrepoids de sympathies et de prières, opposé à cette mul-

titude de curiosités féroces et de justes malédictions,
était de nature à émouvoir, surtout dans cette pauvre
église. L'abbé Gabriel fut tenté d'aller dire aux Tascheron : Votre fils, votre frère a obtenu un sursis. Mais il
eut peur de troubler la messe, il savait d'ailleurs que
ce sursis n'empêcherait pas l'exécution. Au lieu de
suivre l'office, il fut irrésistiblement entraîné à observer
le pasteur de qui l'on attendait le miracle de la conversion du criminel. Sur l'échantillon du presbytère,
Gabriel de Rastignac s'était fait un portrait imaginaire
de monsieur Bonnet : un homme gros et court, à figure
forte et rouge, un rude travailleur à demi paysan,
hâlé par le soleil. Loin de là, l'abbé rencontra son égal.
De petite taille et débile en apparence, monsieur Bonnet frappait tout d'abord par le visage passionné qu'on
suppose à l'apôtre : une figure presque triangulaire commencée par un large front sillonné de plis, achevée des
tempes à la pointe du menton par les deux lignes maigres que dessinaient ses joues creuses. Dans cette figure
endolorie par un teint jaune comme la cire d'un cierge,
éclataient deux yeux d'un bleu lumineux de foi, brûlant d'espérance vive. Elle était également partagée
par un nez long, mince et droit, à narines bien coupées,
sous lequel parlait toujours, même fermée, une bouche
large à lèvres prononcées, et d'où il sortait une de ces
voix qui vont au cœur. La chevelure châtaine, rare,
fine et lisse sur la tête, annonçait un tempérament
pauvre, soutenu seulement par un régime sobre. La
volonté faisait toute la force de cet homme. Telles
étaient ses distinctions. Ses mains courtes eussent
indiqué chez tout autre une pente vers de grossiers
plaisirs, et peut-être avait-il, comme Socrate, vaincu
ses mauvais penchants. Sa maigreur était disgracieuse.
Ses épaules se voyaient trop. Ses genoux semblaient
cagneux. Le buste trop développé relativement aux
extrémités lui donnait l'air d'un bossu sans bosse. En

somme, il devait déplaire. Les gens à qui les miracles
de la Pensée, de la Foi, de l'Art sont connus, pouvaient
seuls adorer ce regard enflammé du martyr, cette pâ-
leur de la constance et cette voix de l'amour qui dis-
tinguaient le curé Bonnet. Cet homme, digne de la
primitive Église qui n'existe plus que dans les tableaux
du seizième siècle et dans les pages du martyrologe,
était marqué du sceau des grandeurs humaines qui
approchent le plus des grandeurs divines, par la Conviction dont le relief indéfinissable embellit les figures
les plus vulgaires, dore d'une teinte chaude le visage des
hommes voués à un Culte quelconque, comme il relève
d'une sorte de lumière la figure de la femme glorieuse
de quelque bel amour. La Conviction est la volonté
humaine arrivée à sa plus grande puissance. Tout à
la fois effet et cause, elle impressionne les âmes les plus
froides, elle est une sorte d'éloquence muette qui saisit
les masses.

En descendant de l'autel, le curé rencontra le regard
de l'abbé Gabriel ; il le reconnut, et quand le secrétaire
de l'Évêché se présenta dans la sacristie, Ursule, à laquelle son maître avait donné déjà ses ordres, y était
seule et invita le jeune abbé à la suivre.

— Monsieur, dit Ursule, femme d'un âge canonique
en emmenant l'abbé de Rastignac par la galerie dans le
jardin, monsieur le curé m'a dit de vous demander si vous
aviez déjeuné. Vous avez dû partir de grand matin de
Limoges, pour être ici à dix heures, je vais donc tout
préparer pour le déjeuner. Monsieur l'abbé ne trouvera
pas ici la table de monseigneur ; mais nous ferons de
notre mieux. Monsieur Bonnet ne tardera pas à revenir,
il est allé consoler ces pauvres gens... les Tascheron...
Voici la journée où leur fils éprouve un bien terrible accident...

— Mais, dit enfin l'abbé Gabriel, où est la maison de
ces braves gens ? je dois emmener monsieur Bonnet à

l'instant à Limoges d'après l'ordre de monseigneur. Ce malheureux ne sera pas exécuté aujourd'hui, monseigneur a obtenu un sursis...

— Ah! dit Ursule à qui la langue démangeait d'avoir à répandre cette nouvelle, monsieur a bien le temps d'aller leur porter cette consolation pendant que je vais apprêter le déjeuner, la maison aux Tascheron est au bout du village. Suivez le sentier qui passe au bas de la terrasse, il vous y conduira.

Quand Ursule eut perdu de vue l'abbé Gabriel, elle descendit pour semer cette nouvelle dans le village, en y allant chercher les choses nécessaires au déjeuner.

Le curé avait brusquement appris à l'église une résolution désespérée inspirée aux Tascheron par le rejet du pourvoi en cassation. Ces braves gens quittaient le pays, et devaient, dans cette matinée, recevoir le prix de leurs biens vendus à l'avance. La vente avait exigé des délais et des formalités imprévus par eux. Forcés de rester dans le pays depuis la condamnation de Jean-François, chaque jour avait été pour eux un calice d'amertume à boire. Ce projet accompli si mystérieusement ne transpira que la veille du jour où l'exécution devait avoir lieu. Les Tascheron crurent pouvoir quitter le pays avant cette fatale journée ; mais l'acquéreur de leurs biens était un homme étranger au canton, un Corrézien à qui leurs motifs étaient indifférents, et qui d'ailleurs avait éprouvé des retards dans la rentrée de ses fonds. Ainsi la famille était obligée de subir son malheur jusqu'au bout. Le sentiment qui dictait cette expatriation était si violent dans ces âmes simples, peu habituées à des transactions avec la conscience, que le grand-père et la grand-mère, les filles et leurs maris, le père et la mère, tout ce qui portait le nom de Tascheron ou leur était allié de près, quittait le pays. Cette émigration peinait toute la commune. Le maire était venu prier le curé d'essayer de retenir ces braves gens. Selon la loi nouvelle [1], le père n'est plus responsable du fils, et le crime du père n'entache plus sa famille. En harmonie avec les différentes émancipations qui ont tant affaibli la puissance paternelle, ce système a fait triompher l'individualisme qui dévore la Société moderne. Aussi le penseur aux choses d'avenir voit-il l'esprit de famille détruit, là où les rédacteurs du nouveau code ont mis le libre arbitre et l'égalité. La famille sera toujours la base des sociétés. Nécessairement temporaire, incessamment divisée, recomposée pour se dissoudre encore, sans liens entre l'avenir et le passé, la famille d'autrefois n'existe plus en France. Ceux qui ont procédé à la démolition de l'ancien édifice ont été logiques en partageant également les biens de la famille, en amoindrissant l'autorité du père, en faisant de tout enfant le chef d'une nouvelle famille, en supprimant les grandes responsabilités, mais l'État social reconstruit est-il aussi solide avec ses jeunes lois, encore sans longues épreuves, que la monarchie l'était malgré ses anciens abus ? En perdant la solidarité des familles, la Société a perdu cette force fondamentale que Montesquieu avait découverte et nommée *l'Honneur* [90]. Elle a tout isolé pour mieux dominer, elle a tout partagé pour affaiblir. Elle règne sur des unités, sur des chiffres agglomérés comme des grains de blé dans un tas. Les Intérêts généraux peuvent-ils remplacer les Familles ? le Temps a le mot de cette grande question. Néanmoins la vieille loi subsiste, elle a poussé des racines si profondes que vous en retrouvez de vivaces dans les régions populaires. Il est encore des coins de province où ce qu'on nomme le préjugé subsiste, où la famille souffre du crime d'un de ses enfants, ou d'un de ses pères. Cette croyance rendait le pays inhabitable aux Tascheron. Leur profonde religion les avait amenés à l'église le matin : était-il possible de laisser dire, sans y participer, la messe offerte à Dieu pour lui demander d'inspirer à leur fils un repentir qui le rendît à la vie éternelle, et d'ailleurs

ne devaient-ils pas faire leurs adieux à l'autel de leur village. Mais le projet était consommé. Quand le curé, qui
les suivit, entra dans leur principale maison, il trouva les
sacs préparés pour le voyage ! L'acquéreur attendait ses
vendeurs avec leur argent. Le notaire achevait de dresser
les quittances. Dans la cour, derrière la maison, une car-
riole attelée devait emmener les vieillards avec l'argent,
et la mère de Jean-François. Le reste de la famille comptait partir à pied nuitamment.

Au moment où le jeune abbé entra dans la salle basse
où se trouvaient réunis tous ces personnages, le curé de
Montégnac avait épuisé les ressources de son éloquence.
Les deux vieillards, insensibles à force de douleur, étaient
accroupis dans un coin sur leurs sacs en regardant leur
vieille maison héréditaire, ses meubles et l'acquéreur, et
se regardant tour à tour comme pour se dire : Avons-nous
jamais cru que pareil événement pût arriver ? Ces vieillards qui, depuis longtemps, avaient résigné leur autorité
à leur fils, le père du criminel, étaient, comme de vieux
rois après leur abdication, redescendus au rôle passif des
sujets et des enfants. Tascheron était debout, il écoutait
le pasteur auquel il répondait à voix basse par des mono-
syllabes. Cet homme, âgé d'environ quarante-huit ans,
avait cette belle figure que Titien a trouvée pour tous
ses apôtres : une figure de foi, de probité sérieuse et ré-
fléchie, un profil sévère, un nez coupé en angle droit, des
yeux bleus, un front noble, des traits réguliers, des cheveux noirs et crépus, résistants, plantés avec cette symé-
trie qui donne du charme à ces figures brunies par les
travaux en plein air. Il était facile de voir que les raison-
nements du curé se brisaient devant une inflexible volonté. Denise était appuyée contre la huche au pain, regardant le notaire qui se servait de ce meuble comme
d'une table à écrire, et à qui l'on avait donné le fauteuil
de la grand-mère. L'acquéreur était assis sur une chaise
à côté du tabellion [91]. Les deux sœurs mariées mettaient

la nappe sur la table et servaient le dernier repas que les ancêtres allaient offrir et faire dans leur maison, dans leur pays, avant d'aller sous des cieux inconnus. Les hommes étaient à demi assis sur un grand lit de serge verte. La mère, occupée à la cheminée, y battait une omelette. Les petits-enfants encombraient la porte devant laquelle était la famille de l'acquéreur. La vieille salle enfumée, à solives noires, et par la fenêtre de laquelle se voyait un jardin bien cultivé dont tous les arbres avaient été plantés par ces deux septuagénaires, était en harmonie avec leurs douleurs concentrées, qui se lisaient en tant d'expressions différentes sur ces visages. Le repas était surtout apprêté pour le notaire, pour l'acquéreur, pour les enfants et les hommes. Le père et la mère, Denise et ses sœurs avaient le cœur trop serré pour satisfaire leur faim. Il y avait une haute et cruelle résignation dans ces derniers devoirs de l'hospitalité champêtre accomplis. Les Tascheron, ces hommes antiques, finissaient comme on commence, en faisant les honneurs du logis. Ce tableau sans emphase et néanmoins plein de solennité frappa les regards du secrétaire de l'Évêché quand il vint apprendre au curé de Montégnac les intentions du prélat.

— Le fils de ce brave homme vit encore, dit Gabriel au curé.

À cette parole, comprise par tous au milieu du silence, les deux vieillards se dressèrent sur leurs pieds, comme si la trompette du Jugement dernier eût sonné. La mère laissa tomber sa poêle dans le feu. Denise jeta un cri de joie. Tous les autres demeurèrent dans une stupéfaction qui les pétrifia.

— Jean-François a sa grâce, cria tout à coup le village entier qui se rua vers la maison des Tascheron. C'est monseigneur l'évêque qui...

— Je savais bien qu'il était innocent, dit la mère.

— Cela n'empêche pas l'affaire, dit l'acquéreur au notaire qui lui répondit par un signe satisfaisant.

L'abbé Gabriel devint en un moment le point de mire de tous les regards, sa tristesse fit soupçonner une erreur, et pour ne pas la dissiper lui-même, il sortit suivi du curé, se plaça en dehors de la maison pour renvoyer la foule en disant aux premiers qui l'environnèrent que l'exécution n'était que remise. Le tumulte fut donc aussitôt remplacé par un horrible silence. Au moment où l'abbé Gabriel et le curé revinrent, ils virent sur tous les visages l'expression d'une horrible douleur, le silence du village avait été deviné.

— Mes amis, Jean-François n'a pas obtenu sa grâce, dit le jeune abbé voyant que le coup était porté ; mais l'état de son âme a tellement inquiété monseigneur, qu'il a fait retarder le dernier jour de votre fils pour au moins le sauver dans l'éternité.

— Il vit donc, s'écria Denise.

Le jeune abbé prit à part le curé pour lui expliquer la situation périlleuse où l'impiété de son paroissien mettait la religion, et ce que l'évêque attendait de lui.

— Monseigneur exige ma mort, répondit le curé. J'ai déjà refusé à cette famille affligée d'aller assister ce malheureux enfant. Cette conférence et le spectacle qui m'attendrait me briseraient comme un verre. A chacun son œuvre. La faiblesse de mes organes, ou plutôt la trop grande mobilité de mon organisation nerveuse, m'interdit d'exercer ces fonctions de notre ministère. Je suis resté simple curé de village pour être utile à mes semblables dans la sphère où je puis accomplir une vie chrétienne. Je me suis bien consulté pour satisfaire et cette vertueuse famille et mes devoirs de pasteur envers ce pauvre enfant ; mais à la seule pensée de monter avec lui sur la charrette des criminels, à la seule idée d'assister aux fatals apprêts, je sens un frisson de mort dans mes veines. On ne saurait exiger cela d'une mère, et pensez, monsieur, qu'il est né dans le sein de ma pauvre église.

— Ainsi, dit l'abbé Gabriel, vous refusez d'obéir à monseigneur ?

— Monseigneur ignore l'état de ma santé, il ne sait pas que chez moi la nature s'oppose... dit monsieur Bonnet en regardant le jeune abbé.

— Il y a des moments où, comme Belsunce à Marseille [92], nous devons affronter des morts certaines, lui répliqua l'abbé Gabriel en l'interrompant.

En ce moment, le curé sentit sa soutane tirée par une main, il entendit des pleurs, se retourna, et vit toute la famille agenouillée. Vieux et jeunes, petits et grands, hommes et femmes, tous tendaient des mains suppliantes. Il y eut un seul cri quand il leur montra sa face ardente.

— Sauvez au moins son âme!

La vieille grand-mère avait tiré le bas de la soutane, et l'avait mouillée de ses larmes.

— J'obéirai, monsieur.

Cette parole dite, le curé fut forcé de s'asseoir, tant il tremblait sur ses jambes. Le jeune secrétaire expliqua dans quel état de frénésie [93] était Jean-François.

— Croyez-vous, dit l'abbé Gabriel en terminant, que la vue de sa jeune sœur puisse le faire chanceler?

— Oui, certes, répondit le curé. Denise, vous nous accompagnerez.

— Et moi aussi, dit la mère.

— Non, s'écria le père. Cet enfant n'existe plus, vous le savez. Aucun de nous ne le verra.

— Ne vous opposez pas à son salut, dit le jeune abbé, vous seriez responsable de son âme en nous refusant les moyens de l'attendrir. En ce moment, sa mort peut devenir encore plus préjudiciable que ne l'a été sa vie.

— Elle ira, dit le père. Ce sera sa punition pour s'être opposée à toutes les corrections que je voulais infliger à son garçon!

L'abbé Gabriel et monsieur Bonnet revinrent au presbytère, où Denise et sa mère furent invitées à se trouver

au moment du départ des deux ecclésiastiques pour Limoges. En cheminant le long de ce sentier qui suivait les
contours du Haut-Montégnac, le jeune homme put examiner, moins superficiellement qu'à l'église, le curé si
fort vanté par le Vicaire général ; il fut influencé prompte-
tement en sa faveur par des manières simples et pleines
de dignité, par cette voix pleine de magie, par des paroles
en harmonie avec la voix. Le curé n'était allé qu'une
seule fois à l'Évêché depuis que le prélat avait pris Gabriel de Rastignac pour secrétaire, à peine avait-il entrevu ce favori destiné à l'épiscopat, mais il savait quelle
était son influence ; néanmoins il se conduisit avec une
aménité digne, où se trahissait l'indépendance souveraine que l'Église accorde aux curés dans leurs paroisses.
Les sentiments du jeune abbé, loin d'animer sa figure, y
imprimèrent un air sévère ; elle demeura plus que froide,
elle glaçait. Un homme capable de changer le moral d'une
population devait être doué d'un esprit d'observation
quelconque, être plus ou moins physionomiste ; mais
quand le curé n'eût possédé que la science du bien, il venait de prouver une sensibilité rare, il fut donc frappé
de la froideur par laquelle le secrétaire de l'Évêque ac-
cueillait ses avances et ses aménités. Forcé d'attribuer
ce dédain à quelque mécontentement secret, il cherchait
en lui-même comment il avait pu le blesser, en quoi sa
conduite était reprochable aux yeux de ses supérieurs.
Il y eut un moment de silence gênant que l'abbé de Rastignac rompit par une interrogation pleine de morgue
aristocratique.

— Vous avez une bien pauvre église, monsieur le curé ?
— Elle est trop petite, répondit monsieur Bonnet.
Aux grandes fêtes, les vieillards mettent des bancs sous
le porche, les jeunes gens sont debout en cercle sur la
place ; mais il règne un tel silence, que ceux du dehors
peuvent entendre ma voix.

Gabriel garda le silence pendant quelques instants.

— Si les habitants sont si religieux, comment la lais-sez-vous dans un pareil état de nudité ? reprit-il.

— Hélas! monsieur, je n'ai pas le courage d'y dépenser des sommes qui peuvent secourir les pauvres. Les pauvres sont l'église. D'ailleurs, je ne craindrais pas la visite de Monseigneur par un jour de Fête-Dieu! les pauvres rendent alors ce qu'ils ont à l'Église! N'avez-vous pas vu, monsieur, les clous qui sont de distance en distance dans les murs ? ils servent à y fixer une espèce de treillage en fil de fer où les femmes attachent des bouquets. L'église est alors en entier revêtue de fleurs qui restent fleuries jusqu'au soir. Ma pauvre église, que vous trouvez si nue, est parée comme une mariée, elle embaume, le sol est jonché de feuillages au milieu desquels on laisse, pour le passage du Saint-Sacrement, un chemin de roses effeuil-lées. Dans cette journée, je ne craindrais pas les pompes de Saint-Pierre de Rome. Le Saint-Père a son or, moi j'ai mes fleurs! à chacun son miracle. Ah! monsieur, le bourg de Montégnac est pauvre, mais il est catholique. Autrefois on y dépouillait les passants, aujourd'hui le voyageur peut y laisser tomber un sac plein d'écus, il le retrouverait chez moi.

— Un tel résultat fait votre éloge, dit Gabriel.

— Il ne s'agit point de moi, répondit en rougissant le curé atteint par cette épigramme ciselée, mais de la pa-role de Dieu, du pain sacré.

— Du pain un peu bis, reprit en souriant l'abbé Ga-briel.

— Le pain blanc ne convient qu'aux estomacs des riches, répondit modestement le curé.

Le jeune abbé prit alors les mains de monsieur Bonnet, et les lui serra cordialement.

— Pardonnez-moi, monsieur le curé, lui dit-il en se réconciliant avec lui tout à coup par un regard de ses beaux yeux bleus qui alla jusqu'au fond de l'âme du curé. Monseigneur m'a recommandé d'éprouver votre patience

et votre modestie ; mais je ne saurais aller plus loin, je
vois déjà combien vous êtes calomnié par les éloges des
Libéraux.

Le déjeuner était prêt : des œufs frais, du beurre, du
miel et des fruits, de la crème et du café, servis par Ursule au milieu de bouquets de fleurs, sur une nappe blanche, sur la table antique, dans cette vieille salle à manger.
La fenêtre, qui donnait sur la terrasse, était ouverte.
La clématite, chargée de ses étoiles blanches relevées au
cœur par le bouquet jaune de ses étamines frisées, enca-
drait l'appui. Un jasmin courait d'un côté, des capucines
montaient de l'autre. En haut, les pampres déjà rougis
d'une treille faisaient une riche bordure qu'un sculpteur
n'aurait pu rendre, tant le jour découpé par les dentelu-
res des feuilles lui communiquait de grâce.

— Vous trouvez ici la vie réduite à sa plus simple expression, dit le curé en souriant sans quitter l'air que lui
imprimait la tristesse qu'il avait au cœur. Si nous avions
su votre arrivée, et qui pouvait en prévoir les motifs !
Ursule se serait procuré quelques truites de montagnes,
il y a un torrent au milieu de la forêt qui en donne d'excellentes. Mais j'oublie que nous sommes en août et que
le Gabou est à sec ! J'ai la tête bien troublée...

— Vous vous plaisez beaucoup ici ? demanda le jeune
abbé.

— Oui, monsieur. Si Dieu le permet, je mourrai curé
de Montégnac. J'aurais voulu que mon exemple fût suivi
par des hommes distingués qui ont cru faire mieux en
devenant philanthropes. La philanthropie moderne est
le malheur des sociétés, les principes de la religion catholique peuvent seuls guérir les maladies qui travaillent le corps social. Au lieu de décrire la maladie et
d'étendre ses ravages par des plaintes élégiaques, chacun
aurait dû mettre la main à l'œuvre, entrer en simple ouvrier dans la vigne du Seigneur. Ma tâche est loin d'être
achevée ici, monsieur : il ne suffit pas de moraliser [94] les

gens que j'ai trouvés dans un état affreux de sentiments impies, je veux mourir au milieu d'une génération entièrement convaincue.

— Vous n'avez fait que votre devoir, dit encore sèchement le jeune homme qui se sentit mordre au cœur par la jalousie.

— Oui, monsieur, répondit modestement le prêtre après lui avoir jeté un fin regard comme pour lui demander : Est-ce encore une épreuve? — Je souhaite à toute heure, ajouta-t-il, que chacun fasse le sien dans le royaume.

Cette phrase d'une signification profonde fut encore étendue par une accentuation qui prouvait qu'en 1829, ce prêtre, aussi grand par la pensée que par l'humilité de sa conduite et qui subordonnait ses pensées à celles de ses supérieurs, voyait clair dans les destinées de la Monarchie et de l'Église.

Quand les deux femmes désolées furent venues, le jeune abbé, très impatient de revenir à Limoges, les laissa au presbytère et alla voir si les chevaux étaient mis. Quelques instants après, il revint annoncer que tout était prêt pour le départ. Tous quatre ils partirent aux yeux de la population entière de Montégnac, groupée sur le chemin, devant la poste. La mère et la sœur du condamné gardèrent le silence. Les deux prêtres, voyant des écueils dans beaucoup de sujets, ne pouvaient ni paraître indifférents, ni s'égayer. En cherchant quelque terrain neutre pour la conversation, ils traversèrent la plaine, dont l'aspect influa sur la durée de leur silence mélancolique.

— Par quelles raisons avez-vous embrassé l'état ecclésiastique? demanda tout à coup l'abbé Gabriel au curé Bonnet par une étourdie curiosité qui le prit quand la voiture déboucha sur la grand-route.

— Je n'ai point vu d'état dans la prêtrise, répondit simplement le curé. Je ne comprends pas qu'on devienne

prêtre par des raisons autres que les indéfinissables
puissances de la Vocation. Je sais que plusieurs hommes
se sont faits les ouvriers de la vigne du Seigneur après
avoir usé leur cœur au service des passions : les uns
ont aimé sans espoir, les autres ont été trahis ; ceux-ci
ont perdu la fleur de leur vie en ensevelissant soit une
épouse chérie, soit une maîtresse adorée ; ceux-là sont
dégoûtés de la vie sociale à une époque où l'incertain
plane sur toutes choses, même sur les sentiments,
où le doute se joue des plus douces certitudes en les
appelant des croyances. Plusieurs abandonnent la
politique à une époque où le pouvoir semble être une
expiation quand le gouverné regarde l'obéissance
comme une fatalité. Beaucoup quittent une société
sans drapeaux, où les contraires s'unissent pour détrôner
le bien. Je ne suppose pas qu'on se donne à Dieu par
une pensée cupide. Quelques hommes peuvent voir
dans la prêtrise un moyen de régénérer notre patrie ;
mais, selon mes faibles lumières, le prêtre patriote
est un non-sens. Le prêtre ne doit appartenir qu'à
Dieu. Je n'ai pas voulu offrir à notre Père, qui cependant accepte tout, les débris de mon cœur et les restes
de ma volonté, je me suis donné tout entier. Dans une
des touchantes Théories des religions païennes, la
victime destinée aux faux dieux allait au temple couronnée de fleurs. Cette coutume m'a toujours attendri.
Un sacrifice n'est rien sans la grâce. Ma vie est donc
simple et sans le plus petit roman. Cependant si vous
voulez une confession entière, je vous dirai tout. Ma
famille est au-dessus de l'aisance, elle est presque
riche. Mon père, seul artisan de sa fortune, est un homme
dur, inflexible ; il traite d'ailleurs sa femme et ses
enfants comme il se traite lui-même. Je n'ai jamais
surpris sur ses lèvres le moindre sourire. Sa main de
fer, son visage de bronze, son activité sombre et brusque
à la fois, nous comprimaient tous, femme, enfants,

commis et domestiques, sous un despotisme sauvage.
J'aurais pu, je parle pour moi seul, m'accommoder de
cette vie si ce pouvoir eût produit une compression
égale ; mais quinteux ⁹⁵ et vacillant, il offrait des
alternatives intolérables. Nous ignorions toujours si
nous faisions bien ou si nous étions en faute, et l'horrible
attente qui en résultait est insupportable dans la vie
domestique. On aime mieux alors être dans la rue que
chez soi. Si j'eusse été seul au logis, j'aurais encore
tout souffert de mon père sans murmurer ; mais mon
cœur était déchiré par les douleurs acérées qui ne
laissaient pas de relâche à une mère ardemment aimée
dont les pleurs surpris me causaient des rages pendant
lesquelles je n'avais plus ma raison. Le temps de mon
séjour au collège, où les enfants sont en proie à tant
de misères et de travaux, fut pour moi comme un
âge d'or. Je craignais les jours de congé. Ma mère
était elle-même heureuse de me venir voir. Quand
j'eus fini mes humanités, quand je dus rentrer sous le
toit paternel et devenir commis de mon père, il me fut
impossible d'y rester plus de quelques mois : ma
raison, égarée par la force de l'adolescence, pouvait
succomber. Par une triste soirée d'automne, en me
promenant seul avec ma mère le long du boulevard
Bourdon ⁹⁶, alors un des plus tristes lieux de Paris,
je déchargeai mon cœur dans le sien, et lui dis que je
ne voyais de vie possible pour moi que dans l'Église.
Mes goûts, mes idées, mes amours même devaient
être contrariés tant que vivrait mon père. Sous la
soutane du prêtre, il serait forcé de me respecter, je
pourrais ainsi devenir le protecteur de ma famille en
certaines occasions. Ma mère pleura beaucoup. En ce
moment mon frère aîné, devenu depuis général et mort
à Leipzig ⁹⁷, s'engageait comme simple soldat, poussé
hors du logis par les raisons qui décidaient ma vocation.
J'indiquai à ma mère, comme moyen de salut pour elle,

de choisir un gendre plein de caractère, de marier ma
sœur dès qu'elle serait en âge d'être établie, et de
s'appuyer sur cette nouvelle famille. Sous le prétexte
d'échapper à la conscription sans rien coûter à mon
père, et en déclarant aussi ma vocation, j'entrai donc
en 1807, à l'âge de dix-neuf ans, au séminaire de Saint-
Sulpice. Dans ces vieux bâtiments célèbres, je trouvai
la paix et le bonheur, que troublèrent seulement les
souffrances présumées de ma sœur et de ma mère ;
leurs douleurs domestiques s'accroissaient sans doute,
car lorsqu'elles me voyaient, elles me confirmaient
dans ma résolution. Initié peut-être par mes peines
aux secrets de la Charité, comme l'a définie le grand
saint Paul dans son adorable [98] épître, je voulus panser
les plaies du pauvre dans un coin de terre ignoré, puis
prouver par mon exemple, si Dieu daignait bénir mes
efforts, que la religion catholique, prise dans ses œuvres
humaines, est la seule vraie, la seule bonne et belle
puissance civilisatrice. Pendant les derniers jours de
mon diaconat [99], la grâce m'a sans doute éclairé. J'ai
pleinement pardonné à mon père, en qui j'ai vu l'instrument de ma destinée. Malgré une longue et tendre
lettre où j'expliquais ces choses en y montrant le doigt
de Dieu imprimé partout, ma mère pleura bien des
larmes en voyant tomber mes cheveux sous les ciseaux
de l'Église ; elle savait, elle, à combien de plaisirs je
renonçais, sans connaître à quelles gloires secrètes
j'aspirais. Les femmes sont si tendres ! Quand j'appar-
tins à Dieu, je ressentis un calme sans bornes, je ne
me sentais ni besoins, ni vanités, ni soucis des biens qui
inquiètent tant les hommes. Je pensais que la Providence devait prendre soin de moi comme d'une chose
à elle. J'entrais dans un monde d'où la crainte est
bannie, où l'avenir est certain, et où toute chose est
œuvre divine, même le silence. Cette quiétude est un
des bienfaits de la grâce. Ma mère ne concevait pas

qu'on pût épouser une église ; néanmoins, en me voyant
le front serein. l'air heureux, elle fut heureuse. Après
avoir été ordonné, je vins voir en Limousin un de mes
parents paternels qui, par hasard, me parla de l'état
dans lequel était le canton de Montégnac. Une pensée
jaillie avec l'éclat de la lumière me dit intérieurement :
Voilà ta vigne! Et j'y suis venu. Ainsi, monsieur, mon
histoire est, vous le voyez, bien simple et sans intérêt.

En ce moment, aux feux du soleil couchant, Limoges
apparut. A cet aspect, les deux femmes ne purent
retenir leurs larmes.

Le jeune homme que ces deux tendresses différentes
allaient chercher, et qui excitait tant d'ingénues curiosités, tant de sympathies hypocrites et de vives sollicitudes, gisait sur un grabat de la prison, dans la chambre
destinée aux condamnés à mort. Un espion veillait à la
porte pour saisir les paroles qui pouvaient lui échapper,
soit dans le sommeil, soit dans ses accès de fureur,
tant la Justice tenait à épuiser tous les moyens humains
pour arriver à connaître le complice de Jean-François
Tascheron et retrouver les sommes volées. Les des
Vanneaulx avaient intéressé la Police, et la Police
épiait ce silence absolu. Quand l'homme commis à la
garde morale du prisonnier le regardait par une meur-
trière faite exprès, il le trouvait toujours dans la même
attitude, enseveli dans sa camisole, la tête attachée
par un bandage en cuir, depuis qu'il avait essayé de
déchirer l'étoffe et les ligatures avec ses dents. Jean-
François regardait le plancher [100] d'un œil fixe et déses-
péré, ardent et comme rougi par l'affluence d'une
vie que de terribles pensées soulevaient. Il offrait une
vivante sculpture du Prométhée antique, la pensée
de quelque bonheur perdu lui dévorait le cœur ; aussi
quand le second avocat général était venu le voir,
ce magistrat n'avait-il pu s'empêcher de témoigner
la surprise qu'inspirait un caractère si continu [101].

A la vue de tout être vivant qui s'introduisait dans sa
prison, Jean-François entrait dans une rage [102] qui
dépassait alors les bornes connues par les médecins
en ces sortes d'affections. Dès qu'il entendait la clef
tourner dans la serrure ou tirer les verrous de la porte
garnie en fer, une légère écume lui blanchissait les lèvres.
Jean-François, alors âgé de vingt-cinq ans, était petit,
mais bien fait. Ses cheveux crépus et durs, plantés
assez bas, annonçaient une grande énergie. Ses yeux,
d'un jaune clair et lumineux, se trouvaient trop rappro-
chés vers la naissance du nez, défaut qui lui donnait
une ressemblance avec les oiseaux de proie. Il avait
le visage rond et d'un coloris brun qui distingue les
habitants du centre de la France. Un trait de sa physionomie confirmait une assertion de Lavater [103] sur
les gens destinés au meurtre, il avait les dents de
devant croisées. Néanmoins sa figure présentait les
caractères de la probité, d'une douce naïveté de
mœurs ; aussi n'avait-il point semblé extraordinaire
qu'une femme eût pu l'aimer avec passion. Sa bouche
fraîche, ornée de dents d'une blancheur éclatante,
était gracieuse. Le rouge des lèvres se faisait remarquer
par cette teinte de minium qui annonce une férocité
contenue, et qui trouve chez beaucoup d'êtres un
champ libre dans les ardeurs du plaisir. Son maintien
n'accusait aucune des mauvaises habitudes des ouvriers.
Aux yeux des femmes qui suivirent les débats, il parut
évident qu'une femme avait assoupli ces fibres accou-
tumées au travail, ennobli la contenance de cet homme
des champs, et donné de la grâce à sa personne. Les
femmes reconnaissent les traces de l'amour chez un
homme, aussi bien que les hommes voient chez une
femme si, selon un mot de la conversation, l'amour
a passé par là.

Dans la soirée, Jean-François entendit le mouvement
des verrous et le bruit de la serrure ; il tourna violem-

ment la tête et lança le terrible grognement sourd
par lequel commençait sa rage ; mais il trembla violemment quand, dans le jour adouci du crépuscule, les
têtes aimées de sa sœur et de sa mère se dessinèrent,
et derrière elles le visage du curé de Montégnac.

— Les barbares! voilà ce qu'ils me réservaient,
dit-il en fermant les yeux.

Denise, en fille qui venait de vivre en prison, s'y
défiait de tout, l'espion s'était sans doute caché pour
revenir ; elle se précipita sur son frère, pencha son
visage en larmes sur le sien, et lui dit à l'oreille : — On
nous écoutera peut-être.

— Autrement on ne vous aurait pas envoyées,
répondit-il à haute voix. J'ai depuis longtemps demandé
comme une grâce de ne voir personne de ma famille.

— Comme ils me l'ont arrangé, dit la mère au curé.
Mon pauvre enfant, mon pauvre enfant! Elle tomba
sur le pied du grabat, en cachant sa tête dans la soutane
du prêtre, qui se tint debout auprès d'elle. — Je ne
saurais le voir ainsi lié, garrotté, mis dans ce sac...

— Si Jean, dit le curé, veut me promettre d'être
sage, de ne point attenter à sa vie, et de se bien conduire
pendant que nous serons avec lui, j'obtiendrai qu'il
soit délié ; mais la moindre infraction à sa promesse
retomberait sur moi.

— J'ai tant besoin de me mouvoir à ma fantaisie,
cher monsieur Bonnet, dit le condamné dont les yeux
se mouillèrent de larmes, que je vous donne ma parole
de vous satisfaire.

Le curé sortit, le geôlier entra, la camisole fut
ôtée.

— Vous ne me tuerez pas ce soir, lui dit le porte-
clefs.

Jean ne répondit rien.

— Pauvre frère! dit Denise en apportant un panier
que l'on avait soigneusement visité, voici quelques-

unes des choses que tu aimes, car on te nourrit sans doute pour l'amour de Dieu!

Elle montra des fruits cueillis aussitôt qu'elle sut pouvoir entrer dans la prison, une galette que sa mère avait aussitôt soustraite. Cette attention, qui lui rappelait son jeune temps, puis la voix et les gestes de sa sœur, la présence de sa mère, celle du curé, tout détermina chez Jean une réaction : il fondit en larmes.

— Ah! Denise, dit-il, je n'ai pas fait un seul repas depuis six mois. J'ai mangé poussé par la faim, voilà tout!

La mère et la fille sortirent, allèrent et vinrent. Animées par cet esprit qui porte les ménagères à procurer aux hommes leur bien-être, elles finirent par servir un souper à leur pauvre enfant. Elles furent aidées : il y avait ordre de les seconder en tout ce qui serait compatible avec la sûreté du condamné. Les des Vanneaulx avaient eu le triste courage de contribuer au bien-être de celui de qui ils attendaient encore leur héritage. Jean eut donc ainsi un dernier reflet des joies de la famille, joies attristées par la teinte sévère que leur donnait la circonstance.

— Mon pourvoi est rejeté? dit-il à monsieur Bonnet.

— Oui, mon enfant. Il ne te reste plus qu'à faire une fin digne d'un chrétien. Cette vie n'est rien en comparaison de celle qui t'attend ; il faut songer à ton bonheur éternel. Tu peux t'acquitter avec les hommes en leur laissant ta vie, mais Dieu ne se contente pas de si peu de chose.

— Laisser ma vie?... Ah! vous ne savez pas tout ce qu'il me faut quitter.

Denise regarda son frère comme pour lui dire que, jusque dans les choses religieuses, il fallait de la prudence.

— Ne parlons point de cela, reprit-il en mangeant

des fruits avec une avidité qui dénotait un feu intérieur d'une grande intensité. Quand dois-je?...

— Non, rien de ceci encore devant moi, dit la mère.

— Mais je serais plus tranquille, dit-il tout bas au curé.

— Toujours son même caractère, s'écria monsieur Bonnet, qui se pencha vers lui pour lui dire à l'oreille : — Si vous vous réconciliez cette nuit avec Dieu, et si votre repentir me permet de vous absoudre, ce sera demain. — Nous avons obtenu déjà beaucoup en vous calmant, répéta-t-il à haute voix.

En entendant ces derniers mots, les lèvres de Jean pâlirent, ses yeux se tournèrent par une violente contraction, et il passa sur sa face un frisson d'orage.

— Comment suis-je calme? se demanda-t-il. Heureusement il rencontra les yeux pleins de larmes de sa Denise, et il reprit de l'empire sur lui. — Eh! bien, il n'y a que vous que je puisse entendre, dit-il au curé. Ils ont bien su par où l'on pouvait me prendre. Et il se jeta la tête sur le sein de sa mère.

— Écoute-le, mon fils, dit la mère en pleurant, il risque sa vie, ce cher monsieur Bonnet, en s'engageant à te conduire... Elle hésita et dit : A la vie éternelle. Puis elle baisa la tête de Jean et la garda sur son cœur pendant quelques instants.

— Il m'accompagnera? demanda Jean en regardant le curé qui prit sur lui d'incliner la tête. — Eh! bien, je l'écouterai, je ferai tout ce qu'il voudra.

— Tu me le promets, dit Denise, car ton âme à sauver, voilà ce que nous voyons tous. Et puis, veux-tu qu'on dise dans tout Limoges et dans le pays, qu'un Tascheron n'a pas su faire une belle mort? Enfin, pense donc que tout ce que tu perds ici, tu peux le retrouver dans le ciel, où se revoient les âmes pardonnées.

Cet effort surhumain dessécha le gosier de cette

héroïque fille. Elle fit comme sa mère, elle se tut, mais
elle avait triomphé. Le criminel, jusqu'alors furieux
de se voir arracher son bonheur par la Justice, tressail-
lit à la sublime idée catholique si naïvement exprimée
par sa sœur. Toutes les femmes, même une jeune
paysanne comme Denise, savent trouver ces délica-
tesses ; n'aiment-elles pas toutes à éterniser l'amour ?
Denise avait touché deux cordes bien sensibles. L'Orgueil
réveillé appela les autres vertus, glacées par tant de
misère et frappées par le désespoir. Jean prit la main
de sa sœur, il la baisa et la mit sur son cœur d'une
manière profondément significative ; il l'appuya tout
à la fois doucement et avec force.

— Allons, dit-il, il faut renoncer à tout : voilà le
dernier battement et la dernière pensée, recueille-les,
Denise ! Et il lui jeta un de ces regards par lesquels,
dans les grandes circonstances, l'homme essaie d'imprimer son âme dans une autre âme.

Cette parole, cette pensée, étaient tout un testament.
Tous ces legs inexprimés qui devaient être aussi fidèlement transmis que fidèlement demandés, la mère,
la sœur, Jean et le prêtre les comprirent si bien, que
tous se cachèrent les uns des autres pour ne pas se montrer
leurs larmes et pour se garder le secret sur leurs idées.
Ce peu de mots était l'agonie d'une passion, l'adieu
d'une âme paternelle aux plus belles choses terrestres,
en pressentant une renonciation catholique. Aussi
le curé, vaincu par la majesté de toutes les grandes
choses humaines, même criminelles, jugea-t-il de cette
passion inconnue par l'étendue de la faute : il leva
les yeux comme pour invoquer la grâce de Dieu. Là,
se révélaient les touchantes consolations et les tendresses
infinies de la Religion catholique, si humaine, si douce
par la main qui descend jusqu'à l'homme pour lui
expliquer la loi des mondes supérieurs, si terrible et
divine par la main qu'elle lui tend pour le conduire

au ciel. Mais Denise venait d'indiquer mystérieusement
au curé l'endroit par où le rocher céderait, la cassure
par où se précipiteraient les eaux du repentir. Tout à
coup ramené par les souvenirs qu'il évoquait ainsi,
Jean jeta le cri glacial de l'hyène surprise par des
chasseurs.

— Non, non, s'écria-t-il en tombant à genoux, je
veux vivre. Ma mère, prenez ma place, donnez-moi
vos habits, je saurai m'évader. Grâce, grâce! allez
voir le roi, dites-lui...

Il s'arrêta, laissa passer un rugissement horrible,
et s'accrocha violemment à la soutane du curé.

— Partez, dit à voix basse monsieur Bonnet aux
deux femmes accablées.

Jean entendit cette parole, il releva la tête, regarda
sa mère, sa sœur, et leur baisa les pieds.

— Disons-nous adieu, ne revenez plus ; laissez-moi
seul avec monsieur Bonnet, ne vous inquiétez plus de
moi, leur dit-il en serrant sa mère et sa sœur par une
étreinte où il semblait vouloir mettre toute sa vie.

— Comment ne meurt-on pas de cela ? dit Denise
à sa mère en atteignant au guichet.

Il était environ huit heures du soir quand cette
séparation eut lieu. A la porte de la prison, les deux
femmes trouvèrent l'abbé de Rastignac, qui leur
demanda des nouvelles du prisonnier.

— Il se réconciliera sans doute avec Dieu, dit Denise. Si le repentir n'est pas encore venu, il est bien
proche.

L'Évêque apprit alors quelques instants après que
le clergé triompherait en cette occasion, et que le
condamné marcherait au supplice dans les sentiments
religieux les plus édifiants. L'Évêque, auprès de qui
se trouvait le Procureur général, manifesta le désir de
voir le curé. Monsieur Bonnet ne vint pas à l'Évêché
avant minuit. L'abbé Gabriel, qui faisait souvent le

voyage de l'évêché à la geôle, jugea nécessaire de prendre le curé dans la voiture de l'Évêque ; car le pauvre
prêtre était dans un état d'abattement qui ne lui permettait pas de se servir de ses jambes. La perspective
de sa rude journée le lendemain et les combats secrets
dont il avait été témoin, le spectacle du complet repentir qui avait enfin foudroyé son ouaille longtemps
rebelle quand le grand calcul de l'éternité lui fut démontré, tout s'était réuni pour briser monsieur Bonnet,
dont la nature nerveuse, électrique se mettait facilement à l'unisson des malheurs d'autrui. Les âmes qui
ressemblent à cette belle âme épousent si vivement les
impressions, les misères, les passions, les souffrances
de ceux auxquels elles s'intéressent, qu'elles les res-
sentent en effet, mais d'une manière horrible, en ce
qu'elles peuvent en mesurer l'étendue qui échappe aux
gens aveuglés par l'intérêt du cœur ou par le paroxysme
des douleurs. Sous ce rapport, un prêtre comme monsieur Bonnet est un artiste qui sent, au lieu d'être un
artiste qui juge. Quand le curé se trouva dans le salon
de l'Évêque, entre les deux Grands vicaires, l'abbé de
Rastignac, monsieur de Grandville et le Procureur
général, il crut entrevoir qu'on attendait quelque
nouvelle chose de lui.

— Monsieur le curé, dit l'Évêque, avez-vous obtenu
quelques aveux que vous puissiez confier à la Justice
pour l'éclairer, sans manquer à vos devoirs ?

— Monseigneur, pour donner l'absolution à ce
pauvre enfant égaré, je n'ai pas seulement attendu que
son repentir fût aussi sincère et aussi entier que l'Église
puisse le désirer, j'ai encore exigé que la restitution de
l'argent eût lieu.

— Cette restitution, dit le Procureur général, m'ame-
nait chez monseigneur ; elle se fera de manière à donner
des lumières sur les parties obscures de ce procès. Il y a
certainement des complices.

— Les intérêts de la justice humaine, reprit le curé, ne sont pas ceux qui me font agir. J'ignore où, comment se fera la restitution, mais elle aura lieu. En m'appelant auprès d'un de mes paroissiens, monseigneur m'a replacé dans les conditions absolues qui donnent aux curés, dans l'étendue de leur paroisse, les droits qu'exerce monseigneur dans son diocèse, sauf le cas de discipline et d'obéissance ecclésiastiques.

— Bien, dit l'Évêque. Mais il s'agit d'obtenir du condamné des aveux volontaires en face de la justice.

— Ma mission est d'acquérir une âme à Dieu, répondit monsieur Bonnet.

Monsieur de Grancour haussa légèrement les épaules, mais l'abbé Dutheil hocha la tête en signe d'approbation.

— Tascheron veut sans doute sauver quelqu'un que la restitution ferait connaître, dit le Procureur général.

— Monsieur, répliqua le curé, je ne sais absolument rien qui puisse soit démentir soit autoriser votre soupçon. Le secret de la confession est d'ailleurs inviolable.

— La restitution aura donc lieu? demanda l'homme de la Justice.

— Oui, monsieur, répondit l'homme de Dieu.

— Cela me suffit, dit le Procureur général qui se fia sur l'habileté de la Police pour saisir des renseignements, comme si les passions et l'intérêt personnel n'étaient pas plus habiles que toutes les polices.

Le surlendemain, jour du marché, Jean-François Tascheron fut conduit au supplice, comme [104] le désiraient les âmes pieuses et politiques de la ville. Exemplaire de modestie et de piété, il baisait avec ardeur un crucifix que lui tendait monsieur Bonnet d'une main défaillante. On examina beaucoup le malheureux dont les regards furent espionnés par tous les yeux : les arrêterait-il sur quelqu'un dans la foule ou sur une maison? Sa discrétion fut complète, inviolable. Il mourut en chrétien, repentant et absous.

Le pauvre curé de Montégnac fut emporté sans connaissance du pied de l'échafaud, quoiqu'il n'eût pas aperçu la fatale machine.

Pendant la nuit, le lendemain, à trois lieues de Limoges, en pleine route, et dans un endroit désert, Denise, quoique épuisée de fatigue et de douleur, supplia son père de la laisser revenir à Limoges avec Louis-Marie Tascheron, l'un de ses frères.

— Que veux-tu faire encore dans cette ville ? répondit brusquement le père en plissant son front et contractant ses sourcils.

— Mon père, lui dit-elle à l'oreille, non seulement nous devons payer l'avocat qui l'a défendu, mais encore il faut restituer l'argent qu'il a caché.

— C'est juste, dit l'homme probe en mettant la main dans un sac de cuir qu'il portait sur lui.

— Non, non, fit Denise, il n'est plus votre fils. Ce n'est pas à ceux qui l'ont maudit, mais à ceux qui l'ont béni de récompenser l'avocat.

— Nous vous attendrons au Havre, dit le père.

Denise et son frère rentrèrent en ville avant le jour, sans être vus. Quand, plus tard, la Police apprit leur retour, elle ne put jamais savoir où ils s'étaient cachés. Denise et son frère montèrent vers les quatre heures à la haute ville en se coulant le long des murs. La pauvre fille n'osait lever les yeux, de peur de rencontrer des regards qui eussent vu tomber la tête de son frère. Après être allés chercher le curé Bonnet, qui, malgré sa faiblesse, consentit à servir de père et de tuteur à Denise en cette circonstance, ils se rendirent chez l'avocat, qui demeurait rue de la Comédie.

— Bonjour, mes pauvres enfants, dit l'avocat en saluant monsieur Bonnet, à quoi puis-je vous être utile ? Vous voulez peut-être me charger de réclamer le corps de votre frère.

— Non, monsieur, dit Denise en pleurant à cette

idée qui ne lui était pas venue, je viens pour nous acquitter envers vous, autant que l'argent peut acquitter une dette éternelle.

— Asseyez-vous donc, dit l'avocat en remarquant alors que Denise et le curé restaient debout.

Denise se retourna pour prendre dans son corset deux billets de cinq cents francs, attachés avec une épingle à sa chemise, et s'assit en les présentant au défenseur de son frère. Le curé jetait sur l'avocat un regard étincelant qui se mouilla bientôt.

— Gardez, dit l'avocat, gardez cet argent pour vous, ma pauvre fille, les riches ne paient pas si généreusement une cause perdue.

— Monsieur, dit Denise, il m'est impossible de vous obéir.

— L'argent ne vient donc pas de vous ? demanda vivement l'avocat.

— Pardonnez-moi, répondit-elle en regardant monsieur Bonnet pour savoir si Dieu ne s'offensait pas de ce mensonge.

Le curé tenait ses yeux baissés.

— Eh! bien, dit l'avocat en gardant un billet de cinq cents francs et tendant l'autre au curé, je partage avec les pauvres. Maintenant, Denise, échangez ceci, qui certes est bien à moi, dit-il en lui présentant l'autre billet, contre votre cordon de velours et votre croix d'or. Je suspendrai la croix à ma cheminée en souvenir du plus pur et du meilleur cœur de jeune fille que j'observerai sans doute dans ma vie d'avocat.

— Je vous la donnerai sans vous la vendre, s'écria Denise en ôtant sa jeannette et la lui offrant.

— Eh! bien, dit le curé, monsieur, j'accepte les cinq cents francs pour servir à l'exhumation et au transport de ce pauvre enfant dans le cimetière de Montégnac. Dieu sans doute lui a pardonné, Jean pourra se lever avec tout mon troupeau au grand jour où les justes et les repentis seront appelés à la droite du Père.

— D'accord, dit l'avocat. Il prit la main de Denise,
et l'attira vers lui pour la baiser au front ; mais ce
mouvement avait un autre but. — Mon enfant, lui dit-il,
personne n'a de billets de cinq cents francs à Montégnac ;
ils sont assez rares à Limoges où personne ne les reçoit
sans escompte [105] ; cet argent vous a donc été donné,
vous ne me direz pas par qui, je ne vous le demande pas ;
mais écoutez-moi : s'il vous reste quelque chose à faire
dans cette ville relativement à votre pauvre frère,
prenez garde ! monsieur Bonnet, vous et votre frère,
vous serez surveillés par des espions. Votre famille
est partie, on le sait. Quand on vous verra ici, vous serez
entourés sans que vous puissiez vous en douter.

— Hélas ! dit-elle, je n'ai plus rien à faire ici.

— Elle est prudente, se dit l'avocat en la reconduisant. Elle est avertie, ainsi qu'elle s'en tire [106].

Dans les derniers jours du mois de septembre qui
furent aussi chauds que des jours d'été, l'Évêque avait
donné à dîner aux autorités de la ville. Parmi les invités
se trouvaient le Procureur du roi et le premier Avocat
général. Quelques discussions animèrent la soirée et la
prolongèrent jusqu'à une heure indue. On joua au
whist et au trictrac, le jeu qu'affectionnent les évêques.
Vers onze heures du soir, le Procureur du roi se trouvait
sur les terrasses supérieures. Du coin où il était, il aperçut
une lumière dans cette île qui, par un certain soir, avait
attiré l'attention de l'abbé Gabriel et de l'Évêque,
l'île de Véronique enfin ; cette lueur lui rappela les
mystères inexpliqués du crime commis par Tascheron.
Puis, ne trouvant aucune raison pour qu'on fît du feu
sur la Vienne à cette heure, l'idée secrète qui avait
frappé l'Évêque et son secrétaire le frappa d'une lueur
aussi subite que l'était celle de l'immense foyer qui
brillait dans le lointain. — Nous avons tous été de grands
sots, s'écria-t-il, mais nous tenons les complices. Il

remonta dans le salon, chercha monsieur de Grandville, lui dit quelques mots à l'oreille, puis tous deux disparurent ; mais l'abbé de Rastignac les suivit par politesse, il épia leur sortie, les vit se dirigeant vers la terrasse, et il remarqua le feu au bord de l'île. — Elle est perdue, pensa-t-il.

Les envoyés de la Justice arrivèrent trop tard. Denise et Louis-Marie, à qui Jean avait appris à plonger, étaient bien au bord de la Vienne, à un endroit indiqué par Jean ; mais Louis-Marie Tascheron avait déjà plongé quatre fois, et chaque fois il avait ramené vingt mille francs en or. La première somme était contenue dans un foulard noué par les quatre bouts. Ce mouchoir, aussitôt tordu pour en exprimer l'eau, avait été jeté dans un grand feu de bois mort allumé d'avance. Denise ne quitta le feu qu'après avoir vu l'enveloppe entièrement consumée. La seconde enveloppe était un châle, et la troisième un mouchoir de batiste. Au moment où elle jetait au feu la quatrième enveloppe, les gendarmes, accompagnés d'un commissaire de police, saisirent cette pièce importante que Denise laissa prendre sans manifester la moindre émotion. C'était un mouchoir sur lequel, malgré son séjour dans l'eau, il y avait quelques traces de sang. Questionnée aussitôt sur ce qu'elle venait de faire, Denise dit avoir retiré de l'eau l'or du vol d'après les indications de son frère ; le commissaire lui demanda pourquoi elle brûlait les enveloppes, elle répondit qu'elle accomplissait une des conditions imposées par son frère. Quand on demanda de quelle nature étaient ces enveloppes, elle répondit hardiment et sans aucun mensonge : — Un foulard, un mouchoir de batiste et un châle.

Le mouchoir qui venait d'être saisi appartenait à son frère.

Cette pêche et ses circonstances firent grand bruit dans la ville de Limoges. Le châle surtout confirma la croyance où l'on était que Tascheron avait commis son crime par amour. « — Après sa mort, il la protège encore, dit une dame en apprenant ces dernières révélations si habilement rendues inutiles. — Il y a peut-être dans Limoges un mari qui trouvera chez lui un foulard de moins, mais il sera forcé de se taire, dit en souriant le Procureur général. — Les erreurs de toilette deviennent si compromettantes que je vais vérifier dès ce soir ma garde-robe, dit en souriant la vieille madame Perret. — Quels sont les jolis petits pieds dont la trace a été si bien effacée ? demanda monsieur de Grandville. — Bah ! peut-être ceux d'une femme laide, répondit le Procureur général. — Elle a payé chèrement sa faute, reprit l'abbé de Grancour. — Savez-vous ce que prouve cette affaire, s'écria l'Avocat général. Elle montre tout ce que les femmes ont perdu à la Révolution qui a confondu les rangs sociaux. De pareilles passions ne se rencontrent plus que chez les hommes qui voient une énorme distance entre eux et leurs maîtresses. — Vous donnez à l'amour bien des vanités, répondit l'abbé Dutheil. — Que pense madame Graslin ? dit le préfet. — Et que voulez-vous qu'elle pense, elle est accouchée, comme elle me l'avait dit, pendant l'exécution, et n'a vu personne depuis, car elle est dangereusement malade », dit monsieur de Grandville.

Dans un autre salon de Limoges, il se passait une scène presque comique. Les amis des des Vanneaulx venaient les féliciter sur la restitution de leur héritage. « — Eh ! bien, on aurait dû faire grâce à ce pauvre homme, disait madame des Vanneaulx. L'amour et non l'intérêt l'avait conduit là : il n'était ni vicieux ni méchant. — Il a été plein de délicatesse, dit le sieur des Vanneaulx, _et si je savais où est sa famille, je les obligerais_. C'est de braves gens ces Tascheron. »

Quand, après la longue maladie qui suivit ses couches et qui la força de rester dans une retraite absolue et au

lit, madame Graslin put se lever, vers la fin de l'année
1829, elle entendit alors parler à son mari d'une affaire
assez considérable qu'il voulait conclure. La maison
de Navarreins songeait à vendre la forêt de Montégnac
et les domaines incultes qu'elle possédait à l'entour.
Graslin n'avait pas encore exécuté la clause de son
contrat de mariage, par lequel il était tenu de placer la
dot de sa femme en terres, il avait préféré faire valoir
la somme en banque et l'avait déjà doublée. A ce sujet,
Véronique parut se souvenir du nom de Montégnac,
et pria son mari de faire honneur à cet engagement en
acquérant cette terre pour elle. Monsieur Graslin désira
beaucoup voir monsieur le curé Bonnet, afin d'avoir des
renseignements sur la forêt et les terres que le duc de
Navarreins voulait vendre, car le duc prévoyait la
lutte horrible que le prince de Polignac [107] préparait
entre le libéralisme et la maison de Bourbon et il en
augurait fort mal ; aussi était-il un des opposants les
plus intrépides au coup d'État. Le duc avait envoyé
son homme d'affaires à Limoges, en le chargeant de céder devant une forte somme en argent, car il se souvenait
trop bien de la révolution de 1789, pour ne pas mettre
à profit les leçons qu'elle avait données à toute l'aristocratie. Cet homme d'affaires se trouvait depuis un
mois face à face avec Graslin, le plus fin matois du
Limousin, le seul homme signalé par tous les praticiens [108]
comme capable d'acquérir et de payer immédiatement
une terre considérable. Sur un mot que lui écrivit l'abbé
Dutheil, monsieur Bonnet accourut à Limoges et vint
à l'hôtel Graslin. Véronique voulut prier le curé de
dîner avec elle ; mais le banquier ne permit à monsieur
Bonnet de monter chez sa femme, qu'après l'avoir tenu
dans son cabinet durant une heure, et avoir pris des
renseignements qui le satisfirent si bien, qu'il conclut
immédiatement l'achat de la forêt et des domaines de
Montégnac pour cinq cent mille francs. Il acquiesça au

désir de sa femme en stipulant que cette acquisition et
toutes celles qui s'y rattacheraient étaient faites pour
accomplir la clause de son contrat de mariage, relative
à l'emploi de la dot. Graslin s'exécuta d'autant plus
volontiers que cet acte de probité ne lui coûtait alors
plus rien. Au moment où Graslin traitait, les domaines
se composaient de la forêt de Montégnac qui contenait
environ trente mille arpents [109] inexploitables, des
ruines du château, des jardins et d'environ cinq mille
arpents dans la plaine inculte qui se trouve en avant de
Montégnac. Graslin fit aussitôt plusieurs acquisitions
pour se rendre maître du premier pic de la chaîne des
monts Corréziens, où finit l'immense forêt dite de Montégnac. Depuis l'établissement des impôts, le duc de
Navarreins ne touchait pas quinze mille francs par
an de cette seigneurie, jadis une des plus riches mou-
vances [110] du royaume, et dont les terres avaient échappé
à la vente ordonnée par la Convention, autant par
leur infertilité que par l'impossibilité reconnue de les
exploiter.

Quand le curé vit la femme célèbre par sa piété, par
son esprit, et de laquelle il avait entendu parler, il ne
put retenir un geste de surprise. Véronique était alors
arrivée à la troisième phase de sa vie, à celle où elle
devait grandir par l'exercice des plus hautes vertus,
et pendant laquelle elle fut une tout autre femme. A la
madone de Raphaël, ensevelie à onze ans sous le manteau troué de la petite vérole, avait succédé la femme
belle, noble, passionnée ; et de cette femme, frappée
par d'intimes malheurs, il sortait une sainte. Le visage
avait alors une teinte jaune semblable à celle qui
colore les austères figures des abbesses célèbres par
leurs macérations. Les tempes attendries s'étaient
dorées. Les lèvres avaient pâli, on n'y voyait plus la
rougeur de la grenade entr'ouverte, mais les froides
teintes d'une rose de Bengale. Dans le coin des yeux, à

la naissance du nez, les douleurs avaient tracé deux places nacrées par où bien des larmes secrètes avaient cheminé. Les larmes avaient effacé les traces de la petite vérole, et usé la peau. La curiosité s'attachait invinciblement à cette place où le réseau bleu des petits vaisseaux battait à coups précipités, et se montrait grossi par l'affluence du sang qui se portait là, comme pour nourrir les pleurs. Le tour des yeux seul conservait des teintes brunes, devenues noires au-dessous et bistrées aux paupières horriblement ridées. Les joues étaient creuses, et leurs plis accusaient de graves pensées. Le menton, où dans la jeunesse une chair abondante recouvrait les muscles, s'était amoindri, mais au désavantage de l'expression ; il révélait alors une implacable sévérité religieuse que Véronique exerçait seulement sur elle. A vingt-neuf ans, Véronique, obligée de se faire arracher une immense quantité de cheveux blancs, n'avait plus qu'une chevelure rare et grêle ; ses couches avaient détruit ses cheveux, l'un de ses plus beaux ornements. Sa maigreur effrayait. Malgré les défenses de son médecin, elle avait voulu nourrir son fils. Le médecin triomphait dans la ville en voyant se réaliser tous les changements qu'il avait pronostiqués au cas où Véronique nourrirait malgré lui. « — Voilà ce que produit une seule couche chez une femme, disait-il. Aussi, adore-t-elle son enfant. J'ai toujours remarqué que les mères aiment leurs enfants en raison du prix qu'ils leur coûtent. » Les yeux flétris de Véronique offraient néanmoins la seule chose qui fût restée jeune dans son visage : le bleu foncé de l'iris jetait un feu d'un éclat sauvage, où la vie semblait s'être réfugiée en désertant ce masque immobile et froid, mais animé par une pieuse expression dès qu'il s'agissait du prochain. Aussi la surprise, l'effroi du curé cessèrent-ils à mesure qu'il expliquait à madame Graslin tout le bien qu'un propriétaire pouvait opérer à Montégnac, en y résidant.

Véronique redevint belle pour un moment, éclairée par les lueurs d'un avenir inespéré.

— J'irai, lui dit-elle. Ce sera mon bien. J'obtiendrai quelques fonds de monsieur Graslin, et je m'associerai vivement à votre œuvre religieuse. Montégnac sera fertilisé, nous trouverons des eaux pour arroser votre plaine inculte. Comme Moïse, vous frappez un rocher, il en sortira des pleurs !

Le curé de Montégnac, questionné par les amis qu'il avait à Limoges sur madame Graslin, en parla comme d'une sainte.

Le lendemain matin même de son acquisition, Graslin envoya un architecte à Montégnac. Le banquier voulut rétablir le château, les jardins, la terrasse, le parc, aller gagner la forêt par une plantation, et il mit à cette restauration une orgueilleuse activité.

Deux ans après, madame Graslin fut atteinte d'un grand malheur. En août 1830, Graslin, surpris par les désastres du commerce et de la banque, y fut enveloppé malgré sa prudence ; il ne supporta ni l'idée d'une faillite, ni celle de perdre une fortune de trois millions acquise par quarante ans de travaux ; la maladie morale qui résulta de ses angoisses, aggrava la maladie inflammatoire toujours allumée dans son sang, et il fut obligé de garder le lit. Depuis sa grossesse, l'amitié de Véronique pour Graslin s'était développée et avait renversé toutes les espérances de son admirateur, monsieur de Grandville ; elle essaya de sauver son mari par la vigilance de ses soins, elle ne réussit qu'à prolonger pendant quelques mois le supplice de cet homme ; mais ce répit fut très utile à Grossetête, qui, prévoyant la fin de son ancien commis, lui demanda les renseignements nécessaires à une prompte liquidation de l'Avoir. Graslin mourut en avril 1831, et le désespoir de sa veuve ne céda qu'à la résignation chrétienne. Le premier mot de Véronique fut pour abandonner sa propre fortune afin de solder les créanciers ; mais celle de monsieur Graslin suffisait au-delà. Deux mois après, la liquidation, à laquelle s'employa Grossetête, laissa à madame Graslin la terre de Montégnac et six cent soixante mille francs, toute sa fortune à elle ; le nom de son fils resta donc sans tache, Graslin n'écornait la fortune de personne, pas même celle de sa femme. Francis Graslin eut encore environ une centaine de mille francs. Monsieur de Grandville, à qui la grandeur d'âme et les qualités de Véronique étaient connues, se proposa ; mais, à la surprise de tout Limoges, madame Graslin refusa le nouveau Procureur général, sous ce prétexte que l'Église condamnait les secondes noces. Grossetête, homme de grand sens et d'un coup d'œil sûr, donna le conseil à Véronique de placer en inscriptions sur le Grand-livre le reliquat de sa fortune et de celle de monsieur Graslin, et il opéra lui-même immédiatement ce placement, au mois de juillet, dans celui des fonds français qui présentait les plus grands avantages, le trois pour cent alors à cinquante francs. Francis eut donc six mille livres de rentes, et sa mère quarante mille environ. La fortune de Véronique était encore la plus belle du Département. Quand tout fut réglé, madame Graslin annonça son projet de quitter Limoges pour aller vivre à Montégnac, auprès de monsieur Bonnet. Elle appela de nouveau le curé pour le consulter sur l'œuvre qu'il avait entreprise à Montégnac et à laquelle elle voulait participer ; mais il la dissuada généreusement de cette résolution, en lui prouvant que sa place était dans le monde.

— Je suis née du peuple, et veux retourner au peuple, répondit-elle.

Le curé, plein d'amour pour son village, s'opposa d'autant moins alors à la vocation de madame Graslin, qu'elle s'était volontairement mise dans l'obligation de ne plus habiter Limoges, en cédant l'hôtel Graslin à Grossetête qui, pour se couvrir des sommes qui lui étaient dues, l'avait pris à toute sa valeur.

Le jour de son départ, vers la fin du mois d'août 1831,
les nombreux amis de madame Graslin voulurent l'accompagner jusqu'au-delà de la ville. Quelques-uns allèrent jusqu'à la première poste. Véronique était dans une
calèche avec sa mère. L'abbé Dutheil, nommé depuis quelques jours à un évêché, se trouvait sur le devant de la
voiture avec le vieux Grossetête. En passant sur la place
d'Aine, Véronique éprouva une sensation violente, son
visage se contracta de manière à laisser voir le jeu des
muscles, elle serra son enfant sur elle par un mouvement
convulsif que cacha la Sauviat en le lui prenant aussitôt,
car la vieille mère semblait s'être attendue à l'émotion
de sa fille. Le hasard voulut que madame Graslin vît la
place où était jadis la maison de son père, elle serra
vivement la main de la Sauviat, de grosses larmes roulèrent dans ses yeux, et se précipitèrent le long de ses
joues. Quand elle eut quitté Limoges, elle y jeta un dernier regard, et parut éprouver une sensation de bonheur
qui fut remarquée par tous ses amis. Quand le Procureur
général, ce jeune homme de vingt-cinq ans qu'elle refu-
sait de prendre pour mari, lui baisa la main avec une vive
expression de regret, le nouvel évêque remarqua le mouvement étrange par lequel le noir de la prunelle envahis-
sait dans les yeux de Véronique le bleu qui, cette fois,
fut réduit à n'être qu'un léger cercle. L'œil annonçait
évidemment une violente révolution intérieure.

— Je ne le verrai donc plus ! dit-elle à l'oreille de sa
mère qui reçut cette confidence sans que son vieux visage
révélât le moindre sentiment.

La Sauviat était en ce moment observée par Grossetête qui se trouvait devant elle ; mais, malgré sa finesse,
l'ancien banquier ne put deviner la haine que Véronique
avait conçue contre ce magistrat, néanmoins reçu chez
elle. En ce genre, les gens d'Église possèdent une perspicacité plus étendue que celle des autres hommes ; aussi
l'évêque étonna-t-il Véronique par un regard de prêtre.

— Vous ne regretterez rien à Limoges ? dit monseigneur à madame Graslin.

— Vous le quittez, lui répondit-elle. Et monsieur n'y reviendra plus que rarement, ajouta-t-elle en souriant à Grossetête qui lui faisait ses adieux.

L'évêque conduisait Véronique jusqu'à Montégnac.

— Je devais cheminer en deuil sur cette route, dit-elle à l'oreille de sa mère en montant à pied la côte de Saint-Léonard.

La vieille, au visage âpre et ridé, se mit un doigt sur les lèvres en montrant l'évêque qui regardait l'enfant avec une terrible attention. Ce geste, mais surtout le regard lumineux du prélat, causa comme un frémissement à madame Graslin. A l'aspect des vastes plaines qui étendent leurs nappes grises en avant de Montégnac, les yeux de Véronique perdirent de leur feu, elle fut prise de mélancolie. Elle aperçut alors le curé qui venait à sa rencontre et le fit monter dans la voiture.

— Voilà vos domaines, madame, lui dit monsieur Bonnet en montrant la plaine inculte.

CHAPITRE IV

MADAME GRASLIN A MONTÉGNAC

En quelques instants, le bourg de Montégnac et sa colline où les constructions neuves frappaient les regards, apparurent dorés par le soleil couchant et empreints de la poésie due au contraste de cette jolie nature jetée là comme une oasis au désert. Les yeux de madame Graslin s'emplirent de larmes, le curé lui montra une large trace blanche qui formait comme une balafre à la montagne.

— Voilà ce que mes paroissiens ont fait pour témoigner leur reconnaissance à leur châtelaine, dit-il en indiquant ce chemin. Nous pourrons monter en voiture au château. Cette rampe s'est achevée sans qu'il vous en coûte un sou, nous la planterons dans deux mois. Monseigneur peut deviner ce qu'il a fallu de peines, de soins et de dévouement pour opérer un pareil changement.

— Ils ont fait cela? dit l'évêque.

— Sans vouloir rien accepter, monseigneur. Les plus pauvres y ont mis la main, en sachant qu'il leur venait une mère.

Au pied de la montagne, les voyageurs aperçurent tous les habitants réunis qui firent partir des boîtes, déchargèrent quelques fusils ; puis les deux plus jolies filles, vêtues de blanc, offrirent à madame Graslin des bouquets et des fruits.

— Être reçue ainsi dans ce village! s'écria-t-elle en serrant la main de monsieur Bonnet comme si elle allait tomber dans un précipice.

La foule accompagna la voiture jusqu'à la grille d'honneur. De là, madame Graslin put voir son château dont jusqu'alors elle n'avait aperçu que les masses. A cet aspect, elle fut comme épouvantée de la magnificence de sa demeure. La pierre est rare dans le pays, le granit qui se trouve dans les montagnes est extrêmement difficile à tailler ; l'architecte, chargé par Graslin de rétablir le château, avait donc fait de la brique l'élément principal de cette vaste construction, ce qui la rendit d'autant moins coûteuse que la forêt de Montégnac avait pu fournir et la terre et le bois nécessaires à la fabrication. La charpente et la pierre de toutes les bâtisses étaient également sorties de cette forêt. Sans ces économies, Graslin se serait ruiné. La majeure partie des dépenses avait consisté en transports, en exploitations et en salaires. Ainsi l'argent était resté dans le bourg et l'avait vivifié. Au premier coup d'œil et de loin, le château présente une énorme masse rouge rayée de filets noirs produits par les joints, et bordée de lignes grises ; car les fenêtres, les portes, les entablements, les angles et les cordons de pierre à chaque étage sont de granit taillé en pointes de diamant [111]. La cour, qui dessine un ovale incliné comme celle du château et Versailles, est entourée de murs en briques divisés par tableaux encadrés de bossages [112] en granit. Au bas de ces murs règnent des massifs remarquables par le choix des arbustes, tous de verts différents. Deux grilles magnifiques, en face l'une de l'autre, mènent d'un côté à une terrasse qui a vue sur Montégnac, de l'autre aux communs et à une ferme. La grande grille d'honneur à laquelle aboutit la route qui venait d'être achevée, est flanquée de deux jolis pavillons dans le goût du seizième siècle. La façade sur la cour, composée de trois pavillons, l'un au milieu et séparé des deux autres

par deux corps de logis, est exposée au levant. La façade
sur les jardins, absolument pareille, est à l'exposition
du couchant. Les pavillons n'ont qu'une fenêtre sur la
façade, et chaque corps de logis en a trois. Le pavillon
du milieu, disposé en campanile, et dont les angles sont
vermiculés [113], se fait remarquer par l'élégance de quelques
sculptures sobrement distribuées. L'art est timide en
province, et quoique, dès 1829, l'ornementation eût fait
des progrès à la voix des écrivains, les propriétaires avaient
alors peur de dépenses que le manque de concurrence et
d'ouvriers habiles rendaient assez formidables. Le pavillon de chaque extrémité, qui a trois fenêtres de profondeur, est couronné par des toits très élevés, ornés de balustrades en granit, et dans chaque pan pyramidal du
toit, coupé à vive arête par une plate-forme élégante
bordée de plomb et d'une galerie en fonte, s'élève une
fenêtre élégamment sculptée. A chaque étage, les con-
soles [114] de la porte et des fenêtres se recommandent d'ailleurs par des sculptures copiées d'après celles des maisons de Gênes [115]. Le pavillon dont les trois fenêtres sont
au midi voit sur Montégnac, l'autre, celui du nord, regarde la forêt. De la façade du jardin, l'œil embrasse la
partie de Montégnac où se trouvent les Tascherons, et
plonge sur la route qui conduit au chef-lieu de l'Arrondissement. La façade sur la cour jouit du coup d'œil que
présentent les immenses plaines cerclées par les montagnes de la Corrèze du côté de Montégnac, mais qui finis-
sent par la ligne perdue des horizons planes. Les corps
de logis n'ont au-dessus du rez-de-chaussée qu'un étage
terminé par des toits percés de mansardes dans le vieux
style ; mais les deux pavillons de chaque bout sont élevés
de deux étages. Celui du milieu est coiffé d'un dôme écrasé
semblable à celui des pavillons dits de l'Horloge aux
Tuileries ou au Louvre, et dans lequel se trouve une seule
pièce formant belvédère et ornée d'une horloge. Par économie, toutes les toitures avaient été faites en tuiles à

gouttière, poids énorme que portent facilement les charpentes prises dans la forêt. Avant de mourir, Graslin avait projeté la route qui venait d'être achevée par reconnaissance ; car cette entreprise, que Graslin appelait sa folie, avait jeté cinq cent mille francs dans la Commune. Aussi Montégnac s'était-il considérablement agrandi. Derrière les communs, sur le penchant de la colline qui, vers le nord, s'adoucit en finissant dans la plaine, Graslin avait commencé les bâtiments d'une ferme immense qui accusaient l'intention de tirer parti des terres incultes de la plaine. Six garçons jardiniers, logés dans les communs, et aux ordres d'un concierge jardinier en chef, continuaient en ce moment les plantations, et achevaient les travaux que monsieur Bonnet avait jugés indispensables. Le rez-de-chaussée de ce château, destiné tout entier à la réception, avait été meublé avec somptuosité. Le premier étage se trouvait assez nu, la mort de monsieur Graslin ayant fait suspendre les envois du mobilier.

— Ah! monseigneur, dit madame Graslin à l'évêque après avoir fait le tour du château, moi qui comptais habiter une chaumière, le pauvre monsieur Graslin a fait des folies.

— Et vous, dit l'évêque, vous allez faire des actes de charité! ajouta-t-il après une pause en remarquant le frisson que son mot causait à madame Graslin.

Elle prit le bras de sa mère, qui tenait Francis par la main, et alla seule jusqu'à la longue terrasse au bas de laquelle est située l'église, le presbytère, et d'où les maisons du bourg se voient par étages. Le curé s'empara de monseigneur Dutheil pour lui montrer les différentes faces de ce paysage. Mais les deux prêtres aperçurent bientôt à l'autre bout de la terrasse Véronique et sa mère immobiles comme des statues : la vieille avait son mouchoir à la main et s'essuyait les yeux, la fille avait les mains étendues au-dessus de la balustrade, et semblait indiquer l'église au-dessous.

— Qu'avez-vous, madame ? dit le curé Bonnet à la
vieille Sauviat.

— Rien, répondit madame Graslin qui se retourna et
fit quelques pas au-devant des deux prêtres. Je ne savais pas que le cimetière dût être sous mes yeux.

— Vous pouvez le faire mettre ailleurs, la loi est pour
vous.

— La loi ! dit-elle en laisant échapper ce mot comme
un cri.

Là, l'évêque regarda encore Véronique. Fatiguée du
regard noir par lequel ce prêtre perçait le voile de chair
qui lui couvrait l'âme, et y surprenait le secret caché
dans une des fosses de ce cimetière, elle lui cria : — Eh !
bien, oui.

L'évêque se posa la main sur les yeux et resta pensif,
accablé pendant quelques instants.

— Soutenez ma fille, cria la vieille, elle pâlit.

— L'air est vif, il m'a saisie, dit madame Graslin en
tombant évanouie dans les bras des deux ecclésiastiques
qui la portèrent dans une des chambres du château.

Quand elle reprit connaissance, elle vit l'évêque et le
curé priant Dieu pour elle, tous deux à genoux.

— Puisse l'ange qui vous a visitée ne plus vous quitter, lui dit l'évêque en la bénissant. Adieu, ma fille.

Ces mots firent fondre en larmes madame Graslin.

— Elle est donc sauvée ? s'écria la Sauviat.

— Dans ce monde et dans l'autre, ajouta l'évêque en
se retournant avant de quitter la chambre.

Cette chambre où la Sauviat avait fait porter sa fille
est située au premier étage du pavillon latéral dont les
fenêtres regardent l'église, le cimetière et le côté méri-
dional de Montégnac. Madame Graslin voulut y demeurer, et s'y logea tant bien que mal avec Aline et le petit
Francis. Naturellement la Sauviat resta près de sa fille.
Quelques jours furent nécessaires à madame Graslin
pour se remettre des violentes émotions qui l'avaient

saisie à son arrivée, sa mère la força d'ailleurs de garder
le lit pendant toutes les matinées. Le soir, Véronique
s'asseyait sur le banc de la terrasse, d'où ses yeux plon-
geaient sur l'église, sur le presbytère et le cimetière.
Malgré la sourde opposition qu'y mit la vieille Sauviat,
madame Graslin allait donc contracter une habitude de
maniaque en s'asseyant ainsi à la même place, et s'y
abandonnant à une sombre mélancolie.

— Madame se meurt, dit Aline à la vieille Sauviat.
Averti par ces deux femmes, le curé, qui ne voulait
pas s'imposer, vint alors voir assidûment madame Graslin, dès qu'on lui eut indiqué chez elle une maladie de
l'âme. Ce vrai pasteur eut soin de faire ses visites à l'heure
où Véronique se posait à l'angle de la terrasse avec son
fils, en deuil tous deux. Le mois d'octobre commençait,
la nature devenait sombre et triste. Monsieur Bonnet
qui, dès l'arrivée de Véronique à Montégnac, avait reconnu chez elle quelque grande plaie intérieure, jugea
prudent d'attendre la confiance entière de cette femme
qui devait devenir sa pénitente. Un soir, madame Graslin regarda le curé d'un œil presque éteint par la fatale
indécision observée chez les gens qui caressent l'idée de
la mort. Dès cet instant monsieur Bonnet n'hésita plus,
et se mit en devoir d'arrêter les progrès de cette cruelle
maladie morale. Il y eut d'abord entre Véronique et le
prêtre un combat de paroles vides sous lesquelles ils se
cachèrent leurs véritables pensées. Malgré le froid, Véronique était en ce moment sur un banc de granit et tenait
Francis assis sur elle. La Sauviat était debout, appuyée
contre la balustrade en briques, et cachait à dessein la
vue du cimetière. Aline attendait que sa maîtresse lui
rendît l'enfant.

— Je croyais, madame, dit le curé qui venait déjà
pour la septième fois, que vous n'aviez que de la mélancolie ; mais je le vois, lui dit-il à l'oreille, c'est du désespoir. Ce sentiment n'est ni chrétien ni catholique.

— Et, répondit-elle en jetant au ciel un regard perçant et laissant errer un sourire amer sur ses lèvres, quel
sentiment l'Église laisse-t-elle aux damnés, si ce n'est le
désespoir.

En entendant ce mot, le saint homme aperçut dans
cette âme d'immenses étendues ravagées.

— Ah! vous faites de cette colline votre Enfer, quand
elle devrait être le Calvaire d'où vous pourriez vous élan-
cer dans le ciel.

— Je n'ai plus assez d'orgueil pour me mettre sur un
pareil piédestal, répondit-elle d'un ton qui révélait le
profond mépris qu'elle avait pour elle-même.

Là, le prêtre, par une de ces inspirations qui sont si
naturelles et si abondantes chez ces belles âmes vierges,
l'homme de Dieu prit l'enfant dans ses bras, le baisa au
front et dit : — Pauvre petit! d'une voix paternelle en le
rendant lui-même à la femme de chambre, qui l'emporta.

La Sauviat regarda sa fille, et comprit combien était
efficace le mot de monsieur Bonnet, car des pleurs mouil-
laient les yeux si longtemps secs de Véronique. La vieille
Auvergnate fit un signe au prêtre et disparut.

— Promenez-vous, dit monsieur Bonnet à Véronique
en l'emmenant le long de cette terrasse à l'autre bout de
laquelle se voyaient les Tascherons. Vous m'appartenez,
je dois compte à Dieu de votre âme malade.

— Laissez-moi me remettre de mon abattement,
lui dit-elle.

— Votre abattement provient de méditations funes-
tes, reprit-il vivement.

— Oui, dit-elle avec la naïveté de la douleur arrivée
au point où l'on ne garde plus de ménagements.

— Je le vois, vous êtes tombée dans l'abîme de
l'indifférence, s'écria-t-il. S'il est un degré de souffrance
physique où la pudeur expire, il est aussi un degré de
souffrance morale où l'énergie de l'âme disparaît, je
le sais.

Elle fut étonnée de trouver ces subtiles observations et cette pitié tendre chez monsieur Bonnet ; mais, comme on l'a vu déjà, l'exquise délicatesse qu'aucune passion n'avait altérée chez cet homme lui donnait pour les douleurs de ses ouailles le sens maternel de la femme. Ce *mens divinior* [116], cette tendresse apostolique, met le prêtre au-dessus des autres hommes, en fait un être divin. Madame Graslin n'avait pas encore assez pratiqué monsieur Bonnet pour avoir pu reconnaître cette beauté cachée dans l'âme comme une source, et d'où procèdent la grâce, la fraîcheur, la vraie vie.

— Ah ! monsieur ? s'écria-t-elle en se livrant à lui par un geste et par un regard comme en ont les mourants.

— Je vous entends ! reprit-il. Que faire ? que devenir ?

Ils marchèrent en silence le long de la balustrade en allant vers la plaine. Ce moment solennel parut propice à ce porteur de bonnes nouvelles, à ce fils de Jésus.

— Supposez-vous devant Dieu, dit-il à voix basse et mystérieusement, que lui diriez-vous ?...

Madame Graslin resta comme frappée par la foudre et frissonna légèrement. — Je lui dirais comme Jésus-Christ : « Mon père, vous m'avez abandonnée ! » répondit-elle simplement et d'un accent qui fit venir des larmes aux yeux du curé.

— O Madeleine ! voilà le mot que j'attendais de vous, s'écria monsieur Bonnet qui ne pouvait s'empêcher de l'admirer. Vous voyez, vous recourez à la justice de Dieu, vous l'invoquez ! Écoutez-moi, madame. La religion est, par anticipation, la justice divine. L'Église s'est réservé le jugement de tous les procès de l'âme. La justice humaine est une faible image de la justice céleste, elle n'en est qu'une pâle imitation appliquée aux besoins de la société.

— Que voulez-vous dire ?

— Vous n'êtes pas juge dans votre propre cause, vous relevez de Dieu, dit le prêtre ; vous n'avez le

droit ni de vous condamner, ni de vous absoudre. Dieu,
ma fille, est un grand réviseur de procès.

— Ah! fit-elle.

— Il *voit* l'origine des choses là où nous n'avons
vu que les choses elles-mêmes.

Véronique s'arrêta frappée de ces idées, neuves
pour elle.

— A vous, reprit le courageux prêtre, à vous dont
l'âme est si grande, je dois d'autres paroles que celles
dues à mes humbles paroissiens. Vous pouvez, vous
dont l'esprit est si cultivé, vous élever jusqu'au sens
divin de la religion catholique, exprimée par des images
et par des paroles aux yeux des Petits et des Pauvres.
Écoutez-moi bien, il s'agit ici de vous ; car, malgré
l'étendue du point de vue où je vais me placer pour un
moment, ce sera bien votre cause. Le *Droit*, inventé
pour protéger les Sociétés, est établi sur l'Égalité.
La Société, qui n'est qu'un ensemble de faits, est
basée sur l'Inégalité. Il existe donc un désaccord entre
le Fait et le Droit. La Société doit-elle marcher réprimée
ou favorisée par la Loi. En d'autres termes, la Loi
doit-elle s'opposer au mouvement intérieur social
pour maintenir la Société, ou doit-elle être faite d'après
ce mouvement pour la conduire? Depuis l'existence
des Sociétés, aucun législateur n'a osé prendre sur lui
de décider cette question. Tous les législateurs se sont
contentés d'analyser les faits, d'indiquer les faits
blâmables ou criminels, et d'y attacher des punitions
ou des récompenses. Telle est la Loi humaine : elle n'a
ni les moyens de prévenir les fautes, ni les moyens d'en
éviter le retour chez ceux qu'elle a punis. La philanthropie est une sublime erreur, elle tourmente inutilement le corps, elle ne produit pas le baume qui guérit
l'âme. Le philanthrope enfante des projets, émet des
idées, en confie l'exécution à l'homme, au silence, au
travail, à des consignes, à des choses muettes et sans

puissance. La Religion ignore ces imperfections, car
elle a étendu la vie au-delà de ce monde. En nous consi-
dérant tous comme déchus et dans un état de dégrada-
tion, elle a ouvert un inépuisable trésor d'indulgence ;
nous sommes tous plus ou moins avancés vers notre
entière régénération, personne n'est infaillible, l'Église
s'attend aux fautes et même aux crimes. Là où la
Société voit un criminel à retrancher de son sein,
l'Église voit une âme à sauver. Bien plus!... inspirée
de Dieu qu'elle étudie et contemple, l'Église admet
l'inégalité des forces, elle étudie la disproportion des
fardeaux. Si elle vous trouve inégaux de cœur, de corps,
d'esprit, d'aptitude, de valeur, elle vous rend tous
égaux par le repentir. Là l'Égalité, madame, n'est
plus un vain mot, car nous pouvons être, nous sommes
tous égaux par les sentiments. Depuis le fétichisme
informe des sauvages jusqu'aux gracieuses inventions
de la Grèce, jusqu'aux profondes et ingénieuses doctrines
de l'Égypte et des Indes, traduites par des cultes riants
ou terribles, il est une conviction dans l'homme, celle
de sa chute, de son péché, d'où vient partout l'idée
des sacrifices et du rachat. La mort du Rédempteur,
qui a racheté le genre humain, est l'image de ce que
nous devons faire pour nous-même : rachetons nos
fautes! rachetons nos erreurs! rachetons nos crimes!
Tout est rachetable, le catholicisme est dans cette parole ;
de là ses adorables sacrements qui aident au triomphe
de la grâce et soutiennent le pécheur. Pleurer, madame,
gémir comme la Madeleine dans le désert, n'est que
le commmencement, agir est la fin. Les monastères
pleuraient et agissaient, ils priaient et civilisaient,
ils ont été les moyens actifs de notre divine religion.
Ils ont bâti, planté, cultivé l'Europe, tout en sauvant
le trésor de nos connaissances et celui de la justice
humaine, de la politique et des arts. On reconnaîtra
toujours en Europe la place de ces centres radieux.

La plupart des villes modernes sont filles d'un monastère. Si vous croyez que Dieu ait à vous juger, l'Église
vous dit par ma voix que tout peut se racheter par les
bonnes œuvres du repentir. Les grandes mains de Dieu
pèsent à la fois le mal qui fut fait, et la valeur des bienfaits accomplis. Soyez à vous seule le monastère, vous
pouvez en recommencer ici les miracles. Vos prières
doivent être des travaux. De votre travail doit découler
le bonheur de ceux au-dessus desquels vous ont mis
votre fortune, votre esprit, tout, jusqu'à cette position
naturelle, image de votre situation sociale.

En disant ces derniers mots, le prêtre et madame
Graslin s'étaient retournés pour revenir sur leurs pas
vers les plaines, et le curé put montrer et le village au
bas de la colline, et le château dominant le paysage.
Il était alors quatre heures et demie. Un rayon de soleil
jaunâtre enveloppait la balustrade, les jardins, illuminait le château, faisait briller le dessin des acrotères [117]
en fonte dorée, il éclairait la longue plaine partagée
par la route, triste ruban gris qui n'avait pas ce feston
que partout ailleurs les arbres y brodent des deux
côtés. Quand Véronique et monsieur Bonnet eurent
dépassé la masse du château, ils purent voir par-dessus
la cour, les écuries et les communs, la forêt de Montégnac sur laquelle cette lueur glissait comme une caresse.
Quoique ce dernier éclat du soleil couchant n'atteignît
que les cimes, il permettait encore de voir parfaitement,
depuis la colline où se trouve Montégnac jusqu'au
premier pic de la chaîne des monts Corréziens, les
caprices de la magnifique tapisserie que fait une forêt
en automne. Les chênes formaient des masses de bronze
florentin ; les noyers, les châtaigniers offraient leurs
tons de vert-de-gris ; les arbres hâtifs brillaient par leur
feuillage d'or, et toutes ces couleurs étaient nuancées
par des places grises incultes. Les troncs des arbres
entièrement dépouillés de feuilles montraient leurs

colonnades blanchâtres. Ces couleurs rousses, fauves, grises, artistement fondues par les reflets pâles du soleil d'octobre, s'harmoniaient à cette plaine infertile, à cette immense jachère, verdâtre comme une eau stagnante. Une pensée du prêtre allait commenter ce beau spectacle, muet d'ailleurs : pas un arbre, pas un oiseau, la mort dans la plaine, le silence dans la forêt ; çà et là, quelques fumées dans les chaumières du village. Le château semblait sombre comme sa maîtresse. Par une loi singulière, tout imite dans une maison celui qui y règne, son esprit y plane. Madame Graslin, frappée à l'entendement par les paroles du curé, et frappée au cœur par la conviction, atteinte dans sa tendresse par le timbre angélique de cette voix, s'arrêta tout à coup. Le curé leva le bras et montra la forêt, Véronique la regarda.

— Ne trouvez-vous pas à ceci quelque ressemblance vague avec la vie sociale ? A chacun sa destinée ! Combien d'inégalités dans cette masse d'arbres ! Les plus haut perchés manquent de terre végétale et d'eau, ils meurent les premiers !...

— Il en est que *la serpe de la femme qui fait du bois* arrête dans la grâce de leur jeunesse ! dit-elle avec amertume.

— Ne retombez plus dans ces sentiments, reprit le curé sévèrement quoique avec indulgence. Le malheur de cette forêt est de n'avoir pas été coupée, voyez-vous le phénomène que ses masses présentent ?

Véronique, pour qui les singularités de la nature forestière étaient peu sensibles, arrêta par obéissance son regard sur la forêt et le reporta doucement sur le curé.

— Vous ne remarquez pas, dit-il en devinant dans ce regard l'ignorance de Véronique, des lignes où les arbres de toute espèce sont encore verts ?

— Ah ! c'est vrai, s'écria-t-elle. Pourquoi ?

— Là, reprit le curé, se trouve la fortune de Montégnac et la vôtre, une immense fortune que j'avais
signalée à monsieur Graslin. Vous voyez les sillons de
trois vallées, dont les eaux se perdent dans le torrent
du Gabou. Ce torrent sépare la forêt de Montégnac
de la Commune qui, de ce côté, touche à la nôtre. A
sec en septembre et octobre, en novembre il donne beaucoup d'eau. Son eau, dont la masse serait facilement
augmentée par des travaux dans la forêt, afin de ne
rien laisser perdre et de réunir les plus petites sources,
cette eau ne sert à rien ; mais faites entre les deux
collines du torrent un ou deux barrages pour la retenir,
pour la conserver, comme a fait Riquet à Saint-
Ferréol [118], où l'on pratiqua d'immenses réservoirs
pour alimenter le canal du Languedoc, vous allez
fertiliser cette plaine inculte avec de l'eau sagement
distribuée dans des rigoles maintenues par des vannes,
laquelle se boirait en temps utile dans ces terres, et dont
le trop-plein serait d'ailleurs dirigé vers notre petite
rivière. Vous aurez de beaux peupliers le long de tous
vos canaux, et vous élèverez des bestiaux dans les plus
belles prairies possibles. Qu'est-ce que l'herbe ? du soleil
et de l'eau. Il y a bien assez de terre dans ces plaines
pour les racines du gramen ; les eaux fourniront des
rosées qui féconderont le sol, les peupliers s'en nourri-
ront et arrêteront les brouillards, dont les principes
seront pompés par toutes les plantes : tels sont les
secrets de la belle végétation dans les vallées. Vous
verrez un jour la vie, la joie, le mouvement, là où règne
le silence, là où le regard s'attriste de l'infécondité.
Ne sera-ce pas une belle prière ? Ces travaux n'occupe-
ront-ils pas votre oisiveté mieux que les pensées de la
mélancolie ?

Véronique serra la main du curé, ne dit qu'un mot,
mais ce mot fut grand : — Ce sera fait, monsieur.

— Vous concevez cette grande chose, reprit-il,

mais vous ne l'exécuterez pas. Ni vous ni moi nous
n'avons les connaissances nécessaires à l'accomplissement d'une pensée qui peut venir à tous, mais qui
soulève des difficultés immenses, car quoique simples
et presques cachées, ces difficultés veulent les plus
exactes ressources de la science. Cherchez donc dès
aujourd'hui les instruments humains qui vous feront
gagner dans douze ans six ou sept mille louis de rente
avec les six mille arpents que vous fertiliserez ainsi.
Ce travail rendra quelque jour Montégnac l'une des
plus riches communes du Département. La forêt ne
vous rapporte rien encore ; mais, tôt ou tard, la Spéculation viendra chercher ces magnifiques bois, trésors
amassés par le temps, les seuls dont la production ne
peut être ni hâtée ni remplacée par l'homme. L'État
créera peut-être un jour lui-même des moyens de transport pour cette forêt dont les arbres seront utiles à sa
marine ; mais il attendra que la population de Montégnac décuplée exige sa protection, car l'État est comme
la Fortune, il ne donne qu'au riche. Cette terre sera,
dans ce temps, l'une des plus belles de la France, elle
sera l'orgueil de votre petit-fils, qui trouvera peut-être
le château mesquin, relativement aux revenus.

— Voilà, dit Véronique, un avenir pour ma vie.

— Une pareille œuvre peut racheter bien des fautes,
dit le curé.

En se voyant compris, il essaya de frapper un dernier
coup sur l'intelligence de cette femme : il avait deviné
que chez elle, l'intelligence menait au cœur ; tandis
que, chez les autres femmes, le cœur est au contraire
le chemin de l'intelligence. — Savez-vous, lui dit-il
après une pause, dans quelle erreur vous êtes ? Elle le
regarda timidement. — Votre repentir n'est encore
que le sentiment d'une défaite essuyée, ce qui est
horrible, c'est le désespoir de Satan, et tel était peut-
être le repentir des hommes avant Jésus-Christ ; mais

notre repentir à nous autres catholiques, est l'effroi d'une âme qui se heurte dans la mauvaise voie, et à qui, dans ce choc, Dieu s'est révélé! Vous ressemblez à l'Oreste païen, devenez saint Paul!

— Votre parole vient de me changer entièrement, s'écria-t-elle. Maintenant, oh! maintenant, je veux vivre.

— L'esprit a vaincu, se dit le modeste prêtre qui s'en alla joyeux. Il avait jeté une pâture au secret désespoir qui dévorait madame Graslin, en donnant à son repentir la forme d'une belle et bonne action. Aussi Véronique écrivit-elle à monsieur Grossetête le lendemain même. Quelques jours après, elle reçut de Limoges, trois chevaux de selle envoyés par ce vieil ami. Monsieur Bonnet avait offert à Véronique, sur sa demande, le fils du maître de poste, un jeune homme enchanté de se mettre au service de madame Graslin, et de gagner une cinquantaine d'écus. Ce jeune garçon, à figure ronde, aux yeux et aux cheveux noirs, petit, découplé, nommé Maurice Champion, plut à Véronique et fut aussitôt mis en fonctions. Il devait accompagner sa maîtresse dans ses excursions et avoir soin des chevaux de selle.

Le garde général de Montégnac était un ancien maréchal des logis de la garde royale, né à Limoges, et que monsieur le duc de Navarreins avait envoyé d'une de ses terres à Montégnac pour en étudier la valeur et lui transmettre des renseignements, afin de savoir quel parti on en pouvait tirer. Jérôme Colorat n'y vit que des terres incultes et infertiles, des bois inexploitables à cause de la difficulté des transports, un château en ruines, et d'énormes dépenses à faire pour y rétablir une habitation et des jardins. Effrayé surtout des clairières semées de roches granitiques qui nuançaient de loin cette immense forêt, ce probe mais inintelligent serviteur fut la cause de la vente de ce bien.

— Colorat, dit madame Graslin à son garde qu'elle
fit venir, à compter de demain, je monterai vraisemblablement à cheval tous les matins. Vous devez connaître les différentes parties de terres qui dépendent
de ce domaine et celles que monsieur Graslin y a réunies,
vous me les indiquerez, je veux tout visiter par moi-
même.

Les habitants du château apprirent avec joie le changement qui s'opérait dans la conduite de Véronique.
Sans en avoir reçu l'ordre, Aline chercha, d'elle-même,
la vieille amazone noire de sa maîtresse, et la mit en
état de servir. Le lendemain, la Sauviat vit avec un
indicible plaisir sa fille habillée pour monter à cheval.
Guidée par son garde et par Champion qui allèrent en
consultant leurs souvenirs, car les sentiers étaient à
peine tracés dans ces montagnes inhabitées, madame
Graslin se donna pour tâche de parcourir seulement les
cimes sur lesquelles s'étendaient ses bois, afin d'en
connaître les versants et de se familiariser avec les
ravins, chemins naturels qui déchiraient cette longue
arête. Elle voulait mesurer sa tâche, étudier la nature
des courants et trouver les éléments de l'entreprise
signalée par le curé. Elle suivait Colorat qui marchait
en avant et Champion allait à quelques pas d'elle.

Tant qu'elle chemina dans des parties pleines d'arbres,
en montant et descendant tour à tour ces ondulations
de terrain si rapprochées dans les montagnes en France,
Véronique fut préoccupée par les merveilles de la forêt.
C'était des arbres séculaires dont les premiers l'étonnèrent et auxquels elle finit par s'habituer : puis de
hautes futaies naturelles, ou dans une clairière quelque
pin solitaire d'une hauteur prodigieuse ; enfin, chose
plus rare, un de ces arbustes, nains partout ailleurs,
mais qui, par des circonstances curieuses, atteignent à
des développements gigantesques et sont quelquefois
aussi vieux que le sol. Elle ne voyait pas sans une sen-

sation inexprimable une nuée roulant sur des roches
nues. Elle remarquait les sillons blanchâtres faits par
les ruisseaux de neige fondue, et qui, de loin, ressemblent
à des cicatrices. Après une gorge sans végétation, elle
admirait, dans les flancs exfoliés d'une colline rocheuse,
des châtaigniers centenaires, aussi droits que des sapins
des Alpes. La rapidité de sa course lui permettait d'embrasser, presque à vol d'oiseau, tantôt de vastes sables
mobiles, des fondrières meublées d'arbres épars, des
granits renversés, des roches pendantes, des vallons
obscurs, de grandes places pleines de bruyères encore
fleuries, et d'autres desséchées ; tantôt des solitudes
âpres où croissaient des genévriers, des câpriers ; tantôt
des prés à herbe courte, des morceaux de terre engraissée
par un limon séculaire ; enfin les tristesses, les splendeurs, les choses douces, fortes, les aspects singuliers
de la nature montagnarde au centre de la France. Et à
force de voir ces tableaux variés de formes, mais animés par la même pensée, la profonde tristesse exprimée
par cette nature à la fois sauvage et ruinée, abandonnée,
infertile, la gagna et répondit à ses sentiments cachés.
Et lorsque, par une échancrure, elle aperçut les plaines
à ses pieds, quand elle eut à gravir quelque aride ravine
entre les sables et les pierres de laquelle avaient poussé
des arbustes rabougris, et que ce spectacle revint de
moments en moments, l'esprit de cette nature austère
la frappa, lui suggéra des observations neuves pour elle,
et excitées par les significations de ces divers spectacles.
Il n'est pas un site de forêt qui n'ait sa signifiance ;
pas une clairière, pas un fourré qui ne présente des
analogies avec le labyrinthe des pensées humaines.
Quelle personne parmi les gens dont l'esprit est cultivé,
ou dont le cœur a reçu des blessures, peut se promener
dans une forêt, sans que la forêt lui parle ? Insensiblement, il s'en élève une voix ou consolante ou terrible,
mais plus souvent consolante que terrible. Si l'on re-

cherchait bien les causes de la sensation, à la fois grave,
simple, douce, mystérieuse qui vous y saisit, peut-être
la trouverait-on dans le spectacle sublime et ingénieux
de toutes ces créatures obéissant à leurs destinées, et
immuablement soumises. Tôt ou tard le sentiment écra-
sant de la permanence de la nature vous emplit le cœur,
vous remue profondément, et vous finissez par y être
inquiets de Dieu. Aussi Véronique recueillit-elle dans
le silence de ces cimes, dans la senteur des bois, dans
la sérénité de l'air, comme elle le dit le soir à monsieur
Bonnet, la certitude d'une clémence auguste. Elle entrevit la possibilité d'un ordre de faits plus élevés que celui
dans lequel avaient jusqu'alors tourné ses rêveries.
Elle sentit une sorte de bonheur. Elle n'avait pas,
depuis longtemps, éprouvé tant de paix. Devait-elle
ce sentiment à la similitude qu'elle trouvait entre ces
paysages et les endroits épuisés, desséchés de son âme.
Avait-elle vu ces troubles de la nature avec une sorte
de joie, en pensant que la matière était punie là, sans
avoir péché ? Certes, elle fut puissamment émue ; car,
à plusieurs reprises, Colorat et Champion se la montrè-
rent comme s'ils la trouvaient transfigurée. Dans un
certain endroit, Véronique aperçut dans les roides pentes
des torrents je ne sais quoi de sévère. Elle se surprit à
désirer d'entendre l'eau bruissant dans ces ravines ardentes. — Toujours aimer ! pensa-t-elle. Honteuse de
ce mot qui lui fut jeté comme par une voix, elle poussa
son cheval avec témérité vers le premier pic de la Corrèze, où, malgré l'avis de ses deux guides, elle s'élança.
Elle atteignit seule au sommet de ce piton, nommé la
Roche-Vive, et y resta pendant quelques instants,
occupée à voir tout le pays. Après avoir entendu la voix
secrète de tant de créations qui demandaient à vivre,
elle reçut en elle-même un coup qui la détermina à
déployer pour son œuvre cette persévérance tant
admirée et de laquelle elle donna tant de preuves. Elle

attacha son cheval par la bride à un arbre, alla s'asseoir
sur un quartier de roche, en laissant errer ses regards
sur cet espace où la nature se montrait marâtre, et
ressentit dans son cœur les mouvements maternels
qu'elle avait jadis éprouvés en regardant son enfant.
Préparée à recevoir la sublime instruction que présentait ce spectacle par les méditations presque involontaires qui, selon sa belle expression, avaient vanné [119]
son cœur, elle s'y éveilla d'une léthargie.

— Je compris alors, dit-elle au curé, que nos âmes
devaient être labourées aussi bien que la terre.

Cette vaste scène était éclairée par le pâle soleil du
mois de novembre. Déjà quelques nuées grises chassées
par un vent froid venaient de l'ouest. Il était environ
trois heures, Véronique avait mis quatre heures à
venir là ; mais comme tous ceux qui sont dévorés par
une profonde misère intime, elle ne faisait aucune attention aux circonstances extérieures. En ce moment
sa vie véritablement s'agrandissait du mouvement
sublime de la nature.

— Ne restez pas plus longtemps là, madame, lui dit
un homme dont la voix la fit tressaillir, vous ne pourriez
plus retourner nulle part, car vous êtes séparée par plus
de deux lieues de toute habitation ; à la nuit, la forêt
est impraticable ; mais, ces dangers ne sont rien en
comparaison de celui qui vous attend ici. Dans quelques
instants il fera sur ce pic un froid mortel dont la cause
est inconnue, et qui a déjà tué plusieurs personnes.

Madame Graslin aperçut au-dessous d'elle une figure
presque noire de hâle où brillaient deux yeux qui ressemblaient à deux langues de feu. De chaque côté de
cette face, pendait une large nappe de cheveux bruns,
et dessous s'agitait une barbe en éventail. L'homme
soulevait respectueusement un de ces énormes chapeaux
à larges bords que portent les paysans au centre de la
France, et montrait un de ces fronts dégarnis, mais

superbes, par lesquels certains pauvres se recommandent
à l'attention publique. Véronique n'eut pas la moindre
frayeur, elle était dans une de ces situations où, pour les
femmes, cessent toutes les petites considérations qui
les rendent peureuses.

— Comment vous trouvez-vous là ? lui dit-elle.

— Mon habitation est à peu de distance, répondit
l'inconnu.

— Et que faites-vous dans ce désert ? demanda
Véronique.

— J'y vis.

— Mais comment et de quoi ?

— On me donne une petite somme pour garder toute
cette partie de la forêt, dit-il en montrant le versant du
pic opposé à celui qui regardait les plaines de Montégnac.

Madame Graslin aperçut alors le canon d'un fusil et
vit un carnier. Si elle avait eu des craintes, elle eût
été dès lors rassurée.

— Vous êtes garde ?

— Non, madame, pour être garde, il faut pouvoir
prêter serment, et pour le prêter, il faut jouir de tous
ses droits civiques...

— Qui êtes-vous donc ?

— Je suis Farrabesche, dit l'homme avec une profonde humilité en abaissant les yeux vers la terre.

Madame Graslin, à qui ce nom ne disait rien, regarda
cet homme et observa dans sa figure, excessivement
douce, des signes de férocité cachée : les dents mal
rangées imprimaient à la bouche, dont les lèvres étaient
d'un rouge de sang, un tour plein d'ironie et de mauvaise
audace ; les pommettes brunes et saillantes offraient
je ne sais quoi d'animal. Cet homme avait la taille
moyenne, les épaules fortes, le cou rentré, très court,
gros, les mains larges et velues des gens violents et
capables d'abuser de ces avantages d'une nature bes-
tiale. Ses dernières paroles annonçaient d'ailleurs

quelque mystère auquel son attitude, sa physionomie et sa personne prêtaient un sens terrible.

— Vous êtes donc à mon service? lui dit d'une voix douce Véronique.

— J'ai donc l'honneur de parler à madame Graslin? dit Farrabesche.

— Oui, mon ami, répondit-elle.

Farrabesche disparut avec la rapidité d'une bête fauve, après avoir jeté sur sa maîtresse un regard plein de crainte. Véronique s'empressa de remonter à cheval et alla rejoindre ses deux domestiques qui commençaient à concevoir des inquiétudes sur elle, car on connaissait dans le pays l'inexplicable insalubrité de la *Roche-Vive*. Colorat pria sa maîtresse de descendre par une petite vallée qui conduisait dans la plaine. « Il serait, dit-il, dangereux de revenir par les hauteurs où les chemins déjà si peu frayés se croisaient, et où, malgré sa connaissance du pays, il pourrait se perdre. » Une fois en plaine, Véronique ralentit le pas de son cheval.

— Quel est ce Farrabesche que vous employez? dit-elle à son garde général.

— Madame l'a rencontré? s'écria Colorat.

— Oui, mais il s'est enfui.

— Le pauvre homme! peut-être ne sait-il pas combien madame est bonne.

— Enfin qu'a-t-il fait?

— Mais, madame, Farrabesche est un assassin, répondit naïvement Champion.

— On lui a donc fait grâce, à lui? demanda Véronique d'une voix émue.

— Non, madame, répondit Colorat. Farrabesche a passé aux Assises, il a été condamné à dix ans de travaux forcés, il a fait la moitié de son temps, car il a eu sa grâce, et il est revenu du bagne en 1827 [120]. Il doit la vie à monsieur le curé qui l'a décidé à se livrer. Condamné

à mort par contumace, tôt ou tard il eût été pris, et
son cas n'eût pas été bon. Monsieur Bonnet est allé le
trouver tout seul, au risque de se faire tuer. On ne sait
pas ce qu'il a dit à Farrabesche. Ils sont restés seuls
pendant deux jours, le troisième il l'a ramené à Tulle,
où l'autre s'est livré. Monsieur Bonnet est allé voir un
bon avocat, lui a recommandé la cause de Farrabesche,
Farrabesche en a été quitte pour dix ans de fers, et
monsieur le curé l'a visité dans sa prison. Ce gars-là,
qui était la terreur du pays, est devenu doux comme une
jeune fille, il s'est laissé emmener au bagne tranquillement. A son retour, il est venu s'établir ici sous la
protection de monsieur le curé ; personne ne lui dit plus
haut que son nom, il va tous les dimanches et les jours
de fêtes aux offices, à la messe. Quoiqu'il ait sa place
parmi nous, il se tient le long d'un mur, tout seul. Il
fait ses dévotions de temps en temps ; mais à la sainte
table, il se met aussi à l'écart.

— Et cet homme a tué un autre homme ?

— Un, dit Colorat, il en a bien tué plusieurs ! Mais
c'est un bon homme tout de même !

— Est-ce possible ! s'écria Véronique qui dans sa stu-
peur laissa tomber la bride sur le cou de son cheval.

— Voyez-vous, madame, reprit le garde qui ne demandait pas mieux que de raconter cette histoire,
Farrabesche a peut-être eu raison dans le principe, il
était le dernier des Farrabesche, une vieille famille de
la Corrèze, quoi ! Son frère aîné, le capitaine Farrabesche, est donc mort dix ans auparavant en Italie, à
Montenotte [121], capitaine à vingt-deux ans. Était-ce
avoir du guignon ? Et un homme qui avait des moyens,
il savait lire et écrire, il se promettait d'être fait général.
Il y eut des regrets dans la famille, et il y avait de quoi
vraiment ! Moi, qui dans ce temps étais avec l'Autre,
j'ai entendu parler de sa mort ! Oh ! le capitaine Farrabesche a fait une belle mort, il a sauvé l'armée et le

petit caporal! Je servais déjà sous le général Stengel [123],
un Allemand, c'est-à-dire un Alsacien, un fameux général, mais il avait la vue courte, et ce défaut-là fut cause
de sa mort arrivée quelque temps après celle du capitaine Farrabesche. Le petit dernier, qui est celui-ci,
avait donc six ans quand il entendit parler de la mort
de son grand frère. Le second frère servait aussi, mais
comme soldat; il mourut sergent, premier régiment de
la garde, un beau poste, à la bataille d'Austerlitz, où,
voyez-vous, madame, on a manœuvré aussi tranquillement que dans les Tuileries... J'y étais aussi! Oh ! j'ai
eu du bonheur, j'ai été de tout, sans attraper une blessure. Notre Farrabesche donc, quoiqu'il soit brave, se
mit dans la tête de ne pas partir. Au fait, l'armée n'était
pas saine pour cette famille-là. Quand le sous-préfet l'a
demandé en 1811, il s'est enfui dans les bois; réfractaire
quoi, comme on les appelait. Pour lors, il s'est joint à
un parti de chauffeurs, de gré ou de force ; mais enfin
il a chauffé! Vous comprenez que personne autre que
monsieur le curé ne sait ce qu'il a fait avec ces mâtins-
là, parlant par respect! Il s'est souvent battu avec les
gendarmes et avec la ligne aussi! Enfin, il s'est trouvé
dans sept rencontres...

— Il passe pour avoir tué deux soldats et trois gendarmes! dit Champion.

— Est-ce qu'on sait le compte ? il ne l'a pas dit,
reprit Colorat. Enfin, madame, presque tous les autres
ont été pris ; mais lui, dame! jeune et agile, connaissant
mieux le pays, il a toujours échappé. Ces chauffeurs-là
se tenaient aux environs de Brive et de Tulle ; ils rabat-
taient souvent par ici, à cause de la facilité que Farrabesche avait de les cacher. En 1814, on ne s'est plus
occupé de lui, la conscription était abolie ; mais il a été
forcé de passer l'année de 1815 dans les bois. Comme il
n'avait pas ses aises pour vivre, il a encore aidé à arrêter
la malle, dans la gorge, là-bas ; mais enfin, d'après l'avis

de monsieur le curé, il s'est livré. Il n'a pas été facile de
lui trouver des témoins, personne n'osait déposer contre
lui. Pour lors, son avocat et monsieur le curé ont tant
fait, qu'il en a été quitte pour dix ans. Il a eu du bonheur,
après avoir chauffé, car il a chauffé !

— Mais qu'est-ce que c'était que de chauffer ?

— Si vous le voulez, madame, je vas vous dire comment ils faisaient, autant que je le sais par les uns et
les autres, car, vous comprenez, je n'ai point chauffé !
Ça n'est pas beau, mais la nécessité ne connaît point de
loi. Donc, ils tombaient sept ou huit chez un fermier ou
chez un propriétaire soupçonné d'avoir de l'argent ; ils
vous allumaient du feu, soupaient au milieu de la nuit ;
puis, entre la poire et le fromage, si le maître de la maison
ne voulait pas leur donner la somme demandée, ils lui
attachaient les pieds à la crémaillère, et ne les détachaient
qu'après avoir reçu leur argent : voilà. Ils venaient mas-
qués. Dans le nombre de leurs expéditions, il y en a eu
de malheureuses. Dame ! il y a toujours des obstinés,
des gens avares. Un fermier, le père Cochegrue, qui
aurait bien tondu sur un œuf, s'est laissé brûler les
pieds ! Ah ! ben, il en est mort. La femme de monsieur
David, auprès de Brive, est morte des suites de la frayeur
que ces gens-là lui ont faite, rien que d'avoir vu lier
les pieds de son mari. — Donne-leur donc ce que tu as !
qu'elle s'en allait lui disant. Il ne voulait pas, elle leur
a montré la cachette. Les chauffeurs ont été la terreur
du pays pendant cinq ans ; mais mettez-vous bien dans
la boule, pardon, madame ? que plus d'un fils de bonne
maison était des leurs, et que c'est pas ceux-là qui se
laissaient gober [123].

Madame Graslin écoutait sans répondre. Il y eut un
moment de silence. Le petit Champion, jaloux d'amuser
sa maîtresse, voulut dire ce qu'il savait de Farrabesche.

— Il faut dire aussi à madame tout ce qui en est,
Farrabesche n'a pas son pareil à la course, ni à cheval.

Il tue un bœuf d'un coup de poing! Il porte sept cents [124],
dà! personne ne tire mieux que lui. Quand j'étais petit,
on me racontait les aventures de Farrabesche. Un
jour il est surpris avec trois de ses compagnons : ils se
battent, bien! deux sont blessés et le troisième meurt,
bon! Farrabesche se voit pris ; bah! il saute sur le
cheval d'un gendarme, en croupe, derrière l'homme,
pique le cheval qui s'emporte ; le met au grand galop
et disparaît en tenant le gendarme à bras-le-corps ; il
le serrait si fort qu'à une certaine distance, il a pu le
jeter à terre, rester seul sur le cheval, et il s'évada maître du cheval! Et il a eu le toupet de l'aller vendre à dix
lieues au-delà de Limoges. De ce coup, il resta pendant
trois mois caché et introuvable. On avait promis cent
louis à celui qui le livrerait.

— Une autre fois, dit Colorat, à propos des cent
louis promis pour lui par le préfet de Tulle, il les fit
gagner à un de ses cousins, Giriex de Vizay. Son cousin
le dénonça et eut l'air de le livrer! Oh! il le livra. Les
gendarmes étaient bien heureux de le mener à Tulle.
Mais il n'alla pas loin, on fut obligé de l'enfermer dans
la prison de Lubersac, d'où il s'évada pendant la première nuit, en profitant d'une percée qu'y avait faite
un de ses complices, un nommé Gabilleau, un déserteur
du 17e, exécuté à Tulle, et qui fut transféré avant la
nuit où il comptait se sauver. Ces aventures donnaient
à Farrabesche une fameuse couleur. La troupe avait ses
affidés [125], vous comprenez! D'ailleurs on les aimait les
chauffeurs. Ah dame! ces gens-là n'étaient pas comme
ceux d'aujourd'hui, chacun de ces gaillards dépensait
royalement son argent. Figurez-vous, madame, un soir,
Farrabesche est poursuivi par des gendarmes, n'est-ce
pas ; eh, bien! il leur a échappé cette fois en restant
pendant vingt-quatre heures dans la mare d'une ferme,
il respirait de l'air par un tuyau de paille à fleur du
fumier. Qu'est-ce que c'était que ce petit désagrément

pour lui qui a passé des nuits au fin sommet des arbres
où les moineaux se tiennent à peine, en voyant les
soldats qui le cherchaient passant et repassant sous lui.
Farrabesche a été l'un des cinq à six chauffeurs que la
Justice n'a pas pu prendre ; mais, comme il était du
pays et par force avec eux, enfin il n'avait fui que pour
éviter la conscription, les femmes étaient pour lui, et
c'est beaucoup !

— Ainsi Farrabesche a bien certainement tué plusieurs hommes, dit encore madame Graslin.

— Certainement, reprit Colorat, il a même, dit-on,
tué le voyageur qui était dans la malle en 1812 ; mais
le courrier, le postillon, les seuls témoins qui pussent le
reconnaître, étaient morts lors de son jugement.

— Pour le voler, dit madame Graslin.

— Oh! ils ont tout pris ; mais les vingt-cinq mille
francs qu'ils ont trouvés étaient au Gouvernement.

Madame Graslin chemina silencieusement pendant
une lieue. Le soleil était couché, la lune éclairait la
plaine grise, il semblait alors que ce fût la pleine mer. Il
y eut un moment où Champion et Colorat regardèrent
madame Graslin dont le profond silence les inquiétait ;
ils éprouvèrent une violente sensation en lui voyant sur
les joues deux traces brillantes, produites par d'abondantes larmes, elle avait les yeux rouges et remplis de
pleurs qui tombaient goutte à goutte.

— Oh! madame, dit Colorat, ne le plaignez pas! Le
gars a eu du bon temps, il a eu de jolies maîtresses ; et
maintenant, quoique sous la surveillance de la haute
police, il est protégé par l'estime et l'amitié de monsieur
le curé ; car il s'est repenti, sa conduite au bagne a été
des plus exemplaires. Chacun sait qu'il est aussi honnête
homme que le plus honnête d'entre nous ; seulement il
est fier, il ne veut pas s'exposer à recevoir quelque marque de répugnance, et il vit tranquillement en faisant
du bien à sa manière. Il vous a mis de l'autre côté de

la Roche-Vive une dizaine d'arpents en pépinières, et
il plante dans la forêt aux places où il aperçoit la chance
de faire venir un arbre ; puis il émonde les arbres, il
ramasse le bois mort, il fagote et tient le bois à la disposition des pauvres gens. Chaque pauvre, sûr d'avoir du
bois tout fait, tout prêt, vient lui en demander au lieu
d'en prendre et de faire du tort à vos bois, en sorte
qu'aujourd'hui s'il chauffe le monde, il leur fait du
bien ! Farrabesche aime votre forêt, il en a soin comme
de son bien.

— Et il vit !... tout seul, s'écria madame Graslin qui
se hâta d'ajouter les deux derniers mots.

— Faites excuse, madame, il prend soin d'un petit
garçon qui va sur quinze ans, dit Maurice Champion.

— Ma foi, oui, dit Colorat, car la Curieux a eu cet
enfant-là quelque temps avant que Farrabesche se soit
livré.

— C'est son fils ? dit madame Graslin.

— Mais chacun le pense.

— Et pourquoi n'a-t-il pas épousé cette fille ?

— Et comment ? on l'aurait pris ! Aussi, quand la
Curieux sut qu'il était condamné, la pauvre fille a-t-elle
quitté le pays.

— Était-elle jolie ?

— Oh ! dit Maurice, ma mère prétend qu'elle ressemblait beaucoup, tenez... à une autre fille qui, elle aussi,
a quitté le pays, à Denise Tascheron.

— Il était aimé ? dit madame Graslin.

— Bah ! parce qu'il chauffait, dit Colorat, les femmes
aiment l'extraordinaire. Cependant rien n'a plus étonné
le pays que cet amour-là. Catherine Curieux vivait sage
comme une Sainte Vierge, elle passait pour une perle de
vertu dans son village, à Vizay, un fort bourg de la
Corrèze, sur la ligne des deux départements. Son père et
sa mère y sont fermiers de messieurs Brézac. La Catherine Curieux avait bien ses dix-sept ans lors du juge-

ment de Farrabesche. Les Farrabesche étaient une vieille
famille du même pays, qui se sont établis sur les domaines de Montégnac, ils tenaient la ferme du village.
Le père et la mère Farrabesche sont morts ; mais les
trois sœurs à la Curieux sont mariées, une à Aubusson,
une à Limoges, une à Saint-Léonard.

— Croyez-vous que Farrabesche sache où est Catherine ? dit madame Graslin.

— S'il le savait, il romprait son ban [126], oh ! il irait...
Dès son arrivée, il a fait demander par monsieur Bonnet
le petit Curieux au père et à la mère qui en avaient soin ;
monsieur Bonnet le lui a obtenu tout de même.

— Personne ne sait ce qu'elle est devenue.

— Bah ! dit Colorat, cette jeunesse s'est crue perdue !
elle a eu peur de rester dans le pays ! Elle est allée à
Paris. Et qu'y fait-elle ? Voilà le *hic*. La chercher là,
c'est vouloir trouver une bille dans les cailloux de cette
plaine !

Colorat montrait la plaine de Montégnac du haut de
la rampe par laquelle montait alors madame Graslin,
qui n'était plus qu'à quelques pas de la grille du château. La Sauviat inquiète, Aline, les gens attendaient
là, ne sachant que penser d'une si longue absence.

— Eh ! bien, dit la Sauviat en aidant sa fille à descendre de cheval, tu dois être horriblement fatiguée.

— Non, ma mère, dit madame Graslin d'une voix si
altérée, que la Sauviat regarda sa fille et vit alors qu'elle
avait beaucoup pleuré.

Madame Graslin rentra chez elle avec Aline, qui avait
ses ordres pour tout ce qui concernait sa vie intérieure,
elle s'enferma chez elle sans y admettre sa mère ; et
quand la Sauviat voulut y venir, Aline dit à la vieille
Auvergnate : « — Madame est endormie. »

Le lendemain Véronique partit à cheval accompagnée
de Maurice seulement. Pour se rendre rapidement à la
Roche-Vive, elle prit le chemin par lequel elle en était

revenue la veille. En montant par le fond de la gorge
qui séparait ce pic de la dernière colline de la forêt, car
vue de la plaine, la Roche-Vive semblait isolée, Véronique dit à Maurice de lui indiquer la maison de Farrabesche et de l'attendre en gardant les chevaux ; elle
voulut aller seule : Maurice la conduisit donc vers un
sentier qui descend sur le versant de la Roche-Vive,
opposé à celui de la plaine, et lui montra le toit en
chaume d'une habitation presque perdue à moitié de
cette montagne, et au bas de laquelle s'étendent des
pépinières. Il était alors environ midi. Une fumée légère
qui sortait de la cheminée indiquait la maison auprès de
laquelle Véronique arriva bientôt ; mais elle ne se montra
pas tout d'abord. A l'aspect de cette modeste demeure
assise au milieu d'un jardin entouré d'une haie en épines
sèches, elle resta pendant quelques instants perdue en
des pensées qui ne furent connues que d'elle. Au bas
du jardin serpentent quelques arpents de prairies en-
closes d'une haie vive, et où, çà et là, s'étalent les têtes
aplaties des pommiers, des poiriers et des pruniers. Au-
dessus de la maison, vers le haut de la montagne où le
terrain devient sablonneux, s'élèvent les cimes jaunies
d'une superbe châtaigneraie. En ouvrant la porte à
claire-voie faite en planches presque pourries qui sert de
clôture, madame Graslin aperçut une étable, une petite
basse-cour et tous les pittoresques, les vivants accessoires des habitations du pauvre, qui certes ont de la
poésie aux champs. Quel être a pu voir sans émotion les
linges étendus sur la haie, la botte d'oignons pendue au
plancher, les marmites en fer qui sèchent, le banc de
bois ombragé de chèvrefeuilles, et les joubarbes sur le
faîte du chaume qui accompagnent presque toutes les
chaumières en France et qui révèlent une vie humble,
presque végétative.

Il fut impossible à Véronique d'arriver chez son garde
sans être aperçue, deux beaux chiens de chasse aboyè-

rent aussitôt que le bruit de son amazone se fit entendre dans les feuilles sèches ; elle prit la queue de cette large robe sous son bras, et s'avança vers la maison. Farrabesche et son enfant, qui étaient assis sur un banc de bois en dehors, se levèrent et se découvrirent tous deux, en gardant une attitude respectueuse, mais sans la moindre apparence de servilité.

— J'ai su, dit Véronique en regardant avec attention l'enfant, que vous preniez mes intérêts, j'ai voulu voir par moi-même votre maison, les pépinières, et vous questionner ici même sur les améliorations à faire.

— Je suis aux ordres de madame, répondit Farrabesche.

Véronique admira l'enfant qui avait une charmante figure, un peu hâlée, brune, mais très régulière, un ovale parfait, un front purement dessiné, des yeux orange d'une vivacité excessive, des cheveux noirs, coupés sur le front et longs de chaque côté du visage. Plus grand que ne l'est ordinairement un enfant de cet âge, ce petit avait près de cinq pieds [127]. Son pantalon était comme sa chemise en grosse toile écrue, son gilet de gros drap bleu très usé avait des boutons de corne, il portait une veste de ce drap si plaisamment nommé velours de Maurienne et avec lequel s'habillent les savoyards, de gros souliers ferrés et point de bas. Ce costume était exactement celui du père ; seulement, Farrabesche avait sur la tête un grand feutre de paysan et le petit avait sur la sienne un bonnet de laine brune. Quoique spirituelle et animée, la physionomie de cet enfant gardait sans effort la gravité particulière aux créatures qui vivent dans la solitude ; il avait dû se mettre en harmonie avec le silence et la vie des bois. Aussi Farrabesche et son fils étaient-ils surtout développés du côté physique, ils possédaient les propriétés remarquables des sauvages : une vue perçante, une attention constante, un empire certain sur eux-mêmes, l'ouïe sûre, une agilité visible, une intelligente adresse. Au premier regard que l'enfant lança sur son père, madame Graslin devina une de ces affections sans bornes où l'instinct s'est trempé dans la pensée, et où le bonheur le plus agissant confirme et le vouloir de l'instinct et l'examen de la pensée.

— Voilà l'enfant dont on m'a parlé? dit Véronique en montrant le garçon.

— Oui, madame.

— Vous n'avez donc fait aucune démarche pour retrouver sa mère, demanda Véronique à Farrabesche en l'emmenant à quelques pas par un signe.

— Madame ne sait sans doute pas qu'il m'est interdit de m'écarter de la commune sur laquelle je réside.

— Et n'avez-vous jamais eu de nouvelles?

— A l'expiration de mon temps, répondit-il, le commissaire me remit une somme de mille francs qui m'avait été envoyée par petites portions de trois en trois mois, et que les règlements ne permettaient pas de me donner avant le jour de ma sortie. J'ai pensé que Catherine pouvait seule avoir songé à moi, puisque ce n'était pas monsieur Bonnet ; aussi ai-je gardé cette somme pour Benjamin.

— Et les parents de Catherine?

— Ils n'ont plus pensé à elle après son départ. D'ailleurs, ils ont fait assez en prenant soin du petit.

— Eh! bien, Farrabesche, dit Véronique en se retournant vers la maison, je ferai en sorte de savoir si Catherine vit encore, où elle est, et quel est son genre de vie...

— Oh! quel qu'il soit, madame, s'écria doucement cet homme, je regarderai comme un bonheur de l'avoir pour femme. C'est à elle à se montrer difficile et non à moi. Notre mariage légitimerait ce pauvre garçon, qui ne soupçonne pas encore sa position.

Le regard que le père jeta sur le fils expliquait la vie

de ces deux êtres abandonnés ou volontairement isolés : ils étaient tout l'un pour l'autre, comme deux compatriotes jetés dans un désert.

— Ainsi vous aimez Catherine ? demanda Véronique.

— Je ne l'aimerais pas, madame, répondit-il, que dans ma situation elle est pour moi la seule femme qu'il y ait dans le monde.

Madame Graslin se retourna vivement et alla jusque sous la châtaigneraie, comme atteinte d'une douleur. Le garde crut qu'elle était saisie par quelque caprice, et n'osa la suivre. Véronique resta là pendant un quart d'heure environ, occupée en apparence à regarder le paysage. De là elle apercevait toute la partie de la forêt qui meuble ce côté de la vallée où coule le torrent, alors sans eau, plein de pierres, et qui ressemblait à un immense fossé, serré entre les montagnes boisées dépendant de Montégnac et une autre chaîne de collines parallèles, mais rapides, sans végétation, à peine couronnées de quelques arbres mal venus. Cette autre chaîne où croissent quelques bouleaux, des genévriers et des bruyères d'un aspect assez désolé appartient à un domaine voisin et au département de la Corrèze. Un chemin vicinal qui suit les inégalités de la vallée sert de séparation à l'arrondissement de Montégnac et aux deux terres. Ce revers assez ingrat, mal exposé, soutient, comme une muraille de clôture, une belle partie de bois qui s'étend sur l'autre versant de cette longue côte dont l'aridité forme un contraste complet avec celle sur laquelle est assise la maison de Farrabesche. D'un côté, des formes âpres et tourmentées ; de l'autre, des formes gracieuses, des sinuosités élégantes ; d'un côté, l'immobilité froide et silencieuse de terres infécondes, maintenues par des blocs de pierres horizontaux, par des roches nues et pelées ; de l'autre, des arbres de différents verts, en ce moment dépouillés de feuillages pour la plupart, mais dont les

beaux troncs droits et diversement colorés s'élancent
de chaque pli de terrain, et dont les branchages se
remuaient alors au gré du vent. Quelques arbres plus
persistants que les autres, comme les chênes, les ormes,
les hêtres, les châtaigniers conservaient des feuilles
jaunes, bronzées ou violacées.

Vers Montégnac, où la vallée s'élargit démesurément,
les deux côtes forment un immense fer à cheval, et
de l'endroit où Véronique était allée s'appuyer à un
arbre, elle put voir des vallons disposés comme les
gradins d'un amphithéâtre où les cimes des arbres
montent les unes au-dessus des autres comme des
personnages. Ce beau paysage formait alors le revers
de son parc, où depuis il fut compris. Du côté de la
chaumière de Farrabesche, la vallée se rétrécit de
plus en plus, et finit par un col d'environ cent pieds de
large.

La beauté de cette vue, sur laquelle les yeux de
madame Graslin erraient machinalement, la rappela
bientôt à elle-même, elle revint vers la maison où le
père et le fils restaient debout et silencieux, sans
chercher à s'expliquer la singulière absence de leur
maîtresse. Elle examina la maison qui, bâtie avec plus
de soin que la couverture en chaume ne le faisait
supposer, avait été sans doute abandonnée depuis le
temps où les Navarreins ne s'étaient plus souciés de
ce domaine. Plus de chasses, plus de gardes. Quoique
cette maison fût inhabitée depuis plus de cent ans,
les murs étaient bons ; mais de tous côtés le lierre et
les plantes grimpantes les avaient embrassés. Quand
on lui eut permis d'y rester, Farrabesche avait fait
couvrir le toit en chaume, il avait dallé lui-même à
l'intérieur la salle, et y avait apporté tout le mobilier.
Véronique, en entrant, aperçut deux lits de paysan,
une grande armoire en noyer, une huche au pain, un
buffet, une table, trois chaises, et sur les planches du

buffet quelques plats en terre brune, enfin les ustensiles nécessaires à la vie. Au-dessus de la cheminée étaient deux fusils et deux carniers. Une quantité de choses faites par le père pour l'enfant causa le plus profond attendrissement à Véronique : un vaisseau armé, une chaloupe, une tasse en bois sculpté, une boîte en bois d'un magnifique travail, un coffret en marqueterie de paille, un crucifix et un chapelet superbes. Le chapelet était en noyaux de prunes, qui avaient sur chaque face une tête d'une admirable finesse : Jésus-Christ, les apôtres, la Madone, saint Jean-Baptiste, saint Joseph, sainte Anne, les deux Madeleines.

— Je fais cela pour amuser le petit dans les longs soirs d'hiver, dit-il en ayant l'air de s'excuser.

Le devant de la maison est planté en jasmins, en rosiers à haute tige appliqués contre le mur, et qui fleurissent les fenêtres du premier étage inhabité, mais où Farrabesche serrait ses provisions ; il avait des poules, des canards, deux porcs ; il n'achetait que du pain, du sel, du sucre et quelques épiceries. Ni lui ni son fils ne buvaient de vin.

— Tout ce que l'on m'a dit de vous et ce que je vois, dit enfin madame Graslin à Farrabesche, me fait vous porter un intérêt qui ne sera pas stérile.

— Je reconnais bien là monsieur Bonnet, s'écria Farrabesche d'un ton touchant.

— Vous vous trompez, monsieur le curé ne m'a rien dit encore, le hasard ou Dieu peut-être a tout fait.

— Oui, madame, Dieu ! Dieu seul peut faire des merveilles pour un malheureux tel que moi.

— Si vous avez été malheureux, dit madame Graslin assez bas pour que l'enfant n'entendît rien par une attention d'une délicatesse féminine qui toucha Farrabesche, votre repentir, votre conduite et l'estime de monsieur le curé vous rendent digne d'être heureux. J'ai donné les ordres nécessaires pour terminer les

constructions de la grande ferme que monsieur Graslin
avait projeté d'établir auprès du château ; vous serez
mon fermier, vous aurez l'occasion de déployer vos
forces, votre activité, d'employer votre fils. Le Procureur général à Limoges apprendra qui vous êtes, et
l'humiliante condition de votre ban, qui gêne votre vie,
disparaîtra, je vous le promets.

A ces mots, Farrabesche tomba sur ses genoux comme
foudroyé par la réalisation d'une espérance vainement
caressée ; il baisa le bas de l'amazone de madame
Graslin, il lui baisa les pieds. En voyant des larmes
dans les yeux de son père, Benjamin se mit à sangloter
sans savoir pourquoi.

— Relevez-vous, Farrabesche, dit madame Graslin,
vous ne savez pas combien il est naturel que je fasse
pour vous ce que je vous promets de faire. N'est-ce pas
vous qui avez planté ces arbres verts ? dit-elle en
montrant quelques épicéas, des pins du Nord, des
sapins et des mélèzes au bas de l'aride et sèche colline
opposée.

— Oui, madame.

— La terre est donc meilleure là ?

— Les eaux dégradent toujours ces rochers et
mettent chez vous un peu de terre meuble ; j'en ai
profité, car tout le long de la vallée ce qui est en dessous
du chemin vous appartient. Le chemin sert de démar-
cation.

— Coule-t-il donc beaucoup d'eau au fond de cette
longue vallée ?

— Oh! madame, s'écria Farrabesche, dans quelques
jours, quand le temps sera devenu pluvieux, peut-être
entendrez-vous du château mugir le torrent! Mais rien
n'est comparable à ce qui se passe au temps de la fonte
des neiges. Les eaux descendent des parties de forêt
situées au revers de Montégnac, de ces grandes pentes
adossées à la montagne sur laquelle sont vos jardins et

le parc ; enfin toutes les eaux de ces collines y tombent
et font un déluge. Heureusement pour vous, les arbres
retiennent les terres, l'eau glisse sur les feuilles, qui
sont, en automne, comme un tapis de toile cirée ; sans
cela, le terrain s'exhausserait au fond de ce vallon,
mais la pente est aussi bien rapide, et je ne sais pas si
des terres entraînées y resteraient.

— Où vont les eaux ? demanda madame Graslin
devenue attentive.

Farrabesche montra la gorge étroite qui semblait
fermer ce vallon au-dessous de sa maison : — Elles se
répandent sur un plateau crayeux qui sépare le Limousin
de la Corrèze, et y séjournent en flaques vertes pendant
plusieurs mois, elles se perdent dans les pores du sol,
mais lentement. Aussi personne n'habite-t-il cette
plaine insalubre où rien ne peut venir. Aucun bétail
ne veut manger les joncs ni les roseaux qui viennent
dans ces eaux saumâtres. Cette vaste lande, qui a
peut-être trois mille arpents, sert de communaux à
trois communes ; mais il en est comme de la plaine de
Montégnac, on n'en peut rien faire. Encore, chez vous,
y a-t-il du sable et un peu de terre dans vos cailloux ;
mais là c'est le tuf tout pur.

— Envoyez chercher les chevaux, je veux aller voir
tout ceci par moi-même.

Benjamin partit après que madame Graslin lui eut
indiqué l'endroit où se tenait Maurice.

— Vous qui connaissez, m'a-t-on dit, les moindres
particularités de ce pays, reprit madame Graslin,
expliquez-moi pourquoi les versants de ma forêt qui
regardent la plaine de Montégnac n'y jettent aucun
cours d'eau, pas le plus léger torrent, ni dans les pluies,
ni à la fonte des neiges ?

— Ah ! madame, dit Farrabesche, monsieur le curé,
qui s'occupe tant de la prospérité de Montégnac en a
deviné la raison, sans en avoir la preuve. Depuis que

vous êtes arrivée, il m'a fait relever de place en place
le chemin des eaux dans chaque ravine, dans tous les
vallons. Je revenais hier du bas de la Roche-Vive, où
j'avais examiné les mouvements du terrain, au moment
où j'ai eu l'honneur de vous rencontrer. J'avais entendu
le pas des chevaux et j'ai voulu savoir qui venait par
ici. Monsieur Bonnet n'est pas seulement un saint,
madame, c'est un savant. « Farrabesche, m'a-t-il dit,
— je travaillais alors au chemin que la Commune
achevait pour monter au château ; de là monsieur le
curé me montrait toute la chaîne des montagnes,
depuis Montégnac jusqu'à la Roche-Vive, près de
deux lieues de longueur, — pour que ce versant n'épanche point d'eau dans la plaine, il faut que la nature ait
fait une espèce de gouttière qui les verse ailleurs! » Hé!
bien, madame, cette réflexion est si simple qu'elle en
paraît bête, un enfant devrait la faire! Mais personne,
depuis que Montégnac est Montégnac, ni les seigneurs,
ni les intendants, ni les gardes, ni les pauvres, ni les
riches, qui, les uns comme les autres, voyaient la
plaine inculte faute d'eau, ne se sont demandé où se
perdaient les eaux du Gabou. Les trois communes qui
ont les fièvres à cause des eaux stagnantes n'y cherchaient point de remèdes, et moi-même je n'y songeais
point, il a fallu l'homme de Dieu...

Farrabesche eut les yeux humides en disant ce mot.

— Tout ce que trouvent les gens de génie, dit alors
madame Graslin, est si simple que chacun croit qu'il
l'aurait trouvé. Mais, se dit-elle à elle-même, le génie
a cela de beau qu'il ressemble à tout le monde et que
personne ne lui ressemble.

— Du coup, reprit Farrabesche, je compris monsieur
Bonnet, il n'eut pas de grandes paroles à me dire pour
m'expliquer ma besogne. Madame, le fait est d'autant
plus singulier que, du côté de votre plaine, car elle est
entièrement à vous, il y a des déchirures assez pro-

fondes dans les montagnes, qui sont coupées par des ravins et par des gorges très creuses ; mais, madame, toutes ces fentes, ces vallées, ces ravins, ces gorges, ces rigoles enfin par où coulent les eaux, se jettent dans ma petite vallée, qui est de quelques pieds plus basse que le sol de votre plaine. Je sais aujourd'hui la raison de ce phénomène, et la voici : de la Roche-Vive à Montégnac, il règne au bas des montagnes comme une banquette dont la hauteur varie entre vingt et trente pieds ; elle n'est rompue en aucun endroit, et se compose d'une espèce de roche que monsieur Bonnet nomme schiste. La terre, plus molle que la pierre, a cédé, s'est creusée, les eaux ont alors naturellement pris leur écoulement dans le Gabou, par les échancrures de chaque vallon. Les arbres, les broussailles, les arbustes cachent à la vue cette disposition du sol ; mais, après avoir suivi le mouvement des eaux et la trace que laisse leur passage, il est facile de se convaincre du fait. Le Gabou reçoit ainsi les eaux des deux versants, celles du revers des montagnes en haut desquelles est votre parc, et celles des roches qui nous font face. D'après les idées de monsieur le curé, cet état de choses cessera lorsque les conduits naturels du versant qui regarde votre plaine se boucheront par les terres, par les pierres que les eaux entraînent, et qu'ils seront plus élevés que le fond du Gabou. Votre plaine alors sera inondée comme le sont les communaux que vous voulez aller voir ; mais il faut des centaines d'années. D'ailleurs, est-ce à désirer, madame ? Si votre sol ne buvait pas comme fait celui des communaux cette masse d'eau, Montégnac aurait aussi des eaux stagnantes qui empesteraient le pays.

— Ainsi, les places où monsieur le curé me montrait, il y a quelques jours, des arbres qui conservent leurs feuillages encore verts, doivent être les conduits naturels par où les eaux se rendent dans le torrent du Gabou.

— Oui, madame. De la Roche-Vive à Montégnac, il se trouve trois montagnes, par conséquent trois cols où les eaux, repoussées par la banquette de schiste, s'en vont dans le Gabou. La ceinture de bois encore verts qui est au bas, et qui semble faire partie de votre plaine, indique cette gouttière devinée par monsieur le curé.

— Ce qui fait le malheur de Montégnac en fera donc bientôt la prospérité, dit avec un accent de conviction profonde madame Graslin. Et puisque vous avez été le premier instrument de cette œuvre, vous y participerez, vous chercherez des ouvriers actifs, dévoués, car il faudra remplacer le manque d'argent par le dévouement et par le travail.

Benjamin et Maurice arrivèrent au moment où Véronique achevait cette phrase ; elle saisit la bride de son cheval, et fit signe à Farrabesche de monter sur celui de Maurice.

— Menez-moi, dit-elle, au point où les eaux se répandent sur les communaux.

— Il est d'autant plus utile que madame y aille, dit Farrabesche, que, par le conseil de monsieur le curé, feu monsieur Graslin est devenu propriétaire, au débouché de cette gorge, de trois cents arpents sur lesquels les eaux laissent un limon qui a fini par produire de la bonne terre sur une certaine étendue. Madame verra le revers de la Roche-Vive sur lequel s'étendent des bois superbes, et où monsieur Graslin aurait placé sans doute une ferme. L'endroit le plus convenable serait celui où se perd la source qui se trouve auprès de ma maison et dont on pourrait tirer parti.

Farrabesche passa le premier pour montrer le chemin, et fit suivre à Véronique un sentier rapide qui menait à l'endroit où les deux côtes se resserraient et s'en allaient l'une à l'est, l'autre à l'ouest, comme renvoyées par un choc. Ce goulet, rempli de grosses pierres entre

lesquelles s'élevaient de hautes herbes, avait environ
soixante pieds [128] de largeur. La Roche-Vive, coupée
à vif, montrait comme une muraille de granit sur
laquelle il n'y avait pas le moindre gravier, mais le
haut de ce mur inflexible était couronné d'arbres dont
les racines pendaient. Des pins y embrassaient le sol
de leurs pieds fourchus et semblaient se tenir là comme
des oiseaux accrochés à une branche. La colline opposée,
creusée par le temps, avait un front sourcilleux,
sablonneux et jaune ; elle montrait des cavernes peu
profondes, des enfoncements sans fermeté ; sa roche
molle et pulvérulente [129] offrait des tons d'ocre. Quelques
plantes à feuilles piquantes, au bas quelques bardanes,
des joncs, des plantes aquatiques indiquaient et l'exposition au nord et la maigreur du sol. Le lit du torrent
était en pierre assez dure, mais jaunâtre. Évidemment
les deux chaînes, quoique parallèles et comme fendues
au moment de la catastrophe qui a changé le globe,
étaient, par un caprice inexplicable ou par une raison
inconnue et dont la découverte appartient au génie,
composées d'éléments entièrement dissemblables. Le
contraste de leurs deux natures éclatait surtout en cet
endroit. De là, Véronique aperçut un immense plateau
sec, sans aucune végétation, crayeux, ce qui expliquait
l'absorption des eaux, et parsemé de flaques d'eau
saumâtre ou de places où le sol était écaillé. A droite,
se voyaient les monts de la Corrèze. A gauche, la vue
s'arrêtait sur la bosse immense de la Roche-Vive,
chargée des plus beaux arbres, et au bas de laquelle
s'étalait une prairie d'environ deux cents arpents dont
la végétation contrastait avec le hideux aspect de ce
plateau désolé.

— Mon fils et moi nous avons fait le fossé que vous
apercevez là-bas, dit Farrabesche, et que vous indiquent
de hautes herbes, il va rejoindre celui qui limite votre
forêt. De ce côté, vos domaines sont bornés par

un désert, car le premier village est à une lieue d'ici.

Véronique s'élança vivement dans cette horrible plaine où elle fut suivie par son garde. Elle fit sauter le fossé à son cheval, courut à bride abattue dans ce sinistre paysage, et parut prendre un sauvage plaisir à contempler cette vaste image de la désolation. Farrabesche avait raison. Aucune force, aucune puissance ne pouvait tirer parti de ce sol, il résonnait sous le pied des chevaux comme s'il eût été creux. Quoique cet effet soit produit par les craies naturellement poreuses, il s'y trouvait aussi des fissures par où les eaux disparaissaient et s'en allaient alimenter sans doute des sources éloignées.

— Il y a pourtant des âmes qui sont ainsi, s'écria Véronique en arrêtant son cheval après avoir galopé pendant un quart d'heure.

Elle resta pensive au milieu de ce désert où il n'y avait ni animaux ni insectes, et que les oiseaux ne traversaient point. Au moins dans la plaine de Montégnac se trouvait-il des cailloux, des sables, quelques terres meubles ou argileuses, des débris, une croûte de quelques pouces où la culture pouvait mordre ; mais là, le tuf le plus ingrat, qui n'était pas encore la pierre et n'était plus la terre, brisait durement le regard ; aussi là, fallait-il absolument reporter ses yeux dans l'immensité de l'éther. Après avoir contemplé la limite de ses forêts et la prairie achetée par son mari, Véronique revint vers l'entrée du Gabou, mais lentement. Elle surprit alors Farrabesche regardant une espèce de fosse qui semblait faire croire qu'un spéculateur avait essayé de sonder ce coin désolé, en imaginant que la nature y avait caché des richesses.

— Qu'avez-vous ? lui dit Véronique en apercevant sur cette mâle figure une expression de profonde tristesse.

— Madame, je dois la vie à cette fosse, ou, pour

parler avec plus de justesse, le temps de me repentir et de racheter mes fautes aux yeux des hommes...

Cette façon d'expliquer la vie eut pour effet de clouer madame Graslin devant la fosse où elle arrêta son cheval.

— Je me cachais là, madame. Le terrain est si sonore que, l'oreille appliquée contre la terre, je pouvais entendre à plus d'une lieue les chevaux de la gendarmerie ou le pas des soldats, qui a quelque chose de particulier. Je me sauvais par le Gabou dans un endroit où j'avais un cheval, et je mettais toujours entre moi et ceux qui étaient à ma poursuite des cinq ou six lieues. Catherine m'apportait à manger là pendant la nuit ; si elle ne me trouvait point, j'y trouvais toujours du pain et du vin dans un trou couvert d'une pierre.

Ce souvenir de sa vie errante et criminelle, qui pouvait nuire à Farrabesche, trouva la plus indulgente pitié chez madame Graslin ; mais elle s'avança vivement vers le Gabou, où la suivit le garde. Pendant qu'elle mesurait cette ouverture, à travers laquelle on apercevait la longue vallée si riante d'un côté, si ruinée de l'autre, et dans le fond, à plus d'une lieue, les collines étagées du revers de Montégnac, Farrabesche dit :
— Dans quelques jours il y aura là de fameuses cascades !

— Et l'année prochaine, à pareil jour, jamais il ne passera plus par là une goutte d'eau. Je suis chez moi de l'un et l'autre côté, je ferai bâtir une muraille assez solide, assez haute pour arrêter les eaux. Au lieu d'une vallée qui ne rapporte rien, j'aurai un lac de vingt, trente, quarante ou cinquante pieds [130] de profondeur, sur une étendue d'une lieue, un immense réservoir qui fournira l'eau des irrigations avec laquelle je fertiliserai toute la plaine de Montégnac.

— Monsieur le curé avait raison, madame, quand il nous disait, lorsque nous achevions votre chemin :

« Vous travaillez pour votre mère! » Que Dieu répande ses bénédictions sur une pareille entreprise.

— Taisez-vous là-dessus, Farrabesche, dit madame Graslin, la pensée en est à monsieur Bonnet.

Revenue à la maison de Farrabesche, Véronique y prit Maurice et retourna promptement au château. Quand sa mère et Aline aperçurent Véronique, elles furent frappées du changement de sa physionomie, l'espoir de faire le bien de ce pays lui avait rendu l'apparence du bonheur. Madame Graslin écrivit à Grosse-tête de demander à monsieur de Grandville la liberté complète du pauvre forçat libéré, sur la conduite duquel elle donna des renseignements qui furent confirmés par un certificat du maire de Montégnac et par une lettre de monsieur Bonnet. Elle joignit à cette dépêche des renseignements sur Catherine Curieux, en priant Grosse-tête d'intéresser le Procureur général à la bonne action qu'elle méditait, et de faire écrire à la Préfecture de Police de Paris pour retrouver cette fille. La seule circonstance de l'envoi des fonds au bagne où Farrabesche avait subi sa peine devait fournir des indices suffisants. Véronique tenait à savoir pourquoi Catherine avait manqué à venir auprès de son enfant et de Farrabesche. Puis elle fit part à son vieil ami de ses découvertes au torrent du Gabou, et insista sur le choix de l'homme habile qu'elle lui avait déjà demandé.

Le lendemain était un dimanche, et le premier où, depuis son installation à Montégnac, Véronique se trouvait en état d'aller entendre la messe à l'église, elle y vint et prit possession du banc qu'elle y possédait à la chapelle de la Vierge. En voyant combien cette pauvre église était dénuée, elle se promit de consacrer chaque année une somme aux besoins de la fabrique et à l'ornement des autels. Elle entendit la parole douce, onctueuse, angélique du curé, dont le prône, quoique dit en termes simples et à la portée de ces intelligences, fut

vraiment sublime. Le sublime vient du cœur, l'esprit
ne le trouve pas, et la religion est une source intarissable de ce sublime sans faux brillants ; car le catholicisme, qui pénètre et change les cœurs, est tout cœur.
Monsieur Bonnet trouva dans l'épître un texte à développer qui signifiait que, tôt ou tard, Dieu accomplit
ses promesses, favorise les siens et encourage les bons.
Il fit comprendre les grandes choses qui résulteraient
pour la paroisse de la présence d'un riche charitable,
en expliquant que les devoirs du pauvre étaient aussi
étendus envers le riche bienfaisant que ceux du riche
l'étaient envers le pauvre, leur aide devait être mutuelle.

Farrabesche avait parlé à quelques-uns de ceux qui
le voyaient avec plaisir, par suite de cette charité chrétienne que monsieur Bonnet avait mise en pratique dans
la paroisse, de la bienveillance dont il était l'objet. La
conduite de madame Graslin envers lui venait d'être
le sujet des conversations de toute la commune, ras-
semblée sur la place de l'église avant la messe, suivant
l'usage des campagnes. Rien n'était plus propre à con-
cilier à cette femme l'amitié de ces esprits, éminemment
susceptibles. Aussi, quand Véronique sortit de l'église,
trouva-t-elle presque toute la paroisse rangée en deux
haies. Chacun, à son passage, la salua respectueusement dans un profond silence. Elle fut touchée de cet
accueil sans savoir quel en était le vrai motif, elle aperçut Farrabesche un des derniers et lui dit : — Vous êtes
un adroit chasseur, n'oubliez pas de nous apporter du
gibier.

Quelques jours après, Véronique alla se promener avec
le curé dans la partie de la forêt qui avoisinait le château,
et voulut descendre avec lui les vallées étagées qu'elle
avait aperçues de la maison de Farrabesche. Elle acquit
alors la certitude de la disposition des hauts affluents
du Gabou. Par suite de cet examen, le curé remarqua
que les eaux qui arrosaient quelques parties du haut

Montégnac venaient des monts de la Corrèze. Ces chaînes se mariaient en cet endroit à la montagne par cette côte aride, parallèle à la chaîne de la Roche-Vive. Le curé manifestait une joie d'enfant au retour de cette promenade ; il voyait avec la naïveté d'un poète la prospérité de son cher village. Le poète n'est-il pas l'homme qui réalise ses espérances avant le temps ? Monsieur Bonnet fauchait ses foins, en montrant du haut de la terrasse la plaine encore inculte.

Le lendemain Farrabesche et son fils vinrent chargés de gibier. Le garde apportait pour Francis Graslin une tasse en coco sculpté, vrai chef-d'œuvre qui représentait une bataille. Madame Graslin se promenait en ce moment sur sa terrasse, elle était du côté qui avait vue sur les Tascherons. Elle s'assit alors sur un banc, prit la tasse et regarda longtemps cet ouvrage de fée. Quelques larmes lui vinrent aux yeux.

— Vous avez dû beaucoup souffrir, dit-elle à Farrabesche après un long moment de silence.

— Que faire, madame, répondit-il, quand on se trouve là sans avoir la pensée de s'enfuir qui soutient la vie de presque tous les condamnés.

— C'est une horrible vie, dit-elle avec un accent plaintif en invitant et du geste et du regard Farrabesche à parler.

Farrabesche prit pour un violent intérêt de curiosité compatissante le tremblement convulsif et tous les signes d'émotion qu'il vit chez madame Graslin. En ce moment, la Sauviat se montra dans une allée, et paraissait vouloir venir ; mais Véronique tira son mouchoir, fit avec un signe négatif, et dit avec une vivacité qu'elle n'avait jamais montrée à la vieille Auvergnate : — Laissez-moi, ma mère !

— Madame, reprit Farrabesche, pendant dix ans [131], j'ai porté, dit-il en montrant sa jambe, une chaîne attachée par un gros anneau de fer, et qui me liait à un

autre homme. Durant mon temps, j'ai été forcé de vivre
avec trois condamnés. J'ai couché sur un lit de camp
en bois. Il a fallu travailler extraordinairement pour
me procurer un petit matelas, appelé *serpentin*. Chaque
salle contient huit cents hommes. Chacun des lits qui
y sont, et qu'on nomme des *tolards*, reçoit vingt-quatre
hommes tous attachés deux à deux. Chaque soir et
chaque matin, on passe la chaîne de chaque couple dans
une grande chaîne appelée le *filet de ramas*. Ce filet
maintient tous les couples par les pieds, et borde le
tolard. Après deux ans, je n'étais pas encore habitué
au bruit de cette ferraille, qui vous répète à tous moments : — Tu es au bagne! Si l'on s'endort pendant un
moment, quelque mauvais compagnon se remue ou se
dispute, et vous rappelle où vous êtes. Il y a un apprentissage à faire, rien que pour savoir dormir. Enfin,
je n'ai connu le sommeil qu'en arrivant au bout de
mes forces par une fatigue excessive. Quand j'ai pu
dormir, j'ai du moins eu les nuits pour oublier. Là,
c'est quelque chose, madame, que l'oubli! Dans les
plus petites choses, un homme, une fois là, doit apprendre
à satisfaire ses besoins de la manière fixée par le plus
impitoyable règlement. Jugez, madame, quel effet cette
vie produisait sur un garçon comme moi qui avais vécu
dans les bois, à la façon des chevreuils et des oiseaux!
Si je n'avais pas durant six mois mangé mon pain entre
les quatre murs d'une prison, malgré les belles paroles
de monsieur Bonnet, qui, je peux le dire, a été le père
de mon âme, ah! je me serais jeté dans la mer en voyant
mes compagnons. Au grand air, j'allais encore ; mais,
une fois dans la salle, soit pour dormir, soit pour manger,
car on y mange dans des baquets, et chaque baquet est
préparé pour trois couples, je ne vivais plus, les atroces
visages et le langage de mes compagnons m'ont toujours
été insupportables. Heureusement, dès cinq heures en
été, dès sept heures et demie en hiver, nous allions,

malgré le vent, le froid, le chaud ou la pluie, à la *fatigue*,
c'est-à-dire au travail. La plus grande partie de cette
vie se passe en plein air, et l'air semble bien bon quand
on sort d'une salle où grouillent huit cents condamnés.
Cet air, songez-y bien, est l'air de la mer? On jouit des
brises, on s'entend avec le soleil, on s'intéresse aux
nuages qui passent, on espère la beauté du jour. Moi
je m'intéressais à mon travail.

Farrabesche s'arrêta, deux grosses larmes roulaient
sur les joues de Véronique.

— Oh! madame, je ne vous ai dit que les roses de
cette existence, s'écria-t-il en prenant pour lui l'expression du visage de madame Graslin. Les terribles
précautions adoptées par le gouvernement, l'inquisition
constante exercée par les argousins, la visite des fers,
soir et matin, les aliments grossiers, les vêtements
hideux qui vous humilient à tout instant, la gêne
pendant le sommeil, le bruit horrible de quatre cents
doubles chaînes dans une salle sonore, la perspective
d'être fusillés et mitraillés, s'il plaisait à six mauvais
sujets de se révolter, ces conditions terribles ne sont
rien : voilà les roses, comme je vous le disais. Un homme,
un bourgeois qui aurait le malheur d'aller là doit y
mourir de chagrin en peu de temps. Ne faut-il pas vivre
avec un autre? N'êtes-vous pas obligé de subir la compagnie de cinq hommes pendant vos repas, et de vingt-
trois pendant votre sommeil, d'entendre leurs discours?
Cette société, madame, a ses lois secrètes ; dispensez-
vous d'y obéir, vous êtes assassiné ; mais obéissez-y,
vous devenez assassin! Il faut être ou victime ou bourreau! Après tout, mourir d'un seul coup, ils vous guéri-
raient de cette vie ; mais ils se connaissent à faire le
mal, et il est impossible de tenir [132] à la haine de ces
hommes, ils ont tout pouvoir sur un condamné qui leur
déplaît, et peuvent faire de sa vie un supplice de tous
les instants, pire que la mort. L'homme qui se repent

et veut se bien conduire, est l'ennemi commun ; avant
tout, on le soupçonne de délation. La délation est
punie de mort, sur un simple soupçon. Chaque salle a
son tribunal où l'on juge les crimes commis envers la
société. Ne pas obéir aux usages est criminel, et un
homme dans ce cas est susceptible de jugement ; ainsi
chacun doit coopérer à toutes les évasions ; chaque
condamné a son heure pour s'évader, heure à laquelle
le bagne tout entier lui doit aide, protection. Révéler
ce qu'un condamné tente dans l'intérêt de son évasion
est un crime. Je ne vous parlerai pas des horribles
mœurs du bagne, à la lettre, on ne s'y appartient pas.
L'administration, pour neutraliser les tentatives de
révolte ou d'évasion, accouple toujours des intérêts
contraires et rend ainsi le supplice de la chaîne insupportable, elle met ensemble des gens qui ne peuvent
pas se souffrir ou qui se défient l'un de l'autre.

— Comment avez-vous fait? demanda madame
Graslin.

— Ah! voilà, reprit Farrabesche, j'ai eu du bonheur :
je ne suis pas tombé au sort pour tuer un homme condamné, je n'ai jamais voté la mort de qui que ce soit,
je n'ai jamais été puni, je n'ai pas été pris en grippe, et
j'ai fait bon ménage avec les trois compagnons que l'on
m'a successivement donnés, ils m'ont tous trois craint
et aimé. Mais aussi, madame, étais-je célèbre au bagne
avant d'y arriver. Un chauffeur! car je passais pour être
un de ces brigands-là. J'ai vu chauffer, reprit Farrabesche après une pause et à voix basse, mais je n'ai
jamais voulu ni me prêter à chauffer, ni recevoir d'argent des vols. J'étais réfractaire, voilà tout. J'aidais
les camarades, j'espionnais, je me battais, je me mettais
en sentinelle perdue [133] ou à l'arrière-garde ; mais je
n'ai jamais versé le sang d'un homme qu'à mon corps
défendant! Ah! j'ai tout dit à monsieur Bonnet et à
mon avocat : aussi les juges savaient-ils bien que je

n'étais pas un assassin ! Mais je suis tout de même un grand criminel, rien de ce que j'ai fait n'est permis. Deux de mes camarades avaient déjà parlé de moi comme d'un homme capable des plus grandes choses. Au bagne, voyez-vous, madame, il n'y a rien qui vaille cette réputation, pas même l'argent. Pour être tranquille dans cette république de misère, un assassinat est un passeport. Je n'ai rien fait pour détruire cette opinion. J'étais triste, résigné ; on pouvait se tromper à ma figure, et l'on s'y est trompé. Mon attitude sombre, mon silence, ont été pris pour des signes de férocité. Tout le monde, forçats, employés, les jeunes, les vieux m'ont respecté. J'ai présidé ma salle. On n'a jamais tourmenté mon sommeil et je n'ai jamais été soupçonné de délation. Je me suis conduit honnêtement d'après leurs règles : je n'ai jamais refusé un service, je n'ai jamais témoigné le moindre dégoût, enfin j'ai hurlé avec les loups en dehors et je priais Dieu en dedans. Mon dernier compagnon a été un soldat de vingt-deux ans qui avait volé et déserté par suite de son vol ; je l'ai eu quatre ans, nous avons été amis ; et partout où je serai, je suis sûr de lui quand il sortira. Ce pauvre diable nommé Guépin n'était pas un scélérat, mais un étourdi, ses dix ans le guériront. Oh ! si mes camarades avaient découvert que je me soumettais par religion à mes peines ; que, mon temps fait, je comptais vivre dans un coin, sans faire savoir où je serais, avec l'intention d'oublier cette épouvantable population, et de ne jamais me trouver sur le chemin de l'un d'eux, ils m'auraient peut-être fait devenir fou.

— Mais alors, pour un pauvre et tendre jeune homme entraîné par une passion, et qui gracié de la peine de mort...

— Oh ! madame, il n'y a pas de grâce entière pour les assassins ! On commence par commuer la peine en vingt ans de travaux. Mais surtout pour un jeune homme propre, c'est à faire frémir! on ne peut pas vous dire la vie qui les attend, il vaut mieux cent fois mourir. Oui, mourir sur l'échafaud est alors un bonheur.

— Je n'osais le penser, dit madame Graslin.

Véronique était devenue blanche d'une blancheur de cierge. Pour cacher son visage, elle s'appuya le front sur la balustrade, et y resta pendant quelques instants. Farrabesche ne savait plus s'il devait partir ou rester. Madame Graslin se leva, regarda Farrabesche d'un air presque majestueux, et lui dit, à son grand étonnement : — Merci, mon ami! d'une voix qui lui remua le cœur. — Mais où avez-vous puisé le courage de vivre et de souffrir? lui demanda-t-elle après une pause.

— Ah! madame, monsieur Bonnet avait mis un trésor dans mon âme! Aussi l'aimé-je plus que je n'ai aimé personne au monde.

— Plus que Catherine? dit madame Graslin en souriant avec une sorte d'amertume.

— Ah! madame, presque autant.

— Comment s'y est-il donc pris?

— Madame, la parole et la voix de cet homme m'ont dompté. Il fut amené par Catherine à l'endroit que je vous ai montré l'autre jour dans les communaux, et il est venu seul à moi : il était, me dit-il, le nouveau curé de Montégnac, j'étais son paroissien, il m'aimait, il me savait seulement égaré, et non encore perdu ; il ne voulait pas me trahir, mais me sauver ; il m'a dit enfin de ces choses qui vous agitent jusqu'au fond de l'âme! Et cet homme-là, voyez-vous, madame, il vous commande de faire le bien avec la force de ceux qui vous font faire le mal. Il m'annonça, pauvre cher homme, que Catherine était mère, j'allais livrer deux créatures à la honte et à l'abandon? « — Eh! bien, lui ai-je dit, elles seront comme moi, je n'ai pas d'avenir. » Il me répondit que j'avais deux avenirs mauvais : celui de l'autre monde et celui d'ici-bas, si je persistais à ne pas

réformer ma vie. Ici-bas, je mourrais sur l'échafaud.
Si j'étais pris, ma défense serait impossible devant la
justice. Au contraire, si je profitais de l'indulgence du
nouveau gouvernement pour les affaires suscitées par
la conscription ; si je me livrais, il se faisait fort de me
sauver la vie : il me trouverait un bon avocat qui me
tirerait d'affaire moyennant dix ans de travaux. Puis
monsieur Bonnet me parla de l'autre vie. Catherine
pleurait comme une Madeleine. Tenez, madame, dit
Farrabesche en montrant sa main droite, elle avait la
figure sur cette main, et je trouvai ma main toute
mouillée. Elle m'a supplié de vivre! Monsieur le curé
me promit de me ménager une existence douce et heureuse ainsi qu'à mon enfant, ici même, en me garantis-
sant de tout affront. Enfin, il me catéchisa comme un
petit garçon. Après trois visites nocturnes, il me rendit
souple comme un gant. Voulez-vous savoir pourquoi,
madame ?

Ici Farrabesche et madame Graslin se regardèrent en
ne s'expliquant pas à eux-mêmes leur mutuelle curiosité.

— Hé! bien, reprit le pauvre forçat libéré, quand il
partit la première fois, que Catherine m'eut laissé pour
le reconduire, je restai seul. Je sentis alors dans mon
âme comme une fraîcheur, un calme, une douceur, que
je n'avais pas éprouvés depuis mon enfance. Cela ressemblait au bonheur que m'avait donné cette pauvre
Catherine. L'amour de ce cher homme qui venait me
chercher, le soin qu'il avait de moi-même, de mon avenir, de mon âme, tout cela me remua, me changea. Il
se fit une lumière en moi. Tant qu'il me parlait, je
lui résistais. Que voulez-vous? Il était prêtre, et nous
autres bandits, nous ne mangions pas de leur pain. Mais
quand je n'entendis plus le bruit de son pas ni celui de
Catherine, oh! je fus, comme il me le dit deux jours
après, éclairé par la grâce. Dieu me donna dès ce moment la force de tout supporter : la prison, le jugement,

le ferrement, et le départ, et la vie du bagne. Je comptai
sur sa parole comme sur l'Évangile, je regardai mes
souffrances comme une dette à payer. Quand je souffrais
trop, je voyais, au bout de dix ans, cette maison dans
les bois, mon petit Benjamin et Catherine. Il a tenu
parole, ce bon monsieur Bonnet. Mais quelqu'un m'a
manqué. Catherine n'était ni à la porte du bagne, ni
dans les communaux. Elle doit être morte de chagrin.
Voilà pourquoi je suis toujours triste. Maintenant, grâce
à vous, j'aurai des travaux utiles à faire, et je m'y em-
ploierai corps et âme, avec mon garçon, pour qui je vis...

— Vous me faites comprendre comment monsieur
le curé a pu changer cette commune...

— Oh! rien ne lui résiste, dit Farrabesche.

— Oui, oui, je le sais, répondit brièvement Véronique en faisant à Farrabesche un signe d'adieu.

Farrabesche se retira. Véronique resta pendant une
partie de la journée à se promener le long de cette terrasse, malgré une pluie fine qui dura jusqu'au soir. Elle
était sombre. Quand son visage se contractait ainsi, ni
sa mère, ni Aline n'osaient l'interrompre. Elle ne vit pas
au crépuscule sa mère causant avec monsieur Bonnet,
qui eut l'idée d'interrompre cet accès de tristesse horrible, en l'envoyant chercher par son fils. Le petit Francis
alla prendre par la main sa mère qui se laissa emmener.
Quand elle vit monsieur Bonnet, elle fit un geste de surprise où il y avait un peu d'effroi. Le curé la ramena sur
la terrasse, et lui dit : — Eh! bien, madame, de quoi
causiez-vous donc avec Farrabesche?

Pour ne pas mentir, Véronique ne voulut pas répondre, elle interrogea monsieur Bonnet.

— Cet homme est votre première victoire!

— Oui, répondit-il. Sa conquête devait me donner
tout Montégnac, et je ne me suis pas trompé.

Véronique serra la main de monsieur Bonnet, et lui
dit d'une voix pleine de larmes : — Je suis dès aujour-

d'hui votre pénitente, monsieur le curé. J'irai demain
vous faire une confession générale.

Ce dernier mot révélait chez cette femme un grand
effort intérieur, une terrible victoire remportée sur elle-
même, le curé la ramena, sans lui rien dire, au château,
et lui tint compagnie jusqu'au moment du dîner, en
lui parlant des immenses améliorations de Montégnac.

— L'agriculture est une question de temps, dit-il,
et le peu que j'en sais m'a fait comprendre quel gain il
y a dans un hiver mis à profit. Voici les pluies qui
commencent, bientôt nos montagnes seront couvertes
de neige, vos opérations deviendront impossibles, ainsi
pressez monsieur Grossetête.

Insensiblement, monsieur Bonnet, qui fit des frais
et força madame Graslin de se mêler à la conversation,
à se distraire, la laissa presque remise des émotions de
cette journée. Néanmoins, la Sauviat trouva sa fille
si violemment agitée qu'elle passa la nuit auprès d'elle.

Le surlendemain, un exprès, envoyé de Limoges par
monsieur Grossetête à madame Graslin, lui remit les
lettres suivantes.

A MADAME GRASLIN

« Ma chère enfant, quoiqu'il fût difficile de vous trou-
« ver des chevaux, j'espère que vous êtes contente des
« trois que je vous ai envoyés. Si vous voulez des che-
« vaux de labour ou des chevaux de trait, il faudra se
« pourvoir ailleurs. Dans tous les cas, il vaut mieux
« faire vos labours et vos transports avec des bœufs.
« Tous les pays où les travaux agricoles se font avec des
« chevaux perdent un capital quand le cheval est hors
« de service ; tandis qu'au lieu de constituer une perte,
« les bœufs donnent un profit aux cultivateurs qui s'en
« servent.

« J'approuve en tout point votre entreprise, mon

« enfant : vous y emploierez cette dévorante activité
« de votre âme qui se tournait contre vous et vous fai-
« sait dépérir. Mais ce que vous m'avez demandé de
« trouver outre les chevaux, cet homme capable de
« vous seconder et qui surtout puisse vous comprendre,
« est une de ces raretés que nous n'élevons pas en pro-
« vince ou que nous n'y gardons point. L'éducation de
« ce haut bétail est une spéculation à trop longue date
« et trop chanceuse pour que nous la fassions. D'ailleurs
« ces gens d'intelligence supérieure nous effraient, et
« nous les appelons *des originaux.* Enfin les personnes
« appartenant à la catégorie scientifique d'où vous vou-
« lez tirer votre coopérateur sont ordinairement si
« sages et si rangées que je n'ai pas voulu vous écrire
« combien je regardais cette trouvaille impossible. Vous
« me demandiez un poète ou si vous voulez un fou ;
« mais nos fous vont tous à Paris. J'ai parlé de votre
« dessein à de jeunes employés du Cadastre, à des entre-
« preneurs de terrassement, à des conducteurs qui ont
« travaillé à des canaux, et personne n'a trouvé d'*avan-
« tages* à ce que vous proposez. Tout à coup le hasard
« m'a jeté dans les bras l'homme que vous souhaitez,
« un jeune homme que j'ai cru obliger ; car vous verrez
« par sa lettre que la bienfaisance ne doit pas se faire
« au hasard. Ce qu'il faut le plus raisonner en ce monde,
« est une bonne action. On ne sait jamais si ce qui nous
« a paru bien, n'est pas plus tard un mal. Exercer la
« bienfaisance, je le sais aujourd'hui, c'est se faire le
« Destin !... »

En lisant cette phrase, madame Graslin laissa tomber
les lettres, et demeura pensive pendant quelques instants : — Mon Dieu ! dit-elle, quand cesseras-tu de me
frapper par toutes les mains ! Puis, elle reprit les papiers
et continua.

« Gérard me semble avoir une tête froide et le cœur
« ardent, voilà bien l'homme qui vous est nécessaire.

« Paris est en ce moment travaillé de doctrines nouvelles,
« je serais enchanté que ce garçon ne donnât pas dans
« les pièges que tendent des esprits ambitieux aux ins-
« tincts de la généreuse jeunesse française. Si je n'ap-
« prouve pas entièrement la vie assez hébétée de la pro-
« vince, je ne saurais non plus approuver cette vie
« passionnée de Paris, cette ardeur de rénovation qui
« pousse la jeunesse dans des voies nouvelles. Vous seule
« connaissez mes opinions : selon moi, le monde moral
« tourne sur lui-même comme le monde matériel. Mon
« pauvre protégé demande des choses impossibles. Aucun
« pouvoir ne tiendrait devant des ambitions si violen-
« tes, si impérieuses, absolues. Je suis l'ami du terre à
« terre, de la lenteur en politique, et j'aime peu les dé-
« ménagements sociaux auxquels tous ces grands
« esprits nous soumettent. Je vous confie mes principes
« de vieillard monarchique et encroûté parce que vous
« êtes discrète! ici, je me tais au milieu de braves gens
« qui, plus ils s'enfoncent, plus ils croient au progrès ;
« mais je souffre en voyant les maux irréparables déjà
« faits à notre cher pays.

« J'ai donc répondu à ce jeune homme, qu'une tâche
« digne de lui l'attendait. Il viendra vous voir ; et
« quoique sa lettre, que je joins à la mienne, vous per-
« mette de le juger, vous l'étudierez encore, n'est-ce
« pas ? Vous autres femmes, vous devinez beaucoup de
« choses à l'aspect des gens. D'ailleurs, tous les hommes,
« même les plus indifférents dont vous vous servez
« doivent vous plaire. S'il ne vous convient pas, vous
« pourrez le refuser, mais s'il vous convenait, chère
« enfant, guérissez-le de son ambition mal déguisée,
« faites-lui épouser la vie heureuse et tranquille des
« champs où la bienfaisance est perpétuelle, où les qua-
« lités des âmes grandes et fortes peuvent s'exercer
« continuellement, où l'on découvre chaque jour dans
« les productions naturelles des raisons d'admiration et

« dans les vrais progrès, dans les réelles améliorations,
« une occupation digne de l'homme. Je n'ignore point
« que les grandes idées engendrent de grandes actions ;
« mais comme ces sortes d'idées sont fort rares, je
« trouve, qu'à l'ordinaire, les choses valent mieux que
« les idées. Celui qui fertilise un coin de terre, qui per-
« fectionne un arbre à fruit, qui applique une herbe à
« un terrain ingrat est bien au-dessus de ceux qui cher-
« chent des formules pour l'Humanité. En quoi la
« science de Newton a-t-elle changé le sort de l'habitant
« des campagnes? Oh! chère, je vous aimais; mais
« aujourd'hui, moi qui comprends bien ce que vous allez
« tenter, je vous adore. Personne à Limoges ne vous
« oublie, l'on y admire votre grande résolution d'amé-
« liorer Montégnac. Sachez-nous un peu gré d'avoir
« l'esprit d'admirer ce qui est beau, sans oublier que le
« premier de vos admirateurs est aussi votre premier ami,

                                F. GROSSETÈTE. »

                    GÉRARD A GROSSETÈTE

« Je viens, monsieur, vous faire de tristes confidences ;
« mais vous avez été pour moi comme un père, quand
« vous pouviez n'être qu'un protecteur. C'est donc à
« vous seul, à vous qui m'avez fait tout ce que je
« suis, que je puis les dire. Je suis atteint d'une cruelle
« maladie, maladie morale d'ailleurs : j'ai dans l'âme des
« sentiments et dans l'esprit des dispositions qui me
« rendent complètement impropre à ce que l'État ou la
« Société veulent de moi. Ceci vous paraîtra peut-être
« un acte d'ingratitude, tandis que c'est tout sim-
« plement un acte d'accusation. Quand j'avais douze
« ans, vous, mon généreux parrain, vous avez deviné
« chez le fils d'un simple ouvrier une certaine aptitude
« aux sciences exactes et un précoce désir de parvenir ;
« vous avez donc favorisé mon essor vers les régions

« supérieures, alors que ma destinée primitive était
« de rester charpentier comme mon pauvre père, qui
« n'a pas assez vécu pour jouir de mon élévation. Assuré-
« ment, monsieur, vous avez bien fait, et il ne se passe
« pas de jour que je ne vous bénisse ; aussi, est-ce moi
« peut-être qui ai tort. Mais que j'aie raison ou que je me
« trompe, je souffre ; et n'est-ce pas vous mettre bien
« haut que de vous adresser mes plaintes ? n'est-ce pas
« vous prendre, comme Dieu, pour un juge suprême ?
« Dans tous les cas, je me confie à votre indulgence.

« Entre seize et dix-huit ans, je me suis adonné à
« l'étude des sciences exactes de manière à me rendre
« malade, vous le savez. Mon avenir dépendait de mon
« admission à l'École Polytechnique. Dans ce temps,
« mes travaux ont démesurément cultivé mon cerveau,
« j'ai failli mourir, j'étudiais nuit et jour, je me faisais
« plus fort que la nature de mes organes ne le permettait
« peut-être. Je voulais passer des examens si satisfai-
« sants, que ma place à l'École fût certaine et assez
« avancée pour me donner le droit à la remise de la
« pension [134] que je voulais vous éviter de payer : j'ai
« triomphé ! Je frémis aujourd'hui quand je pense à
« l'effroyable conscription de cerveaux livrés chaque
« année à l'État par l'ambition des familles qui, plaçant
« de si cruelles études au temps où l'adulte achève ses
« diverses croissances, doit produire des malheurs in-
« connus, en tuant à la lueur des lampes certaines fa-
« cultés précieuses qui plus tard se développeraient
« grandes et fortes. Les lois de la Nature sont impitoya-
« bles, elles ne cèdent rien aux entreprises ni aux vou-
« loirs de la Société. Dans l'ordre moral comme dans
« l'ordre naturel, tout abus se paie. Les fruits demandés
« avant le temps en serre chaude à un arbre, viennent
« aux dépens de l'arbre même ou de la qualité de ses
« produits. La Quintinie [135] tuait des orangers pour
« donner à Louis XIV un bouquet de fleurs, chaque

« matin, en toute saison. Il en est de même pour les
« intelligences. La force demandée à des cerveaux adul-
« tes est un escompte de leur avenir. Ce qui manque
« essentiellement à notre époque est l'esprit législatif.
« L'Europe n'a point encore eu de vrais législateurs
« depuis Jésus-Christ, qui, n'ayant point donné son
« Code politique, a laissé son œuvre incomplète. Ainsi,
« avant d'établir les Écoles Spéciales et leur mode de
« recrutement, y a-t-il eu de ces grands penseurs qui
« tiennent dans leur tête l'immensité des relations
« totales d'une Institution avec les forces humaines,
« qui en balancent les avantages et les inconvénients,
« qui étudient dans le passé les lois de l'avenir ? S'est-on
« enquis du sort des hommes exceptionnels qui, par un
« hasard fatal, savaient les sciences humaines avant le
« temps ? En a-t-on calculé la rareté ? En a-t-on exa-
« miné la fin ? A-t-on recherché les moyens par lesquels
« ils ont pu soutenir la perpétuelle étreinte de la pensée ?
« Combien, comme Pascal, sont morts prématurément,
« usés par la science ? A-t-on recherché l'âge auquel
« ceux qui ont vécu longtemps avaient commencé leurs
« études ? Savait-on, sait-on, au moment où j'écris, les
« dispositions intérieures des cerveaux qui peuvent sup-
« porter l'assaut prématuré des connaissances humai-
« nes ? Soupçonne-t-on que cette question tient à la
« physiologie de l'homme avant tout ? Eh ! bien, je
« crois, moi, maintenant, que la règle générale est de
« rester longtemps dans l'état végétatif de l'adolescence.
« L'exception que constitue la force des organes dans
« l'adolescence a, la plupart du temps, pour résultat
« l'abréviation de la vie. Ainsi, l'homme de génie qui
« résiste à un précoce exercice de ses facultés doit être
« une exception dans l'exception. Si je suis d'accord avec
« les faits sociaux et l'observation médicale, le mode
« suivi en France pour le recrutement des Écoles spé-
« ciales est donc une mutilation dans le genre de celle de

« la Quintinie, exercée sur les plus beaux sujets de
« chaque génération. Mais je poursuis, et je joindrai mes
« doutes à chaque ordre de faits. Arrivé à l'École, j'ai
« travaillé de nouveau et avec bien plus d'ardeur, afin
« d'en sortir aussi triomphalement que j'y étais entré.
« De dix-neuf à vingt et un ans, j'ai donc étendu chez
« moi toutes les aptitudes, nourri mes facultés par un
« exercice constant. Ces deux années ont bien couronné
« les trois premières, pendant lesquelles je m'étais seule-
« ment préparé à bien faire. Aussi, quel ne fut pas mon
« orgueil d'avoir conquis le droit de choisir celle des
« carrières qui me plaisait le plus, du Génie militaire ou
« maritime, de l'Artillerie ou de l'État-major, des
« Mines ou des Ponts-et-chaussées. Par votre conseil,
« j'ai choisi les Ponts-et-chaussées. Mais, là où j'ai
« triomphé, combien de jeunes gens succombent !
« Savez-vous que, d'année en année, l'État augmente
« ses exigences scientifiques à l'égard de l'École, les
« études y deviennent plus fortes, plus âpres, de période
« en période ? Les travaux préparatoires auxquels je
« me suis livré n'étaient rien comparés aux ardentes
« études de l'École, qui ont pour objet de mettre la tota-
« lité des sciences physiques, mathématiques, astrono-
« miques, chimiques, avec leurs nomenclatures, dans
« la tête de jeunes gens de dix-neuf à vingt et un ans.
« L'État, qui en France semble, en bien des choses, vou-
« loir se substituer au pouvoir paternel, est sans en-
« trailles ni paternité ; il fait ses expériences *in anima
« vili* [136]. Jamais il n'a demandé l'horrible statistique des
« souffrances qu'il a causées ; il ne s'est pas enquis depuis
« trente-six ans du nombre de fièvres cérébrales qui se
« déclarent, ni des désespoirs qui éclatent au milieu de
« cette jeunesse, ni des destructions morales qui la
« déciment. Je vous signale ce côté douloureux de la
« question, car il est un des contingents antérieurs du
« résultat définitif : pour quelques têtes faibles, le ré-

« sultat est proche au lieu d'être retardé. Vous savez
« aussi que les sujets chez lesquels la conception est
« lente, ou qui sont momentanément annulés par l'excès
« du travail, peuvent rester trois ans au lieu de deux à
« l'École, et que ceux-là sont l'objet d'une suspicion
« peu favorable à leur capacité. Enfin, il y a chance
« pour des jeunes gens, qui plus tard peuvent se montrer
« supérieurs, de sortir de l'École sans être employés,
« faute de présenter aux examens définitifs la somme de
« science demandée. On les appelle des *fruits secs* [137], et
« Napoléon en faisait des sous-lieutenants ! Aujourd'hui
« le *fruit sec* constitue en capital une perte énorme pour
« les familles, et un temps perdu pour l'individu. Mais
« enfin, moi j'ai triomphé ! A vingt et un ans, je possé-
« dais les sciences mathématiques au point où les ont
« amenées tant d'hommes de génie, et j'étais impatient
« de me distinguer en les continuant. Ce désir est si
« naturel, que presque tous les Élèves, en sortant, ont
« les yeux fixés sur ce soleil moral nommé la Gloire !
« Notre première pensée à tous a été d'être des Newton,
« des Laplace ou des Vauban. Tels sont les efforts que
« la France demande aux jeunes gens qui sortent de
« cette célèbre École !

« Voyons maintenant les destinées de ces hommes
« triés avec tant de soin dans toute la génération ? A
« vingt et un ans on rêve toute la vie, on s'attend à des
« merveilles. J'entrai à l'École des Ponts-et-Chaussées,
« j'étais élève-ingénieur. J'étudiai la science des cons-
« tructions, et avec quelle ardeur ! vous devez vous en
« souvenir. J'en suis sorti en 1826, âgé de vingt-quatre
« ans, je n'étais encore qu'ingénieur-aspirant, l'État me
« donnait cent cinquante francs par mois. Le moindre
« teneur de livres gagne cette somme à dix-huit ans,
« dans Paris, en ne donnant, par jour, que quatre heures
« de son temps. Par un bonheur inouï, peut-être à cause
« de la distinction que mes études m'avaient value, je

« fus nommé à vingt-cinq ans, en 1828, ingénieur ordi-
« naire. On m'envoya, vous savez où, dans une sous-pré-
« fecture, à deux mille cinq cents francs d'appointements.
« La question d'argent n'est rien. Certes, mon sort est
« plus brillant que ne devait l'être celui du fils d'un char-
« pentier ; mais quel est le garçon épicier qui, jeté dans
« une boutique à seize ans, ne se trouverait à vingt-six
« sur le chemin d'une fortune indépendante ? J'appris
« alors à quoi tendaient ces terribles déploiements d'in-
« telligence, ces efforts gigantesques demandés par
« l'État ? L'État m'a fait compter et mesurer des pavés
« ou des tas de cailloux sur les routes. J'ai eu à entre-
« tenir, réparer et quelquefois construire des cassis, des
« ponceaux [138], à faire régler des accotements, à curer
« ou bien à ouvrir des fossés. Dans le cabinet, j'avais à
« répondre à des demandes d'alignement ou de plantation
« et d'abattage d'arbres. Telles sont, en effet les princi-
« pales et souvent les uniques occupations des ingénieurs
« ordinaires, en y joignant de temps en temps quelques
« opérations de nivellement qu'on nous oblige à faire
« nous-mêmes, et que le moindre de nos conducteurs,
« avec son expérience seule, fait toujours beaucoup
« mieux que nous, malgré toute notre science. Nous
« sommes près de quatre cents ingénieurs ordinaires ou
« élèves-ingénieurs, et comme il n'y a que cent et quelques
« ingénieurs en chef, tous les ingénieurs ordinaires ne
« peuvent pas atteindre à ce grade supérieur ; d'ailleurs,
« au-dessus de l'ingénieur en chef il n'existe pas de classe
« absorbante ; il ne faut pas compter comme moyen
« d'absorption douze ou quinze places d'inspecteurs
« généraux ou divisionnaires, places à peu près aussi
« inutiles dans notre corps que celles des colonels le
« sont dans l'artillerie, où la batterie [139] est l'unité.
« L'ingénieur ordinaire, de même que le capitaine d'ar-
« tillerie, sait toute la science ; il ne devrait y avoir
« au-dessus qu'un chef d'administration pour relier les

« quatre-vingt-six ingénieurs à l'État ; car un seul
« ingénieur, aidé par deux aspirants, suffit à un Dépar-
« tement. La hiérarchie, en de pareils corps, a pour
« effet de subordonner les capacités actives à d'anciennes
« capacités éteintes qui, tout en croyant mieux faire,
« altèrent ou dénaturent ordinairement les conceptions
« qui leur sont soumises, peut-être dans le seul but de
« ne pas voir mettre leur existence en question ; car
« telle me semble être l'unique influence qu'exerce sur
« les travaux publics, en France, le Conseil général des
« Ponts-et-chaussées. Supposons néanmoins qu'entre
« trente et quarante ans, je sois ingénieur de première
« classe et ingénieur en chef avant l'âge de cinquante
« ans ? Hélas ! je vois mon avenir, il est écrit à mes yeux.
« Mon ingénieur en chef a soixante ans, il est sorti avec
« honneur, comme moi, de cette fameuse École ; il a
« blanchi dans deux départements à faire ce que je fais,
« il y est devenu l'homme le plus ordinaire qu'il soit
« possible d'imaginer, il est retombé de toute la hauteur
« à laquelle il s'était élevé ; bien plus, il n'est pas au
« niveau de la science, la science a marché, il est resté
« stationnaire ; bien mieux, il a oublié ce qu'il savait !
« L'homme qui se produisait à vingt-deux ans avec
« tous les symptômes de la supériorité, n'en a plus
« aujourd'hui que l'apparence. D'abord, spécialement
« tourné vers les sciences exactes et les mathématiques
« par son éducation, il a négligé tout ce qui n'était pas
« *sa partie*. Aussi ne sauriez-vous imaginer jusqu'où
« va sa nullité dans les autres branches des connaissances
« humaines. Le calcul lui a desséché le cœur et le cer-
« veau. Je n'ose confier qu'à vous le secret de sa nullité,
« abritée par le renom de l'École Polytechnique. Cette
« étiquette impose, et sur la foi du préjugé, personne
« n'ose mettre en doute sa capacité. A vous seul je dirai
« que l'extinction de ses talents l'a conduit à faire
« dépenser dans une seule affaire un million au lieu de

« deux cent mille francs au Département. J'ai voulu
« protester, éclairer le préfet ; mais un ingénieur de mes
« amis m'a cité l'un de nos camarades devenu la bête
« noire de l'Administration pour un fait de ce genre. —
« Serais-tu bien aise, quand tu seras ingénieur en chef,
« de voir tes erreurs relevées par ton subordonné ? me
« dit-il. Ton ingénieur en chef va devenir inspecteur
« divisionnaire. Dès qu'un des nôtres commet une
« lourde faute, l'Administration, qui ne doit jamais
« avoir tort, le retire du service actif en le faisant ins-
« pecteur. » Voilà comment la récompense due au
« talent est dévolue à la nullité. La France entière a vu
« le désastre, au cœur de Paris, du premier pont sus-
« pendu [140] que voulut élever un ingénieur, membre de
« l'Académie des sciences, triste chute qui fut causée
« par des fautes que ni le constructeur du canal de
« Briare [141], sous Henri IV, ni le moine qui a bâti le
« Pont-Royal [142], n'eussent faites, et que l'Administra-
« tion consola en appelant cet ingénieur au Conseil
« général. Les Écoles Spéciales seraient-elles donc de
« grandes fabriques d'incapacités ? Ce sujet exige de
« longues observations. Si j'avais raison, il voudrait
« une réforme au moins dans le mode de procéder, car
« je n'ose mettre en doute l'utilité des Écoles. Seule-
« ment, en regardant le passé, voyons-nous que la
« France ait jamais manqué des grands talents néces-
« saires à l'État, et qu'aujourd'hui l'État voudrait
« faire éclore à son usage par le procédé de Monge [143] ?
« Vauban est-il sorti d'une École autre que cette grande
« École appelée la Vocation. Quel fut le précepteur de
« Riquet [144] ? Quand les génies surgissent ainsi du milieu
« social, poussés par la vocation, ils sont presque tou-
« jours complets, l'homme alors n'est pas seulement
« spécial, il a le don d'universalité. Je ne crois pas qu'un
« ingénieur sorti de l'École puisse jamais bâtir un de
« ces miracles d'architecture que savait élever Léonard

« de Vinci, à la fois mécanicien, architecte, peintre, un
« des inventeurs de l'hydraulique, un infatigable cons-
« tructeur de canaux. Façonnés, dès le jeune âge, à la
« simplicité absolue des théorèmes, les sujets sortis de
« l'École perdent le sens de l'élégance et de l'ornement ;
« une colonne leur semble inutile, ils reviennent au point
« où l'art commence, en s'en tenant à l'utile. Mais ceci
« n'est rien en comparaison de la maladie qui me mine !
« Je sens s'accomplir en moi la plus terrible métamor-
« phose ; je sens dépérir mes forces et mes facultés, qui,
« démesurément tendues, s'affaissent. Je me laisse ga-
« gner par le prosaïsme de ma vie. Moi qui, par la
« nature de mes efforts, me destinais à de grandes choses,
« je me vois face à face avec les plus petites, à vérifier
« des mètres de cailloux, visiter des chemins, arrêter
« des états d'approvisionnement. Je n'ai pas à m'occuper
« deux heures par jour. Je vois mes collègues se marier,
« tomber dans une situation médiocre, avoir une famille,
« se gêner pour toute leur vie, végéter et faire dépendre
« l'avenir de leurs enfants, du plus ou du moins de
« richesse de la mère. Pour être heureux, nous devrions
« rester célibataires. N'est-ce pas demeurer dans une
« situation [145] contraire à l'esprit de la société moderne ?
« Mon ambition est-elle donc démesurée ? je voudrais
« être utile à mon pays. Le pays m'a demandé des forces
« extrêmes, il m'a dit de devenir un des représentants
« de toutes les sciences, et je me croise les bras au fond
« d'une province ? Il ne me permet pas de sortir de la
« localité dans laquelle je suis parqué pour exercer mes
« facultés en essayant des projets utiles. Une défaveur
« occulte et réelle est la récompense assurée à celui de
« nous qui, cédant à ses inspirations, dépasse ce que son
« service spécial exige de lui. Dans ce cas, la faveur
« que doit espérer un homme supérieur est l'oubli de
« son talent, de son outrecuidance, et l'enterrement de
« son projet dans les cartons de la direction. Quelle sera

« la récompense de Vicat [146], celui d'entre nous qui a
« fait faire le seul progrès réel à la science pratique
« des constructions ? Le conseil général des Ponts-et-
« chaussées, composé en partie de gens usés par de
« longs et quelquefois honorables services, mais qui
« n'ont plus de force que pour la négation, et qui rayent
« ce qu'ils ne comprennent plus, est l'étouffoir dont
« on se sert pour anéantir les projets des esprits auda-
« cieux. Ce Conseil semble avoir été créé pour paralyser
« les bras de cette belle jeunesse qui ne demande qu'à
« travailler, qui veut servir la France ! Il se passe à
« Paris des monstruosités : l'avenir d'une province
« dépend du *visa* de ces centralisateurs qui, par des
« intrigues que je n'ai pas le loisir de vous détailler,
« arrêtent l'exécution des meilleurs plans ; les meilleurs
« sont en effet ceux qui offrent le plus de prise à l'avidité
« des compagnies ou des spéculateurs, qui choquent
« ou renversent le plus d'abus, et l'Abus est constamment
« plus fort en France que l'Amélioration. Encore cinq
« ans, je ne serai donc plus moi-même, je verrai s'éteindre
« mon ambition, mon noble désir d'employer les facultés
« que mon pays m'a demandé de déployer, et qui se
« rouilleront dans le coin obscur où je vis. En calculant
« les chances les plus heureuses, l'avenir me semble
« être peu de chose. J'ai profité d'un congé pour venir
« à Paris, je veux changer de carrière, chercher l'occasion
« d'employer mon énergie, mes connaissances et mon
« activité. Je donnerai ma démission, j'irai dans les
« pays où les hommes spéciaux de ma classe manquent
« et peuvent accomplir de grandes choses. Si rien de
« tout cela n'est possible, je me jetterai dans une des
« doctrines nouvelles qui paraissent devoir faire des
« changements importants à l'ordre social actuel, en
« dirigeant mieux les travailleurs. Que sommes-nous,
« sinon des travailleurs sans ouvrage, des outils dans
« un magasin ? Nous sommes organisés comme s'il

« s'agissait de remuer le globe, et nous n'avons rien à
« faire. Je sens en moi quelque chose de grand qui
« s'amoindrit, qui va périr, et je vous le dis avec une
« franchise mathématique. Avant de changer de condi-
« tion, je voudrais avoir votre avis, je me regarde comme
« votre enfant et ne ferai jamais de démarches impor-
« tantes sans vous les soumettre, car votre expérience
« égale votre bonté. Je sais bien que l'État, après avoir
« obtenu ses hommes spéciaux, ne peut pas inventer
« exprès pour eux des monuments à élever, il n'a pas
« trois cents ponts à construire par année ; et il ne peut
« pas plus faire bâtir des monuments à ses ingénieurs
« qu'il ne déclare de guerre pour donner lieu de gagner
« des batailles et de faire surgir de grands capitaines ;
« mais alors, comme jamais l'homme de génie n'a manqué
« de se présenter quand les circonstances le réclamaient,
« qu'aussitôt qu'il y a beaucoup d'or à dépenser et de
« grandes choses à produire, il s'élance de la foule un de
« ces hommes uniques, et qu'en ce genre surtout un
« Vauban suffit, rien ne démontre mieux l'inutilité de
« l'Institution. Enfin, quand on a stimulé par tant de
« préparations un homme de choix, comment ne pas
« comprendre qu'il fera mille efforts avant de se laisser
« annuler. Est-ce de la bonne politique ? N'est-ce pas
« allumer d'ardentes ambitions ? Leur aurait-on dit à
« tous ces ardents cerveaux de savoir calculer tout,
« excepté leur destinée ? Enfin, dans ces six cents jeunes
« gens, il existe des exceptions, des hommes forts qui
« résistent à leur démonétisation, et j'en connais ; mais
« si l'on pouvait raconter leurs luttes avec les hommes et
« les choses, quand, armés de projets utiles, de concep-
« tions qui doivent engendrer la vie et les richesses chez
« des provinces inertes, ils rencontrent des obstacles là
« où pour eux l'État a cru leur faire trouver aide et
« protection, on regarderait l'homme puissant, l'hom-
« à talent, l'homme dont la nature est un miracle

« plus malheureux cent fois et plus à plaindre que
« l'homme dont la nature abâtardie se prête à l'amoin-
« drissement de ses facultés. Aussi aimé-je mieux diriger
« une entreprise commerciale ou industrielle, vivre de peu
« de chose en cherchant à résoudre un des nombreux pro-
« blèmes qui manquent à l'industrie, à la société, que de
« rester dans le poste où je suis. Vous me direz que rien
« ne m'empêche d'occuper, dans ma résidence, mes
« forces intellectuelles, de chercher dans le silence de
« cette vie médiocre la solution de quelque problème
« utile à l'humanité. Eh! monsieur, ne connaissez-vous
« pas l'influence de la province et l'action relâchante
« d'une vie précisément assez occupée pour user le
« temps en des travaux presque futiles et pas assez
« néanmoins pour exercer les riches moyens que notre
« éducation a créés. Ne me croyez pas, mon cher pro-
« tecteur, dévoré par l'envie de faire fortune, ni par
« quelque désir insensé de gloire. Je suis trop calcula-
« teur pour ignorer le néant de la gloire. L'activité
« nécessaire à cette vie ne me fait pas souhaiter de me
« marier, car en voyant ma destination actuelle, je
« n'estime pas assez l'existence pour faire ce triste pré-
« sent à un autre moi-même. Quoique je regarde l'argent
« comme un des plus puissants moyens qui soient donnés
« à l'homme social pour agir, ce n'est, après tout, qu'un
« moyen. Je mets donc mon seul plaisir dans la certitude
« d'être utile à mon pays. Ma plus grande jouissance
« serait d'agir dans le milieu convenable à mes facultés.
« Si, dans le cercle de votre contrée, de vos connais-
« sances, si dans l'espace où vous rayonnez, vous enten-
« diez parler d'une entreprise qui exigeât quelques-unes
« des capacités que vous me savez, j'attendrai pendant
« six mois une réponse de vous. Ce que je vous écris là,
« monsieur et ami, d'autres le pensent. J'ai vu beaucoup
« de mes camarades ou d'anciens élèves, pris comme
« moi dans le traquenard d'une spécialité, des ingénieurs-

« géographes, des capitaines-professeurs, des capitaines
« du génie militaire qui se voient capitaines pour le
« reste de leurs jours et qui regrettent amèrement de ne
« pas avoir passé dans l'armée active. Enfin, à plusieurs
« reprises, nous nous sommes, entre nous, avoué la
« longue mystification de laquelle nous étions victimes
« et qui se reconnaît lorsqu'il n'est plus temps de s'y
« soustraire, quand l'animal est fait à la machine qu'il
« tourne, quand le malade est accoutumé à sa maladie.
« En examinant bien ces tristes résultats, je me suis
« posé les questions suivantes et je vous les communique,
« à vous homme de sens et capable de les mûrement
« méditer, en sachant qu'elles sont le fruit de médita-
« tions épurées au feu des souffrances. Quel but se
« propose l'État ? Veut-il obtenir des capacités ? Les
« moyens employés vont directement contre la fin,
« il a bien certainement créé les plus honnêtes médio-
« crités qu'un gouvernement ennemi de la supériorité
« pourrait souhaiter. Veut-il donner une carrière à des
« intelligences choisies ? Il leur a préparé la condition
« la plus médiocre : il n'est pas un des hommes sortis
« des Écoles qui ne regrette, entre cinquante et soixante
« ans, d'avoir donné dans le piège que cachent les pro-
« messes de l'État. Veut-il obtenir des hommes de génie ?
« Quel immense talent ont produit les Écoles depuis
« 1790 ? Sans Napoléon, Cachin [147], l'homme de génie
« à qui l'on doit Cherbourg, eût-il existé ? Le despo-
« tisme impérial l'a distingué, le régime constitutionnel
« l'aurait étouffé. L'Académie des sciences compte-t-elle
« beaucoup d'hommes sortis des Écoles spéciales ? Peut-
« être y en a-t-il deux ou trois ! L'homme de génie se
« révélera toujours en dehors des Écoles spéciales. Dans
« les sciences dont s'occupent ces Écoles, le génie n'obéit
« qu'à ses propres lois, il ne se développe que par des
« circonstances sur lesquelles l'homme ne peut rien :
« ni l'État, ni la science de l'homme, l'Anthropologie,

« ne les connaissent. Riquet [148], Perronet [149], Léonard
« de Vinci, Cachin, Palladio [150], Brunelleschi [151], Michel-
« Ange, Bramante [152], Vauban, Vicat tiennent leur génie
« de causes inobservées et préparatoires auxquelles
« nous donnons le nom de hasard, le grand mot des
« sots. Jamais, avec ou sans Écoles, ces ouvriers su-
« blimes ne manquent à leurs siècles. Maintenant est-ce
« que, par cette organisation, l'État gagne des travaux
« d'utilité publique mieux faits ou à meilleur marché ?
« D'abord, les entreprises particulières se passent très
« bien des ingénieurs ; puis, les travaux de notre gou-
« vernement sont les plus dispendieux et coûtent de
« plus l'immense état-major des Ponts-et-chaussées.
« Enfin, dans les autres pays, en Allemagne, en Angle-
« terre, en Italie où ces institutions n'existent pas, les
« travaux analogues sont au moins aussi bien faits et
« moins coûteux qu'en France. Ces trois pays se font
« remarquer par des inventions neuves et utiles en ce
« genre. Je sais qu'il est de mode, en parlant de nos
« Écoles, de dire que l'Europe nous les envie ; mais
« depuis quinze ans, l'Europe qui nous observe n'en
« a point créé de semblables. L'Angleterre, cette habile
« calculatrice, a de meilleures Écoles dans sa population
« ouvrière d'où surgissent des hommes pratiques qui
« grandissent en un moment quand ils s'élèvent de la
« Pratique à la Théorie. Stéphenson [153] et Mac-Adam [154]
« ne sont pas sortis de nos fameuses Écoles. Mais à quoi
« bon ? Quand de jeunes et habiles ingénieurs, pleins de
« feu, d'ardeur, ont, au début de leur carrière, résolu
« le problème de l'entretien des routes en France qui
« demande des centaines de millions par quart de siècle,
« et qui sont dans un pitoyable état, ils ont eu beau
« publier de savants ouvrages, des mémoires ; tout s'est
« engouffré dans la Direction Générale, dans ce centre
« parisien où tout entre et d'où rien ne sort, où les vieil-
« lards jalousent les jeunes gens, où les places élevées

« servent à retirer [155] le vieil ingénieur qui se fourvoie.
« Voilà comment, avec un corps savant répandu sur
« toute la France, qui compose un des rouages de l'ad-
« ministration, qui devrait manier le pays et l'éclairer
« sur les grandes questions de son ressort, il arrivera
« que nous discuterons encore sur les chemins de fer
« quand les autres pays auront fini les leurs. Or si
« jamais la France avait dû démontrer l'excellence de
« l'institution des Écoles Spéciales, n'était-ce pas dans
« cette magnifique phase de travaux publics, destinée
« à changer la face des États, à doubler la vie humaine
« en modifiant les lois de l'espace et du temps. La Bel-
« gique, les États-Unis, l'Allemagne, l'Angleterre, qui
« n'ont pas d'Écoles Polytechniques, auront chez elles
« des réseaux de chemins de fer, quand nos ingénieurs
« en seront encore à tracer les nôtres, quand de hideux
« intérêts cachés derrière des projets en arrêteront
« l'exécution. On ne pose pas une pierre en France sans
« que dix paperassiers parisiens n'aient fait de sots et
« inutiles rapports. Ainsi, quant à l'État, il ne tire aucun
« profit de ses Écoles Spéciales ; quant à l'individu, sa
« fortune est médiocre, sa vie est une cruelle déception.
« Certes, les moyens que l'Élève a déployés entre seize
« et vingt-six ans, prouvent que, livré à sa seule des-
« tinée, il l'eût faite plus grande et plus riche que celle
« à laquelle le gouvernement l'a condamné. Commer-
« çant, savant, militaire, cet homme d'élite eût agi dans
« un vaste milieu, si ses précieuses facultés et son ar-
« deur n'avaient pas été sottement et prématurément
« énervées. Où donc est le Progrès ? L'État et l'Homme
« perdent assurément au système actuel. Une expé-
« rience d'un demi-siècle ne réclame-t-elle pas des chan-
« gements dans la mise en œuvre de l'Institution. Quel
« sacerdoce constitue l'obligation de trier en France,
« parmi toute une génération, les hommes destinés à
« être la partie savante de la nation ? Quelles études ne

« devraient pas avoir faites ces grands prêtres du Sort ?
« Les connaissances mathématiques ne leur sont peut-
« être pas aussi nécessaires que les connaissances physio-
« logiques. Ne vous semble-t-il pas qu'il faille un peu
« de cette seconde vue qui est la sorcellerie des grands
« Hommes. Les Examinateurs sont d'anciens profes-
« seurs, des hommes honorables, vieillis dans le travail,
« dont la mission se borne à chercher les meilleures
« mémoires : ils ne peuvent rien faire que ce qu'on leur
« demande. Certes, leurs fonctions devraient être les
« plus grandes de l'État, et veulent des hommes extra-
« ordinaires. Ne pensez pas, monsieur et ami, que mon
« blâme s'arrête uniquement à l'École de laquelle je
« sors, il ne frappe pas seulement sur l'Institution en
« elle-même, mais encore et surtout sur le mode employé
« pour l'alimenter. Ce mode est celui du *Concours*, inven-
« tion moderne, essentiellement mauvaise, et mauvaise
« non seulement dans la Science, mais encore partout
« où elle s'emploie, dans les Arts, dans toute élection
« d'hommes, de projets ou de choses. S'il est malheureux
« pour nos célèbres Écoles de n'avoir pas plus produit
« de gens supérieurs, que toute autre réunion de jeunes
« gens en eût donnés, il est encore plus honteux que les
« premiers grands prix de l'Institut n'aient fourni ni
« un grand peintre, ni un grand musicien, ni un grand
« architecte, ni un grand sculpteur ; de même que,
« depuis vingt ans, l'Élection n'a pas, dans sa marée
« de médiocrités, amené au pouvoir un seul grand
« homme d'État. Mon observation porte sur une erreur
« qui vicie, en France, et l'éducation et la politique.
« Cette cruelle erreur repose sur le principe suivant que
« les organisateurs ont méconnu :
« *Rien, ni dans l'expérience, ni dans la nature des choses*
« *ne peut donner la certitude que les qualités intellectuelles*
« *de l'adulte* [156] *seront celles de l'homme fait.*
« En ce moment, je suis lié avec plusieurs hommes

« distingués qui se sont occupés de toutes les maladies
« morales par lesquelles la France est dévorée. Ils
« ont reconnu, comme moi, que l'Instruction supérieure
« fabrique des capacités temporaires parce qu'elles
« sont sans emploi ni avenir ; que les lumières répandues
« par l'Instruction inférieure sont sans profit pour l'État,
« parce qu'elles sont dénuées de croyance et de senti-
« ment. Tout notre système d'Instruction Publique
« exige un vaste remaniement auquel devra présider
« un homme d'un profond savoir, d'une volonté puis-
« sante et doué de ce génie législatif qui ne s'est peut-
« être rencontré chez les modernes que dans la tête de
« Jean-Jacques Rousseau. Peut-être le trop-plein des
« spécialités devrait-il être employé dans l'enseignement
« élémentaire, si nécessaire aux peuples. Nous n'avons
« pas assez de patients, de dévoués instituteurs pour
« manier ces masses. La quantité déplorable de délits
« et de crimes accuse une plaie sociale dont la source est
« dans cette demi-instruction donnée au peuple, et qui
« tend à détruire les liens sociaux en le faisant réfléchir
« assez pour qu'il déserte les croyances religieuses favo-
« rables au pouvoir et pas assez pour qu'il s'élève à la
« théorie de l'Obéissance et du Devoir qui est le dernier
« terme de la Philosophie Transcendante. Il est im-
« possible de faire étudier Kant à toute une nation ;
« aussi la Croyance et l'Habitude valent-elles mieux
« pour les peuples que l'Étude et le Raisonnement. Si
« j'avais à recommencer la vie, peut-être entrerais-je
« dans un séminaire et voudrais-je être un simple curé
« de campagne, ou l'instituteur d'une Commune. Je
« suis trop avancé dans ma voie pour n'être qu'un simple
« instituteur primaire, et d'ailleurs, je puis agir sur
« un cercle plus étendu que ceux d'une École ou d'une
« Cure. Les saint-simoniens [157], auxquels j'étais tenté de
« m'associer, veulent prendre une route d
« je ne saurais les suivre ; mais, en dépit de l

« ils ont touché plusieurs points douloureux, fruits de
« notre législation, auxquels on ne remédiera que par
« des palliatifs insuffisants et qui ne feront qu'ajourner
« en France une grande crise morale et politique.
« Adieu, cher monsieur, trouvez ici l'assurance de mon
« respectueux et fidèle attachement qui, nonobstant
« ces observations, ne pourra jamais que s'accroître.

« Grégoire Gérard. »

Selon sa vieille habitude de banquier, Grossetête avait
minuté la réponse suivante sur le dos même de cette
lettre en mettant au-dessus le mot sacramentel : *Répon-
due.*

« Il est d'autant plus inutile, mon cher Gérard, de dis-
« cuter les observations contenues dans votre lettre,
« que, par un jeu du hasard (je me sers du mot des sots),
« j'ai une proposition à vous faire dont l'effet est de
« vous tirer de la situation où vous vous trouvez si mal.
« Madame Graslin, propriétaire des forêts de Montégnac
« et d'un plateau fort ingrat qui s'étend au bas de la
« longue chaîne de collines sur laquelle est sa forêt, a
« le dessein de tirer parti de cet immense domaine, d'ex-
« ploiter ses bois et de cultiver ses plaines caillouteuses.
« Pour mettre ce projet à exécution, elle a besoin d'un
« homme de votre science et de votre ardeur, qui ait
« à la fois votre dévouement désintéressé et vos idées
« d'utilité pratique. Peu d'argent et beaucoup de tra-
« vaux, à faire! un résultat immense par de petits
« moyens! un pays à changer en entier! Faire jaillir
« l'abondance du milieu le plus dénué, n'est-ce pas ce
« que vous souhaitez, vous qui voulez construire un
« poème? D'après le ton de sincérité qui règne dans
« votre lettre, je n'hésite pas à vous dire de venir me
« voir à Limoges ; mais, mon ami, ne donnez pas votre

« démission, faites-vous seulement détacher de votre
« corps en expliquant à votre Administration que vous
« allez étudier des questions de votre ressort, en dehors
« des travaux de l'État. Ainsi vous ne perdrez rien de
« vos droits, et vous aurez le temps de juger si l'entre-
« prise conçue par le curé de Montégnac, et qui sourit à
« Madame Graslin, est exécutable. Je vous expliquerai
« de vive voix les avantages que vous pourrez trouver,
« dans le cas où ces vastes changements seraient pos-
« sibles. Comptez toujours sur l'amitié de votre tout
« dévoué,

« GROSSETÊTE. »

Madame Graslin ne répondit pas autre chose à Grossetête que ce peu de mots : « Merci, mon ami, j'attends
votre protégé. » Elle montra la lettre de l'ingénieur à
monsieur Bonnet, en lui disant : — Encore un blessé qui
cherche le grand hôpital.

Le curé lut la lettre, il la relut, fit deux ou trois tours
de terrasse en silence, et la rendit en disant à madame
Graslin : — C'est d'une belle âme et d'un homme supérieur! Il dit que les Écoles inventées par le génie révolutionnaire fabriquent des incapacités, moi je les appelle
des fabriques d'incrédules, car si monsieur Gérard n'est
pas un athée, il est protestant...

— Nous le demanderons, dit-elle frappée de cette
réponse.

Quinze jours après, dans le mois de décembre, malgré
le froid, monsieur Grossetête vint au château de
Montégnac pour y présenter son protégé que Véronique
et monsieur Bonnet attendaient impatiemment.

— Il faut vous bien aimer, mon enfant, dit le vieillard
en prenant les deux mains de Véronique dans les siennes
et les lui baisant avec cette galanterie de vieilles gens
qui n'offense jamais les femmes, oui, bien vous aimer

pour avoir quitté Limoges par un temps pareil ; mais
je tenais à vous faire moi-même cadeau de monsieur Grégoire Gérard que voici. C'est un homme selon votre
cœur, monsieur Bonnet, dit l'ancien banquier en saluant
affectueusement le curé.

L'extérieur de Gérard était peu prévenant. De
moyenne taille, épais de forme, le cou dans les épaules,
selon l'expression vulgaire, il avait les cheveux jaunes
d'or, les yeux rouges de l'albinos, des cils et des sourcils
presque blancs. Quoique son teint, comme celui des gens
de cette espèce, fût d'une blancheur éclatante, des marques de petite vérole et des coutures très apparentes
lui ôtaient son éclat primitif ; l'étude lui avait sans doute
altéré la vue, car il portait des conserves [158]. Quand il se
débarrassa d'un gros manteau de gendarme, l'habille-
ment qu'il montra ne rachetait point la disgrâce de son
extérieur. La manière dont ses vêtements étaient mis
et boutonnés, sa cravate négligée, sa chemise sans fraîcheur offraient les marques de ce défaut de soin sur
eux-mêmes que l'on reproche aux hommes de science,
tous plus ou moins distraits. Comme chez presque tous
les penseurs, sa contenance et son attitude, le développement du buste et la maigreur des jambes annonçaient
une sorte d'affaissement corporel produit par les habitudes de la méditation ; mais la puissance de cœur et
l'ardeur d'intelligence, dont les preuves étaient écrites
dans sa lettre, éclataient sur son front qu'on eût dit
taillé dans du marbre de Carrare. La nature semblait
s'être réservé cette place pour y mettre les signes évi-
dents de la grandeur, de la constance, de la bonté de cet
homme. Le nez, comme chez tous les hommes de race
gauloise [159], était d'une forme écrasée. Sa bouche, ferme
et droite, indiquait une discrétion absolue, et le sens de
l'économie ; mais tout le masque fatigué par l'étude
avait prématurément vieilli.

— Nous avons déjà, monsieur, à vous remercier, dit

madame Graslin à l'ingénieur, de bien vouloir venir
diriger des travaux dans un pays qui ne vous offrira
d'autres agréments que la satisfaction de savoir qu'on
peut y faire du bien.

— Madame, répondit-il, monsieur Grossetête m'en a
dit assez sur vous pendant que nous cheminions pour
que déjà je fusse heureux de vous être utile, et que la
perspective de vivre auprès de vous et de monsieur Bonnet me parût charmante. A moins que l'on ne me chasse
du pays, j'y compte finir mes jours.

— Nous tâcherons de ne pas vous faire changer d'avis,
dit en souriant madame Graslin.

— Voici, dit Grossetête à Véronique en la prenant à
part, des papiers que le Procureur général m'a remis ; il
a été fort étonné que vous ne vous soyez pas adressée à lui.
Tout ce que vous avez demandé s'est fait avec prompti-
tude et dévouement. D'abord, votre protégé sera rétabli
dans tous ses droits de citoyen ; puis, d'ici à trois mois,
Catherine Curieux vous sera envoyée.

— Où est-elle ? demanda Véronique.

— A l'hôpital Saint-Louis [160], répondit le vieillard.
On attend sa guérison pour lui faire quitter Paris.

— Ah ! la pauvre fille est malade !

— Vous trouverez ici tous les renseignements dési-
rables, dit Grossetête en remettant un paquet à Véronique.

Elle revint vers ses hôtes pour les emmener dans la
magnifique salle à manger du rez-de-chaussée où elle
alla, conduite par Grossetête et Gérard auxquels elle
donna le bras. Elle servit elle-même le dîner sans y
prendre part. Depuis son arrivée à Montégnac, elle s'était
fait une loi de prendre ses repas seule, et Aline, qui
connaissait le secret de cette réserve, le garda religieusement jusqu'au jour où sa maîtresse fut en danger de mort.

Le maire, le juge de paix et le médecin de Montégnac
avaient été naturellement invités.

Le médecin, jeune homme de vingt-sept ans, nommé Roubaud, désirait vivement connaître la femme célèbre du Limousin. Le curé fut d'autant plus heureux d'introduire ce jeune homme au château, qu'il souhaitait composer une espèce de société à Véronique, afin de la distraire et de donner des aliments à son esprit. Roubaud était un de ces jeunes médecins absolument instruits, comme il en sort actuellement de l'École de Médecine de Paris et qui, certes, aurait pu briller sur le vaste théâtre de la capitale ; mais, effrayé du jeu des ambitions à Paris, se sentant d'ailleurs plus de savoir que d'intrigue, plus d'aptitude que d'avidité, son caractère doux l'avait ramené sur le théâtre étroit de la province, où il espérait être apprécié plus promptement qu'à Paris. A Limoges, Roubaud se heurta contre des habitudes prises et des clientèles inébranlables ; il se laissa donc gagner par monsieur Bonnet, qui, sur sa physionomie douce et prévenante, le jugea comme un de ceux qui devaient lui appartenir et coopérer à son œuvre. Petit et blond, Roubaud avait une mine assez fade ; mais ses yeux gris trahissaient la profondeur du physiologiste et la ténacité des gens studieux. Montégnac ne possédait qu'un ancien chirurgien de régiment, beaucoup plus occupé de sa cave que de ses malades, et trop vieux d'ailleurs pour continuer le dur métier d'un médecin de campagne. En ce moment il se mourait. Roubaud habitait Montégnac depuis dix-huit mois, et s'y faisait aimer. Mais ce jeune élève des Desplein [161] et des successeurs de Cabanis [162] ne croyait pas au catholicisme. Il restait en matière de religion dans une indifférence mortelle et n'en voulait pas sortir. Aussi désespérait-il le curé, non qu'il fît le moindre mal, il ne parlait jamais religion, ses occupations justifiaient son absence constante de l'église, et d'ailleurs incapable de prosélytisme, il se conduisait comme se serait conduit le meilleur catholique ; mais il s'était interdit de songer à un problème qu'il considérait comme hors de la portée humaine. En entendant dire au médecin que le panthéisme était la religion de tous les grands esprits, le curé le croyait incliné vers les dogmes de Pythagore sur les transformations [163]. Roubaud, qui voyait madame Graslin pour la première fois, éprouva la plus violente sensation à son aspect ; la science lui fit deviner dans la physionomie, dans l'attitude, dans les dévastations du visage, des souffrances inouïes, et morales et physiques, un caractère d'une force surhumaine, les grandes facultés qui servent à supporter les vicissitudes les plus opposées ; il y entrevit tout, même les espaces obscurs et cachés à dessein. Aussi aperçut-il le mal qui dévorait le cœur de cette belle créature ; car, de même que la couleur d'un fruit y laisse soupçonner la présence d'un ver rongeur, de même certaines teintes dans le visage permettent aux médecins de reconnaître une pensée vénéneuse. Dès ce moment, monsieur Roubaud s'attacha si vivement à madame Graslin, qu'il eut peur de l'aimer au-delà de la simple amitié permise. Le front, la démarche et surtout les regards de Véronique avaient une éloquence que les hommes comprennent toujours, et qui disait aussi énergiquement qu'elle était morte à l'amour, que d'autres femmes disent le contraire par une contraire éloquence ; le médecin lui voua tout à coup un culte chevaleresque. Il échangea rapidement un regard avec le curé. Monsieur Bonnet se dit alors en lui-même : — Voilà le coup de foudre qui changera ce pauvre incrédule. Madame Graslin aura plus d'éloquence que moi.

Le maire, vieux campagnard ébahi par le luxe de cette salle à manger, et surpris de dîner avec l'un des hommes les plus riches du Département, avait mis ses meilleurs habits, mais il s'y trouvait un peu gêné, et sa gêne morale s'en augmenta ; madame Graslin, dans son costume de deuil, lui parut d'ailleurs extrêmement imposante ; il fut donc un personnage muet. Ancien fer-

mier à Saint-Léonard, il avait acheté la seule maison
habitable du bourg, et cultivait lui-même les terres qui
en dépendaient. Quoiqu'il sût lire et écrire, il ne pouvait
remplir ses fonctions qu'avec le secours de l'huissier de
la justice de paix qui lui préparait sa besogne. Aussi
désirait-il vivement la création d'une charge de notaire,
pour se débarrasser sur cet officier ministériel [164] du
fardeau de ses fonctions. Mais la pauvreté du canton de
Montégnac y rendait une Étude à peu près inutile, et les
habitants étaient exploités [165] par les notaires du chef-
lieu d'arrondissement.

Le juge de paix, nommé Clousier, était un ancien
avocat de Limoges où les causes l'avaient fui, car il
voulut mettre en pratique ce bel axiome, que l'avocat
est le premier juge du client et du procès. Il obtint vers
1809 cette place, dont les maigres appointements lui
permirent de vivre. Il était alors arrivé à la plus honorable, mais à la plus complète misère. Après vingt-deux
ans d'habitation dans cette pauvre Commune, le bonhomme, devenu campagnard, ressemblait, à sa redingote près, aux fermiers du pays. Sous cette forme quasi
grossière, Clousier cachait un esprit clairvoyant, livré
à de hautes méditations politiques, mais tombé dans
une entière insouciance due à sa parfaite connaissance
des hommes et de leurs intérêts. Cet homme, qui pendant
longtemps trompa la perspicacité de monsieur Bonnet, et qui, dans la sphère supérieure, eût rappelé
L'Hospital [166], incapable d'aucune intrigue comme tous
les gens réellement profonds, avait fini par vivre à l'état
contemplatif des anciens solitaires. Riche sans doute de
toutes ses privations, aucune considération n'agissait
sur son esprit, il savait les lois et jugeait impartialement.
Sa vie, réduite au simple nécessaire, était pure et régulière. Les paysans aimaient monsieur Clousier et l'esti-
maient à cause du désintéressement paternel avec lequel
il accordait leurs différends et leur donnait ses conseils

dans leurs moindres affaires. Le bonhomme Clousier,
comme disait tout Montégnac, avait depuis deux ans
pour greffier un de ses neveux, jeune homme assez
intelligent, et qui, plus tard, contribua beaucoup à la
prospérité du canton. La physionomie de ce vieillard se
recommandait par un front large et vaste. Deux buis-
sons de cheveux blanchis étaient ébouriffés de chaque
côté de son crâne chauve. Son teint coloré, son embon-
point majeur eussent fait croire, en dépit de sa sobriété,
qu'il cultivait autant Bacchus que Troplong [167] et
Toullier [168]. Sa voix presque éteinte indiquait l'oppres-
sion d'un asthme. Peut-être l'air sec du Haut-Montégnac
avait-il contribué à le fixer dans ce pays. Il y logeait dans
une maisonnette arrangée pour lui par un sabotier assez
riche à qui elle appartenait. Clousier avait déjà vu Véronique à l'église, et il l'avait jugée sans avoir communi-
qué ses idées à personne, pas même à monsieur Bonnet,
avec lequel il commençait à se familiariser. Pour la
première fois de sa vie, le juge de paix allait se trouver
au milieu de personnes en état de le comprendre.

Une fois placés autour d'une table richement servie,
car Véronique avait envoyé tout son mobilier de Limoges à Montégnac, ces six personnages éprouvèrent un
moment d'embarras. Le médecin, le maire et le juge de
paix ne connaissaient ni Grossetête ni Gérard. Mais,
pendant le premier service, la bonhomie du vieux banquier fondit insensiblement les glaces d'une première
rencontre. Puis l'amabilité de madame Graslin entraîna
Gérard et encouragea monsieur Roubaud. Maniées par
elle, ces âmes pleines de qualités exquises reconnurent
leur parenté. Chacun se sentit bientôt dans un milieu
sympathique. Aussi, lorsque le dessert fut mis sur la
table, quand les cristaux et les porcelaines à bords dorés
étincelèrent, quand des vins choisis circulèrent servis
par Aline, par Champion et par le domestique de Grossetête, la conversation devint-elle assez confidentielle

pour que ces quatre hommes d'élite réunis par le hasard se disent leur vraie pensée sur les matières importantes qu'on aime à discuter en se trouvant tous de bonne foi.

— Votre congé a coïncidé avec la Révolution de Juillet, dit Grossetête à Gérard d'un air par lequel il lui demandait son opinion.

— Oui, répondit l'ingénieur. J'étais à Paris durant les trois fameux jours, j'ai tout vu ; j'en ai conclu de tristes choses.

— Et quoi ? dit monsieur Bonnet avec vivacité.

— Il n'y a plus de patriotisme que sous les chemises sales, répliqua Gérard. Là est la perte de la France. Juillet est la défaite volontaire des supériorités de nom, de fortune et de talent. Les masses dévouées ont remporté la victoire sur des classes riches, intelligentes, chez qui le dévouement est antipathique [169].

— A en juger par ce qui arrive depuis un an, reprit monsieur Clousier, le juge de paix, ce changement est une prime donnée au mal qui nous dévore, à l'individualisme. D'ici à quinze ans, toute question généreuse se traduira par : *Qu'est-ce que cela me fait ?* le grand cri du Libre-Arbitre descendu des hauteurs religieuses où l'ont introduit Luther, Calvin, Zwingle [170] et Knox [171] jusque dans l'Économie politique. *Chacun pour soi, chacun chez soi*, ces deux terribles phrases formeront, avec le *Qu'est-ce que cela me fait ?* la sagesse trinitaire du bourgeois et du petit propriétaire. Cet égoïsme est le résultat des vices de notre législation civile, un peu trop précipitamment faite, et à laquelle la Révolution de Juillet vient de donner une terrible consécration.

Le juge de paix rentra dans son silence habituel après cette sentence, dont les motifs [172] durent occuper les convives. Enhardi par cette parole de Clousier, et par le regard que Gérard et Grossetête échangèrent, monsieur Bonnet osa davantage.

— Le bon roi Charles X, dit-il, vient d'échouer dans

la plus prévoyante et la plus salutaire entreprise qu'un monarque ait jamais formée pour le bonheur des peuples qui lui sont confiés, et l'Église doit être fière de la part qu'elle a eue dans ses conseils. Mais le cœur et l'intelligence ont failli aux classes supérieures, comme ils lui avaient déjà failli dans la grande question de la loi sur le droit d'aînesse, l'éternel honneur du seul homme d'État hardi qu'ait eu la Restauration, le comte de Peyronnet [173]. Reconstituer la Nation par la Famille, ôter à la Presse son action venimeuse en ne lui laissant que le droit d'être utile, faire rentrer la Chambre Élective dans ses véritables attributions, rendre à la Religion sa puissance sur le peuple, tels ont été les quatre points cardinaux de la politique intérieure de la maison de Bourbon. Eh! bien, d'ici à vingt ans, la France entière aura reconnu la nécessité de cette grande et saine politique. Le roi Charles X était d'ailleurs plus menacé dans la situation qu'il a voulu quitter que dans celle où son paternel pouvoir a péri. L'avenir de notre beau pays, où tout sera périodiquement mis en question, où l'on discutera sans cesse au lieu d'agir, où la Presse, devenue souveraine, sera l'instrument des plus basses ambitions, prouvera la sagesse de ce roi qui vient d'emporter avec lui les vrais principes du gouvernement, et l'Histoire lui tiendra compte du courage avec lequel il a résisté à ses meilleurs amis, après avoir sondé la plaie, en avoir reconnu l'étendue et vu la nécessité des moyens curatifs qui n'ont pas été soutenus par ceux pour lesquels il se mettait sur la brèche.

— Hé! bien, monsieur le curé, vous y allez franchement et sans le moindre déguisement, s'écria Gérard ; mais je ne vous contredirai pas. Napoléon, dans sa campagne de Russie, était de quarante ans en avant sur l'esprit de son siècle, il n'a pas été compris. La Russie et l'Angleterre de 1830 expliquent la campagne de 1812. Charles X a éprouvé le même malheur : dan-

cinq ans, ses ordonnances deviendront peut-être des
lois.

— La France, pays trop éloquent pour n'être pas
bavard, trop plein de vanité pour qu'on y reconnaisse
les vrais talents, est, malgré le sublime bon sens de sa
langue et de ses masses, le dernier de tous où le système
des deux assemblées délibérantes pouvait être admis,
reprit le juge de paix. Au moins, les inconvénients de
notre caractère devaient-ils être combattus par les admirables restrictions que l'expérience de Napoléon y
avait opposées [174]. Ce système peut encore aller dans
un pays dont l'action est circonscrite par la nature du
sol, comme en Angleterre ; mais le droit d'aînesse, appliqué à la transmission de la terre, est toujours nécessaire, et quand ce droit est supprimé, le système repré-
sentatif devient une folie. L'Angleterre doit son existence à la loi quasi féodale qui attribue les terres et
l'habitation de la famille aux aînés. La Russie est assise
sur le droit féodal de l'autocratie. Aussi ces deux nations
sont-elles aujourd'hui dans une voie de progrès effrayant.
L'Autriche n'a pu résister à nos invasions et recommencer
la guerre contre Napoléon qu'en vertu de ce droit d'aînesse qui conserve agissantes les forces de la famille
et maintient les grandes productions nécessaires à
l'État. La maison de Bourbon, en se sentant couler
au troisième rang en Europe par la faute du libéralisme,
a voulu se maintenir à sa place, et le pays l'a renversée
au moment où elle sauvait le pays. Je ne sais où nous
fera descendre le système actuel.

— Vienne la guerre, la France sera sans chevaux
comme Napoléon en 1813, qui, réduit aux seules ressources de la France, n'a pu profiter des deux victoires
de Lutzen et Bautzen, et s'est vu écraser à Leipzig,
s'écria Grossetête. Si la paix se maintient, le mal ira
croissant : dans vingt-cinq ans d'ici, les races bovine et
chevaline auront diminué de moitié en France.

— Monsieur Grossetête a raison, dit Gérard. Aussi l'œuvre que vous voulez tenter ici, madame, reprit-il en s'adressant à Véronique, est-elle un service rendu au pays.

— Oui, dit le juge de paix, parce que madame n'a qu'un fils. Le hasard de cette succession se perpétuera-t-il? Pendant un certain laps de temps, la grande et magnifique culture que vous établirez, espérons-le, n'appartenant qu'à un seul propriétaire, continuera de produire des bêtes à cornes et des chevaux. Mais malgré tout, un jour viendra où forêts et prairies seront ou partagées ou vendues par lots. De partages en partages, les six mille arpents de votre plaine auront mille ou douze cents propriétaires, et dès lors, plus de chevaux ni de haut bétail.

— Oh! dans ce temps-là... dit le maire.

— Entendez-vous le : Qu'est-ce que cela me fait? signalé par monsieur Clousier, s'écria monsieur Grossetête, le voilà pris sur le fait! Mais, monsieur, reprit le banquier d'un ton grave en s'adressant au maire stupéfait, ce temps est venu! Sur un rayon de dix lieues autour de Paris, la campagne, divisée à l'infini, peut à peine nourrir les vaches laitières. La commune d'Argenteuil [176] compte trente-huit mille huit cent quatre-vingt-cinq parcelles de terrain dont plusieurs ne donnent pas quinze centimes de revenu. Sans les puissants engrais de Paris, qui permettent d'obtenir des fourrages de qualités supérieures, je ne sais comment les nourrisseurs pourraient se tirer d'affaire. Encore cette nourriture violente et le séjour des vaches à l'étable les fait-elle mourir de maladies inflammatoires. On use les vaches autour de Paris comme on y use les chevaux dans les rues. Des cultures plus productives que celle de l'herbe, les cultures maraîchères, le fruitage, les pépinières, la vigne y anéantissent les prairies. Encore quelques années, et le lait viendra en poste à

Paris, comme y vient la marée. Ce qui se passe autour
de Paris a lieu de même aux environs de toutes les grandes
villes. Le mal de cette division excessive des propriétés
s'étend autour de cent villes en France, et la dévorera
quelque jour tout entière. A peine, selon Chaptal [176],
comptait-on, en 1800, deux millions d'hectares en
vignobles ; une statistique exacte vous en donnerait
au moins dix aujourd'hui. Divisée à l'infini par le système de nos successions, la Normandie perdra la moitié
de sa production chevaline et bovine ; mais elle aura
le monopole du lait à Paris, car son climat s'oppose
heureusement à la culture de la vigne. Aussi sera-ce un
phénomène curieux que celui de l'élévation progressive
du prix de la viande. En 1850, dans vingt ans d'ici,
Paris, qui payait la viande sept et onze sous la livre en
1814, la paiera vingt sous, à moins qu'il ne survienne
un homme de génie qui sache exécuter la pensée de
Charles X.

— Vous avez mis le doigt sur la grande plaie de la
France, reprit le juge de paix. La cause du mal gît
dans le Titre des Successions du Code civil, qui ordonne
le partage égal des biens. Là est le pilon dont le jeu
perpétuel émiette le territoire, individualise les fortunes en leur ôtant une stabilité nécessaire, et qui,
décomposant sans recomposer jamais, finira par tuer
la France. La Révolution française a émis un virus
destructif auquel les journées de Juillet viennent de
communiquer une activité nouvelle. Ce principe mor-
bifique est l'accession du paysan à la propriété. Si le
Titre des Successions est le principe du mal, le paysan
en est le moyen. Le paysan ne rend rien de ce qu'il a
conquis. Une fois que cet Ordre a pris un morceau de
terre dans sa gueule toujours béante, il le subdivise
tant qu'il y a trois sillons. Encore alors ne s'arrête-t-il
pas ! Il partage les trois sillons dans leur longueur,
comme monsieur vient de vous le prouver par l'exemple

de la commune d'Argenteuil. La valeur insensée que
le paysan attache aux moindres parcelles, rend impossible la recomposition de la Propriété. D'abord la
Procédure et le Droit sont annulés par cette division,
la propriété devient un non-sens. Mais ce n'est rien que
de voir expirer la puissance du Fisc et de la Loi sur des
parcelles qui rendent impossibles ses dispositions les
plus sages, il y a des maux encore plus grands. On a
des propriétaires de quinze, de vingt-cinq centimes de
revenu! Monsieur, dit-il en indiquant Grossetête, vient
de vous parler de la diminution des races bovine et
chevaline, le système légal y est pour beaucoup. Le
paysan propriétaire n'a que des vaches, il en tire sa
nourriture, il vend les veaux, il vend même le beurre, il
ne s'avise pas d'élever des bœufs, encore moins des
chevaux ; mais comme il ne récolte jamais assez de
fourrage pour soutenir une année de sécheresse, il
envoie sa vache au marché quand il ne peut plus la
nourrir. Si, par un hasard fatal, la récolte du foin manquait pendant deux années de suite, vous verriez à
Paris, la troisième année, d'étranges changements dans
le prix du bœuf, mais surtout dans celui du veau.

— Comment pourra-t-on faire alors les banquets
patriotiques [177]? dit en souriant le médecin.

— Oh! s'écria madame Graslin en regardant Roubaud, la politique ne peut donc se passer nulle part du
petit journal [178], même ici?

— La Bourgeoisie, reprit Clousier, remplit dans
cette horrible tâche le rôle des pionniers en Amérique.
Elle achète les grandes terres sur lesquelles le paysan
ne peut rien entreprendre [179], elle se les partage ; puis,
après les avoir mâchées, divisées, la licitation [180] ou
la vente en détail les livre plus tard au paysan. Tout se
résume par des chiffres aujourd'hui. Je n'en sais pas de
plus éloquents que ceux-ci : la France a quarante-neuf
millions d'hectares qu'il serait convenable de réduire à

quarante ; il faut en distraire les chemins, les routes, les dunes, les canaux et les terrains infertiles, incultes ou désertés par les capitaux, comme la plaine de Montégnac. Or, sur quarante millions d'hectares pour trente-deux millions d'habitants, il se trouve cent vingt-cinq millions de parcelles sur la cote générale des impositions foncières. J'ai négligé les fractions. Ainsi, nous sommes au-delà de la Loi agraire [181], et nous ne sommes au bout ni de la Misère, ni de la Discorde! Ceux qui mettent le territoire en miettes et amoindrissent la Production auront des organes pour crier que la vraie justice sociale consisterait à ne donner à chacun que l'usufruit de sa terrè. Ils diront que la propriété perpétuelle est un vol [182]! Les saint-simoniens ont commencé.

— Le magistrat a parlé, dit Grossetête, voici ce que le banquier ajoute à ces courageuses considérations. La propriété, rendue accessible au paysan et au petit bourgeois, cause à la France un tort immense que le gouvernement ne soupçonne même pas. On peut évaluer à trois millions de familles la masse des paysans, abstraction faite des indigents. Ces familles vivent de salaires [183]. Le salaire se paie en argent au lieu de se payer en denrées...

— Encore une faute immense de nos lois, s'écria Clousier en interrompant. La faculté de payer en denrées pouvait être ordonnée en 1790 ; mais, aujourd'hui, porter une pareille loi, ce serait risquer une révolution.

— Ainsi le prolétaire attire à lui l'argent du pays. Or, reprit Grossetête, le paysan n'a pas d'autre passion, d'autre désir, d'autre vouloir, d'autre point de mire que de mourir propriétaire. Ce désir, comme l'a fort bien établi monsieur Clousier, est né de la Révolution ; il est le résultat de la vente des biens nationaux. Il faudrait n'avoir aucune idée de ce qui se passe au fond des campagnes, pour ne pas admettre comme un fait constant, que ces trois millions de familles enterrent annuellement cinquante francs, et soustraient ainsi cent cinquante millions au mouvement de l'argent. La science de l'Économie politique a mis à l'état d'axiome qu'un écu de cinq francs, qui passe dans cent mains pendant une journée, équivaut d'une manière absolue à cinq cents francs. Or, il est certain pour nous autres, vieux observateurs de l'état des campagnes, que le paysan choisit sa terre ; il la guette et l'attend, il ne place jamais ses capitaux. L'acquisition par les paysans doit donc se calculer par périodes de sept années. Les paysans laissent ainsi par sept années, inerte et sans mouvement, une somme de onze cents millions ; mais comme la petite bourgeoisie en enterre bien autant, et se conduit de même à l'égard des propriétés auxquelles le paysan ne peut pas mordre, en quarante-deux ans, la France perd les intérêts d'au moins deux milliards, c'est-à-dire environ cent millions par sept ans, ou six cents millions en quarante-deux ans. Mais elle n'a pas perdu seulement six cents millions, elle a manqué à créer pour six cents millions de productions industrielles ou agricoles qui représentent une perte de douze cents millions ; car si le produit industriel n'était pas le double en valeur de son prix de revient en argent, le commerce n'existerait pas. Le prolétariat se prive lui-même de six cents millions de salaires ! Ces six cents millions de perte sèche, mais qui, pour un sévère économiste, représentent, par les bénéfices manquants de la circulation, une perte d'environ douze cents millions, expliquent l'état d'infériorité où se trouvent notre commerce, notre marine, et notre agriculture, à l'égard de celles de l'Angleterre. Malgré la différence qui existe entre les deux territoires, et qui est de plus des deux tiers en notre faveur, l'Angleterre pourrait remonter la cavalerie de deux armées françaises, et la viande y existe pour tout le monde. Mais aussi, dans ce pays, comme l'assiette de la propriété rend son acquisition presque impossible aux classes

inférieures, tout écu devient commerçant et roule. Ainsi,
outre la plaie du morcellement, celle de la diminution
des races bovine, chevaline et ovine, le Titre des Successions nous vaut encore six cents millions d'intérêts
perdus par l'enfouissement des capitaux du paysan et
du bourgeois, douze cents millions de productions en
moins, ou trois milliards de non-circulation par demi-
siècle.

— L'effet moral est pire que l'effet matériel! s'écria
le curé. Nous fabriquons des propriétaires mendiants
chez le peuple, des demi-savants chez les petits bourgeois, et le : Chacun chez soi, chacun pour soi, qui avait
fait son effet dans les classes élevées en juillet de cette
année, aura bientôt gangrené les classes moyennes. Un
prolétariat déshabitué de sentiments, sans autre Dieu
que l'Envie, sans autre fanatisme que le désespoir de
la Faim, sans foi ni croyance, s'avancera et mettra le
pied sur le cœur du pays. L'étranger, grandi sous la
loi monarchique, nous trouvera sans roi avec la Royauté,
sans lois avec la Légalité, sans propriétaires avec la
Propriété, sans gouvernement avec l'Élection, sans
force avec le Libre-Arbitre, sans bonheur avec l'Égalité.
Espérons que, d'ici là, Dieu suscitera en France un
homme providentiel, un de ces élus qui donnent aux
nations un nouvel esprit, et que, soit Marius, soit
Sylla [184], qu'il s'élève d'en bas ou vienne d'en haut, il
refera la Société.

— On commencera par l'envoyer en Cour d'Assise
ou en Police correctionnelle, répondit Gérard. Le jugement de Socrate et celui de Jésus-Christ seraient rendus
contre eux en 1831 comme autrefois à Jérusalem et
dans l'Attique. Aujourd'hui, comme autrefois, les Médiocrités jalouses laissent mourir de misère les penseurs,
les grands médecins politiques qui ont étudié les plaies
de la France, et qui s'opposent à l'esprit de leur siècle.
S'ils résistent à la misère, nous les ridiculisons ou nous

les traitons de rêveurs. En France, on se révolte dans
l'Ordre Moral contre le grand homme d'avenir, comme
on se révolte dans l'Ordre Politique contre le souverain.

— Autrefois les sophistes parlaient à un petit nombre
d'hommes, aujourd'hui la presse périodique leur permet
d'égarer toute une nation, s'écria le juge de paix ; et
la presse qui plaide pour le bon sens n'a pas d'écho !

Le maire regardait monsieur Clousier dans un profond étonnement. Madame Graslin, heureuse de rencontrer dans un simple juge de paix un homme occupé
de questions si graves, dit à monsieur Roubaud, son
voisin : — Connaissiez-vous monsieur Clousier ?

— Je ne le connais que d'aujourd'hui. Madame,
vous faites des miracles, lui répondit-il à l'oreille.
Cependant voyez son front, quelle belle forme ! Ne
ressemble-t-il pas au front classique ou traditionnel
donné par les statuaires à Lycurgue [185] et aux sages de
la Grèce ? — Évidemment la Révolution de Juillet a
un sens anti-politique [186], dit à haute voix et après
avoir embrassé les calculs exposés par Grossetête cet
ancien étudiant qui peut-être aurait fait une barricade [187].

— Ce sens est triple, dit Clousier. Vous avez compris
le Droit et la Finance, mais voici pour le Gouvernement.
Le pouvoir royal, affaibli par le dogme de la souveraineté
nationale en vertu de laquelle vient de se faire l'élection
du 9 août 1830, essayera de combattre ce principe rival,
qui laisserait au peuple le droit de se donner une nouvelle
dynastie chaque fois qu'il ne devinerait pas la pensée
de son roi ; et nous aurons une lutte intérieure qui certes
arrêtera pendant longtemps encore les progrès de la
France.

— Tous ces écueils ont été sagement évités par
l'Angleterre [188], reprit Gérard ; j'y suis allé. i'admire
cette ruche qui essaime sur l'univers et le ci⸱
qui la discussion [189] est une comédie politiq⸱
à satisfaire le peuple et à cacher l'action ⸱

qui se meut librement dans sa haute sphère, et où l'élection n'est pas dans les mains de la stupide bourgeoisie comme elle l'est en France. Avec le morcellement de la propriété, l'Angleterre n'existerait plus déjà. La haute propriété, les lords y gouvernent le mécanisme social. Leur marine, au nez de l'Europe, s'empare de portions entières du globe pour y satisfaire les exigences de leur commerce et y jeter les malheureux et les mécontents. Au lieu de faire la guerre aux capacités, de les annuler, de les méconnaître, l'aristocratie anglaise les cherche, les récompense, et se les assimile constamment. Chez les Anglais, tout est prompt dans ce qui concerne l'action du gouvernement, dans le choix des hommes et des choses, tandis que chez nous tout est lent ; et ils sont lents et nous sommes impatients. Chez eux l'argent est hardi et affairé, chez nous il est effrayé et soupçonneux. Ce qu'a dit monsieur Grossetête des pertes industrielles que le paysan cause à la France, a sa preuve dans un tableau que je vais vous dessiner en deux mots. Le Capital anglais, par son continuel mouvement, a créé pour dix milliards de valeurs industrielles et d'actions portant rente, tandis que le Capital français, supérieur comme abondance, n'en a pas créé la dixième partie.

— C'est d'autant plus extraordinaire, dit Roubaud, qu'ils sont lymphatiques et que nous sommes généralement sanguins ou nerveux.

— Voilà, monsieur, dit Clousier, une grande question à étudier. Rechercher les Institutions propres à réprimer le tempérament d'un peuple. Certes, Cromwell fut un grand législateur. Lui seul a fait l'Angleterre actuelle, en inventant *l'acte de navigation* [190], qui a rendu les Anglais les ennemis de toutes les autres nations, qui leur a inoculé un féroce orgueil, leur point d'appui. Mais malgré leur citadelle de Malte, si la France et la Russie comprennent le rôle de la mer Noire et de

la Méditerranée, un jour, la route d'Asie par l'Égypte
ou par l'Euphrate, régularisée au moyen des nouvelles
découvertes, tuera l'Angleterre, comme jadis la découverte du Cap de Bonne-Espérance a tué Venise.

— Et rien de Dieu! s'écria le curé. Monsieur Clousier,
monsieur Roubaud, sont indifférents en matière de
religion. Et monsieur? dit-il en interrogeant Gérard.

— Protestant, répondit Grossetête.

— Vous l'aviez deviné, s'écria Véronique en regardant le curé pendant qu'elle offrait sa main à Clousier
pour monter chez elle.

Les préventions que donnait contre lui l'extérieur
de monsieur Gérard s'étaient promptement dissipées,
et les trois notables de Montégnac se félicitèrent d'une
semblable acquisition.

— Malheureusement, dit monsieur Bonnet, il existe
entre la Russie et les pays catholiques que baigne la
Méditerranée, une cause d'antagonisme dans le schisme
de peu d'importance qui sépare la religion grecque de
la religion latine, un grand malheur pour l'avenir de
l'humanité.

— Chacun prêche pour son saint, dit en souriant
madame Graslin ; monsieur Grossetête pense à des
milliards perdus, monsieur Clousier au Droit bouleversé,
le médecin voit dans la Législation une question de
tempéraments, monsieur le curé voit dans la Religion
un obstacle à l'entente de la Russie et de la France...

— Ajoutez, madame, dit Gérard, que je vois dans
l'enfouissement des capitaux du petit bourgeois et du
paysan, l'ajournement de l'exécution des chemins de
fer en France.

— Que voudriez-vous donc? dit-elle.

— Oh! les admirables Conseillers d'État qui, sous
l'Empereur, méditaient les lois, et ce Corps législatif,
élu par les capacités du pays aussi bien que par les
propriétaires, et dont le seul rôle était de s'opposer à

des lois mauvaises ou à des guerres de caprice. Aujourd'hui, telle qu'elle est constituée, la Chambre des Députés arrivera, vous le verrez, à gouverner, ce qui constituera l'Anarchie légale.

— Mon Dieu! s'écria le curé dans un accès de patriotisme sacré, comment se fait-il que des esprits aussi éclairés que ceux-ci, dit-il en montrant Clousier, Roubaud et Gérard, voient le mal, en indiquent le remède, et ne commencent pas par se l'appliquer à eux-mêmes? Vous tous, qui représentez les classes attaquées, vous reconnaissez la nécessité de l'obéissance passive des masses dans l'État, comme à la guerre chez les soldats ; vous voulez l'unité du pouvoir, et vous désirez qu'il ne soit jamais mis en question. Ce que l'Angleterre a obtenu par le développement de l'orgueil et de l'intérêt humain, qui sont une croyance, ne peut s'obtenir ici que par les sentiments dus au catholicisme, et vous n'êtes pas catholiques! Moi, prêtre, je quitte mon rôle, je raisonne avec des raisonneurs. Comment voulez-vous que les masses deviennent religieuses et obéissent, si elles voient l'irréligion et l'indiscipline au-dessus d'elles? Les peuples unis par une foi quelconque auront toujours bon marché des peuples sans croyance. La loi de l'Intérêt général, qui engendre le Patriotisme [191], est immédiatement détruite par la loi de l'Intérêt particulier, qu'elle autorise, et qui engendre l'Égoïsme. Il n'y a de solide et de durable que ce qui est naturel, et la chose naturelle en politique est la Famille. La Famille doit être le point de départ de toutes les Institutions. Un effet universel démontre une cause universelle ; et ce que vous avez signalé de toutes parts vient du Principe social même, qui est sans force parce qu'il a pris le Libre Arbitre pour base, et que le Libre Arbitre est le père de l'Individualisme. Faire dépendre le bonheur de la sécurité, de l'intelligence, de la capacité de tous, n'est pas aussi sage que de faire dépendre le bonheur de la sécurité, de l'in-

telligence des institutions et de la capacité d'un seul. On
trouve plus facilement la sagesse chez un homme que
chez toute une nation. Les peuples ont un cœur et n'ont
pas d'yeux, ils sentent et ne voient pas. Les gouverne-
ments doivent voir et ne jamais se déterminer par les
sentiments. Il y a donc une évidente contradiction entre
les premiers mouvements des masses et l'action du
pouvoir qui doit en déterminer la force et l'unité. Rencontrer un grand prince est un effet du hasard, pour
parler votre langage ; mais se fier à une assemblée quelconque, fût-elle composée d'honnêtes gens, est une
folie. La France est folle en ce moment ! Hélas ! vous en
êtes convaincus aussi bien que moi. Si tous les hommes
de bonne foi comme vous donnaient l'exemple autour
d'eux, si toutes les mains intelligentes relevaient les
autels de la grande république des âmes, de la seule
Église qui ait mis l'Humanité dans sa voie, nous pour-
rions revoir en France les miracles qu'y firent nos pères.

— Que voulez-vous, monsieur le curé, dit Gérard, s'il
faut vous parler comme au confessionnal, je regarde la
Foi comme un mensonge qu'on se fait à soi-même,
l'Espérance comme un mensonge qu'on se fait sur
l'avenir, et votre Charité, comme une ruse d'enfant qui
se tient sage pour avoir des confitures.

— On dort cependant bien, monsieur, dit madame
Graslin, quand l'Espérance nous berce.

Cette parole arrêta Roubaud qui allait parler, et fut
appuyée par un regard de Grossetête et du curé.

— Est-ce notre faute à nous, dit Clousier, si Jésus-
Christ n'a pas eu le temps de formuler un gouvernement d'après sa morale, comme l'ont fait Moïse et
Confucius, les deux plus grands législateurs humains ;
car les Juifs et les Chinois existent, les uns malgré l—
dispersion sur la terre entière, et les aut—
isolement, en corps de nation.

— Ah ! vous me donnez bien de l'ou

naïvement le curé, mais je triompherai, je vous conver-
tirai tous!... Vous êtes plus près que vous ne le croyez
de la Foi. C'est derrière le mensonge que se tapit la vérité,
avancez d'un pas et retournez-vous!

Sur ce cri du curé, la conversation changea.

Le lendemain, avant de partir, monsieur Grossetête
promit à Véronique de s'associer à ses plans, dès que
leur réalisation serait jugée possible ; madame Graslin
et Gérard accompagnèrent à cheval sa voiture, et ne le
quittèrent qu'à la jonction de la route de Montégnac et
de celle de Bordeaux à Lyon. L'ingénieur était si impatient de reconnaître le terrain et Véronique si curieuse
de le lui montrer, qu'ils avaient tous deux projeté cette
partie la veille. Après avoir fait leurs adieux au bon
vieillard, ils se lancèrent dans la vaste plaine et côtoyè-
rent le pied de la chaîne des montagnes depuis la rampe
qui menait au château jusqu'au pic de la Roche-Vive.
L'ingénieur reconnut alors l'existence du banc continu
signalé par Farrabesche, et qui formait comme une dernière assise de fondations sous les collines. Ainsi, en
dirigeant les eaux de manière à ce qu'elles n'engorgeas-
sent plus le canal indestructible que la Nature avait fait
elle-même, et le débarrassant des terres qui l'avaient
comblé, l'irrigation serait facilitée par cette longue
gouttière, élevée d'environ dix pieds [192] au-dessus de la
plaine. La première opération et la seule décisive était
d'évaluer la quantité d'eau qui s'écoulait par le Gabou,
et de s'assurer si les flancs de cette vallée ne la laisse-
raient pas échapper.

Véronique donna un cheval à Farrabesche, qui devait
accompagner l'ingénieur et lui faire part de ses moindres
observations. Après quelques jours d'études, Gérard
trouva la base des deux chaînes parallèles assez solide,
quoique de composition différente, pour retenir les eaux.
Pendant le mois de janvier de l'année suivante, qui fut
pluvieux, il évalua la quantité d'eau qui passait par le

Gabou. Cette quantité, jointe à l'eau de trois sources qui pouvaient être conduites dans le torrent, produisait une masse suffisante à l'arrosement d'un territoire trois fois plus considérable que la plaine de Montégnac. Le barrage du Gabou, les travaux et les ouvrages nécessaires pour diriger les eaux par les trois vallons dans la plaine, ne devaient pas coûter plus de soixante mille francs, car l'ingénieur découvrit sur les communaux une masse calcaire qui fournirait de la chaux à bon marché, la forêt était proche, la pierre et le bois ne coûtaient rien et n'exigeaient point de transports. En attendant la saison pendant laquelle le Gabou serait à sec, seul temps propice à ces travaux, les approvisionnements nécessaires et les préparatifs pouvaient se faire de manière à ce que cette importante construction s'élevât rapidement. Mais la préparation de la plaine coûterait au moins, selon Gérard, deux cent mille francs, sans y comprendre ni l'ensemencement ni les plantations. La plaine devait être divisée en compartiments carrés de deux cent cin- quante arpents chacun, où le terrain devait être non pas défriché, mais débarrassé de ses plus gros cailloux. Des terrassiers auraient à creuser un grand nombre de fossés et à les empierrer, afin de ne pas laisser se perdre l'eau, et la faire courir ou monter à volonté. Cette entreprise vou- lait les bras actifs et dévoués de travailleurs conscien- cieux. Le hasard donnait un terrain sans obstacles, une plaine unie ; les eaux, qui offraient dix pieds de chute, pouvaient être distribuées à souhait ; rien n'empêchait d'obtenir les plus beaux résultats agricoles en offrant aux yeux ces magnifiques tapis de verdure, l'orgueil et la fortune de la Lombardie. Gérard fit venir du pays où il avait exercé ses fonctions un vieux conducteur expé- rimenté, nommé Fresquin.

Madame Graslin écrivit donc à Grossetête de lui négocier un emprunt de deux cent cinquante mille francs, garanti par ses inscriptions de rentes, qui, abandonnées pendant six ans, suffiraient, d'après le calcul de Gérard, à payer les intérêts et le capital. Cet emprunt fut conclu dans le courant du mois de mars. Les projets de Gérard, aidé par Fresquin son conducteur, furent alors entièrement terminés, ainsi que les nivellements, les sondages, les observations et les devis. La nouvelle de cette vaste entreprise, répandue dans toute la contrée, avait stimulé la population pauvre. L'infatigable Farrabesche, Colorat, Clousier, le maire de Montégnac, Roubaud, tous ceux qui s'intéressaient au pays ou à madame Graslin choisirent des travailleurs ou signalèrent les indigents qui méritaient d'être occupés. Gérard acheta pour son compte et pour celui de monsieur Grossetête un millier d'arpents de l'autre côté de la route de Montégnac. Fresquin, le conducteur, prit aussi cinq cents arpents, et fit venir à Montégnac sa femme et ses enfants.

Dans les premiers jours du mois d'avril 1833 [192], monsieur Grossetête vint voir les terrains achetés par Gérard, mais son voyage à Montégnac fut principalement déterminé par l'arrivée de Catherine Curieux que madame Graslin attendait, et venue de Paris par la diligence à Limoges. Il trouva madame Graslin prête à partir pour l'église. Monsieur Bonnet devait dire une messe pour appeler les bénédictions du ciel sur les travaux qui allaient s'ouvrir. Tous les travailleurs, les femmes, les enfants y assistaient.

— Voici votre protégée, dit le vieillard en présentant à Véronique une femme d'environ trente ans, souffrante et faible.

— Vous êtes Catherine Curieux ? lui dit madame Graslin.

— Oui, madame.

Véronique regarda Catherine pendant un moment. Assez grande, bien faite et blanche, cette fille avait des traits d'une excessive douceur et que ne démentait pas la belle nuance grise de ses yeux. Le tour du visage, la coupe du front offraient une noblesse à la fois auguste et simple qui se rencontre parfois dans la campagne chez les très jeunes filles, espèce de fleur de beauté que les travaux des champs, les soins continus du ménage, le hâle, le manque de soins enlèvent avec une effrayante rapidité. Son attitude annonçait cette aisance dans les mouvements qui caractérise les filles de la campagne, et à laquelle les habitudes involontairement prises à Paris avaient encore donné de la grâce. Restée dans la Corrèze, certes Catherine eût été déjà ridée, flétrie, ses couleurs autrefois vives seraient devenues fortes ; mais Paris, en la pâlissant, lui avait conservé sa beauté ; la maladie, les fatigues, les chagrins l'avaient douée des dons mystérieux de la mélancolie, de cette pensée intime qui manque aux pauvres campagnards habitués à une vie presque animale. Sa toilette, pleine de ce goût parisien que toutes les femmes, même les moins coquettes, contractent si promptement, la distinguait encore des paysannes. Dans l'ignorance où elle était de son sort, et incapable de juger madame Graslin, elle se montrait assez honteuse.

— Aimez-vous toujours Farrabesche ? lui demanda Véronique, que Grossetête avait laissée seule un instant.

— Oui, madame, répondit-elle en rougissant.

— Pourquoi, si vous lui avez envoyé mille francs pendant le temps qu'a duré sa peine, n'êtes-vous pas venue le retrouver à sa sortie ? Y a-t-il chez vous une répugnance pour lui ? parlez-moi comme à votre mère. Aviez-vous peur qu'il ne se fût tout à fait vicié, qu'il ne voulût plus de vous ?

— Non, madame ; mais je ne savais ni lire ni écrire, je servais une vieille dame très exigeante, elle est tombée malade, on la veillait, j'ai dû la garder. Tout en calculant que le moment de la libération de Jacques approchait, je ne pouvais quitter Paris qu'après la mort de

cette dame, qui ne m'a rien laissé, malgré mon dévouement à ses intérêts et à sa personne. Avant de revenir,
j'ai voulu me guérir d'une maladie causée par les veilles
et par le mal que je me suis donné. Après avoir mangé
mes économies, j'ai dû me résoudre à entrer à l'hôpital
Saint-Louis, d'où je sors guérie.

— Bien, mon enfant, dit madame Graslin émue de
cette explication si simple. Mais dites-moi maintenant
pourquoi vous avez abandonné vos parents brusquement, pourquoi vous avez laissé votre enfant, pourquoi vous n'avez pas donné de vos nouvelles, ou fait
écrire...

Pour toute réponse, Catherine pleura.

— Madame, dit-elle rassurée par un serrement de
main de Véronique, je ne sais si j'ai eu tort, mais il a été
au-dessus de mes forces de rester dans le pays. Je n'ai
pas douté de moi, mais des autres, j'ai eu peur des
bavardages, des caquets. Tant que Jacques courait ici
des dangers, je lui étais nécessaire, mais lui parti, je
me suis sentie sans force : être fille avec un enfant, et
pas de mari! La plus mauvaise créature aurait valu
mieux que moi. Je ne sais pas ce que je serais devenue
si j'avais entendu dire le moindre mot sur Benjamin ou
sur son père. Je me serais fait périr moi-même, je serais
devenue folle. Mon père ou ma mère, dans un moment de
colère, pouvaient me faire un reproche. Je suis trop
vive pour supporter une querelle ou une injure, moi qui
suis douce! J'ai été bien punie puisque je n'ai pu voir
mon enfant, moi qui n'ai pas été un seul jour sans penser à lui! J'ai voulu être oubliée, et je l'ai été. Personne
n'a pensé à moi. On m'a crue morte, et cependant j'ai
bien des fois voulu tout quitter pour venir passer un
jour ici, voir mon petit.

— Votre petit, tenez, mon enfant, voyez-le!

Catherine aperçut Benjamin et fut prise comme d'un
frisson de fièvre.

— Benjamin, dit madame Graslin, viens embrasser ta mère.

— Ma mère? s'écria Benjamin surpris. Il sauta au cou de Catherine, qui le serra sur elle avec une force sauvage. Mais l'enfant lui échappa et se sauva en criant : — Je vais *le quérir.*

Madame Graslin, obligée d'asseoir Catherine qui défaillait, aperçut alors monsieur Bonnet, et ne put s'empêcher de rougir en recevant de son confesseur un regard perçant qui lisait dans son cœur.

— J'espère, monsieur le curé, lui dit-elle en tremblant, que vous ferez promptement le mariage de Catherine et de Farrabesche. Ne reconnaissez-vous pas monsieur Bonnet, mon enfant ? il vous dira que Farrabesche, depuis son retour, s'est conduit en honnête homme, il a l'estime de tout le pays, et s'il est au monde un endroit où vous puissiez vivre heureux et considérés, c'est à Montégnac. Vous y ferez, Dieu aidant, votre fortune, car vous serez mes fermiers. Farrabesche est redevenu citoyen.

— Tout cela est vrai, mon enfant, dit le curé.

En ce moment, Farrabesche arriva traîné par son fils ; il resta pâle et sans parole en présence de Catherine et de madame Graslin. Il devinait combien la bienfaisance de l'une avait été active et tout ce que l'autre avait dû souffrir pour n'être pas venue. Véronique emmena le curé, qui, de son côté, voulait l'emmener. Dès qu'ils se trouvèrent assez loin pour n'être pas entendus, monsieur Bonnet regarda fixement sa pénitente et la vit rougissant, elle baissa les yeux comme une coupable.

— Vous dégradez le bien, lui dit-il sévèrement.

— Et comment? répondit-elle en relevant la tête.

— Faire le bien, reprit monsieur Bonnet, est une passion aussi supérieure à l'amour, que l'humanité, madame, est supérieure à la créature. Or, tout ceci ne s'accomplit pas par la seule force et avec la naïveté de la vertu. Vous retombez de toute la grandeur de l'humanité au culte d'une seule créature! Votre bienfaisance envers Farrabesche et Catherine comporte des souvenirs et des arrière-pensées qui en ôtent le mérite aux yeux de Dieu. Arrachez vous-même de votre cœur les restes du javelot qu'y a planté l'esprit du Mal. Ne dépouillez pas ainsi vos actions de leur valeur. Arriverez-vous donc enfin à cette sainte ignorance du bien que vous faites, et qui est la grâce suprême des actions humaines?

Madame Graslin s'était retournée afin d'essuyer ses yeux, dont les larmes disaient au curé que sa parole attaquait quelque endroit saignant du cœur où son doigt fouillait une plaie mal fermée. Farrabesche, Catherine et Benjamin vinrent pour remercier leur bienfaitrice; mais elle leur fit signe de s'éloigner, et de la laisser avec monsieur Bonnet.

— Voyez comme je les chagrine, lui dit-elle en les lui montrant attristés, et le curé, dont l'âme était tendre, leur fit alors signe de revenir. — Soyez, leur dit-elle, complètement heureux; voici l'ordonnance qui vous rend tous vos droits de citoyen et vous exempte des formalités qui vous humiliaient, ajouta-t-elle en tendant à Farrabesche un papier qu'elle gardait à sa main.

Farrabesche baisa respectueusement la main de Véronique et la regarda d'un œil à la fois tendre et soumis, calme et dévoué que rien ne devait altérer, comme celui du chien fidèle pour son maître.

— Si Jacques a souffert, madame, dit Catherine, dont les beaux yeux souriaient, j'espère pouvoir lui rendre autant de bonheur qu'il a eu de peine; car, quoi qu'il ait fait, il n'est pas méchant.

Madame Graslin détourna la tête, elle paraissait brisée par l'aspect de cette famille alors heureuse, et monsieur Bonnet la quitta pour aller à l'église, où elle se traîna sur le bras de monsieur Grossetête.

Après le déjeuner, tous allèrent assister à l'ouverture des travaux, que vinrent voir aussi tous les vieux de Montégnac. De la rampe sur laquelle montait l'avenue du château, monsieur Grossetête et monsieur Bonnet, entre lesquels était Véronique, purent apercevoir la disposition des quatre premiers chemins que l'on ouvrit, et qui servirent de dépôt aux pierres ramassées. Cinq terrassiers rejetaient les bonnes terres au bord des champs, en déblayant un espace de dix-huit pieds [194], la largeur de chaque chemin. De chaque côté, quatre hommes, occupés à creuser le fossé, en mettaient aussi la bonne terre sur le champ en forme de berge. Derrière eux, à mesure que cette berge avançait, deux hommes y pratiquaient des trous et y plantaient des arbres. Dans chaque pièce, trente indigents valides, vingt femmes et quarante filles ou enfants, en tout quatre-vingt-dix personnes, ramassaient les pierres que des ouvriers métraient le long des berges afin de constater la quantité produite par chaque groupe. Ainsi tous les travaux marchaient de front et allaient rapidement, avec des ouvriers choisis et pleins d'ardeur. Grossetête promit à madame Graslin de lui envoyer des arbres et d'en demander pour elle à ses amis. Évidemment, les pépinières du château ne suffiraient pas à de si nombreuses plantations. Vers la fin de la journée, qui devait se terminer par un grand dîner au château, Farrabesche pria madame Graslin de lui accorder un moment d'audience.

— Madame, lui dit-il en se présentant avec Catherine, vous avez eu la bonté de me promettre la ferme du château. En m'accordant une pareille faveur, votre intention est de me donner une occasion de fortune ; mais Catherine a sur notre avenir des idées que je viens vous soumettre. Si je fais fortune, il y aura des jaloux, un mot est bientôt dit, je puis avoir des désagréments, je les craindrais, et d'ailleurs Catherine serait toujours inquiète ; enfin le voisinage du monde ne nous convient

pas. Je viens donc vous demander simplement de nous
donner à ferme les terres situées au débouché du Gabou
sur les communaux, avec une petite partie de bois au
revers de la Roche-Vive. Vous aurez là, vers juillet,
beaucoup d'ouvriers, il sera donc alors facile de bâtir une
ferme dans une situation favorable, sur une éminence.
Nous y serons heureux. Je ferai venir Guépin. Mon
pauvre libéré travaillera comme un cheval, je le marierai
peut-être. Mon garçon n'est pas un fainéant, personne
ne viendra nous regarder dans le blanc des yeux, nous
coloniserons ce coin de terre, et je mettrai mon ambition
à vous y faire une fameuse ferme. D'ailleurs, j'ai à vous
proposer pour fermier de votre grande ferme un cousin
de Catherine qui a de la fortune, et qui sera plus capable
que moi de conduire une machine aussi considérable que
cette ferme-là. S'il plaît à Dieu que votre entreprise
réussisse, vous aurez dans cinq ans d'ici entre cinq à six
mille bêtes à cornes ou chevaux sur la plaine qu'on dé-
friche, et il faudra certes une forte tête pour s'y reconnaître.

Madame Graslin accorda la demande de Farrabesche
en rendant justice au bon sens qui la lui dictait.

Depuis l'ouverture des travaux de la plaine, la vie
de madame Graslin prit la régularité d'une vie de
campagne. Le matin, elle allait entendre la messe, elle
prenait soin de son fils, qu'elle idolâtrait, et venait
voir ses travailleurs. Après son dîner, elle recevait ses
amis de Montégnac dans son petit salon, situé au premier étage du pavillon de l'horloge. Elle apprit à Roubaud, à Clousier et au curé le whist, que savait Gérard.
Après la partie, vers neuf heures, chacun rentrait chez
soi. Cette vie douce eut pour seuls événements le succès
de chaque partie de la grande entreprise. Au mois de
juin, le torrent du Gabou étant à sec, monsieur Gérard
s'installa dans la maison du garde. Farrabesche avait
déjà fait bâtir sa ferme du Gabou. Cinquante maçons,

revenus de Paris [195], réunirent les deux montagnes par
une muraille de vingt pieds [196] d'épaisseur, fondée à
douze pieds [197] de profondeur sur un massif en béton.
La muraille, d'environ soixante pieds [198] d'élévation,
allait en diminuant, elle n'avait plus que dix pieds [199]
à son couronnement [200]. Gérard y adossa, du côté de
la vallée, un talus en béton [201], de douze pieds à sa base.
Du côté des communaux, un talus semblable recouvert
de quelques pieds de terre végétale appuya ce formi-
dable ouvrage, que les eaux ne pouvaient renverser.
L'ingénieur ménagea, en cas de pluies trop abondantes,
un déversoir à une hauteur convenable. La maçonnerie
fut poussée dans chaque montagne jusqu'au tuf ou
jusqu'au granit, afin que l'eau ne trouvât aucune issue
par les côtés. Ce barrage fut terminé vers le milieu du
mois d'août. En même temps, Gérard prépara trois
canaux dans les trois principaux vallons, et aucun de
ces ouvrages n'atteignit au chiffre de ses devis. Ainsi
la ferme du château put être achevée. Les travaux
d'irrigation dans la plaine conduits par Fresquin cor-
respondaient au canal tracé par la nature au bas de la
chaîne des montagnes du côté de la plaine, et d'où
partirent les rigoles d'arrosement. Des vannes furent
adaptées aux fossés que l'abondance des cailloux avait
permis d'empierrer, afin de tenir dans la plaine les
eaux à des niveaux convenables.

Tous les dimanches après la messe, Véronique, l'ingénieur, le curé, le médecin, le maire descendaient par
le parc et allaient y voir le mouvement des eaux. L'hiver
de 1833 à 1834 [202] fut très pluvieux. L'eau des trois
sources qui avaient été dirigées vers le torrent et l'eau
des pluies convertirent la vallée du Gabou en trois
étangs, étagés avec prévoyance afin de créer une réserve
pour les grandes sécheresses. Aux endroits où la vallée
s'élargissait, Gérard avait profité de quelques monti-
cules pour en faire des îles qui furent plantées en arbres

variés. Cette vaste opération changea complètement le paysage ; mais il fallait cinq ou six années pour qu'il eût sa vraie physionomie. « — Le pays était tout nu, disait Farrabesche, et Madame vient de l'habiller. »

Depuis ces grands changements, Véronique fut appelée *madame* dans toute la contrée. Quand les pluies cessèrent, au mois de juin 1834, on essaya les irrigations dans la partie de prairies ensemencées, dont la jeune verdure ainsi nourrie offrit les qualités supérieures des *marciti* [203] de l'Italie et des prairies suisses. Le système d'arrosement, modelé sur celui des fermes de la Lombardie, mouillait également le terrain, dont la surface était unie comme un tapis. Le nitre des neiges, en dissolution dans ces eaux, contribua sans doute beaucoup à la qualité de l'herbe. L'ingénieur espéra trouver dans les produits quelque analogie avec ceux de la Suisse, pour qui cette substance est, comme on le sait, une source intarissable de richesses. Les plantations sur les bords des chemins, suffisamment humectées par l'eau qu'on laissa dans les fossés, firent de rapides progrès. Aussi, en 1838, cinq ans après l'entreprise de madame Graslin à Montégnac, la plaine inculte, jugée infertile par vingt générations, était-elle verte, productive et entièrement plantée. Gérard y avait bâti cinq fermes de mille arpents chacune, sans compter le grand établissement du château. La ferme de Gérard, celle de Grossetête et celle de Fresquin, qui recevaient le trop-plein des eaux des domaines de madame Graslin, furent élevées sur le même plan et régies par les mêmes méthodes. Gérard se construisit un charmant pavillon dans sa propriété. Quand tout fut terminé, les habitants de Montégnac, sur la proposition du maire enchanté de donner sa démission, nommèrent Gérard maire de la commune.

En 1840, le départ du premier troupeau de bœufs envoyés par Montégnac sur les marchés de Paris, fut l'objet d'une fête champêtre. Les fermes de la plaine élevaient de gros bétail et des chevaux, car on avait généralement trouvé, par le nettoyage du terrain, sept pouces [204] de terre végétale que la dépouille annuelle des arbres, les engrais apportés par le pacage des bestiaux, et surtout l'eau de neige contenue dans le bassin du Gabou, devaient enrichir constamment. Cette année, madame Graslin jugea nécessaire de donner un précepteur à son fils, qui avait onze ans ; elle ne voulait pas s'en séparer, et voulait néanmoins en faire un homme instruit. Monsieur Bonnet écrivit au séminaire. Madame Graslin, de son côté, dit quelques mots de son désir et de ses embarras à monseigneur Dutheil, nommé récemment archevêque. Ce fut une grande et sérieuse affaire que le choix d'un homme qui devait vivre pendant au moins neuf ans au château. Gérard s'était déjà offert à montrer les mathématiques à son ami Francis ; mais il était impossible de remplacer un précepteur, et ce choix à faire épouvantait d'autant plus madame Graslin, qu'elle sentait chanceler sa santé. Plus les prospérités de son cher Montégnac croissaient, plus elle redoublait les austérités secrètes de sa vie. Monseigneur Dutheil, avec qui elle correspondait toujours, lui trouva l'homme qu'elle souhaitait. Il envoya de son diocèse un jeune professeur de vingt-cinq ans, nommé Ruffin, un esprit qui avait pour vocation l'enseignement particulier ; ses connaissances étaient vastes ; il avait une âme d'une excessive sensibilité qui n'excluait pas la sévérité nécessaire à qui veut conduire un enfant ; chez lui, la piété ne nuisait en rien à la science ; enfin il était patient et d'un extérieur agréable. « C'est un vrai cadeau que je vous fais, ma chère fille, écrivit le prélat ; ce jeune homme est digne de faire l'éducation d'un prince ; aussi compté-je que vous saurez lui assurer un sort, car il sera le père spirituel de votre fils. »

Monsieur Ruffin plut si fort aux fidèles amis de

madame Graslin, que son arrivée ne dérangea rien aux différentes intimités qui se groupaient autour de cette idole dont les heures et les moments étaient pris par chacun avec une sorte de jalousie.

L'année 1843 vit la prospérité de Montégnac s'accroître au-delà de toutes les espérances. La ferme du Gabou rivalisait avec les fermes de la plaine, et celle du château donnait l'exemple de toutes les améliorations. Les cinq autres fermes, dont le loyer progressif devait atteindre la somme de trente mille francs pour chacune à la douzième année du bail, donnaient alors en tout soixante mille francs de revenu. Les fermiers, qui commençaient à recueillir le fruit de leurs sacrifices et de ceux de madame Graslin, pouvaient alors amender les prairies de la plaine, où venaient des herbes de première qualité qui ne craignaient jamais la sécheresse. La ferme du Gabou paya joyeusement un premier fermage de quatre mille francs. Pendant cette année, un homme de Montégnac établit une diligence allant du chef-lieu d'arrondissement à Limoges, et qui partait tous les jours et de Limoges, et du chef-lieu. Le neveu de monsieur Clousier vendit son greffe et obtint la création d'une étude de notaire en sa faveur. L'administration nomma Fresquin percepteur du canton. Le nouveau notaire se bâtit une jolie maison dans le Haut-Montégnac, planta des mûriers dans les terrains qui en dépendaient, et fut l'adjoint de Gérard. L'ingénieur, enhardi par tant de succès, conçut un projet de nature à rendre colossale la fortune de madame Graslin, qui rentra cette année dans la possession des rentes engagées pour solder son emprunt. Il voulait canaliser la petite rivière, en y jetant les eaux surabondantes du Gabou. Ce canal, qui devait aller gagner la Vienne, permettrait d'exploiter les vingt mille arpents de l'immense forêt de Montégnac, admirablement entretenue par Colorat, et qui, faute de moyens de transport, ne donnait aucun revenu. On pouvait couper mille arpents par année en aménageant à vingt ans, et diriger ainsi sur Limoges de précieux bois de construction. Tel était le projet de Graslin, qui jadis avait peu écouté les plans du curé relativement à la plaine, et s'était beaucoup plus préoccupé de la canalisation de la petite rivière.

CHAPITRE V

VÉRONIQUE AU TOMBEAU

Au commencement de l'année suivante, malgré la
contenance de madame Graslin, ses amis aperçurent
en elle les symptômes avant-coureurs d'une mort
prochaine. A toutes les observations de Roubaud, aux
questions les plus ingénieuses des plus clairvoyants,
Véronique faisait la même réponse : « Elle se portait
à merveille. » Mais au printemps, elle alla visiter ses
forêts, ses fermes, ses belles prairies en manifestant une
joie enfantine qui dénotait en elle de tristes prévisions.

En se voyant forcé d'élever un petit mur en béton
depuis le barrage du Gabou jusqu'au parc de Montégnac,
le long et au bas de la colline dite de la Corrèze, Gérard
avait eu l'idée d'enfermer la forêt de Montégnac et de
la réunir au parc. Madame Graslin affecta trente mille
francs par an à cet ouvrage, qui exigeait au moins sept
années, mais qui soustrairait cette belle forêt aux droits
qu'exerce l'Administration sur les bois non clos des
particuliers. Les trois étangs de la vallée du Gabou
devaient alors se trouver dans le parc. Chacun de ces
étangs, orgueilleusement appelés des lacs, avait son
île. Cette année, Gérard avait préparé, d'accord avec
Grossetête, une surprise à madame Graslin pour le
jour de sa naissance. Il avait bâti dans la plus grande
de ces îles, la seconde, une petite chartreuse assez rus-

tique au dehors et d'une parfaite élégance au-dedans.
L'ancien banquier trempa dans cette conspiration, à
laquelle coopérèrent Farrabesche, Fresquin, le neveu
de Clousier et la plupart des riches de Montégnac.
Grossetête envoya un joli mobilier pour la chartreuse.
Le clocher, copié sur celui de Vévay [205], faisait un charmant effet dans le paysage. Six canots, deux pour chaque
étang, avaient été construits, peints et gréés en secret
pendant l'hiver par Farrabesche et Guépin, aidés du
charpentier de Montégnac.

A la mi-mai donc, après le déjeuner que madame
Graslin offrait à ses amis, elle fut emmenée par eux à
travers le parc, supérieurement dessiné par Gérard qui
depuis cinq ans le soignait en architecte et en natura-
liste, vers la jolie prairie de la vallée du Gabou, où, sur
la rive du premier lac, flottaient les deux canots. Cette
prairie, arrosée par quelques ruisseaux clairs, avait
été prise au bas du bel amphithéâtre où commence la
vallée du Gabou. Les bois défrichés avec art et de
manière à produire les plus élégantes masses ou des
découpures charmantes à l'œil, embrassaient cette
prairie en y donnant un air de solitude doux à l'âme.
Gérard avait scrupuleusement rebâti sur une éminence
ce chalet de la vallée de Sion qui se trouve sur la route
de Brig [206] et que tous les voyageurs admirent. On devait
y loger les vaches et la laiterie du château. De la galerie,
on apercevait le paysage créé par l'ingénieur, et que
ses lacs rendaient digne des plus jolis sites de la Suisse.
Le jour était superbe. Au ciel bleu, pas un nuage ; à
terre, mille accidents gracieux comme il s'en forme dans
ce beau mois de mai. Les arbres plantés depuis dix ans
sur les bords : saules pleureurs, saules marceau, des
aulnes, des frênes, des blancs de Hollande [207], des peupliers d'Italie et de Virginie, des épines blanches et
roses, des acacias, des bouleaux, tous sujets d'élite,
disposés tous comme le voulait et le terrain et leur phy-

sionomie, retenaient dans leurs feuillages quelques
vapeurs nées sur les eaux et qui ressemblaient à de
légères fumées. La nappe d'eau, claire comme un miroir
et calme comme le ciel, réfléchissait les hautes masses
vertes de la forêt, dont les cimes nettement dessinées
dans la limpide atmosphère, contrastaient avec les
bocages d'en bas, enveloppés de leurs jolis voiles. Les
lacs, séparés par de fortes chaussées, montraient trois
miroirs à reflets différents, dont les eaux s'écoulaient
de l'un dans l'autre par de mélodieuses cascades. Ces
chaussées formaient des chemins pour aller d'un bord
à l'autre sans avoir à tourner la vallée. On apercevait
du chalet, par une échappée, le steppe [208] ingrat des
communaux crayeux et infertiles qui, vu du dernier
balcon, ressemblait à la pleine mer, et qui contrastait
avec la fraîche nature du lac et de ses bords. Quand
Véronique vit la joie de ses amis qui lui tendaient la
main pour la faire monter dans la plus grande des em-
barcations, elle eut des larmes dans les yeux, et laissa
nager [209] en silence jusqu'au moment où elle aborda la
première chaussée. En y montant pour s'embarquer
sur la seconde flotte, elle aperçut alors la Chartreuse et
Grossetête assis sur un banc avec toute sa famille.

— Ils veulent donc me faire regretter la vie ? dit-elle
au curé.

— Nous voulons vous empêcher de mourir, répondit
Clousier.

— On ne rend pas la vie aux morts, répliqua-t-elle.

Monsieur Bonnet jeta sur sa pénitente un regard
sévère qui la fit rentrer en elle-même.

— Laissez-moi seulement prendre soin de votre
santé, lui demanda Roubaud d'une voix douce et sup-
pliante, je suis certain de conserver à ce canton sa gloire
vivante, et à tous nos amis le lien de leur vie commune.

Véronique baissa la tête et Gérard nagea lentement
vers l'île, au milieu de ce lac, le plus large des trois et

où le bruit des eaux du premier, alors trop plein, reten-
tissait au loin en donnant une voix à ce délicieux paysage.

— Vous avez bien raison de me faire faire mes adieux
à cette ravissante création, dit-elle en voyant la beauté
des arbres tous si feuillus qu'ils cachaient les deux
rives.

La seule désapprobation que ses amis se permirent
fut un morne silence, et Véronique, sur un nouveau
regard de monsieur Bonnet, sauta légèrement à terre
en prenant un air gai qu'elle ne quitta plus. Redevenue
châtelaine, elle fut charmante, et la famille Grossetête
reconnut en elle la belle madame Graslin des anciens
jours. « — Assurément, elle pouvait vivre encore! »
lui dit sa mère à l'oreille. Dans ce beau jour de fête, au
milieu de cette sublime création opérée avec les seules
ressources de la nature, rien ne semblait devoir blesser
Véronique, et cependant elle y reçut son coup de grâce.
On devait revenir sur les neuf heures par les prairies,
dont les chemins, tous aussi beaux que des routes an-
glaises ou italiennes, faisaient l'orgueil de l'ingénieur.
L'abondance du caillou, mis de côté par masses lors
du nettoyage de la plaine, permettait de si bien les
entretenir, que depuis cinq ans, elles s'étaient en quelque
sorte macadamisées. Les voitures stationnaient au débouché du dernier vallon du côté de la plaine, presque
au bas de la Roche-Vive. Les attelages, tous composés
de chevaux élevés à Montégnac, étaient les premiers
élèves susceptibles d'être vendus, le directeur du haras
en avait fait dresser une dizaine pour les écuries du
château, et leur essai faisait partie du programme de
la fête. A la calèche de madame Graslin, un présent de
Grossetête, piaffaient les quatre plus beaux chevaux
harnachés avec simplicité. Après le dîner, la joyeuse
compagnie alla prendre le café dans un petit kiosque
en bois, copié sur l'un de ceux du Bosphore [210] et situé

à la pointe de l'île d'où la vue plongeait sur le dernier étang. La maison de Colorat, car le garde, incapable de remplir des fonctions aussi difficiles que celles de garde général de Montégnac, avait eu la succession de Farrabesche, et l'ancienne maison restaurée formait une des fabriques [211] de ce paysage, terminé par le grand barrage du Gabou qui arrêtait délicieusement les regards sur une masse de végétation riche et vigoureuse.

De là, madame Graslin crut voir son fils Francis aux environs de la pépinière due à Farrabesche ; elle le chercha du regard, ne le trouva pas, et monsieur Ruffin le lui montra jouant en effet, le long des bords, avec les enfants des petites-filles de Grossetête. Véronique craignit quelque accident. Sans écouter personne, elle descendit le kiosque, sauta dans une des chaloupes, se fit débarquer sur la chaussée et courut chercher son fils. Ce petit incident fut cause du départ. Le vénérable trisaïeul Grossetête proposa le premier d'aller se promener dans le beau sentier qui longeait les deux derniers lacs en suivant les caprices de ce sol montagneux. Madame Graslin aperçut de loin Francis dans les bras d'une femme en deuil. A en juger par la forme du chapeau, par la coupe des vêtements, cette femme devait être une étrangère. Véronique effrayée appela son fils, qui revint.

— Qui est cette femme ? demanda-t-elle aux enfants, et pourquoi Francis vous a-t-il quittés ?

— Cette dame l'a appelé par son nom. dit une petite fille.

En ce moment, la Sauviat et Gérard, qui avaient devancé toute la compagnie, arrivèrent.

— Qui est cette femme ? mon cher enfant, dit madame Graslin à Francis.

— Je ne la connais pas, dit l'enfant, mais il n'y a que toi et ma grand-mère qui m'embrassiez ainsi. Elle a pleuré, dit-il à l'oreille de sa mère.

— Voulez-vous que je coure après elle? dit Gérard.

— Non, lui répondit madame Graslin avec une brusquerie qui n'était pas dans ses habitudes.

Par une délicatesse qui fut appréciée de Véronique, Gérard emmena les enfants, et alla au-devant de tout le monde en laissant la Sauviat, madame Graslin et Francis seuls.

— Que t'a-t-elle dit? demanda la Sauviat à son petit-fils.

— Je ne sais pas, elle ne me parlait pas français.

— Tu n'as rien entendu? dit Véronique.

— Ah! elle a dit à plusieurs reprises, et voilà pourquoi j'ai pu le retenir : *dear brother!*

Véronique prit le bras de sa mère, et garda son fils à la main ; mais elle fit à peine quelques pas, ses forces l'abandonnèrent.

— Qu'a-t-elle? qu'est-il arrivé? demanda-t-on à la Sauviat.

— Oh! ma fille est en danger, dit d'une voix gutturale et profonde la vieille Auvergnate.

Il fallut porter madame Graslin dans sa voiture ; elle voulut qu'Aline y montât avec Francis et désigna Gérard pour l'accompagner.

— Vous êtes allé, je crois, en Angleterre? lui dit-elle quand elle eut recouvré ses esprits, et vous savez l'anglais. Que signifient ces mots : *dear brother?*

— Qui ne le sait? s'écria Gérard. Ça veut dire : *cher frère!*

Véronique échangea avec Aline et avec la Sauviat un regard qui les fit frémir ; mais elles continrent leurs émotions. Les cris de joie de tous ceux qui assistaient au départ des voitures, les pompes du soleil couchant dans les prairies, la parfaite allure des chevaux, les rires de ses amis qui suivaient, le galop que faisaient prendre à leurs montures ceux qui l'accompagnaient à cheval, rien ne tira madame Graslin de sa torpeur ;

sa mère fit alors hâter le cocher, et leur voiture arriva la première au château. Quand la compagnie y fut réunie, on apprit que Véronique s'était renfermée chez elle et ne voulait voir personne.

— Je crains, dit Gérard à ses amis, que madame Graslin n'ait reçu quelque coup mortel...

— Où ? comment ? lui demanda-t-on.

— Au cœur, répondit Gérard.

Le surlendemain, Roubaud partit pour Paris ; il avait trouvé madame Graslin si grièvement atteinte, que, pour l'arracher à la mort, il allait réclamer les lumières et le secours du meilleur médecin de Paris. Mais Véronique n'avait reçu Roubaud que pour mettre un terme aux importunités de sa mère et d'Aline, qui la suppliaient de se soigner : elle se sentit frappée à mort. Elle refusa de voir monsieur Bonnet, en lui faisant répondre qu'il n'était pas temps encore. Quoique tous ses amis, venus de Limoges pour sa fête, voulussent rester près d'elle, elle les pria de l'excuser si elle ne remplissait pas les devoirs de l'hospitalité ; mais elle désirait rester dans la plus profonde solitude. Après le brusque départ de Roubaud, les hôtes du château de Montégnac retournèrent alors à Limoges, moins désappointés que désespérés, car tous ceux que Grossetête avait amenés adoraient Véronique. On se perdit en conjectures sur l'événement qui avait pu causer ce mystérieux désastre.

Un soir, deux jours après le départ de la nombreuse famille des Grossetête, Aline introduisit Catherine dans l'appartement de madame Graslin. La Farrabesche resta clouée à l'aspect du changement qui s'était si subitement opéré chez sa maîtresse, à qui elle voyait un visage presque décomposé.

— Mon Dieu ! madame, s'écria-t-elle, quel mal a fait cette pauvre fille ! Si nous avions pu le prévoir, Farrabesche et moi nous ne l'aurions jamais reçue ; elle vient

d'apprendre que madame est malade, et m'envoie dire
à madame Sauviat qu'elle désire lui parler.

— Ici! s'écria Véronique. Enfin où est-elle?

— Mon mari l'a conduite au chalet.

— C'est bien, répondit madame Graslin, laissez-nous,
et dites à Farrabesche de se retirer. Annoncez à cette
dame que ma mère ira la voir, et qu'elle attende.

Quand la nuit fut venue, Véronique, appuyée sur sa
mère, chemina lentement à travers le parc jusqu'au
chalet. La lune brillait de tout son éclat, l'air était
doux, et les deux femmes, visiblement émues, recevaient
en quelque sorte des encouragements de la nature. La
Sauviat s'arrêtait de moments en moments, et faisait
reposer sa fille, dont les souffrances furent si poignantes,
que Véronique ne put atteindre que vers minuit au
sentier qui descendait des bois dans la prairie en pente,
où brillait le toit argenté du chalet. La lueur de la lune
donnait à la surface des eaux calmes la couleur des
perles. Les bruits menus de la nuit, si retentissants dans
le silence, formaient une harmonie suave. Véronique
se posa sur le banc du chalet, au milieu du beau spectacle de cette nuit étoilée. Le murmure de deux voix,
et le bruit produit sur le sable par les pas de deux personnes encore éloignées, furent apportés par l'eau, qui,
dans le silence, traduit les sons aussi fidèlement qu'elle
reflète les objets dans le calme. Véronique reconnut à sa
douceur exquise l'organe du curé, le frôlement de la
soutane, et le cri d'une étoffe de soie qui devait être
une robe de femme.

— Entrons, dit-elle à sa mère.

La Sauviat et Véronique s'assirent sur une crèche
dans la salle basse destinée à être une étable.

— Mon enfant, disait le curé, je ne vous blâme point,
vous êtes excusable, mais vous pouvez être la cause
d'un malheur irréparable, car elle est l'âme de ce pays.

— Oh! monsieur, je m'en irai dès ce soir, répondit

l'étrangère ; mais je puis vous le dire, quitter encore
une fois mon pays, ce sera mourir. Si j'étais restée une
journée de plus dans cet horrible New York et aux
États-Unis, où il n'y a ni espérance, ni foi, ni charité,
je serais morte sans avoir été malade. L'air que je res-
pirais me faisait mal dans la poitrine, les aliments ne
m'y nourrissaient plus, je mourais en paraissant pleine
de vie et de santé. Ma souffrance a cessé dès que j'ai
eu le pied sur le vaisseau : j'ai cru être en France. Oh !
monsieur, j'ai vu périr de chagrin ma mère et une de
mes belles-sœurs. Enfin, mon grand-père Tascheron
et ma grand-mère sont morts, morts, mon cher monsieur
Bonnet, malgré les prospérités inouïes de Tascheron-
ville. Oui, mon père a fondé un village dans l'État de
l'Ohio. Ce village est devenu presque une ville, et le
tiers des terres qui en dépendent sont cultivées par
notre famille, que Dieu a constamment protégée : nos
cultures ont réussi, nos produits sont magnifiques, et
nous sommes riches. Aussi avons-nous pu bâtir une
église catholique, la ville est catholique, nous n'y souf-
frons point d'autres cultes, et nous espérons convertir
par notre exemple les mille sectes qui nous entourent.
La vraie religion est en minorité dans ce triste pays
d'argent et d'intérêts où l'âme a froid. Néanmoins, j'y
retournerai mourir plutôt que de faire le moindre tort
et causer la plus légère peine à la mère de notre cher
Francis. Seulement, monsieur Bonnet, conduisez-moi
pendant cette nuit au presbytère, et que je puisse prier
sur *sa* tombe, qui m'a seule attirée ici ; car à mesure
que je me rapprochais de l'endroit où *il* est, je me sentais toute autre. Non, je ne croyais pas être si heureuse
ici !...

— Eh ! bien, dit le curé, partons, venez. Si quelque
jour vous pouviez revenir sans inconvénients, je vous
écrirai, Denise ; mais peut-être cette visite à votre pays
vous permettra-t-elle de demeurer là-bas sans souffrir...

— Quitter ce pays, qui maintenant est si beau!
Voyez donc ce que madame Graslin a fait du Gabou?
dit-elle en montrant le lac éclairé par la lune. Enfin,
tous ces domaines seront à notre cher Francis!

— Vous ne partirez pas, Denise, dit madame Graslin
en se montrant à la porte de l'étable.

La sœur de Jean-François Tascheron joignit les mains
à l'aspect du spectre qui lui parlait. En ce moment, la
pâle Véronique, éclairée par la lune, eut l'air d'une
ombre en se dessinant sur les ténèbres de la porte ouverte de l'étable. Ses yeux brillaient comme deux étoiles.

— Non, ma fille, vous ne quitterez pas le pays que
vous êtes venue revoir de si loin, et vous y serez heureuse,
ou Dieu refuserait de seconder mes œuvres, et c'est
lui qui sans doute vous envoie!

Elle prit par la main Denise étonnée, et l'emmena
par un sentier vers l'autre rive du lac, en laissant sa
mère et le curé qui s'assirent sur le banc.

— Laissons-lui faire ce qu'elle veut, dit la Sauviat.

Quelques instants après, Véronique revint seule, et
fut reconduite au château par sa mère et par le curé.
Sans doute elle avait conçu quelque projet qui voulait
le mystère, car personne dans le pays ne vit Denise et
n'entendit parler d'elle. En reprenant le lit, madame
Graslin ne le quitta plus; elle alla chaque jour plus
mal, et parut contrariée de ne pouvoir se lever, en essayant à plusieurs reprises, mais en vain, de se promener dans le parc. Cependant, quelques jours après
cette scène, au commencement du mois de juin, elle
fit dans la matinée un effort violent sur elle-même, se
leva, voulut s'habiller et se parer comme pour un jour
de fête; elle pria Gérard de lui donner le bras, car ses
amis venaient tous les jours savoir de ses nouvelles;
et quand Aline dit que sa maîtresse voulait se promener, tous accoururent au château. Madame Graslin,
qui avait réuni toutes ses forces, les épuisa pour faire

cette promenade. Elle accomplit son projet dans un paroxysme de volonté qui devait avoir une funeste réaction.

— Allons au chalet, et seuls, dit-elle à Gérard d'une voix douce et en le regardant avec une sorte de coquetterie. Voici ma dernière escapade, car j'ai rêvé cette nuit que les médecins arrivaient.

— Vous voulez voir vos bois ? dit Gérard.

— Pour la dernière fois, reprit-elle ; mais j'ai, lui dit-elle d'une voix insinuante, à vous y faire de singulières propositions.

Elle força Gérard à s'embarquer avec elle sur le second lac, où elle se rendit à pied. Quand l'ingénieur, surpris de lui voir faire un pareil trajet, fit mouvoir les rames, elle lui indiqua la Chartreuse comme but du voyage.

— Mon ami, lui dit-elle après une longue pause pendant laquelle elle avait contemplé le ciel, l'eau, les collines, les bords, j'ai la plus étrange demande à vous faire ; mais je vous crois homme à m'obéir.

— En tout, sûr que vous ne pouvez rien vouloir que de bien, s'écria-t-il.

— Je veux vous vous marier, répondit-elle, et vous accomplirez le vœu d'une mourante certaine de faire votre bonheur.

— Je suis trop laid, dit l'ingénieur.

— La personne est jolie, elle est jeune, elle veut vivre à Montégnac, et si vous l'épousez, vous contribuerez à me rendre doux mes derniers moments. Qu'il ne soit pas entre nous question de ses qualités, je vous la donne pour une créature d'élite ; et, comme en fait de grâces, de jeunesse, de beauté, la première vue suffit, nous l'allons voir à la Chartreuse. Au retour, vous me direz un *non* ou un *oui* sérieux.

Après cette confidence, l'ingénieur accéléra le mouvement des rames, ce qui fit sourire madame Graslin.

Denise, qui vivait cachée à tous les regards dans la Chartreuse, reconnut madame Graslin et s'empressa d'ouvrir. Véronique et Gérard entrèrent. La pauvre fille ne put s'empêcher de rougir en rencontrant le regard de l'ingénieur, qui fut agréablement surpris par la beauté de Denise.

— La Curieux ne vous a laissé manquer de rien? lui demanda Véronique.

— Voyez, madame, dit-elle en lui montrant le déjeuner.

— Voici monsieur Gérard de qui je vous ai parlé, reprit Véronique, il sera le tuteur de mon fils, et, après ma mort, vous demeurerez ensemble au château jusqu'à sa majorité.

— Oh! madame, ne parlez pas ainsi.

— Mais regardez-moi, mon enfant, dit-elle à Denise, à qui elle vit aussitôt des larmes dans les yeux. — Elle vient de New York, dit-elle à Gérard.

Ce fut une manière de mettre le couple en rapport. Gérard fit des questions à Denise, et Véronique les laissa causer en allant regarder le dernier lac du Gabou. Vers six heures, Gérard et Véronique revenaient en bateau vers le chalet.

— Eh! bien? dit-elle en regardant son ami.

— Vous avez ma parole.

— Quoique vous soyez sans préjugés, reprit-elle, vous ne devez pas ignorer la circonstance cruelle qui a fait quitter le pays à cette pauvre enfant, ramenée ici par la nostalgie.

— Une faute?

— Oh! non, dit Véronique, vous la présenterais-je? Elle est la sœur d'un ouvrier qui a péri sur l'échafaud...

— Ah! Tascheron, reprit-il, l'assassin du père Pingret...

— Oui, elle est la sœur d'un assassin, répéta madame

Graslin avec une profonde ironie, vous pouvez reprendre votre parole.

Elle n'acheva pas, Gérard fut obligé de la porter sur le banc du chalet où elle resta sans connaissance pendant quelques instants. Elle trouva Gérard à ses genoux qui lui dit quand elle rouvrit les yeux : — J'épouserai Denise !

Madame Graslin releva Gérard, lui prit la tête, le baisa sur le front ; et, en le voyant étonné de ce remerciement, Véronique lui serra la main et lui dit : — Vous saurez bientôt le mot de cette énigme. Tâchons de regagner la terrasse où nous retrouverons nos amis ; il est bien tard, je suis bien faible, et néanmoins je veux faire de loin mes adieux à cette chère plaine !

Quoique la journée eût été d'une insupportable chaleur, les orages qui pendant cette année dévastèrent une partie de l'Europe et de la France, mais qui respectèrent le Limousin, avaient eu lieu dans le bassin de la Loire, et l'air commençait à fraîchir. Le ciel était alors si pur que l'œil saisissait les moindres détails à l'horizon. Quelle parole peut peindre le délicieux concert que produisaient les bruits étouffés du bourg animé par les travailleurs à leur retour des champs ? Cette scène, pour être bien rendue, exige à la fois un grand paysagiste et un peintre de la figure humaine. N'y a-t-il pas en effet dans la lassitude de la nature et dans celle de l'homme une entente curieuse et difficile à rendre ? La chaleur attiédie d'un jour caniculaire et la raréfaction de l'air donnent alors au moindre bruit fait par les êtres toute sa signification. Les femmes assises à leurs portes en attendant leurs hommes qui souvent ramènent les enfants, babillent entre elles et travaillent encore. Les toits laissent échapper des fumées qui annoncent le dernier repas du jour, le plus gai pour les paysans : après, ils dormiront. Le mouvement exprime alors les pensées heureuses et tranquilles de ceux qui ont achevé leur journée. On entend des chants dont le caractère est bien certainement différent de ceux du matin. En ceci, les villageois imitent les oiseaux, dont les gazouillements, le soir, ne ressemblent en rien à leurs cris vers l'aube. La nature entière chante un hymne au repos, comme elle chante au lever du soleil un hymne d'allégresse. Les moindres actions des êtres animés semblent se teindre alors des douces et harmonieuses couleurs que le couchant jette sur les campagnes et qui prêtent au sable des chemins un caractère placide. Si quelqu'un osait nier l'influence de cette heúre, la plus belle du jour, les fleurs le démentiraient en l'enivrant de leurs plus pénétrants parfums, qu'elles exhalent alors et mêlent aux cris les plus tendres des insectes, aux amoureux murmures des oiseaux. Les traînes qui sillonnent la plaine au-delà du bourg s'étaient voilées de vapeurs fines et légères. Dans les grandes prairies que partage le chemin départemental, alors ombragé de peupliers, d'acacias et de vernis du Japon, également entremêlés, tous si bien venus qu'ils donnaient déjà de l'ombrage, on apercevait les immenses et célèbres troupeaux de haut bétail, parsemés, groupés, les uns ruminant, les autres paissant encore. Les hommes, les femmes, les enfants achevaient les plus jolis travaux de la campagne, ceux de la fenaison. L'air du soir, animé par la subite fraîcheur des orages, apportait les nourrissantes senteurs des herbes coupées et des bottes de foin faites. Les moindres accidents de ce beau panorama se voyaient parfaitement : et ceux qui, craignant l'orage, achevaient en toute hâte des meules autour desquelles les faneuses accouraient avec des fourches chargées, et ceux qui remplissaient les charrettes au milieu des botteleurs, et ceux qui, dans le lointain, fauchaient encore, et celles qui retournaient les longues lignes d'herbes abattues comme des hachures sur les prés pour les faner, et celles qui se pressaient de

les mettre en maquets [212]. On entendait les rires de
ceux qui jouaient, mêlés aux cris des enfants qui se
poussaient sur les tas de foin. On distinguait les jupes
roses, ou rouges, ou bleues, les fichus, les jambes nues,
les bras des femmes parées toutes de ces chapeaux de
paille commune à grands bords, et les chemises des
hommes, presque tous en pantalons blancs. Les derniers
rayons du soleil poudroyaient à travers les longues
lignes des peupliers plantés le long des rigoles qui divi-
sent la plaine en prairies inégales, et caressaient les
groupes composés de chevaux, de charrettes, d'hommes,
de femmes, d'enfants et des bestiaux. Les gardeurs de
bœufs, les bergères commençaient à réunir leurs troupeaux en les appelant au son de cornets rustiques. Cette
scène était à la fois bruyante et silencieuse, singulière
antithèse qui n'étonnera que les gens à qui les splendeurs de la campagne sont inconnues. Soit d'un côté
du bourg, soit de l'autre, des convois de vert fourrage
se succédaient. Ce spectacle avait je ne sais quoi d'en-
gourdissant. Aussi Véronique allait-elle silencieuse,
entre Gérard et le curé. Quand une brèche faite par
une rue champêtre entre les maisons étagées au-dessous de cette terrasse, du presbytère et de l'église,
permettait au regard de plonger dans la grande rue de
Montégnac, Gérard et monsieur Bonnet apercevaient
les yeux des femmes, des hommes, des enfants, enfin
tous les groupes tournés vers eux, et suivant, plus particulièrement sans doute, madame Graslin. Combien de
tendresses, de reconnaissances exprimées par les atti-
tudes! De quelles bénédictions Véronique n'était-elle
pas chargée! Avec quelle religieuse attention ces trois
bienfaiteurs de tout un pays n'étaient-ils pas contem-
plés! L'homme ajoutait donc un hymne de reconnaissance à tous les chants du soir. Mais si madame Graslin
marchait les yeux attachés sur ces longues et magnifiques nappes vertes, sa création la plus chérie, le prêtre

et le maire ne cessaient de regarder les groupes d'en bas, il était impossible de se méprendre à l'expression : la douleur, la mélancolie, les regrets mêlés d'espérances s'y peignaient. Personne à Montégnac n'ignorait que monsieur Roubaud était allé chercher des gens de science à Paris, et que la bienfaitrice de ce canton atteignait au terme d'une maladie mortelle. Dans tous les marchés, à dix lieues à la ronde, les paysans demandaient à ceux de Montégnac : — « Comment va votre bourgeoise ? » Ainsi la grande idée de la mort planait sur ce pays, au milieu de ce tableau champêtre. De loin, dans la prairie, plus d'un faucheur en repassant sa faux, plus d'une jeune fille, le bras posé sur sa fourche, plus d'un fermier du haut de sa meule, en apercevant madame Graslin, restait pensif, examinant cette grande femme, la gloire de la Corrèze, et cherchant dans ce qu'il pouvait voir un indice de favorable augure, ou regardant pour l'admirer, poussé par un sentiment qui l'emportait sur le travail. « — Elle se promène, elle va donc mieux! » Ce mot si simple était sur toutes les lèvres. La mère de madame Graslin, assise sur le banc en fer creux que Véronique avait fait mettre au bout de sa terrasse, à l'angle d'où la vue plongeait sur le cimetière à travers la balustrade, étudiait les mouvements de sa fille ; elle la regardait marchant, et quelques larmes roulaient dans ses yeux. Initiée aux efforts de ce courage surhumain, elle savait que Véronique en ce moment souffrait déjà les douleurs d'une horrible agonie, et se tenait ainsi debout par une héroïque volonté. Ces larmes, presque rouges, qui firent leur chemin sur ce visage septuagénaire, hâlé, ridé, dont le parchemin ne paraissait devoir plier sous aucune émotion, excitèrent celles du jeune Graslin, que monsieur Ruffin tenait entre ses jambes.

— Qu'as-tu mon enfant? lui dit vivement son précepteur.

— Ma grand-mère pleure, répondit-il.

Monsieur Ruffin, dont les yeux étaient arrêtés sur madame Graslin qui venait à eux, regarda la mère Sauviat, et reçut une vive atteinte à l'aspect de cette vieille tête de matrone romaine pétrifiée par la douleur et humectée de larmes.

— Madame, pourquoi ne l'avez-vous pas empêchée de sortir? dit le précepteur à cette vieille mère que sa douleur muette rendait auguste et sacrée.

Pendant que Véronique venait d'un pas majestueux par une démarche d'une admirable élégance, la Sauviat, poussée par le désespoir de survivre à sa fille, laissa échapper le secret de bien des choses qui excitaient la curiosité.

— Marcher, s'écria-t-elle, et porter un affreux cilice de crin qui lui fait de continuelles piqûres sur la peau!

Cette parole glaça le jeune homme, qui n'avait pu demeurer insensible à la grâce exquise des mouvements de Véronique, et qui frémit en pensant à l'horrible et constant empire que l'âme avait dû conquérir sur le corps. La Parisienne la plus renommée pour l'aisance de sa tournure, pour son maintien et sa démarche, eût été vaincue peut-être en ce moment par Véronique.

— Elle le porte depuis treize ans, elle l'a mis après avoir achevé la nourriture du petit, dit la vieille en montrant le jeune Graslin. Elle a fait des miracles ici; mais si l'on connaissait sa vie, elle pourrait être canonisée. Depuis qu'elle est ici, personne ne l'a vue mangeant, savez-vous pourquoi? Aline lui apporte trois fois par jour un morceau de pain sec sur une grande terrine de cendre et des légumes cuits à l'eau, sans sel, dans un plat de terre rouge, semblable à ceux qui servent à donner la pâtée aux chiens! Oui, voilà comment se nourrit celle qui a donné la vie à ce canton. Elle fait ses prières à genoux sur le bord de son cilice. Sans ces austérités, elle ne saurait avoir, dit-elle, l'air riant que vous lui voyez.

Je vous dis cela, reprit la vieille à voix basse, pour que
vous le répétiez au médecin que monsieur Roubaud
est allé quérir à Paris. En empêchant ma fille de continuer ses pénitences, peut-être la sauverait-on encore,
quoique la main de la Mort soit déjà sur sa tête. Voyez!
Ah! il faut que je sois bien forte pour avoir résisté depuis
quinze ans à toutes ces choses!

Cette vieille femme prit la main de son petit-fils, la
leva, se la passa sur le front, sur les joues, comme si
cette main enfantine épanchait un baume réparateur;
puis elle y mit un baiser plein d'une affection dont le
secret appartient aussi bien aux grand-mères qu'aux
mères. Véronique était alors arrivée à quelques pas du
banc en compagnie de Clousier, du curé, de Gérard.
Éclairée par les lueurs douces du couchant, elle resplen-
dissait d'une horrible beauté. Son front jaune sillonné
de longues rides amassées les unes au-dessus des autres,
comme des nuages, révélaient une pensée fixe au milieu
de troubles intérieurs. Sa figure, dénuée de toute couleur,
entièrement blanche de la blancheur mate et olivâtre
des plantes sans soleil, offrait alors des lignes maigres
sans sécheresse, et portait les traces des grandes souffrances physiques produites par les douleurs morales. Elle
combattait l'âme par le corps, et réciproquement. Elle
était si complètement détruite, qu'elle ne se ressemblait
à elle-même que comme une vieille femme ressemble à
son portrait de jeune fille. L'expression ardente de ses
yeux annonçait l'empire despotique exercé par une
volonté chrétienne sur le corps réduit à ce que la religion
veut qu'il soit. Chez cette femme, l'âme entraînait la
chair comme l'Achille de la poésie profane avait traîné
Hector [213], elle la roulait victorieusement dans les chemins pierreux de la vie, elle l'avait fait tourner pendant
quinze années autour de la Jérusalem céleste où elle
espérait entrer, non par supercherie, mais au milieu
d'acclamations triomphales. Jamais aucun des solitaires

qui vécurent dans les secs et arides déserts africains ne fut plus maître de ses sens que ne l'était Véronique au milieu de ce magnifique château, dans ce pays opulent aux vues molles et voluptueuses, sous le manteau protecteur de cette immense forêt d'où la science, héritière du bâton de Moïse, avait fait jaillir l'abondance, la prospérité, le bonheur pour toute une contrée. Elle contemplait les résultats de douze ans de patience, œuvre qui eût fait l'orgueil d'un homme supérieur, avec la douce modestie que le pinceau du Pontormo [214] a mise sur le sublime visage de sa Chasteté chrétienne caressant la céleste licorne. La religieuse châtelaine, dont le silence était respecté par ses deux compagnons en lui voyant les yeux arrêtés sur les immenses plaines autrefois arides et maintenant fécondes, allait les bras croisés, les yeux fixés à l'horizon sur la route.

Tout à coup, elle s'arrêta à deux pas de sa mère, qui la contemplait comme la mère du Christ a dû regarder son fils en croix, elle leva la main, et montra l'embranchement du chemin de Montégnac sur la grande route.

— Voyez-vous, dit-elle en souriant, cette calèche attelée de quatre chevaux de poste? voilà monsieur Roubaud qui revient. Nous saurons bientôt combien il me reste d'heures à vivre.

— D'heures! dit Gérard.

— Ne vous ai-je pas dit que je faisais ma dernière promenade? répliqua-t-elle à Gérard. Ne suis-je pas venue pour contempler une dernière fois ce beau spectacle dans toute sa splendeur? Elle montra tour à tour le bourg, dont en ce moment la population entière était groupée sur la place de l'église, puis les belles prairies illuminées par les derniers rayons du soleil. —Ah! reprit-elle, laissez-moi voir une bénédiction de Dieu dans l'étrange disposition atmosphérique à laquelle nous avons dû la conservation de notre récolte. Autour de nous, les tempêtes, les pluies, la grêle, la foudre, ont frappé sans relâche ni pitié. Le peuple pense ainsi, pourquoi ne l'imiterais-je pas ? J'ai tant besoin de trouver en ceci un bon augure pour ce qui m'attend quand j'aurai fermé les yeux ! L'enfant se leva, prit la main de sa mère et la mit sur ses cheveux. Véronique, attendrie par ce mouvement plein d'éloquence, saisit son fils, et avec une force surnaturelle l'enleva, l'assit sur son bras gauche comme s'il eût été encore à la mamelle, l'embrassa et lui dit : — Vois-tu cette terre, mon fils ? continue, quand tu seras homme, les œuvres de ta mère.

— Il est un petit nombre d'êtres forts et privilégiés auxquels il est permis de contempler la mort face à face, d'avoir avec elle un long duel, et d'y déployer un courage, une habileté qui frappent d'admiration ; vous nous offrez ce terrible spectacle, madame, dit le curé d'une voix grave ; mais peut-être manquez-vous de pitié pour nous, laissez-nous au moins espérer que vous vous trompez. Dieu permettra que vous acheviez tout ce que vous avez commencé.

— Je n'ai rien fait que par vous, mes amis, dit-elle. J'ai pu vous être utile, et je ne le suis plus. Tout est vert autour de nous, il n'y a plus rien ici de désolé que mon cœur. Vous le savez, mon cher curé, je ne puis trouver la paix et le pardon que là...

Elle étendit la main sur le cimetière. Elle n'en avait jamais autant dit depuis le jour de son arrivée où elle s'était trouvée mal à cette place. Le curé contempla sa pénitente, et la longue habitude qu'il avait de la pénétrer lui fit comprendre qu'il avait remporté dans cette simple parole un nouveau triomphe. Véronique avait dû prendre horriblement sur elle-même pour rompre après ces douze années le silence par un mot qui disait tant de choses. Aussi le curé joignit-il les mains par un geste plein d'onction qui lui était familier, et regarda-t-il avec une profonde émotion religieuse le groupe que formait cette famille dont tous les secrets avaient passé

dans son cœur. Gérard, à qui les mots de paix et de
pardon devaient paraître étranges, demeura stupéfait.
Monsieur Ruffin, les yeux attachés sur Véronique, était
comme stupide. En ce moment la calèche, menée rapidement, fila d'arbre en arbre.

— Ils sont cinq! dit le curé, qui put voir et compter
les voyageurs.

— Cinq! reprit monsieur Gérard. En sauront-ils
plus à cinq qu'à deux?

— Ah! s'écria madame Graslin, qui s'appuya sur le
bras du curé, le Procureur général y est! Que vient-il
faire ici?

— Et papa Grossetête aussi, s'écria le jeune Graslin.

— Madame, dit le curé, qui soutint madame Graslin
en l'emmenant à quelques pas, ayez du courage, et
soyez digne de vous-même!

— Que veut-il? répondit-elle en allant s'accoter à la
balustrade. Ma mère? La vieille Sauviat accourut avec
une vivacité qui démentait toutes ses années. — Je le
reverrai, dit-elle.

— S'il vient avec monsieur Grossetête, dit le curé,
sans doute il n'a que de bonnes intentions.

— Ah! monsieur, ma fille va mourir, s'écria la Sauviat
en voyant l'impression que ces paroles produisirent sur
la physionomie de sa fille. Son cœur pourra-t-il supporter de si cruelles émotions? Monsieur Grossetête avait
jusqu'à présent empêché cet homme de voir Véronique.

Madame Graslin avait le visage en feu.

— Vous le haïssez donc bien? demanda l'abbé Bonnet
à sa pénitente.

— Elle a quitté Limoges pour ne pas mettre tout
Limoges dans ses secrets, dit la Sauviat épouvantée du
rapide changement qui se faisait dans les traits déjà
décomposés de madame Graslin.

— Ne voyez-vous pas qu'il empoisonnera les heures
qui me restent, et pendant lesquelles je ne dois penser

qu'au ciel ; il me cloue à la terre, cria Véronique.

Le curé reprit le bras de madame Graslin et la contraignit à faire quelques pas avec lui ; quand ils furent seuls, il la contempla en lui jetant un de ces regards angéliques par lesquels il calmait les plus violents mouvements de l'âme.

— S'il en est ainsi, lui dit-il, comme votre confesseur, je vous ordonne de le recevoir, d'être bonne et affectueuse pour lui, de quitter ce vêtement de colère, et de lui pardonner comme Dieu vous pardonnera. Il y a donc encore un reste de passion dans cette âme que je croyais purifiée. Brûlez ce dernier grain d'encens sur l'autel de la pénitence, sinon tout serait mensonge en vous.

— Il y avait encore cet effort à faire, il est fait, répondit-elle en s'essuyant les yeux. Le démon habitait ce dernier pli de mon cœur, et Dieu, sans doute, a mis au cœur de monsieur de Grandville la pensée qui l'envoie ici. Combien de fois Dieu me frappera-t-il donc encore ? s'écria-t-elle.

Elle s'arrêta comme pour faire une prière mentale, elle revint vers la Sauviat, et lui dit à voix basse : — Ma chère mère, soyez douce et bonne pour monsieur le Procureur général.

La vieille Auvergnate laissa échapper un frisson de fièvre.

— Il n'y a plus d'espoir, dit-elle en saisissant la main du curé.

En ce moment, la calèche annoncée par le fouet du postillon montait la rampe ; la grille était ouverte, la voiture entra dans la cour, et les voyageurs vinrent aussitôt sur la terrasse. C'était l'illustre archevêque Dutheil, venu pour sacrer monseigneur Gabriel de Rastignac ; le Procureur général, monsieur Grossetête, et monsieur Roubaud qui donnait le bras à l'un des plus célèbres médecins de Paris, Horace Bianchon.

— Soyez les bienvenus, dit Véronique à ses hôtes.

Et vous particulièrement, reprit-elle en tendant la main
au Procureur général, qui lui donna une main qu'elle
serra.

L'étonnement de monsieur Grossetête, de l'archevêque et de la Sauviat fut si grand qu'il l'emporta sur
la profonde discrétion acquise qui distingue les vieillards.
Tous trois s'entre-regardèrent !...

— Je comptais sur l'intervention de monseigneur,
répondit monsieur de Grandville, et sur celle de mon
ami monsieur Grossetête, pour obtenir de vous un favorable accueil. C'eût été pour toute ma vie un chagrin
que de ne pas vous avoir revue.

— Je remercie celui qui vous a conduit ici, répondit-
elle en regardant le comte de Grandville pour la première fois depuis quinze ans. Je vous en ai voulu beaucoup pendant longtemps, mais j'ai reconnu l'injustice
de mes sentiments à votre égard, et vous saurez pourquoi, si vous demeurez jusqu'après demain à Montégnac.
— Monsieur, dit-elle en se tournant vers Horace Bianchon et le saluant, confirmera sans doute mes appré-
hensions. — C'est Dieu qui vous envoie, monseigneur,
dit-elle en s'inclinant devant l'archevêque. Vous ne re-
fuserez pas à notre vieille amitié de m'assister dans mes
derniers moments. Par quelle faveur ai-je autour de moi
tous les êtres qui m'ont aimée et soutenue dans la vie !

Au mot *aimée*, elle se tourna par une gracieuse attention vers monsieur de Grandville, que cette marque
d'affection toucha jusqu'aux larmes. Le silence le plus
profond régnait dans cette assemblée. Les deux médecins se demandaient par quel sortilège cette femme se
tenait debout en souffrant ce qu'elle devait souffrir. Les
trois autres furent si effrayés des changements que la
maladie avait produits en elle, qu'ils ne se communi-
quaient leurs pensées que par les yeux.

— Permettez, dit-elle avec sa grâce habituelle, que
j'aille avec ces messieurs, l'affaire est urgente.

Elle salua tous ses hôtes, donna un bras à chaque médecin, se dirigea vers le château, en marchant avec une peine et une lenteur qui révélaient une catastrophe prochaine.

— Monsieur Bonnet, dit l'archevêque en regardant le curé, vous avez opéré des prodiges.

— Non pas moi, mais Dieu, monseigneur! répondit-il.

— On la disait mourante, s'écria monsieur Grosse-tête, mais elle est morte, il n'y a plus qu'un esprit...

— Une âme, dit monsieur Gérard.

— Elle est toujours la même, s'écria le Procureur général.

— Elle est stoïque à la manière des anciens du Portique, dit le précepteur.

Ils allèrent tous en silence le long de la balustrade, regardant le paysage où les feux du soleil couchant jetaient des clartés du plus beau rouge.

— Pour moi qui ai vu ce pays il y a treize ans, dit l'archevêque en montrant les plaines fertiles, la vallée et la montagne de Montégnac, ce miracle est aussi extraordinaire que celui dont je viens d'être témoin ; car comment laissez-vous madame Graslin debout? elle devrait être couchée.

— Elle l'était, dit la Sauviat. Après dix jours pendant lesquels elle n'a pas quitté le lit, elle a voulu se lever pour voir une dernière fois le pays.

— Je comprends qu'elle ait désiré faire ses adieux à sa création, dit monsieur de Grandville, mais elle risquait d'expirer sur cette terrasse.

— Monsieur Roubaud nous avait recommandé de ne pas la contrarier, dit la Sauviat.

— Quel prodige! s'écria l'archevêque dont les yeux ne se lassaient pas d'errer sur le paysage. Elle a ensemencé le désert! Mais nous savons, monsieur, ajouta-t-il en regardant Gérard, que votre science et vos travaux y sont pour beaucoup.

— Nous n'avons été que ses ouvriers, répondit le maire, oui, nous ne sommes que des mains, elle est la pensée !

La Sauviat quitta le groupe pour aller savoir la décision du médecin de Paris.

— Il nous faudra de l'héroïsme, dit le Procureur général à l'archevêque et au curé, pour être témoins de cette mort.

— Oui, dit monsieur Grossetête ; mais on doit faire de grandes choses pour une telle amie.

Après quelques tours et retours faits par ces personnes toutes en proie aux plus graves pensées, ils virent venir à eux deux fermiers de madame Graslin qui se dirent envoyés par tout le bourg, en proie à une douloureuse impatience de connaître la sentence prononcée par le médecin de Paris.

— On consulte, et nous ne savons rien encore, mes amis, leur répondit l'archevêque.

Monsieur Roubaud accourut alors, et son pas précipité fit hâter celui de chacun.

— Hé ! bien ? lui dit le maire.

— Elle n'a pas quarante-huit heures à vivre, répondit monsieur Roubaud. En mon absence, le mal [215] est arrivé à tout son développement ; monsieur Bianchon ne comprend pas comment elle a pu marcher. Ces phénomènes si rares sont toujours dus à une grande exaltation. Ainsi, messieurs, dit le médecin à l'archevêque et au curé, elle vous appartient, la science est inutile, et mon illustre confrère pense que vous avez à peine le temps nécessaire à vos cérémonies.

— Allons dire les prières de quarante heures [216], dit le curé à ses paroissiens en se retirant. Sa Grandeur daignera sans doute conférer les derniers sacrements ?

L'archevêque inclina la tête, il ne put rien dire, ses yeux étaient pleins de larmes. Chacun s'assit, s'accouda, s'appuya sur la balustrade, et resta enseveli dans ses pensées. Les cloches de l'église envoyèrent quelques volées tristes. On entendit alors les pas de toute une population qui se précipitait vers le porche. Les lueurs des cierges allumés percèrent à travers les arbres du jardin de monsieur Bonnet, les chants détonnèrent [217]. Il ne régna plus sur les campagnes que les rouges lueurs du crépuscule, tous les chants d'oiseaux avaient cessé. La rainette seule jetait sa note longue, claire et mélancolique.

— Allons faire mon devoir, dit l'archevêque qui marcha d'un pas lent et comme accablé.

La consultation avait eu lieu dans le grand salon du château. Cette immense pièce communiquait avec une chambre d'apparat meublée en damas rouge, où le fastueux Graslin avait déployé la magnificence des financiers. Véronique n'y était pas entrée six fois en quatorze ans, les grands appartements lui étaient complètement inutiles, elle n'y avait jamais reçu ; mais l'effort qu'elle venait de faire pour accomplir sa dernière obligation et pour dompter sa dernière révolte lui avait ôté ses forces, elle ne put monter chez elle. Quand l'illustre médecin eut pris la main à la malade et tâté le pouls, il regarda monsieur Roubaud en lui faisant un signe ; à eux deux, ils la prirent et la portèrent sur le lit de cette chambre. Aline ouvrit brusquement les portes. Comme tous les lits de parade, ce lit n'avait pas de draps, les deux médecins déposèrent madame Graslin sur le couvre-pied de damas rouge et l'y étendirent. Roubaud ouvrit les fenêtres, poussa les persiennes et appela. Les domestiques, la vieille Sauviat accoururent. On alluma les bougies jaunies des candélabres.

— Il est dit, s'écria la mourante en souriant, que ma mort sera ce qu'elle doit être pour une âme chrétienne : une fête ! Pendant la consultation, elle dit encore : — Monsieur le Procureur général a fait son métier, je m'en allais, il m'a poussée... La vieille mère regarda sa fille en se mettant un doigt sur les lèvres. — Ma mère, je parlerai, lui répondit Véronique. Voyez! le doigt de Dieu est en tout ceci : je vais expirer dans une chambre rouge.

La Sauviat sortit épouvantée de ce mot : — Aline, dit-elle, elle parle, elle parle!

— Ah! madame n'a plus son bon sens, s'écria la fidèle femme de chambre qui apportait des draps. Allez chercher monsieur le curé, madame.

— Il faut déshabiller votre maîtresse, dit Bianchon à la femme de chambre quand elle entra.

— Ce sera bien difficile, madame est enveloppée d'un cilice en crin.

— Comment! au dix-neuvième siècle, s'écria le grand médecin, il se pratique encore de semblables horreurs!

— Madame Graslin ne m'a jamais permis de lui palper l'estomac, dit monsieur Roubaud. Je n'ai rien pu savoir de sa maladie que par l'état du visage, par celui du pouls, et par des renseignements que j'obtenais de sa mère et de sa femme de chambre.

On avait mis Véronique sur un canapé pendant qu'on lui arrangeait le lit de parade placé au fond de cette chambre. Les médecins causaient à voix basse. La Sauviat et Aline firent le lit. Le visage des deux Auvergnates était effrayant à voir, elles avaient le cœur percé par cette idée : Nous faisons son lit pour la dernière fois, elle va mourir là! La consultation ne fut pas longue. Avant tout, Bianchon exigea qu'Aline et la Sauviat coupassent d'autorité, malgré la malade, le cilice de crin et lui missent une chemise. Les deux médecins allèrent dans le salon pendant cette opération. Quand Aline passa, tenant ce terrible instrument de pénitence enveloppé d'une serviette, elle leur dit : — Le corps de madame est tout plaie!

Les deux docteurs rentrèrent.

— Votre volonté est plus forte que celle de Napoléon [218], madame, dit Bianchon après quelques demandes

auxquelles Véronique répondit avec clarté, vous
conservez votre esprit et vos facultés dans la dernière
période de la maladie où l'empereur avait perdu sa
rayonnante intelligence. D'après ce que je sais de vous,
je dois vous dire la vérité.

— Je vous la demande à mains jointes, dit-elle ; vous
avez le pouvoir de mesurer ce qui me reste de forces,
et j'ai besoin de toute ma vie pour quelques heures.

— Ne pensez donc maintenant qu'à votre salut, dit
Bianchon.

— Si Dieu me fait la grâce de me laisser mourir tout
entière, répondit-elle avec un sourire céleste, croyez
que cette faveur est utile à la gloire de son Église. Ma
présence d'esprit est nécessaire pour accomplir une
pensée de Dieu, tandis que Napoléon avait accompli
toute sa destinée.

Les deux médecins se regardaient avec étonnement,
en écoutant ces paroles prononcées aussi aisément que
si madame Graslin eût été dans son salon.

— Ah ! voilà le médecin qui va me guérir, dit-elle
en voyant entrer l'archevêque.

Elle rassembla ses forces pour se mettre sur son
séant, pour saluer gracieusement monsieur Bianchon,
et le prier d'accepter autre chose que de l'argent pour
la bonne nouvelle qu'il venait de lui donner ; elle dit
quelques mots à l'oreille de sa mère, qui emmena le
médecin ; puis elle ajourna l'archevêque jusqu'au
moment où le curé viendrait, et manifesta le désir de
prendre un peu de repos. Aline veilla sa maîtresse. A
minuit, madame Graslin s'éveilla, demanda l'archevêque et le curé, que sa femme de chambre lui montra
priant pour elle. Elle fit un signe pour renvoyer sa
mère et la servante, et, sur un nouveau signe, les deux
prêtres vinrent à son chevet.

— Monseigneur, et vous, monsieur le curé, je ne
vous apprendrai rien que vous ne sachiez. Vous le

premier, monseigneur, vous avez jeté votre coup d'œil
dans ma conscience, vous y avez lu presque tout mon
passé, et ce que vous y avez entrevu vous a suffi. Mon
confesseur, cet ange que le ciel a mis près de moi, sait
quelque chose de plus : j'ai dû lui tout avouer. Vous de
qui l'intelligence est éclairée par l'esprit de l'Église, je
veux vous consulter sur la manière dont, en vraie
chrétienne, je dois quitter la vie. Vous, austères et
saints esprits, croyez-vous que si le ciel daigne pardonner au plus entier, au plus profond repentir qui
jamais ait agité une âme coupable, pensez-vous que
j'aie satisfait à tous mes devoirs ici-bas ?

— Oui, dit l'archevêque, oui ma fille.

— Non, mon père, non, dit-elle en se dressant et
jetant des éclairs par les yeux. Il est, à quelques pas
d'ici, une tombe où gît un malheureux qui porte le
poids d'un horrible crime, il est dans cette somptueuse
demeure une femme que couronne une renommée de
bienfaisance et de vertu. Cette femme, on la bénit ! Ce
pauvre jeune homme, on le maudit ! Le criminel est
accablé de réprobation, je jouis de l'estime générale ;
je suis pour la plus grande partie dans le forfait, il est
pour beaucoup dans le bien qui me vaut tant de gloire
et de reconnaissance ; fourbe que je suis, j'ai les mérites ;
martyr de sa discrétion, il est couvert de honte ! Je
mourrai dans quelques heures, voyant tout un canton
me pleurer, tout un département célébrer mes bienfaits,
ma piété, mes vertus ; tandis qu'il est mort au milieu
des injures, à la vue de toute une population accourue
en haine des meurtriers ! Vous, mes juges, vous êtes
indulgents ; mais j'entends en moi-même une voix
impérieuse qui ne me laisse aucun repos. Ah ! la main
de Dieu, moins douce que la vôtre, m'a frappée de jour
en jour, comme pour m'avertir que tout n'était pas
expié. Mes fautes ne seront rachetées que par un aveu
public. Il est heureux, lui ! Criminel, il a donné sa vie

avec ignominie à la face du ciel et de la terre. Et moi, je trompe encore le monde comme j'ai trompé la justice humaine. Il n'est pas un hommage qui ne m'ait insultée, pas un éloge qui n'ait été brûlant pour mon cœur. Ne voyez-vous pas, dans l'arrivée ici du Procureur général, un commandement du ciel d'accord avec la voix qui me crie : Avoue!

Les deux prêtres, le prince de l'Église de même que l'humble curé, ces deux grandes lumières tenaient les yeux baissés et gardaient le silence. Trop émus par la grandeur et par la résignation du coupable, les juges ne pouvaient pas prononcer d'arrêt.

— Mon enfant, dit après une pause l'archevêque en relevant sa belle tête macérée par les coutumes de sa pieuse vie, vous allez au-delà des commandements de l'Église. La gloire de l'Église est de faire concorder ses dogmes avec les mœurs de chaque temps, car l'Église est destinée à traverser les siècles des siècles en compagnie de l'Humanité. La confession secrète a, selon ses décisions, remplacé la confession publique. Cette substitution a fait la loi nouvelle. Les souffrances que vous avez endurées suffisent. Mourez en paix : Dieu vous a bien entendue.

— Mais le vœu de la criminelle n'est-il pas conforme aux lois de la première Église qui a enrichi le ciel d'autant de saints, de martyrs et de confesseurs qu'il y a d'étoiles au firmament? reprit-elle avec véhémence. Qui a écrit : *Confessez-vous les uns aux autres?* n'est-ce pas les disciples immédiats de notre Sauveur? Laissez-moi confesser publiquement ma honte, à genoux. Ce sera le redressement de mes torts envers le monde, envers une famille proscrite et presque éteinte par ma faute. Le monde doit apprendre que mes bienfaits ne sont pas une offrande, mais une dette. Si plus tard, après moi, quelque indice m'arrachait le voile menteur qui me couvre?... Ah! cette idée avance pour moi l'heure suprême.

— Je vois en ceci des calculs, mon enfant, dit grave-
ment l'archevêque. Il y a encore en vous des passions
bien fortes, celle que je croyais éteinte est...

— Oh! je vous le jure, monseigneur, dit-elle en
interrompant le prélat et lui montrant des yeux fixes
d'horreur, mon cœur est aussi purifié que peut l'être
celui d'une femme coupable et repentante : il n'y a plus
en tout moi que la pensée de Dieu.

— Laissons, monseigneur, son cours à la justice
céleste, dit le curé d'une voix attendrie. Voici quatre
ans que je m'oppose à cette pensée, elle est la cause
des seuls débats qui se soient élevés entre ma pénitente
et moi. J'ai vu jusqu'au fond de cette âme, la terre n'y
a plus aucun droit. Si les pleurs, les gémissements, les
contritions de quinze années ont porté sur une faute
commune à deux êtres, ne croyez pas qu'il y ait eu la
moindre volupté dans ces longs et terribles remords.
Depuis longtemps, le souvenir ne mêle plus ses flammes
à celles de la plus ardente pénitence. Oui, tant de
larmes ont éteint un si grand feu. Je garantis, dit-il en
étendant sa main sur la tête de madame Graslin et en
laissant voir des yeux humides, je garantis la pureté
de cette âme archangélique. D'ailleurs, j'entrevois
dans ce désir la pensée d'une réparation envers une
famille absente que Dieu semble avoir représentée ici
par un de ces événements où sa Providence éclate.

Véronique prit au curé sa main tremblante et la
baisa.

— Vous m'avez été bien souvent rude, cher pasteur,
mais en ce moment je découvre où vous renfermiez
votre douceur apostolique! Vous, dit-elle en regardant
l'archevêque, vous, le chef suprême de ce coin du
royaume de Dieu, soyez en ce moment d'ignominie
mon soutien. Je m'inclinerai la dernière des femmes,
vous me relèverez pardonnée, et, peut-être, l'égale de
celles qui n'ont point failli.

L'archevêque demeura silencieux, occupé sans doute à peser toutes les considérations que son œil d'aigle apercevait.

— Monseigneur, dit alors le curé, la religion a reçu de fortes atteintes. Ce retour aux anciens usages, nécessité par la grandeur de la faute et du repentir, ne sera-t-il pas un triomphe dont il nous sera tenu compte?

— On dira que nous sommes des fanatiques! On dira que nous avons exigé cette cruelle scène. Et l'archevêque retomba dans ses méditations.

En ce moment, Horace Bianchon et Roubaud entrèrent après avoir frappé. Quand la porte s'ouvrit, Véronique aperçut sa mère, son fils et tous les gens de sa maison en prières. Les curés de deux paroisses voisines étaient venus assister monsieur Bonnet, et peut-être aussi saluer le grand prélat, que le clergé français portait unaniment aux honneurs du cardinalat, en espérant que la lumière de son intelligence, vraiment gallicane [219], éclairerait le sacré collège. Horace Bianchon repartait pour Paris ; il venait dire adieu à la mourante, et la remercier de sa munificence. Il vint à pas lents, devinant, à l'attitude des deux prêtres, qu'il s'agissait de la plaie du cœur qui avait déterminé celle du corps. Il prit la main de Véronique, la posa sur le lit et lui tâta le pouls. Ce fut une scène que le silence le plus profond, celui d'une nuit d'été dans la campagne, rendit solennelle. Le grand salon, dont la porte à deux battants restait ouverte, était illuminé pour éclairer la petite assemblée des gens qui priaient, tous à genoux, moins les deux prêtres assis et lisant leur bréviaire. De chaque côté de ce magnifique lit de parade, étaient le prélat dans son costume violet, le curé, puis les deux hommes de la Science.

— Elle est agitée jusque dans la mort! dit Horace Bianchon qui semblable à tous les hommes d'un immense

talent avait la parole souvent aussi grande que l'étaient
les spectacles auxquels il assistait.

L'archevêque se leva, comme poussé par un élan
intérieur; il appela monsieur Bonnet en se dirigeant
vers la porte, ils traversèrent la chambre, le salon, et
sortirent sur la terrasse où ils se promenèrent pendant
quelques instants. Au moment où ils revinrent après
avoir discuté ce cas de discipline ecclésiastique, Roubaud
venait à leur rencontre.

— Monsieur Bianchon m'envoie vous dire de vous
presser, madame Graslin se meurt dans une agitation
étrangère aux douleurs excessives de la maladie.

L'archevêque hâta le pas et dit en entrant à madame
Graslin, qui le regardait avec anxiété : — Vous serez
satisfaite!

Bianchon tenait toujours le pouls de la malade, il
laissa échapper un mouvement de surprise, et jeta un
coup d'œil sur Roubaud et sur les deux prêtres.

— Monseigneur, ce corps n'est plus de notre domaine,
votre parole a mis la vie là où il y avait la mort. Vous
feriez croire à un miracle.

— Il y a longtemps que madame est tout âme! dit
Roubaud que Véronique remercia par un regard.

En ce moment un sourire où se peignait le bonheur
que lui causait la pensée d'une expiation complète
rendit à sa figure l'air d'innocence qu'elle eut à dix-
huit ans. Toutes les agitations inscrites en rides ef-
frayantes, les couleurs sombres, les marques livides,
tous les détails qui rendaient cette tête si horriblement
belle naguère, quand elle exprimait seulement la douleur, enfin les altérations de tout genre disparurent;
il semblait à tous que jusqu'alors Véronique avait
porté un masque, et que ce masque tombait. Pour la
dernière fois s'accomplissait l'admirable phénomène
par lequel le visage de cette créature en expliquait la
vie et les sentiments. Tout en elle se purifia, s'éclaircit,

et il y eut sur son visage comme un reflet des flamboyantes épées des anges gardiens qui l'entouraient.
Elle fut ce qu'elle était quand Limoges l'appelait la
belle madame Graslin. L'amour de Dieu se montrait
plus puissant encore que ne l'avait été l'amour coupable,
l'un mit jadis en relief les forces de la vie, l'autre
écartait toutes les défaillances de la mort. On entendit
un cri étouffé ; la Sauviat se montra, elle bondit jusqu'au
lit, en disant : — « Je revois donc enfin mon enfant ! »
L'expression de cette vieille femme en prononçant ces
deux mots *mon enfant*, rappela si vivement la première
innocence des enfants, que les spectateurs de cette belle
mort détournèrent tous la tête pour cacher leur émotion.
L'illustre médecin prit la main de madame Graslin, la
baisa, puis il partit. Le bruit de sa voiture retentit au
milieu du silence de la campagne, en disant qu'il n'y
avait aucune espérance de conserver l'âme de ce pays.
L'archevêque, le curé, le médecin, tous ceux qui se
sentirent fatigués allèrent prendre un peu de repos,
quand madame Graslin s'endormit elle-même pour
quelques heures. Car elle s'éveilla dès l'aube en demandant qu'on ouvrît ses fenêtres. Elle voulait voir le lever
de son dernier soleil.

A dix heures du matin, l'archevêque, revêtu de ses
habits pontificaux, vint dans la chambre de madame
Graslin. Le prélat eut, ainsi que monsieur Bonnet, une
si grande confiance en cette femme, qu'ils ne lui firent
aucune recommandation sur les limites entre lesquelles
elle devait renfermer ses aveux. Véronique aperçut
alors un clergé plus nombreux que ne le comportait
l'église de Montégnac, car celui des communes voisines
s'y était joint. Monseigneur allait être assisté par
quatre curés. Les magnifiques ornements, offerts par
madame Graslin à sa chère paroisse, donnaient un
grand éclat à cette cérémonie. Huit enfants de chœur,
dans leur costume rouge et blanc, se rangèrent sur deux

files, à partir du lit jusque dans le salon, tenant tous
un de ces énormes flambeaux de bronze doré que Véronique avait fait venir de Paris. La croix et la bannière
de l'église étaient tenues de chaque côté de l'estrade
par deux sacristains en cheveux blancs. Grâce au
dévouement des gens, on avait placé près de la porte
du salon l'autel en bois pris dans la sacristie, orné,
préparé pour que monseigneur pût y dire la messe.
Madame Graslin fut touchée de ces soins que l'Église
accorde seulement aux personnes royales. Les deux
battants de la porte qui donnait sur la salle à manger
étaient ouverts, elle put voir le rez-de-chaussée de son
château rempli par une grande partie de la population.
Les amis de cette femme avaient pourvu à tout, car
le salon était exclusivement occupé par les gens de sa
maison. En avant et groupés devant la porte de sa
chambre, se trouvaient les amis et les personnes sur
la discrétion desquelles on pouvait compter. Messieurs
Grossetête, de Grandville, Roubaud, Gérard, Clousier,
Ruffin, se placèrent au premier rang. Tous devaient
se lever et se tenir debout pour empêcher ainsi la voix
de la pénitente d'être écoutée par d'autres que par eux.
Il y eut d'ailleurs une circonstance heureuse pour la
mourante : les pleurs de ses amis étouffèrent ses aveux.
En tête de tous, deux personnes offraient un horrible
spectacle. La première était Denise Tascheron ; ses
vêtements étrangers, d'une simplicité quakerienne, la
rendaient méconnaissable à ceux du village qui la
pouvaient apercevoir ; mais elle était, pour l'autre
personne, une connaissance difficile à oublier, et son
apparition fut un horrible trait de lumière. Le Procureur général entrevit la vérité ; le rôle qu'il avait
joué auprès de madame Graslin, il le devina dans toute
son étendue. Moins dominé que les autres par la question religieuse, en sa qualité d'enfant du dix-neuvième
siècle, le magistrat eut au cœur une féroce épouvante,

car il put alors contempler le drame de la vie intérieure de Véronique à l'hôtel Graslin, pendant le procès Tascheron. Cette tragique époque reparut tout entière à son souvenir, éclairée par les deux yeux de la vieille Sauviat, qui, allumés par la haine, tombaient sur lui comme deux jets de plomb fondu ; cette vieille, debout à dix pas de lui, ne lui pardonnait rien. Cet homme, qui représentait la Justice humaine, éprouva des frissons. Pâle, atteint dans son cœur, il n'osa jeter les yeux sur le lit où la femme qu'il avait tant aimée, livide sous la main de la Mort, tirait sa force, pour dompter l'agonie, de la grandeur même de sa faute ; et le sec profil de Véronique, nettement dessiné en blanc sur le damas rouge, lui donna le vertige. A onze heures la messe commença. Quand l'épître eut été lue par le curé de Vizay, l'archevêque quitta sa dalmatique [220] et se plaça au seuil de la porte.

— Chrétiens rassemblés ici pour assister à la cérémonie de l'Extrême-Onction que nous allons conférer à la maîtresse de cette maison, dit-il, vous qui joignez vos prières à celles de l'Église afin d'intercéder pour elle auprès de Dieu et obtenir son salut éternel, apprenez qu'elle ne s'est pas trouvée digne, à cette heure suprême, de recevoir le saint-viatique sans avoir fait, pour l'édification de son prochain, la confession publique de la plus grande de ses fautes. Nous avons résisté à son pieux désir, quoique cet acte de contrition ait été pendant longtemps en usage dans les premiers jours du christianisme ; mais comme cette pauvre femme nous a dit qu'il s'agissait en ceci de la réhabilitation d'un malheureux enfant de cette paroisse, nous la laissons libre de suivre les inspirations de son repentir.

Après ces paroles dites avec une onctueuse dignité pastorale, l'archevêque se retourna pour faire place à Véronique. La mourante apparut soutenue par sa vieille mère et par le curé, deux grandes et vénérables images : ne tenait-elle pas son corps de la Maternité, son âme de sa mère spirituelle, l'Église ? Elle se mit à genoux sur un coussin, joignit les mains, et se recueillit pendant quelques instants pour puiser en elle-même à quelque source épanchée du ciel la force de parler. En ce moment, le silence eut je ne sais quoi d'effrayant. Nul n'osait regarder son voisin. Tous les yeux étaient baissés. Cependant le regard de Véronique, quand elle leva les yeux, rencontra celui du Procureur général, et l'expression de ce visage devenu blanc la fit rougir.

— Je ne serais pas morte en paix, dit Véronique d'une voix altérée, si j'avais laissé de moi la fausse image que chacun de vous qui m'écoutez a pu s'en faire. Vous voyez en moi une grande criminelle qui se recommande à vos prières, et qui cherche à se rendre digne de pardon par l'aveu public de sa faute. Cette faute fut si grave, elle eut des suites si fatales qu'aucune pénitence ne la rachètera peut-être. Mais plus j'aurai subi d'humiliations sur cette terre, moins j'aurai sans doute à redouter de colère dans le royaume céleste où j'aspire. Mon père, qui avait tant de confiance en moi, recommanda, voici bientôt vingt ans, à mes soins un enfant de cette paroisse, chez lequel il avait reconnu l'envie de se bien conduire, une aptitude à l'instruction et d'excellentes qualités. Cet enfant est le malheureux Jean-François Tascheron, qui s'attacha dès lors à moi comme à sa bienfaitrice. Comment l'affection que je lui portais devint-elle coupable ? C'est ce que je crois être dispensée d'expliquer. Peut-être verrait-on les sentiments les plus purs qui nous font agir ici-bas détournés insensiblement de leur pente par des sacrifices [221] inouïs, par des raisons tirées de notre fragilité, par une foule de causes qui paraîtraient diminuer l'étendue de ma faute. Que les plus nobles affections aient été mes complices, en suis-je moins coupable ? J'aime mieux avouer que, moi qui par l'éducation, par ma situation dans le monde, pouvais me croire supérieure à l'enfant que me confiait mon père, et de qui je me trouvais séparée par la délicatesse naturelle à notre sexe, j'ai fatalement écouté la voix du démon. Je me suis bientôt trouvée beaucoup trop la mère de ce jeune homme pour être insensible à sa muette et délicate admiration. Lui seul, le premier, m'appréciait à ma valeur. Peut-être ai-je moi-même été séduite par d'horribles calculs : j'ai songé combien serait discret un enfant qui me devait tout, et que le hasard avait placé si loin de moi, quoique nous fussions égaux par notre naissance. Enfin, j'ai trouvé dans ma renommée de bienfaisance et dans mes pieuses occupations un manteau pour protéger ma conduite. Hélas! et ceci sans doute est l'une de mes plus grandes fautes, j'ai caché ma passion à l'ombre des autels. Les plus vertueuses actions, l'amour que j'ai pour ma mère, les actes d'une dévotion véritable et sincère au milieu de tant d'égarements, j'ai tout fait servir au misérable triomphe d'une passion insensée, et ce fut autant de liens qui m'enchaînèrent. Ma pauvre mère adorée, qui m'entend, a été, sans en rien savoir pendant longtemps, l'innocente complice du mal. Quand elle a ouvert les yeux, il y avait trop de faits dangereux accomplis pour qu'elle ne cherchât pas dans son cœur de mère la force de se taire. Chez elle, le silence est ainsi devenu la plus haute des vertus. Son amour pour sa fille a triomphé de son amour pour Dieu. Ah! je la décharge solennellement du voile pesant qu'elle a porté. Elle achèvera ses derniers jours sans faire mentir ni ses yeux ni son front. Que sa maternité soit pure de blâme, que cette noble et sainte vieillesse, couronnée de vertus, brille de tout son éclat, et soit dégagée de cet anneau par lequel elle touchait indirectement à tant d'infamie!...

Ici, les pleurs coupèrent pendant un moment la parole à Véronique ; Aline lui fit respirer des sels.

— Il n'y a pas jusqu'à la dévouée servante qui me rend ce dernier service qui n'ai été meilleure pour moi que je ne le méritais, et qui du moins a feint d'ignorer ce qu'elle savait ; mais elle a été dans le secret des austérités par lesquelles j'ai brisé cette chair qui avait failli. Je demande donc pardon au monde de l'avoir trompé, entraînée par la terrible logique du monde. Jean-François Tascheron n'est pas aussi coupable que la société a pu le croire. Ah! vous tous qui m'écoutez, je vous en supplie! tenez compte de sa jeunesse et d'une ivresse excitée autant par les remords qui m'ont saisie que par d'involontaires séductions. Bien plus! ce fut la probité, mais une probité mal entendue, qui causa le plus grand de tous les malheurs. Nous ne supportâmes ni l'un ni l'autre ces tromperies continuelles. Il en appelait, l'infortuné, à ma propre grandeur, et voulait rendre le moins blessant possible pour autrui ce fatal amour. J'ai donc été la cause de son crime. Poussé par la nécessité, le malheureux, coupable de trop de dévouement pour une idole, avait choisi dans tous les actes répréhensibles celui dont les dommages étaient réparables. Je n'ai rien su qu'au moment même. A l'exécution, la main de Dieu a renversé tout cet échafaudage de combinaisons fausses. Je suis rentrée ayant entendu des cris qui retentissent encore à mes oreilles, ayant deviné des luttes sanglantes qu'il n'a pas été en mon pouvoir d'arrêter, moi l'objet de cette folie. Tascheron était devenu fou, je vous l'atteste.

Ici, Véronique regarda le Procureur général, et l'on entendit un profond soupir sorti de la poitrine de Denise.

— Il n'avait plus sa raison en voyant ce qu'il croyait être son bonheur détruit par des circonstances imprévues. Ce malheureux, égaré par son cœur, a marché fatalement d'un délit dans un crime, et d'un crime dans un double meurtre. Certes, il est parti de chez ma mère innocent, il y est revenu coupable. Moi seule au monde savais qu'il n'y eut ni préméditation, ni aucune des circonstances aggravantes qui lui ont valu son arrêt de mort. Cent fois j'ai voulu me livrer pour le sauver, et cent fois un horrible héroïsme, nécessaire et supérieur, a fait expirer la parole sur mes lèvres. Certes, ma présence à quelques pas a contribué peut-être à lui donner l'odieux, l'infâme, l'ignoble courage des assassins. Seul, il aurait fui. J'avais formé cette âme, élevé cet esprit, agrandi ce cœur, je le connaissais, il était incapable de lâcheté ni de bassesse. Rendez justice à ce bras innocent, rendez justice à celui que Dieu dans sa clémence laisse dormir en paix dans le tombeau que vous avez arrosé de vos larmes, devinant sans doute la vérité! Punissez, maudissez la coupable que voici! Épouvantée du crime, une fois commis, j'ai tout fait pour le cacher. J'avais été chargée par mon père, moi privée d'enfant, d'en conduire un à Dieu, je l'ai conduit à l'échafaud ; ah! versez sur moi tous les reproches, accablez-moi, voici l'heure!

En disant ces paroles, ses yeux étincelaient d'une fierté sauvage, l'archevêque debout derrière elle, et qui la protégeait de sa crosse pastorale, quitta son attitude impassible, il voila ses yeux de sa main droite. Un cri sourd se fit entendre, comme si quelqu'un se mourait. Deux personnes, Gérard et Roubaud, reçurent dans leurs bras et emportèrent Denise Tascheron complètement évanouie. Ce spectacle éteignit un peu le feu des yeux de Véronique, elle fut inquiète ; mais sa sérénité de martyre reparut bientôt.

— Vous le savez maintenant, reprit-elle, je ne mérite ni louanges ni bénédictions pour ma conduite ici. J'ai mené pour le ciel une vie secrète de pénitences aiguës que le ciel appréciera! Ma vie connue a été une immense réparation des maux que j'ai causés : j'ai marqué mon repentir en traits ineffaçables sur cette terre, il subsistera presque éternellement. Il est écrit dans les champs fertilisés, dans le bourg agrandi, dans les ruisseaux dirigés de la montagne dans cette plaine, autrefois inculte et sauvage, maintenant verte et productive. Il ne se coupera pas un arbre d'ici à cent ans, que les gens de ce pays ne se disent à quels remords on en aura dû l'ombrage, reprit-elle. Cette âme repentante et qui aurait animé une longue vie utile à ce pays, respirera donc longtemps parmi vous. Ce que vous auriez dû à ses talents, à une fortune dignement acquise, est accompli par l'héritière de son repentir, par celle qui causa le crime. Tout a été réparé de ce qui revient à la société, moi seule suis chargée de cette vie arrêtée dans sa fleur, qui m'avait été confiée, et dont il va m'être demandé compte !...

Là, les larmes éteignirent le feu de ses yeux. Elle fit une pause.

— Il est enfin parmi vous un homme qui, pour avoir strictement accompli son devoir, a été pour moi l'objet d'une haine que je croyais devoir être éternelle, reprit-elle. Il a été le premier instrument de mon supplice. J'étais trop près du fait, j'avais encore les pieds trop avant dans le sang, pour ne pas haïr la Justice. Tant que ce grain de colère troublerait mon cœur, j'ai compris qu'il y aurait un reste de passion condamnable ; je n'ai rien eu à pardonner, j'ai seulement purifié ce coin où le Mauvais se cachait. Quelque pénible qu'ait été cette victoire, elle est complète.

Le Procureur général laissa voir à Véronique un visage plein de larmes. La Justice humaine semblait avoir des remords. Quand la pénitente détourna la tête pour pouvoir continuer, elle rencontra la figure baignée de larmes d'un vieillard, de Grossetête, qui lui tendait des mains suppliantes, comme pour dire : — Assez ! En ce moment, cette femme sublime entendit un tel concert de larmes, qu'émue par tant de sympathies, et ne soutenant pas le baume de ce pardon général, elle fut prise d'une faiblesse ; en la voyant atteinte dans les sources de sa force, sa vieille mère retrouva les bras de la jeunesse pour l'emporter.

— Chrétiens, dit l'archevêque, vous avez entendu la confession de cette pénitente ; elle confirme l'arrêt de la Justice humaine, et peut en calmer les scrupules ou les inquiétudes. Vous devez avoir trouvé en ceci de nouveaux motifs pour joindre vos prières à celles de l'Église, qui offre à Dieu le saint sacrifice de la messe, afin d'implorer sa miséricorde en faveur d'un si grand repentir.

L'office fut repris, Véronique le suivit d'un air qui peignait un tel contentement intérieur, qu'elle ne parut plus être la même femme à tous les yeux. Il y eut sur son visage une expression candide, digne de la jeune fille naïve et pure qu'elle avait été dans la vieille maison paternelle. L'aube de l'éternité blanchissait déjà son front, et dorait son visage de teintes célestes. Elle entendait sans doute de mystiques harmonies, et puisait la force de vivre dans son désir de s'unir une dernière fois à Dieu ; le curé Bonnet vint auprès du lit et lui donna l'absolution ; l'archevêque lui administra les saintes huiles avec un sentiment paternel qui montrait à tous les assistants combien cette brebis égarée, mais revenue, lui était chère. Le prélat ferma aux choses de la terre, par une sainte onction, ces yeux qui avaient causé tant de mal, et mit le cachet de l'Église sur ces lèvres trop éloquentes. Les oreilles, par où les mauvaises inspirations avaient pénétré, furent à jamais closes. Tous les sens, amortis par la pénitence, furent ainsi sanctifiés, et l'esprit du mal dut être sans pouvoir sur cette âme. Jamais assistance ne comprit mieux la grandeur et la profondeur d'un sacrement, que ceux qui voyaient les soins de l'Église justifiés par les aveux de cette femme mourante. Ainsi préparée, Véronique reçut le corps de Jésus-Christ avec une expression d'espérance et de joie qui fondit les glaces de l'incrédulité contre laquelle le curé s'était tant de fois heurté. Roubaud confondu devint catholique en un moment! Ce spectacle fut touchant et terrible à la fois ; mais il fut solennel par la disposition des choses, à un tel point que la peinture y aurait trouvé peut-être le sujet d'un de ses chefs-d'œuvre. Quand, après ce funèbre épisode, la mourante entendit commencer l'évangile de saint Jean, elle fit signe à sa mère de lui ramener son fils, qui avait été emmené par le précepteur. Quand elle vit Francis agenouillé sur l'estrade, la mère pardonnée se crut le droit d'imposer ses mains à cette tête pour la bénir, et rendit le dernier soupir. La vieille Sauviat était là, debout, toujours à son poste, comme depuis vingt années. Cette femme, héroïque à sa manière, ferma les yeux de sa fille qui avait tant souffert, et les baisa l'un après l'autre. Tous les prêtres, suivis du clergé, entourèrent alors le lit. Aux clartés flamboyantes des cierges, ils entonnèrent le terrible chant du *De profundis*, dont les clameurs apprirent à toute la population agenouillée devant le château, aux amis qui priaient dans les salles et à tous les serviteurs, que la mère de ce Canton venait de mourir. Cette hymne fut accompagnée de gémissements et de pleurs unanimes. La confession de cette grande femme n'avait pas dépassé le seuil du salon, et n'avait eu que des oreilles amies pour auditoire. Quand les paysans des environs, mêlés à ceux de Montégnac, vinrent un à un jeter à leur bienfaitrice, avec un rameau vert, un adieu suprême mêlé de prières et de larmes, ils virent un homme de la Justice, accablé de douleur, qui tenait froide la main de la femme que, sans le vouloir, il avait si cruellement, mais si justement frappée.

Deux jours après, le Procureur général, Grossetête, l'archevêque et le maire, tenant les coins du drap noir, conduisaient le corps de madame Graslin à sa dernière demeure. Il fut posé dans sa fosse au milieu d'un profond silence. Il ne fut pas dit une parole, personne ne se trouvait la force de parler, tous les yeux étaient pleins de larmes. « — C'est une sainte ! » fut un mot dit par tous en s'en allant par les chemins faits dans le Canton qu'elle avait enrichi, un mot dit à ses créations champêtres comme pour les animer. Personne ne trouva étrange que madame Graslin fût ensevelie auprès du corps de Jean-François Tascheron ; elle ne l'avait pas demandé ; mais la vieille mère, par un reste de tendre pitié, avait recommandé au sacristain de mettre ensemble ceux que la terre avait si violemment séparés, et qu'un même repentir réunissait au Purgatoire.

Le testament de madame Graslin réalisa tout ce qu'on en attendait ; elle fondait à Limoges des bourses au collège et des lits à l'hospice, uniquement destinés aux ouvriers ; elle assignait une somme considérable, trois cent mille francs en six ans, pour l'acquisition de la partie du village appelée les Tascherons, où elle ordonnait de construire un hospice. Cet hospice, destiné aux vieillards indigents du canton, à ses malades, aux femmes dénuées au moment de leurs couches et aux enfants trouvés, devait porter le nom d'hospice des Tascherons ; Véronique le voulait desservi par des Sœurs-Grises, et fixait à quatre mille francs les traitements du chirurgien et du médecin. Madame Graslin priait Roubaud d'être le premier médecin de cet hospice, en le chargeant de choisir le chirurgien et de surveiller l'exécution, sous le rapport sanitaire, conjointement avec Gérard, qui serait l'architecte. Elle donnait en outre à la Commune de Montégnac une étendue de prairies suffisante à en payer les contributions. L'église, dotée d'un fonds de secours dont l'emploi était déterminé pour certains cas exceptionnels, devait surveiller les jeunes gens, et rechercher le cas où un enfant de Montégnac manifesterait des dispositions pour les arts, pour les sciences ou pour l'industrie. La bienfaisance intelligente de la testatrice indiquait alors la somme à prendre sur ce fonds pour les encouragements. La nouvelle de cette mort, reçue en

tous lieux comme une calamité, ne fut accompagnée
d'aucun bruit injurieux pour la mémoire de cette femme.
Cette discrétion fut un hommage rendu à tant de vertus
par cette population catholique et travailleuse qui re-
commence dans ce coin de la France les miracles des
Lettres édifiantes [222].

Gérard, nommé tuteur de Francis Graslin, et obligé
par le testament d'habiter le château, y vint ; mais il
n'épousa que trois mois après la mort de Véronique,
Denise Tascheron, en qui Francis trouva comme une
seconde mère.

Paris, janvier 1837. — Mars 1845.

Dossier

BIOGRAPHIE

La biographie de Balzac est tellement chargée d'événements si divers, et tout s'y trouve si bien emmêlé, qu'un exposé purement chronologique des faits serait d'une confusion extrême.

Dans l'ordre chronologique, nous nous sommes donc contenté de distinguer, d'une manière aussi peu arbitraire que possible, cinq grandes époques de la vie de Balzac : des origines à 1814, 1815-1828, 1828-1833, 1833-1840, 1841-1850.

A l'intérieur des périodes principales, nous avons préféré, quand il y avait lieu, classer les faits selon leur nature : l'œuvre, les autres activités touchant la littérature, la vie sentimentale, les voyages, etc. (mais en reprenant, à l'intérieur de chaque paragraphe, l'ordre chronologique).

Famille, enfance ; des origines à 1814.

En juillet 1746 naît dans le Rouergue, d'une lignée paysanne, Bernard-François Balssa, qui sera le père du romancier et mourra en 1829 ; en 1776 nous retrouvons le nom orthographié « Balzac ».

Janvier 1797 : Bernard-François, directeur des vivres de la division militaire de Tours, épouse à cinquante ans Laure Sallambier, qui en a dix-huit, et qui vivra jusqu'en 1854.

1799, 20 mai : Naissance à Tours d'Honoré Balzac (le nom ne comporte pas encore la particule). Un premier fils, né jour pour jour un an plus tôt, n'avait pas vécu.

Après Honoré, naîtront trois autres enfants : 1° Laure (1800-1871), qui épousera en 1820 Eugène Surville, ingénieur des Ponts et Chaussées, et restera presque toujours pour le romancier une confidente de prédilection ; 2° Laurence (1802-1825), devenue en 1821 Mme de Montzaigle : c'est sur son acte de baptême que la particule « de » apparaît pour la première fois devant le nom des Balzac ; 3° Henry (1807-1858), fils adultérin dont le père était Jean de Margonne (1780-1858), châtelain de Saché.

L'enfance et l'adolescence d'Honoré seront affectées par la préférence de la mère pour Henry, lequel, dépourvu de dons et de caractère, traînera une existence assez misérable ; les ternes séjours qu'il fera dans les îles de l'océan Indien avant de mourir à Mayotte contrastent absolument avec les aventures des romanesques coureurs de mers balzaciens. Balzac gardera des liens étroits avec Margonne et séjournera souvent à Saché, où l'on montre encore sa chambre et sa table de travail.

Dès sa naissance, Honoré est mis en nourrice chez la femme d'un gendarme à Saint-Cyr-sur-Loire, aujourd'hui faubourg de Tours (rive droite). De 1804 à 1807 il est externe dans un établissement scolaire de Tours, de 1807 à 1813 il est pensionnaire au collège de Vendôme. Puis, pendant plus d'un an, en 1813-1814, atteint de troubles et d'une espèce d'hébétude qu'on attribue à un abus de lecture, il demeure dans sa famille, au repos. En 1814, pendant quelques mois, il reprend ses études au collège de Tours, comme externe.

Son père, alors administrateur de l'Hospice général de Tours, est nommé directeur des vivres dans une entreprise parisienne de fournitures aux armées. Toute la famille quitte Tours pour Paris en novembre 1814.

Apprentissages,　1815-1828.

1815-1819. Honoré poursuit ses études à Paris. Il entreprend son droit, suit des cours à la Sorbonne et au Muséum. Il travaille comme clerc dans l'étude de Me Guillonnet-Merville, avoué, puis dans celle de Me Passez, notaire ; ces deux stages laisseront sur lui une empreinte profonde.

Son père ayant pris sa retraite, la famille, dont les ressources sont désormais réduites, quitte Paris et s'installe pendant l'été 1819 à Villeparisis. Cet été-là est guillotiné à Albi un frère cadet de Bernard-François, pour l'assassinat, dont il n'était peut-être pas coupable, d'une fille de ferme. Cependant Honoré, qu'on destinait au notariat, obtient de renoncer à cette carrière, et de demeurer seul à Paris, dans une mansarde, pour éprouver sa vocation en s'exerçant au métier des lettres. En septembre 1820, au tirage au sort, il obtient un « bon numéro », qui le dispense du service militaire.

Dès 1817 il a rédigé des *Notes sur la philosophie et la religion*, suivies en 1818 de *Notes sur l'immortalité de l'âme*, premiers indices du goût prononcé qu'il gardera longtemps pour la spéculation philosophique : maintenant il s'attaque à une tragédie, *Cromwell*, cinq actes en vers, qu'il termine au printemps de 1820. Soumise à plusieurs juges successifs, l'œuvre est uniformément estimée détestable ; Andrieux, aimable écrivain, professeur au Collège de France et académicien, consulté par la famille, conclut que l'auteur peut tenter sa chance dans n'importe quelle voie, hormis la littérature. Balzac continue sa recherche philosophique avec *Falthurne* (1820) et *Sténie* (1821), que suivront bientôt (1823) un *Traité de la prière* et un second *Falthurne*.

De 1822 à 1827, soit en collaboration, soit seul, mais toujours sous des pseudonymes, il publie une masse considérable de produits romanesques « de consommation courante », qu'il lui arrivera d'appeler « petites opérations de littérature marchande » ou même « cochonneries littéraires ». A leur sujet les balzaciens se partagent ; les uns y cherchent des ébauches de thèmes et les signes avant-coureurs du génie romanesque ; les autres doutent que Balzac, soucieux seulement de satisfaire sa clientèle, y ait rien mis qui soit vraiment de lui-même.

En 1822 commence sa longue liaison (mais, de sa part, non exclusive) avec Antoinette de Berny, qu'il a rencontrée à Villeparisis l'année précédente. Née en 1777, elle a alors deux fois l'âge d'Honoré, et elle est d'un an et demi l'aînée de la mère de celui-ci ; il aura pour celle qu'il a rebaptisée Laure et *Dilecta* un amour en quelque sorte ambivalent, où il trouvera une compensation à son enfance frustrée.

Fille d'un musicien de la Cour et d'une femme de la chambre de Marie-Antoinette, elle-même femme d'expérience, Laure initiera son jeune amant non seulement aux secrets de la vie mondaine sous l'Ancien Régime, mais aussi à ceux de la condition féminine et de la joie sensuelle. Elle restera pour lui un soutien, et le guide le plus sûr. Elle mourra en 1836.

En 1825, Balzac entre en relations avec la duchesse d'Abrantès (1784-1838) ; cette nouvelle maîtresse, qui d'ailleurs s'ajoute à la précédente et ne se substitue pas à elle, a encore

quinze ans de plus que lui. Fort avertie de la grande et petite
histoire de la Révolution et de l'Empire, elle complète l'éducation que lui a donnée Mme de Berny, et le présente aux
nombreux amis qu'elle garde dans le monde ; lui-même, plus
tard, se fera son conseiller et peut-être son collaborateur
lorsqu'elle écrira ses *Mémoires*.

Durant la fin de cette période, il se lance dans des affaires
qui enrichissent d'une manière incomparable l'expérience
du futur auteur de *La Comédie humaine*, mais qui en attendant se soldent par de pénibles et coûteux échecs.

Il se fait éditeur en 1825, l'éditeur se fait imprimeur en
1826, l'imprimeur se fait fondeur de caractères en 1827 —
toujours en association, les fonds de ses propres apports
étant constitués par sa famille et par Mme de Berny. En 1825
et 1826 il publie, entre autres, des éditions compactes de
Molière et de La Fontaine, pour lesquelles il a composé des
notices. En 1828 la société de fonderie est remaniée ; il en
est écarté au profit d'Alexandre de Berny, fils de son amie :
l'entreprise deviendra une des plus belles réalisations françaises dans ce domaine. L'imprimerie est liquidée quelques
mois plus tard, en août ; elle laisse à Balzac 60 000 francs
de dettes (dont 50 000 envers sa famille).

Nombreux voyages et séjours en province, notamment
dans la région de l'Isle-Adam, en Normandie, et surtout en
Touraine, terre natale et terre d'élection.

Les débuts, 1828-1833.

A la mi-septembre 1828 Balzac va s'établir pour six se-
maines à Fougères, en vue du roman qu'il prépare sur la
chouannerie. *Le Dernier Chouan ou la Bretagne en 1800*,
dont le titre deviendra finalement *Les Chouans*, paraît en
mars 1829 ; c'est le premier roman dont il assume ouvertement la responsabilité en le signant de son véritable nom.

En décembre 1829 il publie sous l'anonymat *Physiologie
du mariage*, un essai (ou, comme il dira plus tard, une « étude
analytique ») qu'il avait ébauché puis délaissé plusieurs
années auparavant.

1830 : les *Scènes de la vie privée* réunissent en deux volumes
six nouvelles ou courts récits. Ce nombre sera porté à quinze
dans une réédition du même titre en quatre tomes (1832).

1831 : *La Peau de chagrin* ; ce roman est repris pour former
la même année, avec douze autres récits divers, trois volumes

de *Romans et contes philosophiques*; l'ensemble est précédé d'une introduction de Philarète Chasles, certainement inspirée par Balzac. 1832 : les *Nouveaux contes philosophiques* augmentent cette collection de quatre récits (dont une première version de *Louis Lambert*). Il faut noter que la qualification « philosophiques » a encore un sens fort vague, et provisoire, dans l'esprit de l'écrivain.

Les *Contes drolatiques*. A l'imitation des *Cent Nouvelles nouvelles* (il avait un goût très vif pour la vieille littérature dite gauloise), il voulait en écrire cent, répartis en dix dizains. Le premier dizain paraît en 1832, le deuxième en 1833 ; le troisième ne sera publié qu'en 1837, et l'entreprise s'arrêtera là.

Septembre 1833 : *Le Médecin de campagne*. Pendant toute cette époque, Balzac donne une foule de textes divers à de nombreux périodiques. Il poursuivra ce genre de collaboration durant toute sa vie, mais à une cadence moindre.

Laure de Berny reste la Dilecta, Laure d'Abrantès devient une amie.

Passade avec Olympe Pélissier.

Entré en liaison d'abord épistolaire avec la duchesse de Castries en 1831, il séjourne auprès d'elle, à Aix-les-Bains et à Genève, en septembre et octobre 1832 ; elle s'amuse à se laisser chaudement courtiser par lui, mais ne cède pas, ce dont, fort déconfit, il se venge par *La Duchesse de Langeais*.

Au début de 1832 il reçoit d'Odessa une lettre signée « L'Étrangère », et répond par une petite annonce insérée dans un journal : c'est le début de ses relations avec Mme Hanska (1805-1882), sa future femme, qu'il rencontre pour la première fois à Neuchâtel dans les derniers jours de septembre 1833.

Vers cette même époque il a une maîtresse discrète, Maria du Fresnay.

Voyages très nombreux. Outre ceux que nous avons signalés ci-dessus (Fougères, Aix, Genève, Neuchâtel), il faut mentionner plusieurs séjours près de Tours ou de Nemours avec Mme de Berny, à Saché, à Angoulême chez ses amis Carraud, etc.

Son travail acharné n'empêche pas qu'il ne soit très répandu dans les milieux littéraires et dans le monde ; il mène une vie ostentatoire et dispendieuse.

En politique, il s'affiche légitimiste. Il envisage de se présenter aux élections législatives de 1831, et en 1832 à une élection partielle.

L'essor, 1833-1840.

Durant cette période, Balzac ne se contente pas d'assurer le développement de son œuvre : il se préoccupe de lui assigner une organisation d'ensemble. Déjà les *Scènes de la vie privée* et les *Romans et contes philosophiques* témoignaient chez lui de cette tendance ; maintenant il s'avance sur la voie qui le conduira à la conception globale de *La Comédie humaine.*

En octobre 1833 il signe un contrat pour la publication d'une collection intitulée *Études de mœurs au XIXᵉ siècle,* et qui doit rassembler aussi bien les rééditions que des ouvrages nouveaux. Divisée en trois séries, cette collection va comprendre quatre tomes de *Scènes de la vie privée,* quatre de *Scènes de la vie de province* et quatre de *Scènes de la vie parisienne.* Les douze volumes paraissent en ordre dispersé de décembre 1833 à février 1837. Le tome I est précédé d'une importante introduction de Félix Davin, porte-parole ou même prête-nom de Balzac. La classification a une valeur à la fois littérale et symbolique : elle se fonde à la fois sur le cadre de l'action et sur la signification du thème.

Parallèlement paraissent de 1834 à 1840 vingt volumes d'*Études philosophiques,* avec une nouvelle introduction de Félix Davin.

Principales créations en librairie de cette période : *Eugénie Grandet,* fin 1833 ; *La Recherche de l'absolu,* 1834; *Le Père Goriot, La Fleur des pois* (titre qui deviendra *Le Contrat de mariage*), *Séraphîta,* 1835 ; *Histoire des Treize,* 1833-1835 ; *Le Lys dans la vallée,* 1836 ; *La Vieille Fille, Illusions perdues* (début), *César Birotteau,* 1837 ; *La Femme supérieure* (titre qui deviendra *Les Employés*), *La Maison Nucingen, La Torpille* (début de *Splendeurs et Misères des courtisanes*), 1838 ; *Le Cabinet des antiques, Une fille d'Ève, Béatrix,* 1839 ; *Une princesse parisienne* (titre qui deviendra *Les Secrets de la princesse de Cadignan*), *Pierrette, Pierre Grassou,* 1840.

En marge de cette activité essentielle, Balzac prend à la fin de 1835 une participation majoritaire dans la *Chro-*

nique de Paris, journal politique et littéraire ; il y publie un bon nombre de textes, jusqu'à ce que la société, irrémédiablement déficitaire, soit dissoute six mois plus tard. Curieusement il réédite (et complète à l'aide de « nègres ») une partie de ses romans de jeunesse, en gardant un pseudonyme qui n'abuse personne : ce sont les *Œuvres complètes d'Horace de Saint-Aubin,* seize volumes, 1836-1840.

En 1838 il s'inscrit à la toute jeune Société des Gens de Lettres, il la préside en 1839, et mène diverses campagnes pour la protection de la propriété littéraire et des droits des auteurs.

Candidat à l'Académie française en 1839, il s'efface devant Hugo, qui d'ailleurs n'est pas élu.

En 1840 il fonde la *Revue parisienne,* mensuelle et entièrement rédigée par lui ; elle disparaît après le troisième numéro, où il a inséré son long et fameux article sur *La Chartreuse de Parme.*

Théâtre, vieille et durable préoccupation depuis le *Cromwell* de ses vingt ans : en 1839, la Renaissance refuse *L'École des ménages,* pièce dont il donne chez Custine une lecture à laquelle assistent Stendhal et Théophile Gautier. En 1840 la censure écarte plusieurs fois et finit par autoriser *Vautrin,* pièce interdite dès le lendemain de la première.

Il séjourne à Genève auprès de Mme Hanska du 24 décembre 1833 au 8 février 1834 ; il la retrouve à Vienne (Autriche) en mai-juin 1835 ; alors commence une séparation qui durera huit ans.

Le 4 juin 1834 naît Marie du Fresnay, présumée être sa fille, et qu'il regarde comme telle ; elle ne mourra qu'en 1930.

Mme de Berny, malade depuis 1834, accablée de malheurs familiaux, cesse de le voir à la fin de 1835 ; elle va mourir huit mois plus tard.

En 1836, naissance de Lionel-Richard Lowell, fils présumé de Balzac et de la comtesse Guidoboni-Visconti ; en 1837 le comte lui donne lui-même procuration pour régler à Venise en son nom une affaire de succession ; en 1837 encore, c'est chez la comtesse que Balzac, poursuivi pour dettes, se réfugie : elle paie pour lui, et lui évite ainsi la contrainte par corps.

Juillet-août 1836 : Mme Marbouty, déguisée en homme, l'accompagne à Turin et en Suisse.

Voyages toujours nombreux.

Au cours de l'excursion autrichienne de 1835 il est reçu

par Metternich, et visite le champ de bataille de Wagram
en vue d'un roman qu'il ne parviendra jamais à écrire. En
1836, séjournant en Touraine, il se voit accueilli par Talley-
rand et la duchesse de Dino. L'année suivante, c'est George
Sand qui l'héberge à Nohant ; elle lui suggère le sujet de
Béatrix.

Durant son voyage italien de 1837 il a appris, à Gênes,
qu'on pouvait exploiter fructueusement en Sardaigne les
scories d'anciennes mines de plomb argentifère ; en 1838,
en passant par la Corse, il se rend sur place — pour y constater que l'idée était si bonne qu'une société marseillaise l'a
devancé ; retour par Gênes, Turin, et Milan où il s'attarde.

On signale en 1834 un dîner réunissant Balzac, Vidocq
et les bourreaux Sanson père et fils.

Démêlés avec la Garde nationale, où il se refuse obstinément
à assurer ses tours de garde : en 1835 il se cache d'elle autant
que de ses créanciers, à Chaillot, sous le nom de « Mme veuve
Durand » ; en 1836 elle l'incarcère pendant une semaine dans
sa prison surnommée « Hôtel des Haricots » ; nouvel emprisonnement en 1839, pour la même raison.

En 1837, près de Paris, à Sèvres, au lieu dit Les Jardies,
il achète les premiers éléments de ce dont il voudra constituer
tout un domaine. On prétendra qu'il aurait rêvé même de
faire fortune en y acclimatant la culture de l'ananas. Ses
projets assez grandioses lui coûteront fort cher et ne lui
amèneront que des déboires. Liquidation onéreuse et longue ;
à la mort de Balzac elle ne sera pas encore tout à fait terminée.

C'est en octobre 1840 que, quittant Les Jardies, il s'installe à Passy dans l'actuelle rue Raynouard, où sa maison
est redevenue aujourd'hui « La Maison de Balzac ».

Suite et fin, 1841-1850.

Le fait marquant qui inaugure cette période est l'acte
de naissance officiel de *La Comédie humaine* considérée
comme un ensemble organique. Cet acte, c'est le contrat
passé le 2 octobre 1841 avec un groupe d'éditeurs pour la
publication, sous ce « titre général », des « œuvres complètes »
de Balzac, celui-ci se réservant « l'ordre et la distribution des
matières, la tomaison et l'ordre des volumes ».

Nous avons vu le romancier, dès ses véritables débuts où
presque, montrer le souci d'un ordre et d'un classement.

Une lettre à Mme Hanska du 26 octobre 1834 en faisait déjà état. Une lettre de décembre 1839 ou janvier 1840, adressée à un éditeur non identifié, et restée sans suite, mentionnait pour la première fois le « titre général », avec un plan assez détaillé. Cette fois le grand projet va enfin se réaliser (sous réserve de quelques changements de détail ultérieurs dans le plan, et sous réserve aussi de plusieurs ouvrages annoncés qui ne seront jamais composés).

Réunissant rééditions et nouveautés, l'ensemble désormais intitulé *La Comédie humaine* paraît de 1842 à 1848 en dix-sept volumes, complétés en 1855 par un tome XVIII, et suivis, en 1855 encore, d'un tome XIX (*Théâtre*) et d'un tome XX (*Contes drolatiques*). Trois parties : *Études de mœurs, Études philosophiques, Études analytiques* — la première partie étant elle-même divisée en *Scènes de la vie privée, Scènes de la vie de province, Scènes de la vie parisienne, Scènes de la vie politique, Scènes de la vie militaire* et *Scènes de la vie de campagne*.

L'Avant-propos est un texte doctrinal capital. Avant de se résoudre à l'écrire lui-même, Balzac avait demandé vainement une préface à Nodier, à George Sand, ou envisagé de reproduire les introductions de Davin aux anciennes *Études de mœurs* et *Études philosophiques.*

Premières publications en librairie : *Le Curé de village,* 1841 ; *Mémoires de deux jeunes mariées, Ursule Mirouët, Albert Savarus, La Femme de trente ans* (sous sa forme et son titre définitifs après beaucoup d'avatars), *Les Deux Frères* (titre qui deviendra *La Rabouilleuse*), 1842 ; *Une ténébreuse affaire, La Muse du département, Illusions perdues* (au complet), 1843 ; *Honorine, Modeste Mignon,* 1844 ; *Petites Misères de la vie conjugale,* 1846 ; *La Dernière Incarnation de Vautrin* (achevant *Splendeurs et Misères des courtisanes*), 1847 ; *Les Parents pauvres* (*Le Cousin Pons* et *La Cousine Bette*), 1847-1848.

Romans posthumes. *Le Député d'Arcis* et *Les Petits Bourgeois,* restés inachevés, et terminés, avec une désinvolture confondante, par Charles Rabou agréé par la veuve, paraissent respectivement en 1854 et 1856. La veuve assure elle-même, avec beaucoup plus de tact, la mise au point des *Paysans* qu'elle publie en 1855.

Théâtre. Représentation et échec des *Ressources de Quinola,* 1842 ; de *Paméla Giraud,* 1843. Succès sans lendemain de *La Marâtre,* pièce créée à une date peu favorable (25 mai 1848) ; trois mois plus tard la Comédie-Française reçoit

Mercadet ou le Faiseur, mais la pièce ne sera pas représentée.

Chevalier de la Légion d'honneur depuis avril 1845, Balzac, encore candidat à l'Académie française, obtient 4 voix le 11 janvier 1849, dont celles de Hugo et de Lamartine (on lui préfère le duc de Noailles), et, aux trois scrutins du 18 janvier, 2 voix (Vigny et Hugo), 1 voix (Hugo) et 0 voix, le comte de Saint-Priest étant élu.

Amours et voyages, durant toute cette période, portent pratiquement un seul et même nom : Mme Hanska. Le mari meurt — enfin! — le 10 novembre 1841, en Ukraine ; mais Balzac n'est informé que le 5 janvier d'un événement qu'il attend pourtant avec tant d'impatience. Son amie, libre désormais de l'épouser, va néanmoins le faire attendre près de dix ans encore, soit qu'elle manque d'empressement, soit que réellement le régime tsariste se dispose à confisquer ses biens, qui sont considérables, si elle s'unit à un étranger.

En 1843, après huit ans de séparation, Balzac va la retrouver pour deux mois à Saint-Pétersbourg ; il rentre par Berlin, les pays rhénans, la Belgique. En 1845, voyages communs en Allemagne, en France, en Hollande, en Belgique, en Italie. En 1846, ils se rencontrent à Rome et voyagent en Italie, en Suisse, en Allemagne.

Mme Hanska est enceinte ; Balzac en est profondément heureux, et, de surcroît, voit dans cette circonstance une occasion de hâter son mariage ; il se désespère lorsqu'elle accouche en novembre 1846 d'un enfant mort-né.

En 1847 elle passe quelques mois à Paris ; lui-même, peu après, rédige un testament en sa faveur. A l'automne, il va la retrouver en Ukraine, où il séjourne près de cinq mois. Il rentre à Paris, assiste à la révolution de février 1848, envisage une candidature aux élections législatives, repart dès la fin de septembre pour l'Ukraine, où il séjourne jusqu'à la fin d'avril 1850.

C'est là qu'il épouse Mme Hanska, le 14 mars 1850.

Rentrés ensemble à Paris vers le 20 mai, les deux époux, le 4 juin, se font donation mutuelle de tous leurs biens en cas de décès. Depuis plusieurs années la santé de Balzac n'a pas cessé de se dégrader.

Du 1er juin 1850 date (à notre connaissance) la dernière lettre que Balzac ait écrite entièrement de sa main. Le 18 août, il a reçu l'extrême-onction, et Hugo, venu en visite, le trouve inconscient : il meurt à onze heures et demie du soir, dans un état physique affligeant. On l'enterre au Père-

Lachaise trois jours plus tard ; les cordons du poêle sont tenus par Hugo et Dumas, mais aussi par le sinistre Sainte-Beuve, qui n'a jamais rien compris à son génie, et par le ministre de l'Intérieur ; devant sa tombe, superbe discours de Hugo : ni Hugo ni Baudelaire ne se sont trompés sur le génie de Balzac.

La femme de Balzac, après avoir trouvé quelque consolation à son veuvage, mourra ruinée en 1882.

HISTOIRE DU TEXTE

1. Le manuscrit (1838), qui porte le titre du *Curé de village*, est conservé à la Collection Lovenjoul, à Chantilly (sous la cote A 52), ainsi que les épreuves corrigées (A 53) destinées à la publication dans *La Presse*. Il a été publié intégralement par Ki Wist en 1964, ainsi qu'un certain nombre des additions les plus importantes.

2. Publication préoriginale dans *La Presse* (1839) :
   — 1-1-1839 : *Le Curé de village*, § I, *Sollicitudes chrétiennes*.
   — 2-1-1839 : *Le Curé de village*, § II, *Le crime*.
   — 3-1-1839 : *Le Curé de village*, § III, *Montégnac* ; § III, *Montégnac* (suite).
   — 4-1-1839 : *Le Curé de village*, § IV, *Scène d'église*.
   — 5-1-1839 : *Le Curé de village*, § IV, *Scène d'église* (suite).

   　　　　　Le Curé de village, § V, *L'Émigration*.
   — 6-1-1839 : *Le Curé de village*, § VI, *Le Curé Bonnet*.
   — 7-1-1839 : *Le Curé de village*, § VII, *L'Exécution*.

   — 30-6-1839 : *Le Curé de village*, *Véronique*, § I, *Les marchands forains*.
   — 3-7-1839 : *Le Curé de village*, *Véronique*, § I, *Les marchands forains* (suite).
   — 4-7-1839 : *Le Curé de village*, *Véronique*, § II, *Monsieur Graslin*.
   — 5-7-1839 : *Le Curé de village*, *Véronique*, § II, *Monsieur Graslin* (suite).
   — 10-7-1839 : *Le Curé de village*, *Véronique*, § III, *Esquisse d'une vie commune en province*.

— 11-7-1839 : *Le Curé de village, Véronique*, § III, *Esquisse d'une vie commune en province* (suite).

— 12-7-1839 : *Le Curé de village, Véronique*, § IV, *Véronique à trente ans.*

— 13-7-1839 : *Le Curé de village, Véronique*, § IV, *Véronique à trente ans* (suite).

— 30-7-1839 : *Le Curé de village, Véronique au tombeau*, § I, *Les adieux à la terre.*

— 31-7-1839 : *Le Curé de village, Véronique au tombeau*, § II, *Un vœu d'humilité chrétienne.*

— 1-8-1839 : *Le Curé de village, Véronique au tombeau*, § III, *Les aveux.*

Texte intégralement reproduit par Ki Wist en 1961.

3. **Publication préoriginale** de l'épisode de Farrabesche, dans *Le Messager* (1841), signalé comme « épisode inédit du nouveau roman de M. de Balzac, *Le Curé de village*, qui paraîtra sous peu à la librairie d'Hyppolite Souverain ».

— 8-3-1841 : *Farrabesche.*

— 9-3-1841 : *La Maison du garde.*

— 11-3-1841 : *Le Torrent du Gabou.*

— 13-3-1841 : *La confession du forçat.*

Voir à ce sujet la note de R. Guise dans *L'Année balzacienne* 1965, p. 179-180.

4. **Édition originale** (mars 1841) chez H. Souverain. Avec une préface et la dédicace « A Hélène ».

5. **Édition Furne** (1846), dans le t. XIII de *La Comédie humaine, Scènes de la vie de campagne*. Sur l'exemplaire personnel de Balzac (dit « Furne corrigé »), la dédicace est supprimée. L'édition Furne corrigée, qui a été reproduite en fac-similé par les Bibliophiles de l'Originale, a servi de base à l'établissement de ce texte.

LETTRE DE BALZAC

AU RÉDACTEUR EN CHEF DE « LA PRESSE »

(*publiée dans La Presse du 18 août 1839*)

Paris, 17 août 1839.

Monsieur,

En vendant à *la Presse* le droit d'insérer *le Curé de village*, j'ai stipulé que nul autre journal ne pourrait le reproduire, et cette clause m'était imposée par le traité conclu entre mes éditeurs et moi, par lequel il était dit que mon ouvrage ne paraîtrait que dans une seule feuille politique quotidienne. L'expérience a prouvé que beaucoup de cabinets littéraires détachent les feuilletons, les font relier et les donnent en lecture. Nonobstant l'avis placé en tête de *Véronique*, *l'Estafette* publie cette œuvre dans son feuilleton. Aux termes de nos conventions, vous êtes tenu de poursuivre les contrefacteurs, et je vous prie de citer *l'Estafette* devant le juge extraordinaire ; car mon éditeur me demande des dédommagements, et sur mon refus, va m'actionner devant les tribunaux. Mon refus est légitime : je suis de bonne foi, vous l'êtes sans doute également. Le délit de *l'Estafette* équivaut à un vol sur la grande route, et constitue un cas de force majeure duquel excipent les diligences pour ne pas rendre les valeurs qui leur ont été confiées. De quel nom appeler un tel délit, quand on trouve si odieux déjà le vol fait de nation à nation ? Remarquez ceci : le journal à quatre-vingts fr. dépouille ici le journal à quarante fr. La parcimonie des journaux à quatre-vingts fr. envers la littérature est flagrante, ils se défendent de la nouvelle et du roman comme d'une maladie : ils ont tant peur de venir en aide à quelques plumes souffrantes, qu'ils vivent de citations prises aux livres sous presse, afin de simuler une rédaction onéreuse, et font la roue devant leurs abonnés, tout en payant les auteurs en monnaie de singe. Celui-ci, du moins, procède avec franchise, il vole la littérature comme il vole la politique, il est en récidive, il a inventé une Belgique rue Coq-Héron [1], et réalise assez de bénéfices pour payer ses procès à l'instar des vendeurs de spécifiques. Ainsi, quelle que soit sa condamnation, elle ne sera jamais assez forte. D'ailleurs la question va plus haut. Évidemment, en ceci les classes lettrées n'ont jamais obtenu la protection accordée aux modeleurs de pendules et aux fabricants d'indiennes qui inventent un dessin de robe. Les tribunaux manifestent pour nous la plus auguste indifférence. Tout se tient. Quand la France reste insensible aux spoliations belges qui viennent de consommer la ruine de la librairie française et qui lui ont enlevé le marché européen, comment la justice s'occuperait-elle activement des faits isolés qui nous atteignent à domicile? Ici, le vol se consomme sous nos yeux, il attaque les intérêts matériels les plus dignes de protection; eh bien! malgré tant de maux, il est présumable que la question excitera peu d'intérêt au tribunal. Peut-être verrons-nous le contrefacteur s'évader à travers les barreaux d'une exception préjudicielle. A Rouen les juges normands ont, dans un cas pareil, appliqué aux œuvres littéraires publiées dans les journaux et revues la loi de 1793, tombée en désuétude, en disant aux plaignants : « Vous n'avez pas déposé, vous n'êtes pas propriétaires, il n'y a pas contrefaçon. » Monsieur Dupin, le procureur général de la Cour de Cassation, a cependant fait rendre un arrêt qui contredit cette doctrine. Mais cette doctrine doit être contredite trois fois pour déterminer une assemblée des chambres réunies et présidées par le garde des sceaux, afin d'interpréter la loi et d'établir une jurisprudence. Comme les gens de lettres emploient tout leur argent à vivre, ils en ont très peu à consacrer à ces luttes judiciaires qui en mangent énormément, sans compter le temps qu'elles prennent, et il en résulte que l'avantage est au contrefacteur armé d'impudence et de capitaux. Aussi, vous ai-je prié de déposer mon œuvre afin de pouvoir poursuivre les contrefaçons, et je vous invite à procéder contre *l'Estafette* avec la dernière rigueur, car la situation des classes lettrées est en ce moment des plus déplorables. Malgré ce très beau mot de M. Thénard, parlant au roi Louis-Philippe des produits de l'industrie : *Vous ferez fleurir les lettres*, les lettres dépérissent considérablement, et les faits les plus honteux se produisent en silence. Un des hommes les

---

1. Allusion aux contrefaçons belges. Les bureaux de *L'Estafette* se trouvaient rue Coq-Héron.

plus éminents, soit par la portée philosophique de son esprit, soit par la constance et la noblesse de ses travaux, ne trouve pas de libraire qui veuille publier une histoire dogmatique et transcendante de l'Art, terminée depuis peu de temps et longuement méditée, livre qui peut un jour dominer l'art tout entier. Plusieurs auteurs trop fiers pour se plaindre succombent à une misère soigneusement cachée ; d'autres meurent exactement de faim publiquement, et sont insultés par des parvenus, montés sur leurs épaules, qui leur reprochent leur paresse, comme si la misère qu'ils ont créée n'était pas le dissolvant de toute énergie littéraire. Il y a de quoi s'affliger en songeant que ces gens ont des complices dans les régions élevées du gouvernement. En voyant cet état de choses, il m'est difficile de taire un moyen efficace d'arrêter le cours des déprédations de la Belgique, et qui n'est venu à l'esprit d'aucun législateur, mais dont l'adoption ferait cesser les misères de la littérature et les malheurs de la librairie. La Belgique contrefait-elle Molière, Lesage, Montesquieu, Buffon ? Nullement. La France en fournit l'Europe ; elle illustre ces auteurs, elle fabrique leurs éditions avec luxe ou à bon marché, elle se plie à tous les caprices de la consommation. Pourquoi ? Ici, la librairie française exploite ce qu'on appelle le domaine public ; elle n'a ni annonces à payer, ni l'impôt du droit d'auteur. Pourquoi l'état ne se désintéresse-t-il pas les auteurs qui sont sujets à contrefaçon et ne fait-il point passer ainsi leurs œuvres du domaine privé dans le domaine public ? Aussitôt la Belgique succombe et la France a pour elle le marché européen. Après tout, que contrefait la Belgique ? Les dix ou douze maréchaux de France littéraires, selon la belle expression de M. Victor Hugo, ceux qui font œuvre, collection, et qui offrent à l'exploitation une certaine surface commerciale.

N'est-il pas prouvé qu'avec cinq ou six millions l'état désintéresserait ces auteurs et pourrait stipuler que, moyennant un certain prix par volume, tous les deux ans, leurs productions nouvelles tomberaient dans le domaine public ? Certes, si la France exerce une prépondérance en Europe, elle le doit surtout à ses hommes d'intelligence. Aujourd'hui, la plume a évidemment remplacé l'épée, et les veilles où l'on répand tant de pensées sont bien moins reconnues que les campagnes où l'on n'a versé que du sang. Beaucoup de gens qui trouvent juste et naturel de dépenser des millions pour loger les échantillons de l'industrie, de commander pour trois ou quatre millions par an à la peinture, à la statuaire, de donner dix-huit cent mille francs de primes à la pêche des morues, de venir en aide pour dix millions à l'agriculture souffrante, de racheter les usines à sucre, de jeter vingt millions à l'architecture, ouvriront de grands yeux à l'idée bizarre d'offrir cinq ou six millions pour solder douze années de travaux à quelques hommes pleins de gloire, mais voués à une misérable existence intérieure ; cependant, ils sont réservés à une plus grande stupéfaction, si les plus sévères calculs trouvent grâce devant eux, et s'ils veulent, en descendant à l'application, se convaincre ici que le trésor public recouvrera promptement la somme qu'il aura donnée.

Qu'il me soit permis d'opérer sur mon œuvre, pour démontrer la vérité de mon assertion, car Dieu me garde d'appliquer à Victor Hugo, à Lamartine, à Béranger, à Chateaubriand, à Lamennais, à George Sand, à Scribe et à Casimir Delavigne la modestie de mes calculs. Mon œuvre se compose d'environ cinquante volumes. En la réduisant de moitié comme volume et comme format, la Belgique l'a vendue à vingt mille exemplaires, ce qui produit une masse de cinq cent mille volumes. Elle m'a donc fait tort de 500 000 fr., en ne supposant que vingt sous de droit pour un de ces volumes qui en contient deux des nôtres. Si la France avait vendu mon œuvre, elle aurait opéré pour deux millions de ventes en acceptant le prix du volume belge, qui est de quatre francs. Décuplez la somme en la multipliant par le nombre des auteurs à grands succès, la librairie française aurait fait entrer en France depuis 1830, vingt millions d'argent étranger, en restreignant ce calcul à la littérature proprement dite, et négligeant la médecine, la science, la jurisprudence, l'histoire et la théologie. Or, il n'est pas de fabrication sur laquelle le Trésor ne prélève dix pour cent par ses différents impôts. En comptant la fabrication pour moitié dans le total de la vente à bas prix, nous trouvons deux millions pour le Trésor. Mais un livre n'est pas le produit d'une industrie immédiate ; il exige le concours de plusieurs commerces, qu'il résume et qu'il a créés : le chiffon, le papier, la fonderie, l'imprimerie, la brochure, la librairie et la gravure, sans compter le timbre et la poste, qui l'atteignent dans les revues. Ainsi, d'après ce calcul, où je ne tiens compte que de la vente de mes œuvres isolées, et non des éditions compactes qui, depuis deux ans, se font à des nombres et à des prix inouïs, le Trésor, en dix ans, de 1840 à 1850, recevrait largement la somme qu'il aurait payée pour désintéresser les auteurs devenus matière à exploitation, et le pays porterait plus de quarante millions à son actif dans sa balance commerciale avec l'Europe. En quoi le *désintéressement pour cause d'utilité publique* serait-il ridicule appliqué aux produits de l'intelligence, qui sont un besoin de tous, tandis qu'il est pratiqué sévèrement pour les voies de communications, et surtout quand il est dans une proportion minime, comparé aux exigences des travaux publics, et quand les froissements d'intérêt privé n'y existent point? Un despote ferait cela demain ; il paraît qu'un roi bricolé par des Chambres ne peut pas donner de bouillon à Corneille mourant sans un *exequatur* législatif. Nous avons mis un livre sur les armes de France pour cacher les lys, j'aimerais mieux les voir fleurir partout ailleurs. Les Chambres donnent deux cent mille francs aux lettres dont les lettres ne touchent pas deux liards, il suffirait d'élever cette allocation à six cent mille francs, la somme donnée en subvention à l'Opéra, pour réaliser, par un système d'annuités, une proposition qui sauverait la librairie et la littérature. Mais ce que tout le monde y verra, c'est la fortune subite de dix ou douze hommes d'intelligence, de cœur, de poésie. Or, par le temps qui court, ceci rend ma proposition inexécutable.

Ma lettre est un peu longue eu égard au fait personnel ; mais, dans ces questions, les intérêts généraux de la littérature me préoccupent toujours plus que les miens, car je ne leur vois ni protecteurs, ni défenseurs, ni organes actifs. Le comité de la Société des gens de lettres, dont la mission est immense, ne fait que de naître et se trouve déjà, comme toutes les grandes choses en France, attaqué par des criailleries ignobles et par ceux auxquels il portera peut-être un jour du pain.

Agréez, etc.

de Balzac.

PRÉFACE DE L'ÉDITION
SOUVERAIN (1841)

Si cet ouvrage est complet relativement à ce qu'on appelle aujourd'hui le Drame, il est évidemment mutilé dans ce qu'on appellera dans tous les temps la Morale. Il ne s'agissait pas tant ici, de même que dans toutes les *Scènes de la vie de campagne*, de raconter une histoire que de répandre des vérités neuves et utiles, si toutefois il est des vérités neuves ; mais les tentatives insensées de notre époque n'ont-elles pas rendu tout le charme de la nouveauté à des vérités vieilles ?

Ainsi, dans le plan de l'auteur, ce livre, loin d'offrir l'intérêt romanesque, assez avidement recherché par les lecteurs et qui fait tourner vivement les pages d'un in-octavo qu'on ne relit plus, une fois le secret connu, lui paraissait si peu intéressant pour le gros public, qu'il a semblé nécessaire de le relever par une conception dramatique, empreinte des caractères de la vérité, mais en harmonie avec le ton de l'ouvrage. Deux immenses difficultés desquelles le lecteur se soucie fort peu ! Aussi n'est-ce pas tant au public que l'auteur s'adresse ici qu'au petit nombre de ceux à qui les Lettres sont encore chères, et qui étudient les moyens nouveaux de la Poétique moderne. En effet, si l'ouvrage auquel *le Curé de village* servira peut-être un jour de pendant, pour employer une expression vulgaire qui explique tout, si *le Médecin de campagne* est l'application de la philanthropie moderne à la civilisation, celui-ci devait être l'application du repentir catholique. Ainsi *le Curé de village* devait être une œuvre supérieure à l'autre, et comme plan, comme idées, et comme images, et comme exécution : la religion n'est-elle pas plus grande que la philosophie ? Elle est divine, l'autre est purement humaine. Dès lors, *le Curé de village* était évidemment

plus difficile et voulait plus d'études, des conceptions creusées
jusqu'au vif et cachées sous des formes simples. Toute œuvre,
quelque grande et poétique que vous l'imaginiez, est facile à
exécuter, en comparaison d'un ouvrage religieux à jeter au
milieu d'un peuple indifférent ou incrédule, et convié par
des gens illustres à de nouvelles révolutions. Les théories
politiques qui ressortissent au sujet doivent d'ailleurs être
plus hardies encore que celles du *Médecin de campagne*, eu
égard au temps que nous vivons. L'homme qui a la charge
des âmes admet nécessairement moins de transactions que
l'homme chargé du corps. Par quels moyens le curé Bonnet
a-t-il fait d'une population mauvaise, arriérée, sans croyances,
vouée aux méfaits et même au crime, une population animée
du meilleur esprit, religieuse, progressive, excellente? Là,
certes, était le livre. Expliquer les hommes qui le secondèrent,
les peindre, donner surtout leur intime pensée et la leur
laisser développer, tel était le sens de cette composition.

Plus d'un lecteur pensera que l'auteur n'a pas groupé
autour de la figure de Véronique, des personnes telles que
le curé Bonnet, l'archevêque Dutheil, Clousier, Gérard,
Roubaud, Grossetête et Ruffin, pour n'en faire que des
comparses. Donc il existe, dans l'ordre moral seulement et
non dans l'ordre dramatique, une solution de continuité que
remarqueront peut-être les personnes qui s'intéressent à ces
questions de haute morale et de politique religieuse. Cette
lacune se trouve avant le chapitre intitulé « le Coup de grâce ».
Jusqu'à l'arrivée de Véronique à Montégnac, les événements
ne sont évidemment que les préliminaires du vrai livre. Le
principal personnage est monsieur Bonnet, autour duquel
les personnages doivent graviter, tandis que dans l'ouvrage
tel qu'il est publié, le curé ne joue qu'un rôle secondaire.
Pour ceux qui s'apercevront de cette lacune et qui sympa-
thiseront avec les pensées longtemps méditées qui ont dicté
le Curé de village, l'auteur avoue avoir réservé un livre dont
la place se trouve entre l'arrivée de tous les personnages sur
la scène et la mort de madame Graslin. Ce livre contient la
conversion au catholicisme de l'ingénieur protestant, l'exposition des doctrines de la monarchie pure, tirée des choses si
éloquentes de la vie au fond des campagnes, divers épisodes
où, comme dans celui de Farrabesche, le curé Bonnet se voit
à l'œuvre, qui servent à expliquer les moyens employés
par lui pour réaliser son projet évangélique, et parmi lesquels
l'auteur regrette particulièrement la première communion
au village, le catéchisme fait par le curé, la classe des frères
des écoles chrétiennes, etc.

Les raisons de cette omission, tristes d'ailleurs, tiennent à des causes de nature à rester cachées ; mais peut-être n'est-il pas inutile de dire que l'état où le défaut de protection a mis la librairie dite de nouveautés, y est pour beaucoup. Peut-être est-ce un devoir, et dans les intérêts d'autres écrivains qui souffrent, d'expliquer qu'en 1840, il est presque impossible à cette librairie de publier un ouvrage en trois volumes, où de graves questions de morale, de politique, de philosophie et de religion l'emportent en étendue sur la partie purement romanesque. Qu'on ne se lasse pas, jusqu'à ce qu'elle soit réparée, d'accuser cette faute du temps et le constant oubli des intérêts les plus vivaces de ce pays qui, durant la paix, agit autant par la plume de ses écrivains qu'il agit, durant la guerre, par l'épée de ses soldats. Jamais les classes lettrées n'ont été plus malheureuses en France que depuis le jour où des écrivains ont été mis à la tête des affaires, et cela se comprend : on ne craint bien que ce qu'on connaît le mieux, et l'on déguise sa crainte par un mépris affecté.

Pour ce qui est de l'ouvrage dans son état actuel, il a son sens, l'histoire y est complète, et peut-être trouvera-t-on qu'elle est des plus touchantes parmi celles que l'auteur a inventées. La figure de madame Graslin peut soutenir la comparaison avec madame de Mortsauf du *Lys dans la Vallée*, avec la Fosseuse du *Médecin de campagne*. Le lecteur et le libraire n'ont donc pas à souffrir de cette secrète imperfection. Aussi peut-être cet ouvrage restera-t-il ainsi, car l'épisode de Farrabesche suffit à faire comprendre les moyens employés par le curé pour changer le moral de sa paroisse, et peut-être est-ce assez qu'on les entrevoie.

Paris, février 1841.

BIBLIOGRAPHIE

(par ordre chronologique)

I. ÉTUDES

Fray-Fournier, *Balzac à Limoges*, 1898.

L. Hédin, *Deux observateurs de l'évolution agricole au XIXe siècle : Balzac et Zola*, in *Revue bleue*, 3 juillet 1937.

Ki Wist, « *Le curé de village* ». *Manuscrits ajoutés*, Bruxelles, 1957-1959.

Ki Wist, « *Le curé de village* » *de Balzac, version de 1839*, Bruxelles, 1961.

A.-M. Meininger, *Eugène Surville,* « *Modèle reparaissant* » *de* « *La Comédie humaine* », in *L'Année balzacienne*, 1963.

R. A.Whelpton, *A la recherche d'un village perdu : Montégnac*, in *L'Année balzacienne 1963*.

B. Guyon, *Les conditions de la renaissance de la vie rurale d'après Balzac, Le Médecin de campagne et Le Curé de village*, in *L'Année balzacienne 1964*.

Ki Wist, *Les manuscrits de premier jet de H. de Balzac*.
I. *Le manuscrit primaire du* « *Curé de village* », *1837*.
II. *Les ajoutés importants, ou manuscrits secondaires, 1838*, Bruxelles, 1964.

M. Regard, *Remarques sur* « *Le Curé de village* », in *L'Information littéraire*, mars-avril 1964.

P. Barbéris, *Mythes balzaciens (II) :* « *Le Curé de village* », in *La Nouvelle Critique*, 1965 (repris dans Barbéris, *Lectures du réel*, Éditions Sociales, 1973).

P. Barbéris, R. Guise, P. Citron, R. Fayolle, « Notes sur *Le Curé de village* », in *L'Année balzacienne 1965*.

P. Citron, *Les Affreux du miroir*, in *Europe*, janvier-février 1965.

R. Fayolle, *Notes sur la pensée politique de Balzac dans « Le Médecin de campagne » et « Le Curé de village »*, in *Europe*, janvier-février 1965.

R. Guise, *Une publication préoriginale dans « Le Messager »*, in *L'Année balzacienne 1965*, p. 179-180.

R. Guise, *Balzac, lecteur de Gozlan, « Le Notaire de Chantilly », « César Birotteau » et « Le Curé de village »*, in *L'Année balzacienne 1965*.

E. Brua, *Note sur Farrabesche*, in *L'Année balzacienne 1966*.

A.-M. Meininger, *Balzac et Stendhal encore* (notes sur Farrabesche), in *L'Année balzacienne 1966*, p. 385.

R. A. Whelpton, *Du nouveau sur Montégnac*, in *L'Année balzacienne 1967*, p. 355.

G. Boely : *« Le Médecin de campagne » et « Le Curé de village », étude comparée de leur composition*, in *L'Année balzacienne 1968*.

A. Prioult, *Les Auvergnats dans « La Comédie humaine »*, in *L'Année balzacienne 1970*.

B. Viard, *« Le Curé de village » et « Journal d'un curé de campagne » de Bernanos*, in *L'Année balzacienne 1971*.

A. Michel, *Un aspect du catholicisme balzacien : le thème littéraire de la confession*, in *Mélanges Guyon*, 1973.

R. Quinsat, *Idées religieuses et structures romanesques dans « Le Curé de village » de Balzac*, in *Mélanges Guyon*, 1973.

II. JUGEMENTS

Balzac, *Lettre à Mme Hanska* du 10 mai 1840 : « *Le Curé de village* est l'application du repentir catholique à la civilisation comme *Le Médecin* est l'application de la philanthropie, et le premier est bien plus poétique et plus grand. »

Balzac, *ibid.*, 15 mars 1841 : « Je suis bien chagrin de savoir qu'il se passera des mois avant que vous ayez *Le Curé de village*, car c'est un de ces livres que je voudrais vous lire moi-même aussitôt qu'ils sont finis. Il en part un exemplaire pour Henri de France, avec ces mots : Hommage d'un sujet fidèle. Et vous verrez les quelques lignes en faveur de Charles X qui empêchent que ce livre n'ait le prix Monthyon. »

S. Barré de Rolson (militante fouriériste qui écrivit à Balzac à propos du *Curé de village*, le 29 mars 1841) : « Ô Monsieur, ne voyez-vous pas que dans votre livre, fidèle miroir de la

réalité, la nature a raison, la religion a tort. (...) Est-ce
un monde bien ordonné que celui où *Paul et Virginie*
est un livre dangereux parce qu'il donne aux jeunes filles
le désir d'être la Virginie d'un Paul ? »

J. Chaudes-Aigues, in *Revue de Paris*, 30 mai 1841 : « Une
chose que je serais passablement curieux de connaître,
c'est pourquoi l'auteur a intitulé son livre *Le Curé de
village*, puisque le peu d'action qu'il y a dans le livre
roule sur Véronique et Tascheron » ; « Je ne crois pas
pouvoir me dispenser, pourtant, de dire un mot de ses
idées politiques. En un certain endroit du livre, à table,
autant qu'il m'en souvienne, entre la poire et le fromage,
un personnage quelconque prend la parole, et, soufflé
par M. de Balzac, proclame que le coup d'état de Juillet
fut l'entreprise la plus sensée, la plus légitime, la plus
raisonnable du monde. (...) Résumant son opinion sur
les ordonnances de juillet, thème qu'il affectionne, (l'ora-
teur) accuse le pays d'avoir renversé la maison de Bourbon
au moment même où la maison de Bourbon sauvait le
pays. »

A. de Barthélémy Lanta, in *Écho de la Littérature et des
Beaux-Arts dans les deux Mondes*, 1841 : « Quant aux
opinions politiques, manifestées et soutenues dans ce
livre, nous ne nous permettrons d'en rien dire ; que
chacun juge à son point de vue. Seulement, il est un droit
que nous reconnaissons à l'auteur, celui de nous mettre
au défi de ne pas trouver ces opinions honorables. »

E. Hanska, lettre à son frère Adam Rzewuski (mi-août
1841) : « Je n'aime pas du tout le caractère de l'héroïne,
et puis l'intrigue elle-même n'est pas naturelle. Jamais
les choses n'auraient pu se passer ainsi qu'il les a décrites,
et aucune femme au monde n'aurait pu agir comme
Mme Graslin, dont la conduite n'est ni humaine, ni même
féminine. [...] Il n'y a pas un seul caractère dans tout
le livre, à l'exception peut-être de celui de la mère Sauviat,
qui est vrai. Même le curé qui est supposé être le principal
personnage dans tout le drame a été peint avec un
crayon brouillé. » (Citée par Ki Wist, *Manuscrits ajoutés*,
Bruxelles, 1957-1959, p. 65.)

G. de Molènes, *Simples Essais d'histoire littéraire* (*La Revue
des Deux Mondes*, 1842), p. 407 : « *Le Curé de village*,
ainsi que l'auteur le déclare dans sa préface et comme le
titre suffirait à l'indiquer, est destiné à servir de pendant
au *Médecin de campagne*. On y retrouve les mêmes rêveries humanitaires dans la même phraséologie. »

H. Taine, *Nouveaux Essais de critique et d'Histoire*, 1865,
p. 92 : « Tous ses personnages ne vivent pas (...) Farrabesche dans *Le Curé de village*, le père Fourchon dans
Les Paysans, presque tous ses grands hommes, presque
toutes ses femmes honnêtes ou amoureuses sont des
statues à demi coulées qu'il faudrait remettre à la fonte. »
(cité dans M. Blanchard, *Témoignages et Jugements sur
Balzac*, 1931.)

Larousse du XIXe siècle, 1875 : « (...) Le brave abbé Bonnet
(...), pas plus que le médecin Benassis, il ne nous fait
grâce de longues et ennuyeuses digressions. Mais *Le Curé
de village* renferme un de ces types que Balzac créait avec
amour et qui ne périront pas. Véronique, la fille de l'Auvergnat millionnaire, cet ange de beauté et de douceur
jetée dans les bras d'un avare (...), cette infortunée qui
devient la cause innocente de deux assassinats et d'une
exécution capitale, est une des créations les plus origi-
nales et les plus vivantes de l'auteur. »

M. Barrière, *L'œuvre de H. de Balzac*, 1890, p. 334 : « Un
tableau émouvant de la lutte que le sentiment religieux
soutient au cœur de l'homme contre la passion. La victoire
reste à la religion. Tel est le fond de la dernière des *Études
de mœurs : Le Curé de village*. »

G. Dumesnil, *L'Ame et l'évolution de la littérature des origines
à nos jours*, 1903, t. II, p. 66-67 : « Du docteur Faust,
professeur dans une Université de l'Allemagne et qui a
tout connu de la science et de la vie, à la fille du quin-
caillier de Limoges, il n'y a pas si loin qu'il semble d'abord,
si dans la force du terme Véronique a aimé et si l'amour
est pour une femme l'initiation à une science totale du
mystère de la vie. (...) Mme Graslin, veuve, maîtresse
de sa fortune, emploiera ses capitaux et sa grande intelligence lumineuse à conquérir, comme Faust, tout un pays
sur une nature ingrate et pour le bien d'une population. »

P. Louis, *Les Types sociaux chez Balzac et Zola*, 1925, p. 129 :
« Dans *Le Curé de village*, le porcelainier Tascheron,
quel que soit son rôle dans l'action, reste au tout dernier
plan, et sa profession n'est évoquée que pour mémoire. »

Alain, *En lisant Balzac*, 1935, p. 39. A propos des « ténèbres »
du *Curé de village* : « Car il reste dans ce roman une partie
non écrite, non pas même esquissée, et que nous ne saurons
jamais : ce sont les amours de Tascheron, ouvrier de
poterie, et de Madame Graslin, femme du plus riche
banquier de Limoges. »

H. Bordeaux, *Médecins et Curés de campagne*, 1941, p. 68,

à propos de la confession de Véronique : « Toute cette
fin du *Curé de village* est extraordinaire. »

A. Béguin, préface du *Curé de village* dans *Le Club français
du Livre*, 1951 (repris dans *Balzac lu et relu*) : « Qu'impor-
tent les idées sociales exposées par l'ennuyeux Gérard,
quand le drame de Véronique et de Tascheron offre au
lecteur la joie de continuelles découvertes ? »

G. Picon, *Balzac par lui-même*, 1956, p. 123 : « Dans *Le
Curé de village*, c'est l'eau — réalité ambiguë, image
physique de l'âme — qui est le symbole de la résurrection
d'un pays et du rachat d'une destinée. »

J. Fabre, *Lumières et Romantisme*, 1963 : « *Le Curé de village*
ce roman policier qui tourne brusquement en traité
d'économie appliquée (...) » (chap. xii : *Création et critique
selon Balzac*).

M. Bardèche, *Une lecture de Balzac*, 1964, p. 358 : « Les
bénédictions, les reposoirs de pleurs et les larmes émues
qui parsèment *Le Médecin de campagne* et *Le Curé de
village* (et qui en sont l'ornement le plus contestable)
nous rappellent assez que Balzac croit à sa terre promise,
si quelque agronome veut bien venir jouer au trappeur.
Il y croit même bien plus que nous ne pensons. C'est
la chair et la force du pays qui se refont en silence. C'est
la province originelle, saine comme un tissu neuf, juvénile,
plantureuse que fabriquent Benassis et Véronique Graslin. »

A. Wurmser, *La Comédie inhumaine*, 1964, p. 233 : « Même
les pieux personnages de *La Comédie*, ce n'est pas l'Évangile qui les anime, c'est le profit. Bellessort voit au *Curé
de village* cette moralité : « La religion utilise dans l'intérêt
de la société les pires erreurs de l'individu », et cela serait
juste si le curé Bonnet montrait seulement à la pécheresse
Véronique l'intérêt de son prochain, de la société, du village
— mais c'est sur la fortune que la bienfaitrice léguera
à son fils adultérin qu'il s'appuie : « La forêt ne vous
rapporte pas encore, mais tôt ou tard la spéculation viendra
chercher ces magnifiques bois... » O mon Dieu, voyez
comme je me repens : faites que la Spéculation vienne
vite ! »

P. Nykrog, *La Pensée de Balzac dans La Comédie humaine*,
Copenhague, 1965, p. 382 : « Une première chose qui
frappe dans la description de cette œuvre de bonification
est la simplicité technique de l'intervention : l'eau y est,
la terre y est, les conduits naturels y sont ; il suffit de
construire un barrage relativement simple et peu cher. »

P. Citron, Introduction au *Curé de Village*, Garnier-Flammarion, 1967 : « Dans l'esprit du lecteur, une fois le livre refermé, les professions de foi s'estompent vite, ainsi que les passages champêtres à la George Sand. Ce qui demeure, c'est l'histoire de Véronique Graslin, ce drame qui annonce Dostoïevski et Bernanos, avec ses contrastes, son étrangeté, ses sombres fulgurations, ce sens du dépassement de l'être par lui-même, et les contradictions qui, en animant les personnages, leur confèrent leur relief humain et tourmenté. »

P. Barbéris, *Le Monde de Balzac*, 1973, p. 559 : « *Le Curé de village* est le second Faust de Balzac (qui ne pouvait connaître le poème de Goethe), l'œuvre de la guérison et du dépassement de la passion par l'entreprise et la création au service des hommes. »

NOTES

Page 35.

1.   Le roman était précédé en 1841 (éd. Souverain) et en 1846 (éd. Furne de *La Comédie humaine*) de cette dédicace, raturée par Balzac sur son exemplaire personnel de *La Comédie humaine*, dit le « Furne corrigé » :

A HÉLÈNE

La moindre barque n'est pas lancée à la mer, sans que les marins ne la mettent sous la protection de quelque vivant emblème ou d'un nom révéré ; soyez donc, madame, à l'imitation de cette coutume, la patronne de cet ouvrage lancé dans notre océan littéraire, et puisse-t-il être préservé de la bourrasque par ce nom impérial que l'Église a fait saint, et que votre dévouement a doublement sanctifié pour moi.

DE BALZAC.

Balzac avait connu Hélène de Valette (1808-1873) en 1838 et séjourné avec elle à Guérande. Il lui avait offert les épreuves corrigées de *Béatrix*, qui a Guérande pour cadre. Ils se brouillèrent ensuite, ce qui explique la suppression de la dédicace.

Page 37.

2.   Le terme de plancher désigne ici le plafond du rez-de-chaussée. Cf. plus loin, dans la description de la maison de Farrabesche : « la botte d'oignons pendue au plancher ».

Page 38.

3.   Un demi-pied = 16 cm environ.

4.   L'haubergeon était une tunique en tissu de mailles, sans manches.

Page 39.

5. La Bande Noire : « On a flétri de ce nom une association
de capitalistes qui, quelques années après la révolution, se
réunirent à Paris pour acheter en commun tous les domaines
nationaux qui seraient mis en vente. » (*Dictionnaire* de Bé-
raud et Dufay, 1825, t. I, p. 57.) Leur activité principale consistait à démolir pour récupérer les meubles et les matériaux,
ce qui explique la présence de Sauviat dans l'organisation :
« On a donné le nom de Bande noire à une réunion de capitalistes qui achètent les grandes maisons, les châteaux, pour
les jeter à bas et bénéficier sur les plombs, les fers, les matériaux de toute espèce. » (Montigny, *Le Provincial à Paris*,
1825, t. II, p. 312-313.) Dès 1823, V. Hugo dénonçait ce vandalisme dans une ode qui a pour titre : *La Bande noire*, et
après la révolution de Juillet, il publie dans *La Revue des
Deux Mondes* (1832, t. I, p. 607) un article intitulé *Guerre
aux démolisseurs*. En 1833, toujours dans *La Revue des Deux
Mondes* (t. I, p. 477), Montalembert dresse une liste des destructions dans un article intitulé *Du Vandalisme en France*.
La Monarchie de Juillet chargera Mérimée d'assurer la protection des monuments historiques sur la totalité du territoire. L'expression « Bande noire » est pourtant restée vivante, puisque Balzac l'emploie à plusieurs reprises dans
L'Excommunié, dans *Modeste Mignon*, dans *Mme Firmiani*,
dans *Le Curé de Tours*, et qu'en 1837 un roman de J.-A. David porte ce titre.

Page 40.

6. Balzac avait pensé écrire le roman de la famille Brézac,
ainsi que l'atteste un manuscrit inachevé, conservé à la bi-
bliothèque Lovenjoul de Chantilly sous la cote A 228, et daté
de 1842 par le vicomte de Lovenjoul. Voici le début de ce
fragment de quelques pages : « La fameuse maison Brézac,
une des gloires de la ferraille et des métaux, établie à Paris
rue du Parc Royal dès 1790, qui a plus abattu de châteaux
qu'on n'en a relevé depuis, est originaire de Thiers, jolie petite ville du département du Puy-de-Dôme. Brézac, meunier
de Thiers, avait cinq enfants. Trois allèrent à Paris, à pied
en faisant le commerce des vieux fers. L'aîné garda le mou-
lin, le second partit pour les armées, il devint colonel, fut
blessé de manière à quitter le service et Napoléon le nomma
payeur à Clermont. La place de payeur de la guerre, aujour-
d'hui supprimée, valait de douze à quinze mille francs par an.
En apprenant la comptabilité, le maniement des écus, le sang

des Brézac reprit ses droits, et de 1809 à 1815 le colonel, **alerte,** mince, entreprenant, devint un gros, gras bonhomme, un peu calculateur. Ses frères de Paris lui firent une clientèle ; et, quand vint la réaction de 1816, le payeur de la guerre eut le bon sens de traiter de sa place et devint banquier. »

7. Fourgon : charrette couverte à quatre roues.

Page 41.

8. La pente d'un lit est la bande qui pend autour d'un ciel de lit, sur le haut des rideaux.

Page 43.

9. La livre monnaie valait un peu moins que le franc (0,98765 fr), mais elle était communément employée comme synonyme du franc, surtout lorsqu'il s'agissait d'évaluer le revenu d'une rente.

Page 45.

10. On appelait Sœurs grises, à cause de la couleur de leur costume (modifié par la suite), les Sœurs de la Charité, sœurs hospitalières instituées en confrérie par saint Vincent de Paul en 1617.

11. La Présentation de la Vierge au Temple (Venise, Académie) est un des plus célèbres tableaux du Titien. Marie enfant y est représentée vêtue d'une robe bleue, montant les marches du temple.

Page 48.

12. Le verbe *ouvrer* ne s'employait plus guère, déjà du temps de Balzac, que pour le travail du bois et de la papeterie. En revanche le participe passé était usuel dans l'expression *linge ouvré*, qui désignait, par opposition à uni, du linge (surtout du linge de table) qui était marqué et travaillé. L'édition de *La Presse* dit plus simplement : « Elle faisait parfois du linge pour les hospices. »

13. Le terme d'*écu* a longtemps subsisté pour désigner une somme de 3 frs.

Page 49.

14. La phrase signifie vraisemblablement que Sauviat reconnaît posséder 1 200 frs, mais pas plus (à rapprocher de l'expression : je gage mes oreilles).

15. L'activité de Sauviat, qui est ferrailleur et chiffonnier, consiste à récupérer les déchets.

16. *La Vie des Saints*, écrite au début du xviie siècle par

un prêtre espagnol, le Père Ribadeneira, fut longtemps un best-seller de la littérature catholique.

17. *Les lettres édifiantes et curieuses, écrites des missions étrangères* (l'édition de 1781 compte 43 vol., celle de 1820 14 vol., etc.) traitent essentiellement des conversions extra-ordinaires obtenues par les missionnaires.

18. Allusion aux petits personnages grotesques de porce-laine, qu'on appelait aussi des magots.

Page 50.

19. « Sortir son plein et entier effet » se dit d'un jugement qui est exécuté dans toute sa teneur.

Page 51.

20. Gras : moelleux (en parlant des formes).

21. La physiognomonie était la science qui interprétait les signes physiques des passions. (L'ouvrage de Lavater, *Essais sur la physiognomonie*, fut traduit en français en 1781-1787.)

Page 52.

22. Mieris (1635-1684), Van Ostade (1610-1685), Terburg (1608-1681), Gérard Dow (1613-1675) sont quatre peintres de l'école hollandaise.

23. Plusieurs critiques ont déjà noté que cette évocation rappelle très exactement le début de *La Maison du chat-qui-pelote*, où le peintre Théodore attend dans la rue de pouvoir admirer la jeune Augustine Guillaume à sa fenêtre. Cette description d'une maison du vieux Limoges est souvent la seule partie du roman qui trouve grâce aux yeux des détrac-teurs les plus sévères du *Curé de village*, la seule que l'on puisse qualifier de vraiment « balzacienne »...

24. *Paul et Virginie* : sur la place du roman de Bernardin de Saint-Pierre dans l'œuvre de Balzac, du *Vicaire des Ar-dennes* au *Curé de village*, on peut consulter l'étude de Gene-viève Delattre sur *Les opinions littéraires* de Balzac (P.U.F., 1961), p. 177-180. Rappelons également la lettre, dont nous citons un extrait dans notre bibliographie, qu'une militante fouriériste, S. Barré de Rolson, adressa à Balzac, le 29 mars 1841. On a souvent noté que cette référence au monde des ro-mans annonçait l'Emma Bovary de Flaubert : « Elle avait lu *Paul et Virginie* et elle avait rêvé la maisonnette de bam-bous, le nègre Domingo, le chien Fidèle, mais surtout l'amitié douce de quelque bon petit frère, qui va chercher pour vous des fruits rouges dans des grands arbres plus hauts que des

clochers, ou qui court pieds nus sur le sable, vous apportant un nid d'oiseau. » (*Madame Bovary*, 1ʳᵉ partie, chap. vi.) La référence à un chef-d'œuvre de la littérature romanesque est un procédé familier au réalisme pour se démarquer par rapport à ce qu'il ne veut pas être. (Cf. l'article de Philippe Hamon, *Un discours contraint*, dans *Poétique*, 1973, nᵒ 16.) Pour la place de *Paul et Virginie* dans la structure du *Curé de village*, voir notre introduction.

Page 54.

25. L'Ile de France, où est située l'action de *Paul et Virginie*, est l'ancien nom de l'île Maurice, qui n'est devenue anglaise qu'en 1810.

Page 57.

26. Le camion était un chariot bas et long, à quatre roues, servant au transport des marchandises à de petites distances et principalement dans les villes. Il était traîné par un cheval unique mais vigoureux.

Page 58.

27. Le Receveur général était au chef-lieu de chaque département un fonctionnaire chargé de centraliser la perception des impôts ; outre un traitement fixe, il percevait un pourcentage sur les sommes recouvrées.

28. Ce trait rappelle beaucoup le père Grandet, qui lui non plus n'invitait jamais personne à dîner. P. Citron, dans son introduction au *Curé de village* (Garnier-Flammarion, 1967), a poussé très loin le parallèle entre Eugénie Grandet et Véronique Sauviat, mais il n'a pas vu que c'était le mari, bien plus que le père, qui joue auprès d'elle le rôle de l'avare. Bien plus, il fait un rapprochement entre Graslin et le docteur Benassis du *Médecin de campagne*, qui, bien que limité à l'apparence physique, nous paraît peu probant.

Page 59.

29. Le comte de Fontaine est le père de l'héroïne du *Bal de Sceaux* (1830). Le nom d'Anna Grossetête sera introduit dans cette nouvelle par une correction du *Furne corrigé*. Dans *La Muse du département* (1843), Balzac en fera une amie de pension de Dinah de la Baudraye. Cette indication est une addition de 1841, ce qui explique l'erreur de date (il est dit plus loin que le mariage s'est décidé en 1822).

Page 60.

30. C'est-à-dire selon la fantaisie de celui qui parlait.

31. La maison Odiot, fondée sous l'Empire, se trouvait d'abord au nº 1 de la rue de l'Evêque (petite rue qui a disparu à la création de l'avenue de l'Opéra). Elle est depuis établie au 7 place de la Madeleine.

32. Ces bougies sont un signe de luxe. (Cf. plus haut : « La mère Sauviat n'usait pas pour trois francs de chandelle par an. »)

Page 61.

33. Houssoir : balai de houx, et par extension, de branchages, de crin, de plumes.

34. Sur les connaissances de Balzac au sujet des dermatoses, on peut consulter l'ouvrage de M. Le Yaouanc, *Nosographie de l'humanité balzacienne*, Paris, 1959, p. 298-300.

Page 63.

35. Sauviat est une sorte d'anti-Goriot : il se dépouille lui aussi pour sa fille, mais sans être payé de la même ingratitude.

36. Le Grand-livre de la dette publique a été institué par la Convention le 24 août 1793 : y étaient inscrites toutes les rentes nominatives dues par l'État. La province préférait le plus souvent thésauriser plutôt que de convertir son argent en rentes de l'État.

Page 64.

37. Après s'être appelée un *napoléon* sous l'Empire, la pièce de 20 francs reprit, sous la Restauration, son ancien nom de *louis*, et le conserva jusqu'en 1840.

Page 65.

38. Une glacière était un réservoir destiné à conserver en toutes saisons la glace qu'on y avait amassée pendant l'hiver. Ces glacières étaient généralement construites sous terre, dans des fosses profondes : on posait au fond la glace, sur une grille, afin de permettre l'écoulement de l'eau dans un puisard. On remplissait la glacière pendant qu'il faisait grand froid, et on y jetait de temps à autre de l'eau qui se congelait bientôt. C'est ce qui explique que, plus loin, Graslin ait pu s'autoriser « d'un hiver où il ne gela point pour ne plus payer le transport de la glace ».

Page 66.

39. « On appelle attelage *à la Daumon* ou *à l'anglaise* celui où l'on supprime le cocher et où l'on fait monter sur le cheval qui est hors la main un cavalier chargé de la conduite de la voiture. » (*La Grande Encyclopédie.*)

Page. 70.

40. D'après Trublet, *Mémoires pour servir à l'histoire de
la vie et des ouvrages de Messieurs de Fontenelle et de La Motte,*
Fontenelle dit juste avant de mourir : « Je ne sens autre chose
qu'une difficulté d'être. »

Page 73.

41. Mièvre : au sens de faible et chétif. C'est une correction
du *Furne corrigé*, le texte antérieur portant seulement : « les
moindres choses. »

Page 77.

42. Ce trait rappelle étrangement les bruits qui couraient
sur l'abbé Troubert (*Le Curé de Tours*) dont on disait également qu'il ne serait jamais évêque (et qui le devint néanmoins,
tout comme Dutheil). Ce rapprochement est d'autant plus intéressant que le nom de Dutheil commence comme celui de
Dubault. Dubault est le nom d'un prêtre de Tours dont nous
avons essayé ailleurs de montrer qu'il fut le modèle de Troubert de Balzac (N. Mozet, *le Personnage de Troubert et la genèse
du « Curé de Tours »*, *L'Année balzacienne* 1970.) Le rapprochement Troubert-Dutheil a d'ailleurs déjà été fait par Ch. Ca-
lippe, *Balzac, ses idées sociales*, Paris, s.d., p. 81. D'autre part,
il est intéressant de noter que la sœur de Balzac, Laure Surville, attribue une origine tourangelle à l'abbé Bonnet, pour
lequel le prêtre tourangeau Nicolas Simon aurait servi de
modèle (*Balzac d'après sa correspondance*). Si l'on songe que
l'abbé Nicolas Simon a également servi de modèle au Chapeloup du *Curé de Tours*, il y a là un réseau très complexe de
liens cachés entre *Le Curé de Tours* et *Le Curé de village.*

Page 78.

43. Patriote : ce terme désignait les libéraux et plus spécialement les républicains. L'abbé Bonnet déclare plus loin à
l'abbé de Rastignac que « le prêtre patriote est un non-sens ».
Le seul patriotisme qu'il se permette est un « patriotisme sacré » (p. 262).

44. Le journal du Lamennais progressiste, *L'Avenir*, fut
condamné par le Pape (en 1832), ainsi que son livre le plus
connu, *Les Paroles d'un croyant.*

45. Thorwaldsen (1770-1844) est un sculpteur danois, qui
vécut surtout à Rome, mais qui travailla dans toutes les
grandes capitales européennes. Son art, aussi bien dans le domaine profane que religieux, se caractérisait par ce qu'on appelait alors « l'élévation du style ». Son œuvre la plus célèbre

est le *Lion* de Lucerne. Les apôtres auxquels Balzac fait ici allusion sont un bas-relief de la cathédrale de Copenhague sculpté par Thorwaldsen en 1820.

Page 80.

46. Compter de clerc à maître : « rendre seulement compte de ce qu'on a reçu et déboursé, sans autre responsabilité ». (Littré.)

Page 82.

47. Dans l'ancien système des poids et mesures, la ligne était la douzième partie du pouce et valait à peu près 2 millimètres.

Page 88.

48. Grenailles : graines de rebut qui servaient généralement à nourrir la volaille.

49. Depuis 1801, il y avait à Paris une troupe italienne chantante permanente, qui occupa successivement plusieurs salles avant de s'installer vers 1840, dans la salle Ventadour, près du passage Choiseul et de la rue Neuve-des-Petits-Champs.

Page 90.

50. Dans le *Sermon sur la mort*, Bossuet, citant Tertullien, parle à propos du cadavre putréfié d'un « je ne sais quoi qui n'a plus de nom dans aucune langue ».

Page 95.

51. Le père Grandet, lui aussi, n'avait fait qu'un seul cadeau à sa servante Nanon : sa vieille montre.

52. Dans la tragédie de Voltaire, *Mahomet* (1741), Séide est le serviteur aveugle et dévoué du prophète, et son fanatisme le conduit au crime et à la mort.

Page 98.

53. L'assassinat du magistrat Fualdès, à Rodez, en 1817, fut entouré de circonstances étranges qui en firent une cause célèbre. La présence d'une jeune femme de la bonne Société, Clarisse Manson, sur les lieux du crime — une maison de prostitution — passionna l'opinion. Bien que personne ne semble avoir mis sérieusement en doute l'innocence de Mme Manson, on l'accusa néanmoins de complicité pour obtenir d'elle un témoignage moins réticent que ses premières déclarations. Un premier procès eut lieu à Rodez en 1817, mais il fut cassé pour vice de forme. Un second procès s'ouvrit à Albi

en 1818, dans lequel Mme Manson fournit un témoignage ac-
cablant contre les autres accusés, provoquant ainsi leur condamnation et son propre acquittement. Ces procès donnèrent
lieu à une complainte célèbre, dont il est question un peu plus
loin dans le texte.

Page 102.

54. D'après le code de 1811, lorsque le verdict du Jury
était rendu à la majorité simple (7 contre 5), il était nécessaire
de faire mention du nombre des voix, et la Cour se réunissait
soit à la majorité, soit à la minorité du jury. Cette disposition
a été modifiée en 1831.
55. Justement : l'édition Furne porte *injustement*, qui ne
peut être qu'une erreur, et nous rétablissons ici la leçon de
La Presse. Il nous semble important de souligner que Balzac
donne à son personnage, qui est pourtant coupable, le com-
portement d'un innocent (cf. notre introduction).

Page 103.

56. L'ambiguïté des rapports que Balzac entretient avec
les théories saint-simoniennes est ici très sensible. Il est effrayé par les atteintes à la propriété qu'impliquent certaines
propositions des saint-simoniens : il rappelle plus loin que
les saint-simoniens « ont commencé » (p. 256) à assimiler la
propriété au vol. Mais en tant qu'économiste, il est contre
la thésaurisation : son meilleur porte-parole en ce domaine,
l'ingénieur Gérard, voit « dans l'enfouissement des capitaux
du petit bourgeois et du paysan, l'ajournement de l'exécution
des chemins de fer en France » (p. 261). C'est la conclusion
d'une longue discussion sur les méfaits de la petite propriété.
57. Dans *La Prison d'Édimbourg*, de Walter Scott, une
jeune fille, Jeanie Deans, obtient la grâce de sa sœur, qui a
été condamnée à mort pour infanticide.

Page 104.

58. Rage : d'après M. Le Yaouanc (*op. cit.*, p. 431), Balzac n'emploie jamais ce mot en pensant à la maladie dont
Pasteur découvrira plus tard le secret.
59. Le roman de V. Hugo a paru en 1829.
60. Ce n'est pas ici une allusion aux talents de Médée
comme magicienne et empoisonneuse, mais une référence à sa
double nature d'amoureuse et de criminelle, ainsi qu'à sa
capacité de dissimulation (elle feignit le pardon alors qu'elle
préparait le meurtre de ses enfants).

Page 106.

61. Allusion au deuxième couplet de la complainte Fualdès, composée par un dentiste nommé Catalan, qui dit de l'assassin Bastide qu'il

« Fut un scélérat fieffé
Et même sans politesse ».

Page 107.

62. Quoique défenseur convaincu de la monarchie et de la religion catholique, Montlosier (1755-1838), frappé par le caractère exorbitant du pouvoir des jésuites à la fin de la Restauration, publia en 1826 des *Mémoires à consulter sur un système religieux, politique et tendant à renverser la religion, la société et le trône*, qui lui valurent une grande popularité et l'appui des libéraux.

Page 108.

63. Orthographe habituelle à Balzac pour Robespierre.

64. George Jeffries, ou Jeffreys (1640-1689), chancelier d'Angleterre, qui appliqua pour Jacques II une politique systématique de répression, est volontiers cité en compagnie de Laubardemont, l'un des agents les plus détestés des vengeances de Richelieu, comme le type du magistrat corrompu et féroce.

Page 109.

65. On distinguait à cette époque : 1) la maison de campagne, qui avait une certaine importance et possédait des dépendances d'agrément ; 2) la maison de plaisance, également à la campagne, et destinée à de brefs séjours ; 3) la maison des champs, qui supposait une grande exploitation agricole ; 4) la maison rustique ou champêtre, style chaumière.

66. *Les voyages pittoresques et romantiques dans l'ancienne France*, de Ch. Nodier, J. Taylor et A. de Cailleux, dont la publication commença en 1820, ont eu de nombreux imitateurs.

67. Il s'agit de la plante communément appelée bouillon blanc.

Page 111.

68. L'ânesse sur laquelle était monté le prophète Balaam s'arrêta à plusieurs reprises en apercevant un ange, invisible pour le prophète, qui la frappa pour la faire avancer. Dieu donna la parole à l'animal pour qu'il pût demander à son maître la raison de ses coups. (*Nombres*, chap. XXII.)

Page 113.

69. Le nom de l'Athénien Aristide est devenu un nom commun désignant un homme juste et intègre. L'anecdote célèbre à laquelle l'évêque fait subtilement allusion dans ce texte, est la suivante : au cours d'un vote qui devait exiler Aristide, un homme qui ne savait pas écrire pria Aristide lui-même, sans le connaître, d'écrire son propre nom sur sa coquille de vote, en lui donnant pour seule raison qu'il était las de l'entendre appeler *le Juste*. Cette anecdote, bien entendu, est destinée à montrer les dangers du suffrage populaire, et l'évêque ne saurait avoir les mêmes réactions primaires qu'un illettré.

Page 116.

70. Montégnac est un lieu fictif, comme le bourg du *Médecin de campagne* (qui n'est pas nommé) ou La-Ville-aux-Fayes dans *Les Paysans*. En ce qui concerne la localisation de Montégnac par rapport à Limoges, voir R.-A. Whelpton, *A la recherche d'un village perdu : Montégnac* (*L'Année balzacienne 1963*, p. 355).

71. L'égoïsme des prêtres est un thème qui est longuement développé dans *Le Curé de Tours*. Ici, l'avarice de Rastignac, qui n'a guère eu le temps d'être déformé par l'état de prêtrise, se justifie peu d'un point de vue psychologique : sa naïveté est trop forcée pour être vraisemblable. On a l'impression que Balzac avait besoin de faire voyager lentement son personnage pour se donner le loisir de tracer une longue description des paysages qu'il traversait.

72. Jouer du pouce : compter de l'argent pour faire un paiement.

Page 117.

73. Le pied-droit est en architecture un mur vertical qui porte la naissance d'une voûte.

74. La Brie était déjà donnée dans *le Médecin de campagne* comme un exemple à suivre. Balzac fait sans doute allusion ici au remplacement du système des jachères par une culture intensive. Mais la Brie, qui fut toujours un pays riche, et de grande culture, ne s'est guère modernisée avant le XIXe siècle : cf. Pierre Brunet, *Économie rurale et structures agraires dans l'est du Bassin de Paris*, Paris, 1957.

75. *La Prairie* est le dernier des cinq romans de F. Cooper que l'on désigne sous le titre global du *Dernier des Mohicans*.

Page 118.

76. L'Écosse, outre le fait qu'elle était un pays de très grande propriété même par rapport à l'Angleterre, jouissait d'un système particulier de baux de 19 ans, qui n'étaient transmissibles qu'à l'héritier légal. On s'accordait également pour reconnaître que l'organisation des moyens de crédit était une des meilleures possibles : les billets de banque étaient préférés à la monnaie métallique, même pour les petits paiements.

Page 121.

77. Champ : orthographe donnée comme vicieuse par Littré, pour *chant* (qui a prévalu depuis), qui désigne la partie la plus étroite d'une pièce de bois, de brique, etc. La locution adverbiale la plus usuelle est *de chant.*

78. La bricole est la partie du harnais d'un cheval de trait qui s'applique sur le poitrail, lorsque l'animal fait effort pour avancer.

Page 124.

79. Chènevière : terrain où l'on cultive le chanvre.

80. Traîne : petite vallée resserrée entre des bois.

81. La toise valait 6 pieds, c'est-à-dire presque 2 mètres.

Page 125.

82. Barbacane : ouverture, généralement haute et étroite, pratiquée dans un mur de soutènement, pour l'écoulement des eaux.

Page 127.

83. Repoussoir : Terme de peinture : « Objets vigoureux de couleur ou d'ombre, qu'on place sur le devant d'un tableau, pour faire paraître les autres objets plus éloignés » (Littré).

Page 130.

84. A cette époque, les marguilliers étaient des laïques, choisis parmi les notables, qui aidaient le curé à administrer les revenus de la paroisse.

Page 133.

85. L'esprit de sacrifice : le rôle du haut clergé est de permettre ces dévouements obscurs, sans y participer, en se réservant de se dévouer avec un éclat qui sert d'exemple. (Le texte de *La Presse* porte : « l'esprit de ces sacrifices ».)

86. Belsunce, évêque de Marseille, se fit remarquer autant

par le dévouement dont il fit preuve pendant la peste de 1720-1721, que par son intolérance à l'égard du jansénisme. L'évêque de Meaux est Bossuet.

87. L'archevêque d'Arles est (d'après une note de l'édition Conard) Monseigneur Dulan, un des opposants les plus farouches à la Constitution civile du clergé, qui fut emprisonné et exécuté à Paris le 2 septembre 1792.

88. Il est intéressant de voir figurer Fénelon, réputé pour sa douceur et sa tolérance, à côté de ces irréductibles. C'est à lui, semble-t-il, que va la sympathie de Balzac : dans *Ursule Mirouët*, l'abbé Chaperon est donné comme « le Fénelon du Gâtinais » (*Pléiade*, III, p. 287), et dans *Le Médecin de campagne* il est dit de l'abbé Janvier qu'il est « un vrai Fénelon réduit aux proportions d'une Cure » (Folio n° 636, p. 94). Enfin, à propos du *Curé de village*, Balzac écrit à Mme Hanska le 15 novembre 1838 : « Ce sera du Fénelon tout pur. »

Page 136.

89. Le texte ici ne dit pas explicitement si Balzac est pour ou contre cette « loi nouvelle ». Mais il ne faut pas oublier que la famille Balzac elle-même a bénéficié de cette « loi nouvelle » en 1819, lors de l'exécution à Albi d'un frère du père de Balzac, Louis Balssa, condamné à mort pour assassinat en juin 1819 par la cour d'assises du Tarn. (Sur cette affaire, on peut consulter l'ouvrage de P.-A. Perrod, *En marge de « La Comédie humaine »*, Lyon, 1962.) Cf. la note de P. Barbéris dans *L'Année balzacienne 1965*, p. 176-178.

Page 137.

90. *Esprit des Lois*, III, 6 et 7.

Page 138.

91. Tabellion : terme qui désigne le notaire, à la fois par dérision et par référence au fait que le tabellion, sous l'ancien régime, était une sorte de notaire de campagne.

Page 141.

92. Deuxième allusion à Belsunce, évêque de Marseille, à quelques pages de distance.

93. Frénésie : à entendre au sens fort, comme désignant l'état le plus aigu du délire et de la folie (cf. plus haut, l'emploi du mot *rage*).

Page 144.

94. Moraliser : rendre conforme à la morale (donnée ici comme intermédiaire entre l'impiété et la foi).

Page 147.

95. Quinteux : qui est sujet à des quintes, c'est-à-dire à des fantaisies et des caprices.

96. Le boulevard Bourdon joint la place de la Bastille à la Seine.

97. Les troupes napoléoniennes subirent dans la défaite de Leipzig des pertes évaluées à 60 000 hommes (1813).

Page 148.

98. Adorable : au sens propre, c'est-à-dire qui est digne d'être adoré, vénéré.

99. Diaconat : état de celui qui est diacre, et qui précède immédiatement (de six mois environ) la prêtrise.

Page 149.

100. Le plancher : au sens du plafond, que nous avons déjà rencontré au début du roman.

101. Continu : au sens médical du terme, comme on parlait d'une fièvre continue.

Page 150.

102. Rage : cf. note 58.

103. Lavater : cf. note 21.

Page 157.

104. Comme : de la manière dont (= aussi pieusement que).

Page 160.

105. L'escompte est une ristourne accordée au débiteur. Le billet de banque, alors réservé aux sommes importantes, joue donc dans ce cas le rôle d'une marchandise et non pas d'une monnaie, puisque l'escompte est accordé, non à celui qui le donne, mais à celui qui le reçoit, et qui fournit en échange, non seulement une marchandise, mais une somme importante en monnaie métallique — aucune marchandise ne valant la somme énorme de 500 Fr (les économies annuelles d'une famille de paysans sont évaluées plus loin à 50 francs). Cet épisode, qui a été ajouté sur épreuve, signifie bien entendu que Denise a vu, sinon Véronique, du moins sa mère.

106. Phrase peu claire, qui signifie vraisemblablement que l'avocat conclut de la conduite de Denise qu'elle a reçu de bons avertissements. (= étant donné la façon dont elle s'en tire, c'est qu'elle est avertie.)

Page 163.

107. La nomination de Polignac comme président du conseil, le 17 novembre 1829, fut aussitôt interprétée comme le signe d'un coup d'État imminent, qui eut lieu effectivement avec la dissolution de la chambre et la proclamation des ordonnances.

108. Praticien : homme de loi ou homme d'affaires qui a l'expérience de la procédure.

Page 164.

109. L'arpent valait environ les deux tiers d'un hectare.

110. Mouvance : fief dépendant d'un autre.

Page 171.

111. En pointes de diamant : se dit d'une pierre quand elle se termine par une pyramide quadrangulaire tronquée.

112. Bossage : saillie brute ou taillée, laissée sur le nu du mur pour servir d'ornement.

Page 172.

113. Vermiculé : terme d'architecture caractérisant un évidement de la pierre qui imite la trace d'un vers.

114. Console : pièce en forme d'arc-boutant, qui fait saillie sur la façade et s'emploie comme support de balcon, de corniche, etc.

115. Balzac est allé à Gênes en 1837 et en 1838.

Page 177.

116. Ce *mens divinior* : Cet esprit plus divin (qu'humain).

Page 180.

117. Acrotère : piédestal destiné à supporter des statues, des vases et des ornements.

Page 182.

118. La retenue de Saint-Ferréol constitue le principal réservoir du canal du Midi, construit par Riquet (1604-1680) sous le règne de Louis XIV. Bien que certains accusent Riquet de cupidité, *Le Larousse du XIXᵉ siècle* assure qu'il a perdu sa fortune dans la construction du canal, et s'y est couvert de dettes. Ce n'est qu'en 1853 que la ville de Toulouse lui a érigé une statue.

Page 188.

119. Vanner : purifier et purger de tout alliage impur, de même que l'on séparait le blé de la paille à l'aide du van. C'est une expression que Balzac attribue ailleurs au prophète Isaïe, et qui se trouve effectivement dans la première partie du livre d'Isaïe, en XXVIII, 28.

Page 190.

120. Balzac a modifié le texte sur le *Furne corrigé*, ce qui explique la contradiction entre la réponse et la question. Le texte antérieur disait seulement : « il a fait son temps, et il est revenu du bagne en 1827. » L'arrestation de Farrabesche a eu lieu au début de la Restauration (cf. un peu plus bas).

Page 191.

121. Montenotte : première victoire de Bonaparte en Italie (1796).

Page 192.

122. Stengel (Henri) : général français né en Bavière, entré en 1762 au service de la France et tué à la bataille de Mondovi en 1796. Les « chauffeurs » dont il est question plus bas étaient une association de voleurs qui, sous la Terreur et jusqu'au Consulat, pillaient les campagnes et chauffaient, brûlaient, les pieds de leurs victimes pour savoir où était leur argent.

Page 193.

123. Gober : emploi populaire au sens de faire prisonnier, d'un terme déjà familier en lui-même (d'après Littré).

Page 194.

124. Sept cents = 700 livres c'est-à-dire 350 kilos. (cf. dans *Eugénie Grandet*, éd. Folio n° 31, p. 128, à propos d'une voiture : « ça porterait trois mille »).

125. Affidé : agent secret et dévoué, espion.

Page 197.

126. Le ban de surveillance était l'état d'un individu placé sous la surveillance de la police. Rompre son ban consistait à sortir du lieu assigné comme exil.

Page 199.

127. Cinq pieds = 1,62 m.

Page 209.

128. Soixante pieds = 19,44 m.

129. Pulvérulente : poussiéreuse.

Page 211.

130. Trente pieds = 9,72 m. Quarante pieds = 12,96 m. Cinquante pieds = 16,20 m.

Page 214.

131. En réalité, il est dit plus haut que Farrabesche n'a fait que cinq ans, la moitié de son temps. Mais c'est une correction du *Furne corrigé* (cf. note 120), que Balzac a oublié de répercuter ici.

Page 216.

132. Tenir = résister.

Page 217.

133. La sentinelle perdue est celle que l'on place dans un poste particulièrement dangereux.

Page 226.

134. Sous la Restauration, la pension payée par les élèves de l'École polytechnique était de 1 000 francs.

135. La Quintinie (1626-1688) nommé en 1687 directeur général des jardins fruitiers et potagers de toutes les demeures royales, a transformé la culture des arbres fruitiers et des primeurs. Il a laissé des *Instructions pour les jardins fruitiers et potagers,* qui eurent de nombreuses rééditions.

Page 228.

136. *In anima vili :* se dit des expériences qui se pratiquent sur des êtres vivants, quoique d'espèce inférieure.

Page 229.

137. L'expression *fruit sec* a effectivement son origine dans l'argot de l'École polytechnique, pour désigner un élève qui, ayant manqué ses examens de sortie, se trouve déchu du bénéfice de son titre. La légende veut que cette expression soit née à l'occasion d'un élève particulièrement négligent, dont le père faisait le commerce des fruits secs, et qui allait répétant que son avenir à lui aussi était dans les fruits secs.

Page 230.

138. Un ponceau (que Balzac écrit *pontceau*) est un petit pont d'une seule travée, au-dessus d'un ruisseau.

139. La batterie est une compagnie d'artillerie, commandée par un capitaine — d'où l'inutilité du colonel, qui est à la tête du régiment.

Page 232.

140. Ce pont des Invalides avait été construit sur l'em-

placement de l'actuel pont Alexandre III (qui date de l'Exposition universelle de 1900). C'était un pont en fil de fer dont la construction, commencée en 1824, fut arrêtée en 1826, une avarie ayant fait douter de sa solidité. On construisit au même emplacement un nouveau pont suspendu en fer, livré à la circulation en 1829.

141. Le canal de Briare (de la Loire au canal du Loing) fut commencé en 1604 et terminé en 1642.

142. Le Pont-Royal (Ier arrondissement) fut construit d'après les dessins de Mansart par un religieux nommé le frère Romain : commencé en 1685, il fut achevé en 1689. En 1839, il a fait l'objet d'importants travaux de réparation.

143. Monge (1746-1818), fondateur de l'École polytechnique, était réputé pour la sévérité de ses méthodes pédagogiques.

144. Riquet : cf. note 118.

Page 233.

145. Situation : le texte du Furne (qui porte : « Je vois mes collègues se marier, tomber dans une situation contraire à l'esprit de la société moderne ») contient ici une lacune importante, due évidemment à la répétition, à quelques lignes d'intervalle, du mot *situation*, qui a induit le typographe en erreur.

Page 234.

146. Vicat (Louis), né en 1786, n'est mort qu'en 1861, bien après Balzac. En 1837, il avait obtenu un prix de l'Académie des Sciences. Sa première « récompense » fut, en 1841, un vase d'argent d'une valeur de 2 400 francs, offert par le Conseil municipal de Paris. En 1843, la Chambre des députés lui vota à titre de récompense nationale une pension de 6 000 francs, et il fut promu commandeur de la Légion d'honneur en 1846. La découverte de Vicat portait sur la composition exacte et le mode d'emploi de la chaux hydraulique et du béton nécessaires à la fondation des piles de pont.

Page 237.

147. Cachin (1757-1825) : ingénieur des Ponts et Chaussées. Entreprit en 1804 la construction de la digue de Cherbourg, à laquelle il travaillait encore quand il mourut.

Page 238.

148. Riquet : cf. note 118.

149. Perronet (1708-1794) : directeur en 1747, à sa création, de l'École des Ponts et Chaussées. A construit le canal de Bourgogne et, à Paris, le pont de Neuilly et enfin celui de la Concorde, alors qu'il était déjà très âgé. (Les statues du pont datent de la Restauration.)

150. Palladio (1518-1580) : architecte italien de la Renaissance. Auteur de nombreuses constructions à Venise et à Vicence, ainsi que d'un traité d'architecture très célèbre.

151. Brunelleschi (1377-1446) : rénovateur de l'architecture, construisit à Florence, pour l'église de Sainte-Marie-de-la-Fleur, la première coupole des temps modernes.

152. Bramante (1444-1514) : peintre et architecte, auteur du plan central de Saint-Pierre-de-Rome, dont il commença la construction.

153. Stéphenson (1781-1848) : ingénieur anglais, qui inventa et fit fonctionner le 25 juillet 1814 la première locomotive sur rails.

154. Mac-Adam (1756-1836) : ingénieur écossais, inventeur du système de revêtement des routes qui porte son nom, et qui n'a été introduit à Paris qu'en 1849. Balzac emploie l'adjectif *macadamisé* à la page 281.

Page 239.

155. Retirer : donner asile, refuge.

Page 240.

156. Cet emploi du mot *adulte* par opposition à *homme mûr* est donné comme rare dans le *Dictionnaire critique de la langue française* de Féraud (Marseille, 1787-1788, 3 vol.). A rapprocher de cette phrase de la p. 226 : « (...) au temps où l'adulte achève ses diverses croissances. »

Page 241.

157. Les saint-simoniens : cf. note 56.

Page 244.

158. Conserves : nom que l'on donnait à des lunettes à verres plans ou presque plans, souvent colorés, pour les distinguer des besicles, à verres convexes, destinées à corriger la presbytie, et portées uniquement par des personnes âgées.

159. Sur la question des Gaulois (vaincus, et ancêtres du Tiers État) et des Francs (vainqueurs et ancêtres des Nobles), Balzac partageait les idées du parti légitimiste, auquel il appartenait. Ces thèses avaient été défendues par Boulainvil-

liers (*Histoire de l'ancien gouvernement de la France*, La Haye-Amsterdam, 1727, 3 vol.) et renouvelées sous la Restauration par Amédée Thierry, frère de l'historien Augustin Thierry, dans son *Histoire des Gaulois*, 1828, 3 vol. Balzac lui-même, bien que s'étant octroyé une particule, se considère comme un Gaulois. Dans la préface du *Lys dans la vallée*, il écrit : « Je ne suis point gentilhomme dans l'acception historique et nobiliaire du mot, si profondément significatif pour les familles de la race conquérante. Je le dis, en opposant orgueil contre orgueil ; car mon père se glorifiait d'être de la race conquise, d'une famille qui avait résisté en Auvergne à l'invasion, et d'où sont sortis les d'Entragues » (cf. Folio nº 112, p. 378).

Page 245.

160. L'Hôpital Saint-Louis ayant toujours été spécialisé dans le traitement des maladies de peau, M. Le Yaouanc (*op. cit.*, p. 298) suppose que Catherine Curieux, dont le mal venait du surmenage, souffrait d'une dermatose comparable à celle de Graslin.

Page 246.

161. Desplein : cf. *La Messe de l'Athée* (1836). On dit généralement que le modèle de Desplein est Dupuytren (1777-1835).

162. Cabanis (1757-1808), médecin et philosophe de l'école sensualiste (Condillac) est connu surtout pour son athéisme.

Page 247.

163. Allusion à la métempsycose.

Page 248.

164. Officier ministériel (ou officier public) : **personne** habilitée par le ministre de la Justice, pour dresser et recevoir des actes authentiques, comme les avoués, les notaires et les huissiers.

165. Le notaire exploitait les paysans en pratiquant des prêts à taux usuraires, pratique générale (cf. *Les Paysans*, *Eugénie Grandet*, *La Rabouilleuse*, etc.)

166. Michel de L'Hospital (1507-1573), modèle des magistrats intègres et tolérants.

Page 249.

167. Troplong (1795-1869), magistrat, auteur d'une série

de traités qui connurent un succès considérable, et qui furent réunis sous le titre de *Droit civil expliqué*.

168. Toullier (1752-1835), jurisconsulte, auteur d'un célèbre *Droit civil français, suivant l'ordre du code, ouvrage dans lequel on a tâché de réunir la théorie à la pratique* (1re édition, 1811).

Page 250.

169. Antipathique : c'est-à-dire qu'il y a incompatibilité entre le dévouement d'une part, la richesse et l'intelligence d'autre part.

170. Zwingle (1484-1531), un des introducteurs de la Réforme en Suisse.

171. Knox (1505-1572), un des promoteurs de la Réforme en Écosse.

172. Motifs : au sens juridique du mot, comme on dit les motifs d'une loi ou d'un jugement.

Page 251.

173. Peyronnet (1778-1854), l'un des rédacteurs des *Ordonnances*, attacha son nom aux mesures les plus anti-libérales et les plus impopulaires de la Restauration.

Page 252.

174. Cf. un peu plus bas, l'éloge du Conseil d'État sous l'Empire.

Page 253.

175. La commune d'Argenteuil, que les guides de l'époque ne savent trop comment classer (on lui applique le terme de « bourg » aussi bien que celui de « grand village » et de « ville »), comptait en 1830 environ 4 500 habitants. Comme dans toute la banlieue parisienne, la culture de la vigne y tenait une place importante.

Page 254.

176. On doit à Chaptal (1756-1832) un *Art de faire les vins* (1801 et 1819) ainsi qu'un *Traité théorique et pratique de la culture de la vigne* (1801 et 1811).

Page 255.

177. Le plat de base des banquets des républicains (qu'on appelait patriotes) était du veau froid, accompagné de salade. On rencontre aussi l'expression « veau démocratique ». Il ne faut pas confondre avec ce qui, dans *L'Éduca-*

tion sentimentale de Flaubert est appelé « le mystère de la tête de veau », qui fait également allusion à une pratique républicaine, mais clandestine, et connue seulement de quelques initiés.

178. Petit journal : cette expression ne désigne pas encore le quotidien célèbre, fondé en 1863, mais une catégorie de journaux humoristiques et satiriques. Voici comment Balzac les définit dans la *Monographie de la presse parisienne* (1842) : « Il existe à Paris une vingtaine d'entreprises de scandale, de moquerie à tout prix, de criailleries imprimées dont plusieurs sont spirituelles, méchantes, et qui sont comme les troupes légères de la presse. » Il y donne *Le Charivari* comme « le matador des petits journaux ».

179. Entreprendre sur : s'attaquer à.

180. La licitation, qui consiste à vendre un bien indivis, est liée à l'abrogation du droit d'aînesse, dont il est question à plusieurs reprises dans le roman.

Page 256.

181. Être « au-delà de la Loi agraire » pour Balzac, signifie que la propriété est morcelée plus qu'il n'est raisonnable, alors qu'il reconnaît quelques lignes plus loin qu'il y a trois millions de paysans qui ne sont pas encore propriétaires. En réalité le type de propriétés a beaucoup moins de rapport que le pense Balzac avec la loi des successions : l'étude de Pierre Brunet, que nous avons déjà citée à propos de la Brie, montre bien comment s'est poursuivie au XIXe siècle, en dépit du Code civil, la formation de la grande propriété dans l'est du Bassin parisien, qui avait commencé au XVIIe siècle. (*Économie rurale et structures agraires dans l'est du Bassin de Paris*, 1957.)

182. Allusion à la formule de Proudhon, « la propriété c'est le vol » ; *Qu'est-ce que la propriété ?* avait paru en juin 1840. Au sujet des saint-simoniens, voir la note 56.

183. Il s'agit évidemment des familles paysannes qui n'ont pas encore accédé à la propriété.

Page 258.

184. Sylla, général romain qui parvint à arracher le pouvoir à Marius (83 av. J.-C.), était un noble ruiné, tandis que Marius, lui aussi général, était de modeste origine.

Page 259.

185. Lycurgue (IVe siècle avant J.-C.) se signala à Athènes par l'austérité de ses mœurs et une probité sévère. Il s'efforça, aux côtés de Démosthène, de combattre l'influence macédonienne.

186. Anti-politique : contraire aux intérêts de la Société.

187. Balzac, absent de Paris en Juillet 1830, n'a pas fait de barricade. Mais, libéral sous la Restauration (comme beaucoup d'étudiants), il ne devint légitimiste que pour avoir été déçu par le régime mis en place en 1830 et il a prêté ici à son personnage une évolution politique qui fut la sienne.

188. *Le Curé de village* est un des rares romans de Balzac où l'on trouve des éloges de l'Angleterre, qui est généralement condamnée pour le matérialisme de ses mœurs. Il ne faut pas oublier que Gérard est protestant. (Balzac avait projeté de le convertir au catholicisme, et il regrette, dans la préface de 1841, de n'avoir pas comblé cette lacune.)

189. Discussion : au sens précis de débats parlementaires.

Page 260.

190. L'acte de navigation, voté en 1651, assurait à la marine anglaise le monopole du cabotage sur les côtes de la Grande-Bretagne, ainsi que celui du commerce avec les Colonies. Il a été abrogé en 1849.

Page 262.

191. Patriotisme : la majuscule montre ici qu'il s'agit d'un emploi de ce terme dans son sens original, et non pas pour qualifier l'attitude politique d'une catégorie. Mais cet attachement à la collectivité, qui est indispensable, est considéré par l'abbé Bonnet comme impossible si la cellule familiale n'est pas là pour servir de relais. C'est le même raisonnement qui est développé par Balzac, et sans intermédiaire cette fois, à la fin du *Curé de Tours*.

Page 264.

192. Dix pieds = 3,24 m.

Page 266.

193. 1833 : erreur pour 1832.

Page 271.

194. dix-huit pieds = 5,83 m.

Page 273.

195. Au XIXe siècle beaucoup de maçons étaient originaires du Limousin, et la plupart d'entre eux allaient chercher du travail à Paris.

196. Vingt pieds = 6,48 m.

197. Douze pieds = 3,88 m.
198. Soixante pieds = 19,44 m.
199. Dix pieds = 3,24 m.
200. Couronnement : partie supérieure d'un meuble ou d'un édifice.
201. Béton : d'après Ki Wist, c'est la première fois que ce terme est employé dans un texte littéraire.
202. L'hiver de 1833 à 1834 : erreur pour 1832-1833.

Page 274.

203. Marciti : prairies à irrigation.

Page 275.

204. Sept pouces = 18,9 cm.

Page 279.

205. Vévay : l'orthographe la plus usuelle est Vevey (Suisse).
206. Brig et Sion sont également deux villes de Suisse, à cinquante kilomètres l'une de l'autre. C'est à Neuchâtel que Balzac a rencontré Mme Hanska pour la première fois, en septembre 1833, et il l'a revue à Genève l'année suivante. Mais c'est avec Caroline Marbouty, en revenant d'Italie en 1836, qu'il est passé à Sion.
207. Blancs de Hollande : un des noms vulgaires de peuplier blanc. Cf. p. 117.

Page 280.

208. Le steppe : le mot est habituellement masculin au xixe siècle. Cf. p. 117.
209. Nager : au sens de ramer.

Page 281.

210. Les rives du Bosphore étaient connues pour la beauté des résidences d'été qui le bordaient : le bâtiment principal était en marbre, et les constructions secondaires — dont des kiosques à toit chinois — en bois.

Page 282.

211. Fabrique : terme de peinture désignant une construction ornementale intégrée dans un paysage.

Page 292.

212. Maquets : terme, parfois donné comme champenois, pour désigner la meule de foin.

Page 295.

213. *Iliade*, chant XXII.

Page 296.

214. Clapp, dans son ouvrage sur le Pontormo (1916), ne signale aucune « dame à la licorne », même parmi les fausses attributions. Il s'agit donc d'une erreur de Balzac, qui a peut-être confondu avec la fresque peinte par le Dominiquin vers 1602, au Palais Farnèse, à Rome, laquelle représente une femme assise caressant une licorne dont les pattes de devant sont posées sur ses genoux. La licorne est le symbole de la chasteté. Balzac parle de cette même toile dans une lettre à Mᵐᵉ Hanska du 15 mai 1840 (en faisant la même erreur sur le nom du peintre — Panormo — qui ne sera corrigée que sur le *Furne corrigé*). R. Pierrot pense que le tableau auquel Balzac songe ici est une toile d'Alessandro Buonviceno, dit le Moretto (vers 1498-1554), qui représente *Sainte Justine et un donateur*, avec une licorne en premier plan. Balzac avait pu voir ce tableau en compagnie de Mᵐᵉ Hanska au palais du Belvédère à Vienne.

Page 302.

215. Le texte de *La Presse* était plus précis : *le cancer*. Au sujet de la maladie de Véronique, et de ses rapports avec celle de Napoléon, cf. M. Le Yaouanc, *op. cit.*, p. 206-207.

216. Les prières de quarante heures se disaient à l'occasion de quelque calamité publique, par exemple quand le roi était malade.

Page 303.

217. Détonner : « chanter à voix bruyante et peu musicale » (Littré).

Page 304.

218. Cf. note 215.

Page 309.

219. Nous avons vu au début du roman que l'abbé Dutheil était en 1829 assez mal vu de ses supérieurs, parce qu'il « appartenait à cette minime portion du clergé français qui penche vers quelques concessions » (p. 77). Son accession à l'épiscopat, puis au cardinalat, est donc le signe d'une certaine évolution. Quant à Balzac, en tant que légitimiste, il est loin d'être un partisan du gallicanisme (par opposition à

ultramontanisme, c'est-à-dire entièrement soumis au pape),
mais il a toujours reproché aux hommes de son parti de
n'avoir pas su prendre les mesures nécessaires pour désarmer
l'opposition libérale. L'adverbe *vraiment* signale d'ailleurs
qu'il emploie le terme *gallican* dans un sens large.

Page 313.

220. Dalmatique : chasuble à manches que revêtent les
diacres, les sous-diacres et les évêques lorsqu'ils officient à
l'autel.

Page 314.

221. Il ne peut s'agir ici que de la vertu sacrifiée à l'amour,
l'expression semblant un peu étrange dans la mesure où l'on
parle plus volontiers de sacrifices dans le cas contraire, quand
l'amour est immolé à la vertu.

Page 322.

222. cf. note 17.

TABLE

*Tous les papiers utilisés pour les ouvrages
des collections Folio sont certifiés
et proviennent de forêts gérées durablement.*

*Impression Novoprint
à Barcelone, le 6 juin 2022
Dépôt légal : juin 2022
1ᵉʳ dépôt légal dans la collection : mars 1975*

ISBN 978-2-07-036659-0 / Imprimé en Espagne

541287